U0622617

2021
中国少数民族
文学之星丛书

石头村里杏花开

赵有年 著

作家出版社

图书在版编目（CIP）数据

石头村里杏花开 / 赵有年著．-- 北京：作家出版社，2021.11

（中国少数民族文学之星丛书・2021 年卷）

ISBN 978-7-5212-1527-4

Ⅰ．①石…　Ⅱ．①赵…　Ⅲ．①长篇小说-中国-当代　Ⅳ．①I247.5

中国版本图书馆 CIP 数据核字（2021）第 188026 号

石头村里杏花开

作　　者：赵有年
责任编辑：史佳丽　李亚梓
特约编辑：刘　皓
装帧设计：孙惟静
出版发行：作家出版社有限公司
社　　址：北京农展馆南里 10 号　　**邮　　编：**100125
电话传真：86-10-65067186（发行中心及邮购部）
86-10-65004079（总编室）
E-mail: zuojia@zuojia.net.cn
http: //www.zuojiachubanshe.com
印　　刷：三河市北燕印装有限公司
成品尺寸：152×230
字　　数：268 千
印　　张：21.75
版　　次：2021 年 11 月第 1 版
印　　次：2021 年 11 月第 1 次印刷
ISBN 978-7-5212-1527-4
定　　价：48.00 元

以民族的情意，打造文学的星辰

——“中国少数民族文学之星”丛书总序

邱华栋　彭学明

“中国少数民族文学之星”丛书是中国作家协会少数民族文学发展工程的一个新项目，于2018年开始实施，由中国作家协会创作联络部具体组织落实。出版“中国少数民族文学之星”丛书的目的，是重点培养少数民族文学中青年作家，打造少数民族文学精品，为那些已经在少数民族文学界和全国文学界成绩斐然、广有影响的少数民族中青年作家再助一力，再送一程，从而把少数民族文学最优秀的中青年作家集结在一起，以最整齐的队伍、最有力的步伐、最亮丽的身影，走向文学的新高地，迈向文学的高峰，让少数民族文学的星空星光灿烂，少数民族文学的长河奔流不息。以文学的初心，繁荣民族的事业；以民族的情意，打造文学的星辰。

入选“中国少数民族文学之星”丛书的作家，必须是年龄在50岁以下的、在少数民族文学界和全国文学界广有影响的少数民族作家。不管是否出版过文学书籍，只要其作品经过本人申请申报、各团体会员单位推荐报送、专家评审论证和中国作协书记处审批而入选的，中国作协将在出版前为其召开改稿会，请专家为其作品望闻问切，以修改作品存在的不足，减少作品出版后无法弥补的遗憾。待其作品修改好后，由中国作协统一安排出版，并进行广泛的宣传推广。

中国是一个多民族的大家庭。每一个民族都沐浴着党的民族政策的光辉、感受着党的民族政策的温暖，都在党的民族政策关怀下，蓬勃发展，欣欣向荣。在这个伟大的新时代，我们正创造着中华民族的新辉煌。每一个民族的发展与巨变，每一个民族的气象与品质，都给我们提供了生生不息的创作源泉。我们每一个民族作家，都应该以一种民族自豪感，去拥抱我们的民族；以一种民族责任感，为我们的民族奉献。用崇高的文学理想，去书写民族的幸福与荣光、讴歌民族的伟大与高尚；以文学的民族情怀，去观照民族的人心与人生、传递民族的精神与力量。

我们期待每一位少数民族作家，都能够到火热的生活中去，到广大的人民中去，立心，扎根，有为，为初心千回百转，为文学千锤百炼，写出拿得出、立得住、走得远、留得下的文学精品。不负时代。不负民族。不负使命。

致敬新时代的青稞美酒

杨玉梅

任何一个写作者之所以成为作家，并不是突然地有天赐的写作神功。每个人在成为作者之前，一定都是受到了文学前辈创造的作品的滋养。这种滋养也可能是民间文学中的故事和歌谣，对于大多数作家来说主要是古今中外的文学经典。读者在聆听故事或者阅读作品中获得了对文学魅力的认识，或者对于所讲述的故事产生情感共鸣，于是产生了模仿的冲动，进而踏上了文学之路。

藏族作家赵有年的文学创作正是站在文学巨人的肩膀上开始酝酿的。他从小在藏文学校学习，1992 年上大专后才开始系统学习汉语，直到 2009 年才开始用汉语进行小说创作。写作可谓大器晚成，但是他的文学梦想在年少时代已经萌芽。藏族丰富的民间文学，特别是《米拉日巴传》《勋努达美》《郑宛达瓦》等藏族古典优秀作品为他打开了文学想象的翅膀，让他获得关于社会、人生与生活的深刻认识。上世纪 80 年代中后期到 90 年代初，当代藏文文学在端智嘉等文学前辈的推动和引领下蓬勃发展。赵有年从端智嘉的小说和散文中读到熟悉而亲切的生活，激起他对文学的浓厚兴趣。上大专期间，汉语文老师要求赵有年他们每月都要读完一两部中外文学名著，并写读书笔记和心得。从此，坚持不懈的阅读极大地丰富了赵有年的文学视野，滋养了他的文学之心。

尽管起点不高，起步较晚，但是深厚的文学积累和生活积累，让赵有年一开始文学创作就脱颖而出。他的小说处女作《马背上的爱情》荣获2009年《民族文学》庆祝中华人民共和国成立60周年“祖国颂”征文二等奖，《欢腾的弦子舞》荣获2010年《小说选刊》首届全国小说笔会三等奖，《马背上的爱情·剧本》荣获2011年中国共产党成立90周年系列纪念活动全国征文评比一等奖，《神山》荣获2012年昭通杯·首届全国国土资源题材短篇小说大赛优秀奖，《又闻狼嚎声》荣获2012年“孙犁文学奖”第一届散文大赛优秀奖。十余年来，赵有年勤奋笔耕，出版了中短篇小说集《温暖的羊皮袄》，还翻译了多部藏文作品，如德本加的长篇小说《衰》、南色的中短篇小说集《南色小说集》、才加的中短篇小说集《平凡人生》等，以及史诗《格萨尔王》部分篇章。汉文创作与藏译汉翻译经历，以及不断的学习借鉴，让赵有年积累了丰富的文学创作经验。

文学是现实生活的反映，也是时代风貌的呈现。赵有年的文学创作立足于自己熟悉的草原，深情描绘草原的发展变迁与牧民的思想情感，将鲜明的时代性和独特的民族性融为一体。他深切地感受到草原发生的深刻变革，默默地酝酿着创作反映时代巨变的长篇小说。当精准扶贫攻坚战的号角在全国吹响，赵有年于2018年作为驻村干部被抽调到海南藏族自治州贵德县尕让乡关加村搞精准扶贫工作，他倍加珍惜此次深入脱贫攻坚一线、深入乡村生活、扎根人民的机会，驻村伊始就搜集素材。经过三年艰辛的扶贫工作实践和素材积累，赵有年潜心创作，完成其长篇处女作《石头村里杏花开》。初稿完成后又三番五次修改，天道酬勤，最终造就了这部精心描绘青海藏族地区乡村脱贫致富历程、反映这个时代伟大变革的长篇力作。

小说主人公丹巴背负着沉重的思想包袱来到曾经让他备受屈辱的石头村担任驻村第一书记。如何面对曾经给自己造成深重伤痛的贫困户，如何在曾经声名狼藉的村子开展脱贫攻坚工作？小说一开始就将丹巴置身于尴尬的境地，在激烈的思想斗争中将人物推向脱贫攻坚战一线。令人欣慰的是，丹巴以驻村第一书记和扶贫党员的初心和使命坚定地听从组织的安排，无私而忘我地工作，攻克了一个又一个贫中之贫、坚中之坚，带领石头村贫困群众打赢了脱贫攻坚战。以丹巴书记为代表的扶贫干部对贫困群众帮扶的真心和真情，他们披荆斩棘、兢兢业业、不懈奋斗、千方百计寻求致富道路的决心和毅力，令人动容。作品生动展示了乡村贫困户的各种生存状态和丰富复杂的思想感情，展示草原人民人性之善与美，也不动声色地批驳贫困户中存在的惰性与无赖行为，深刻阐释“扶贫先扶志，攻坚先攻心”的精准扶贫理念，弘扬了艰苦奋斗、自立自强、团结互助、文明友爱、改革创新思想。

2021 年 2 月 25 日习近平总书记《在全国脱贫攻坚总结表彰大会上的讲话》中指出：“在迎来中国共产党成立一百周年的重要时刻，我国脱贫攻坚战取得了全面胜利，现行标准下 9899 万农村贫困人口全部脱贫，832 个贫困县全部摘帽，12.8 万个贫困村全部出列，区域性整体贫困得到解决，完成了消除绝对贫困的艰巨任务，创造了又一个彪炳史册的人间奇迹！这是中国人民的伟大光荣，是中国共产党的伟大光荣，是中华民族的伟大光荣！”

石头村正是全国 12.8 万个贫困村的缩影，丹巴书记是全国 300 多万名第一书记和驻村干部的形象代表。《石头村里杏花开》真实、生动的记录，为藏族乡村百姓告别贫困、创造人间奇迹留下了珍贵的档案。这是赵有年献给青海海南这块神奇的土地和人民的深情的赞歌，是献给扎根脱贫攻坚一线、带领群众摆脱贫困走向小康生活的扶贫工作者和驻村第一书记的真挚的抒情诗，是致敬中国特色社会主义新时代的醉人的青稞美酒。

赵有年的小说叙述真诚、自然，景物描写充满诗意之美。“愚昧的人以害别人为安乐，聪明人以利他人为幸福。”诸多充满哲理和智慧的民间俗语巧妙自如的运用，赋予人物独特的民族文化气质，别具意味。略感遗憾的是，作者集中笔力讲述脱贫攻坚，而忽视了对藏族地区独特民族文化生活的展示。如果能够将脱贫故事与充满民族性和地域性特色的独特生活融为一体，作品所蕴含的审美内涵将更为丰富多彩。期待赵有年在下一部作品中能有更加丰盈、更加精彩的呈现。

一

农历三月，高原小城恰卜恰的色彩开始丰富起来，不再固守雪的洁白。周边林子里百鸟的声音开始争鸣起来。历经风雪磨砺的树枝，仪态轻柔娇嫩，梢头吐出密密麻麻的芽苞，随着缓缓吹来的微风，舒缓地摇摆着柔软的枝条。夹在柳树中间的桃树也开出了鲜艳的花朵，传递着春的喜讯。大地上浅浅的绿意渲染出浓浓的生机。

屹立在恰卜恰东北方的隆宝赛乾山高耸入云，峰顶白雪皑皑，似一排玉柱立地擎天。晨雾从半山腰升起，宛如凝固的乳液，云蒸雾涌，犹如气势磅礴的伟丈夫。雪山脚下的丛山朗润起来了，冰雪在春光中悄然消融，溪流在山谷里淙淙流淌。

夜里下过一场春雪，马路两边的树冠、雕塑、健身器材和居民住宅楼上积聚了一层厚厚的雪，正滴滴答答地落下来，掉在人行道上，发出细微的敲打声，显得如此地悦耳动听。行走在恰卜恰的大街小巷里，已经没有了隆冬生硬的冰冷，有一股湿润而又温暖的气息扑面而来，呼吸起来，让人的五脏六腑都感到温润、舒适。

广场上晨练的大妈们脱掉了慵懒的冬装，穿上了花红柳绿的运动服，随着舒缓轻柔的音乐在跳广场舞，大叔大爷们也脱掉了棉衣棉裤，扎堆儿踢毽子、甩鞭子、打太极拳。藏族姑娘和小伙子们穿着色彩艳丽的博拉，围成一个大圈，伴随着弦子优美的旋律，热情洋溢地跳着舞姿优美的锅庄。

春色已深，雨雪过后，恰卜恰的景致分外美好，许许多多不同品种的花卉竞相开放，争奇斗艳，姹紫嫣红。阳光洒在大地上，微风拂拂，马路两边的树梢上春风荡起，乐声从空中传来，久久在耳畔回荡。

太阳暖洋洋地照在红花丛中，仿佛催促它们尽快开放，要使它们燃烧起来一般。车辆在马路上穿梭不息，丹巴行走在马路边的人行道上，吸吮着明媚春光散发出的温润气息，神采飞扬，感觉飘然。

他容光焕发、神采奕奕地走进州政府办公楼，开始了新一天的工作和生活……

傍晚时分，风又吹了起来。

寒风刺骨，吹打在人们的脸上，刺得人的脸颊生疼。

丹巴板着脸，失魂落魄地走在人行道上，连碰到下班回家的熟人向他打招呼，他都没有察觉到。

一回到家里，他连外套都没脱就囫囵躺在了床上。

“你怎么了？哪里不舒服吗？”正在准备做晚饭的卓雅看到丈夫的异常反应，急忙走过来关切地询问丹巴。

“没有，我只是心情有些郁闷。”丹巴翻了一下身子背对着妻子。

“在工作上遇到点不顺心是十有八九的事，你也是老革命、老同志了，遇到点挫折至于难为成这样吗？”卓雅挖苦了几句丹巴，复又走进厨房手脚麻利地和起面来。

“这次组织抽调，我们单位使派我要去村里当第一书记了。”丹巴干脆向他的妻子挑明了实情。

“现在举国上下都在抓扶贫攻坚工作，那我们也要顺应潮流，担当责任，这应当是一件光荣的事情，你何必要痛苦成这样呢？”

“不是我没有觉悟，也不是我不愿意下基层，可我真不想到组织现在安排给我的那个村子里去当第一书记啊！”

“我们州每个村的情况都差不多，大部分建档立卡贫困村村民的收入低于国家规定的贫困标准线，达到贫困标准线的村也不可能纳入建档立卡贫困村的，所以下派去基层的第一书记都是要去啃那个硬骨头的，任何人没有挑三拣四的余地。”卓雅继续和着面不停地开导闷闷不乐的丈夫说，“再说驻村工作队也不是常年住在村里的，组织实行的是‘五四二’驻村工作日制，村里住五天四夜，一周可以在家里休息两天三夜的。”

“这些都不是问题，唉……”丹巴又叹息了一声，说，“因为，我又要去石头村搞扶贫攻坚工作了。”

“什么？”听到石头村，卓雅好像用手抓了一个滚烫的芋头一般，双手一颤抖，把捏在她手里刚抹了食油的面团都掉落到和面的盆子里去了。她呆立了片刻，开口说道：“世上怎么就有这么巧合的事情呢？难道你今生和石头村有那么深刻的孽缘吗？”

她没有了继续做饭的心思，就瘫坐在厨房的餐桌前沉思了起来。

“喂。”这时，丹巴的手机响了。

“丹巴，在哪里啊？”丹巴听出是同事杨克的声音。

“在家里呢。”

“出来坐坐吧。”

“我没有心情。”

“你不要太有思想包袱了，现在每个单位都有人要进村打扶贫攻坚战，也不是你一个人去上战场，何必要那么认真呢？”电话那头杨克安慰丹巴说。

“唉，一言难尽啊！”丹巴叹息道。

“见了面再说吧，我和诺杰在扎西餐吧里等你呢。”说完，杨克就挂断了通话。

“我要出去一下了。”丹巴郁郁寡欢地对妻子说，“杨克要我去跟他们一块儿坐坐。”

“我正在做晚饭呢。”卓雅说，“等孩子回来我们就可以开饭了。”

“杨克明天也要去挂职了，他和诺杰已经在餐厅等我了。我不好推辞啊！”丹巴边换鞋穿衣，说完话就出门了。

丹巴出门后，卓雅也没有了做饭的兴致，复又瘫坐在厨房的餐桌前沉思了起来。曾经发生在石头村里的那一段刻骨铭心的往事又闯进了她的记忆里，使得她心头一颤，额头上渗透出一层薄薄的冷汗来。

“不行，他不能再到石头村去了。那里曾伤透了我们的心。

“不行，我要去娘家找阿爸说说这事，让他老人家给我想想办法，出出主意。”她想到这里又犹豫了起来，“也没有和丹巴商量一下，我这样贸然行动会不会惹怒到丹巴呢？丹巴从来不让我为了自己家庭的事情而去难为我娘家的阿爸阿妈的，连他自己职位的升迁也不愿意找他做官的岳父，事业上他一直在靠自己的能力打拼。月亮遮住了星星的光，他凭借自己的能力升到了正科级干部的职位，可是他周边的人都认为他还是靠了做官的岳父，才走上今天这一职位的。唉，顾虑太多有什么用啊？还是回趟娘家去看看两位老人，顺便给他们谈谈这事吧。”

“阿妈，你们都在家吗？”卓雅随手拿起手机打通了她阿妈的电话。

“在呢，你阿爸今天身体有些不适，在家里休息呢。我正在做晚饭，你们要过来吃晚饭吗？”电话那头卓雅的阿妈对她说道。

“丹巴出去了，我和孩子准备要过来。”卓雅回答她阿妈说，“孩子放学还没到家，他一到家我们就马上回去。”

“好，我们在家等你们。”

“哦，好的，再见！”

二

当丹巴打的赶到扎西餐吧的时候，杨克和诺杰已经点好了饭菜，温好了青稞酒在等着他。见他进来，两人起身向他迎了过去。

“感谢丹书记赏脸赴约，欢迎欢迎！”杨克说着话，伸出手跟丹巴握手问候。

“别要贫嘴了，你们这么称呼我，我都有些肉麻呢。”丹巴难为情地对杨克说。

“咋说了，大小也是个书记嘛，现在在我国第一书记可是个炙手可热的职位啊，也是个提拔上任的好途径。”诺杰边给丹巴倒茶水，边一本正经地说。

“快甭说这些话了，我现在正发愁怎么才能度过这几年的时光呢。唉，倒霉起来连喝白开水都能塞牙啊！”丹巴有些发愁地说。

“唉，咱哥儿俩都是同样的命运，你去下村当第一书记，我又要下基层挂职锻炼了。”杨克也有些惆怅地说。

“你们两个人都好点儿啊，都是组织挑选出来的拔尖儿的人才，下基层锻炼几年回来都要高升了，值得庆祝哦。”诺杰说。

“好了！谁都不准说这种离情别绪的伤心话了，都吃菜吧。”这时候，杨克见服务员陆续把饭菜端上桌了，就打断丹巴继续说的伤感话，劝丹巴和诺杰吃菜了。

可诺杰非让他们每人先喝下那三杯酒不可，为此，他们每人都喝下三杯酒，热了热身才开始动筷子吃起饭菜来。

“最近这几年全国上下都在提倡精准扶贫，精准扶贫究竟是怎么个搞法啊?”三人边吃边谈国家的精准扶贫工作。“不好意思啊，我明天早晨要给来党校参加培训的学员们讲课，还得回家准备讲稿，现在就要跟两位好友辞别了。等两位好友在新的工作岗位上上任之后，小弟来看望两位兄长。现在就由这三杯酒聊表小弟的心意，就此跟两位兄长别过了。”诺杰给丹巴和杨克两位好友敬了三杯酒，就匆匆离去了。

“你小子，这辈子怎么就和石头村有这么深的缘分啊!”等送走了诺杰之后，杨克就半开玩笑地对丹巴说。

“唉，所以啊，我才为此苦恼不已呢。”丹巴自行端起一杯酒感叹道，“我今生的所有夙愿好像都和这个石头村有着密切的关联。一场恋爱，把我纯真年代的那份纯洁的情感和殷切的思念都倾注在了石头村；一场纠纷，我刚参加工作时的满腔热情都抛洒在了石头村；一场扶贫，看来我今后所有的精力和心思都凝聚在石头村了。”说完话他一仰头就把那杯酒猛喝了下去。

“后来跟娘吉有过联系吗?”杨克也喝下一杯酒后，用询问的目光看着丹巴问。

“甭提她了。”杨克一提起娘吉，又往丹巴的心里增添了几分愁绪，他又仰头喝下了一杯酒。

“唉，儿女情长，反目成仇，人之常情啊!”杨克也缓缓喝了一杯酒后说道，“可她现在过得很辛苦啊!”

“那都是她自找的，怨不得我。”显然，丹巴稍稍有些激动，说着话连喝了两杯酒。

“你这次进石头村又要做好面对现实的思想准备了。”杨克又喝了一杯酒看着丹巴说，“因为她跟她的丈夫离婚后，又回到石头村的学校里当老师了。”

“不关我的事，她害得我那么惨，难道还不够吗？”丹巴十几年没听到过有关娘吉的音讯，今天杨克又当着他的面提起娘吉来，弄得丹巴的情绪不由得有点儿激动了起来。

“一日夫妻百日恩。你不该这样恨她，她今天落到这个地步都与你脱离不了干系的。”杨克听到丹巴这样说，就有些生气地说。

“当初是她辜负了我，伤害了我！”丹巴愤懑地对着杨克说，“只因为她，我才去了石头村，只因为她背叛了我，出卖了我，所以我才落到了当初那样的悲惨下场，差一点儿连手里的饭碗都弄丢了呢。”

“她也有她的不得已之处，你知道这十几年她是怎么过来的吗？”杨克也喝了一杯闷酒后对丹巴说，“你还不知道你除了航丹之外，还有一个孩子吧。”

“什么？”丹巴听到杨克这样说，惊愕地看了杨克一阵后说，“你少往我的头上栽赃，也不要继续在我的伤口上撒盐了。”丹巴恼怒了起来。

“好吧，本来我不想提及这些事情的，可命运又一次把你带回到了从前，你难逃此咎。”杨克又喝了一杯酒之后，缓和了一下口气说，“对于你们两个人当初的情况来说，她确实背叛了你们之间的感情，可整个人生的过程来说，失败的不是你，而是她。可她的失败都是由你造成的。”

“……”

“她落难了，又在玉树长期缺氧而患了一身的病，再加上她丈夫因那孩子又把她赶出了家门，她差一点儿命丧玉树草原了。在不得已的情况下她向我求救，我才想办法把她从玉树调下来的。”杨克看着丹巴又端起一杯酒，说，“本来我可以把她调到州二民中来的，可她害怕因那孩子而破坏掉你的家庭，就执意让我帮她调到偏僻的石头村去了。她作为一个女子承担着多大的压力啊！”

“又是你……”

“难道说，我也像你一样落井下石，眼睁睁地看着她死在玉树草原上，让你的孩子成为孤儿吗？”杨克抢过丹巴的话头说。

“你怎么就一口断定那孩子是我的呢？一句一个你的孩子、你的孩子的，你又是怎么知道那些底细的呢？”丹巴否认事实地向杨克辩解道。

“那孩子就跟你长着同一张脸，这就足够了。”

“……”

“不信的话，你自己去做个 DNA 鉴定，如果你的基因遗传率不在百分之九十八以上，你别管那个孩子，由我来抚养他好了。”杨克看着丹巴说道。

而后，他俩就你一口我一口地喝着闷酒，不再说话了。

三

等孩子放学回到家后，卓雅没让孩子卸下书包，就带领着孩子直接回娘家去了。

“外面的风刮得那么大，冻坏我的宝贝孙子了吧。”卓雅母子刚进门，阿妈桑吉就把已经准备好的饭菜端上桌来。

“外婆，你今天给我做什么好吃的了？”航丹迫不及待地问道。

“外婆给你们包饺子了，快去洗手过来吃饭吧。”阿妈桑吉疼爱地用手抚摸着她的外孙——航丹的脸蛋说。

昂却爷爷满脸欢喜地走出了书房，看见女儿后，复又收敛了他脸上的笑容，向女儿打招呼道："卓雅，丹巴怎么没来啊？"

"哦，丹巴他出去了，说是跟杨克他们一起下馆子去了。"卓雅洗好手，一边帮她阿妈往餐桌上端饭，一边对她的阿爸说道，"阿爸，您的感冒好些了吗？"

"哦，听说华桑局长的儿子到基层挂职去了，就让他们聚聚去吧。"昂却对女儿说着话就走进客厅里去了。

他刚进客厅，后面就又传来了航丹嘎嘎嘎的欢笑声。

"你今天怎么了？心里有事儿吗？"一家人围着餐桌吃饭的时候，昂却发现卓雅的脸色有些不对劲，就询问她说。

"没有，不知咋的今天就是没有胃口。"卓雅遮掩着自己脸上的神情说。

"有事你就说出来，让我们也听听吧。"昂却看出女儿内心的秘密，就对卓雅说。

"哦，也不是什么大事，今天丹巴回家后说，组织上选派他去村里当第一书记了。"

"哦，要去哪个村子呢？你难道不愿意他下基层吗？"昂却见女儿的反常举动后问道。

"不是我不同意他去当第一书记，可他要去当第一书记的村子恰恰是龚堂县噶杰镇的石头村。"卓雅为难地说道。

"什么？怎么这么巧啊？这……"听了卓雅说的话，他们都停止了吃饭，大家面面相觑了好一阵后，昂却望着卓雅说。

"我今天来找阿爸，是想让阿爸找组织谈谈，能不能让他们单位换个村子，让他去别的村当第一书记啊。"卓雅终于说出了她的实情。

"先吃饭，让我考虑考虑再说吧。"昂却说了这么一句模棱两可的话。

一家人低着头吃着各自碗里的饭，都不说话了。

屋外，大风呜呜呜地吹刮着。

四

几天后，州委雷厉风行，及时召开了全州开展精准扶贫工作动员大会。

丹巴到达会场前，其他单位使派下村开展扶贫工作的驻村人员早已经来到了州政府会议中心。大家趁州委、州政府的相关领导没有走进会场时，都三五成群地扎堆在一起交头接耳，七嘴八舌地谈论着有关开展这次精准扶贫工作的话题。

“你也被抽上了吗？”

“唉，又要去下乡了。”

“精准扶贫，到底是怎么个搞法啊？”

“越扶贫越贫穷，又要去养那么一群懒汉了，除了那些残疾孤寡人员之外，基本上都是些懒汉，真不带劲。那些个整天蹲在墙根里晒太阳的懒汉，现在真的就要养成我们的亲人了。”

“唉，听说，这次昂局长的女婿也被抽去当第一书记了。”

“谁？丹巴主任吗？哎哟喂，真是衙门有人好当官啊！我们怎么跟人家比呢？人家是有目的的，下乡对他来说只不过是个幌子，过不了多久人家被安排到一个好位置，芝麻开花节节高，人家高兴都来不及呢。”

“来了，他来了，都少说两句吧。”

丹巴走进会场，找准自己的位子刚坐下来，他的手机信息提示音震响了。他从衣服口袋里掏出手机，打开手机看去，发现手机屏幕上有一条杨克发来的信息。

“兄弟，我出发了，保重。”

“一路平安，祝你工作顺利。”他也随手给好友杨克发过去了一条短信。

“昨夜我多嘴，惹得你不愉快了吧？”他发出信息不久，杨克又给他发来了一条短信。

“唉……”丹巴只给杨克发过去了一个意味深长的信息。

杨克给他发来了一张笑脸，之后就没音讯了。

这时候，前来参加会议的领导们都陆续走进了会场，登上主席台按顺序坐到各自的席位上去了。他们刚坐下来，州委副书记单成才开始主持起会议来。

“同志们：这次全州扶贫攻坚动员大会，是州委、州政府决定召开的一次重要的会议。会议的主要任务是，认真学习习近平总书记关于扶贫攻坚系列重要讲话精神，贯彻落实中央、省扶贫攻坚工作部署，研究安排我州扶贫攻坚工作，进一步动员社会各方面力量，凝心聚力，创新思路，把扶贫攻坚作为头等大事、作为‘第一民生工程’，举全州之力向贫困发起‘总攻’，坚决打好扶贫攻坚这场硬仗，确保二〇二〇年全面建成小康社会。

“今天会议共有三项议程：一是请副州长张智慧同志安排部署全州扶贫攻坚工作；二是请州委书记张慧宁同志作重要讲话；三是宣布第一书记、驻村工作队联点村名单和驻村工作纪律。

“下面进行会议第一项议程，请副州长张智慧同志安排部署全州扶贫攻坚工作。”

会场里顿时响起了一阵哗啦啦的掌声，等会场里的鼓掌声平息下来后，副州长张智慧同志开始发言了。

“同志们：这次会议的主要任务是总结‘十二五’以来，全州扶贫开发工作，贯彻落实全省扶贫开发工作会议精神，部署今后扶贫开发工作任务，进一步落实责任，聚焦目标，精准发力，全面完成扶贫开发攻坚任务，确保二〇二〇年全州追赶全国和全省同步全面建成小康社会目标的实现。”

丹巴坐在会场里，可他的思绪已经飞到会场外面去了。

刚才他去上班的路上接到了他岳父的电话，他让丹巴立刻去一趟他的办公室。丹巴一头雾水，他还要去参加会议呢，可他也拗不过老岳父，就先去了一趟岳父的办公室。

“我已经听说了你去当第一书记的事。”丹巴敲开人事局局长办公室的门刚进去，他的岳父昂却坐在办公桌前对他说，“卓雅昨晚来家里说出了她的担忧，可我想听听你的想法。”

“就服从组织的安排吧。”丹巴是个有自尊心的人，听岳父说昨夜妻子瞒着他去找了岳父，心里顿时有些不爽快起来，可也不能当着岳父的面露出他心中的不悦，就搪塞岳父说。

“昨晚我也想了想，组织已经安排石头村做了你们单位的联点帮扶村，你们单位也只有你符合这次下乡的条件，组织已经决定了的事，再由我出面去搅和，觉得有欠妥当。”岳父边喝茶边征求丹巴的意见。

“不必了，去哪个村都一样。阿爸，你放心，不管去哪个村子，我都会努力工作的。”丹巴对岳父说。

“石头村，毕竟……”老岳父吞吞吐吐道。

“哦，我还要去参加会议呢。”丹巴领会了岳父的意思，就以参加会议为由，急匆匆离开了岳父的办公室。

“哗啦啦……”

一阵热烈的鼓掌声把丹巴从沉思中催醒了过来。

“为做好新一轮精准扶贫工作，州委、州政府进行了深入研究部署，总的要求是：围绕一条主线，把握三个关键，抓好四项重点。……要在帮扶中发现致富能力强、群众威信高的党员，用心培养，积极向乡镇推荐，争取帮扶结束时，每个村的‘两委’班子都能发挥模范带头作用，带领群众发家致富。”

丹巴专心致志地听着领导的讲话，用速记法记录着领导讲话的重要内容。

“她现在还好吗？”丹巴的思绪又飞到扎隆山脚下去了，“既然不爱他，那么她当初为什么还执意要嫁给他呢？既然嫁了人，她为什么又要生下我们的孩子来呢？这样做不但苦了自己，也苦了那个孩子啊！”

“你跟我走，我们离开这里，我们以后会幸福的。”那夜在雅茂森林边丹巴对娘吉说。

“我们去哪里啊？你还有工作，我们寒窗十载，不都是为了得到这么一份工作吗？”娘吉哭着对丹巴说，“怪只怪我们之间有缘无分。我也不想辜负这份感情，可实际生活就那么残酷，那么现实，你我之间只有一份感情是不够的，你醒醒吧，我们在学校那座象牙塔里做的美梦，都被现实给弄得支离破碎了。”

“不，你说的都是违心的话，你完全被你的阿爸给控制了，你的命运掌控在你阿爸手里了，你成了他的傀儡。”丹巴显然有些激动，眼中流淌着泪水，抓住娘吉的肩膀使劲摇晃着她说，“你懦弱，你不敢反抗。”他揩拭了一把流淌在脸颊上的眼泪说：“你摸摸自己的良心，你爱他吗？你不顾我的感受跟着他走，良心上过得去吗？你跟着一个自己根本不爱的男人去生活你会幸福吗？”

“放开我！你弄疼我了。”娘吉挣脱丹巴，用手掌擦了一把脸颊上的泪水说，“他是局长，我就喜欢像他这样有出息的男人。你是个科员，什么时候才熬到头让我过上我想要的生活啊？”娘吉双手捂住脸放声哭了一阵后，说，“你难道不觉得一个女人跟一个能给自己幸福的男人去生活是理所当然的吗？假如你真的爱过我，你就不要再来纠缠我了，让你爱的女人去过使她幸福的生活吧，那才是一个男子汉应有的胸怀。”娘吉哽咽得说不出话来，她默默哭泣了一阵后又说：“离开我，祝福我去过幸福的生活吧。”

“娘吉……娘吉……”这时候，从村子里传来娘吉的阿妈呼叫她的声音。

“忘了我吧。”娘吉听到她阿妈的呼叫声，转身向前走了两步后，又回过头来对着丹巴说，“祝你早日找到一个爱你的好姑娘。再见！”

说完话，娘吉转身跑出了森林。

丹巴仰头凝望着天空的弯月，泪水又一次夺眶而出。

“同志们，精准扶贫工作是一项功在当代、利在千秋的伟大事业，做好新阶段扶贫开发工作任务重大、使命光荣，我们一定要深入落实中央、省、州精准扶贫战略部署，统一思想，坚定信心，扎实工作，全力打好新一轮精准扶贫攻坚战，为海南经济社会发力提速、跨越赶超、提前全面建成小康社会做出新的更大贡献。”

哗啦啦……

等领导讲完话，会场里又响起了雷鸣般的鼓掌声来，掌声久久回荡在偌大的会场里。

晚上，卓雅在家里准备了一桌好菜，还请来了她的父母在他们家里聚餐了一顿。

幸好，丹巴的岳父没有谈起当年发生在石头村的糗事。

昂却当着丹巴的面没有向卓雅说出她想得到的答案，为此，临睡觉前卓雅还惦记着此事，洗漱好后郁郁寡欢地躺在床上辗转反侧。

“怎么了？有心事啊？”等航丹写完作业，丹巴让航丹睡下之后，洗漱了一番，走进卧室边脱衣服边问道。

“阿爸他对你去石头村当第一书记的事只字未提，难道……”卓雅说出了内心的担忧。

“咳，我还以为何事呢？”丹巴脱掉衣服，钻进被窝里说，“我不是告诉过你，早晨我去了阿爸的办公室吗？”

“之后，你跟她联系过吗？”卓雅沉默了一阵后，突然问丹巴。

“哦，我还以为你真心担心我往后的生活呢，原来你还是不放心我啊！”丹巴挖苦卓雅说。

“你想多了。”卓雅不安地钻进丹巴的怀里，抱住丹巴的脖子说，“这几天天天提及到石头村，自然就联想到她了。”

“我也是那天晚上去跟杨克他们吃饭，在杨克那里听到了些有关她的事。”丹巴转了一下身面对着卓雅说，“她从玉树调回到了石头村。她在玉树工作时，因为长期缺氧，患上了一身的病。”

“难道……难道她离婚了？”卓雅有些不安地说。

“听说她带着一个孩子，孤儿寡母的，现在生活得很凄惶。”丹巴答非所问地说。

“她的丈夫也舍得抛弃他们母子啊？”卓雅刨根问底道。

“管她呢，都是她自找的。我们也管不了别人的家事啊。”

“那恐怕不是你的真心话吧？”卓雅责问丹巴说。

“又起疑心了。真搞不懂你在心里到底想些什么。”丹巴不悦地说，“好了，我们没必要去为了一个不值当的事闹别扭，自讨苦吃。”

“她……”

卓雅还想说什么，可丹巴已经猜出她的心思，就用自己的嘴唇堵住了卓雅的嘴唇。于是，卓雅也不说话了。

五

晨霭烟云在远天凝聚，初升的朝阳像熔化的金丹，给淡远的天空留下一片赤橙的色彩。对面山顶上镀上了一片金黄色的阳光，皑皑的雪原显得更加地耀眼夺目了。

乌云笼罩着石头村，可早起的村民们已经爬上自家的屋顶开始扫雪了。皑皑白雪覆盖了苍茫原野上葱葱茏茏的松树林和凹凸不平的沟壑，没有一丝寒风，寂静的空间里村民们说话的声音显得格外地响亮，传播得也比往日辽远多了。

“走远点儿，小心扔下来的雪砸到你。”

“今年雪咋就下得这么勤啊？”

“可不是吗？刚入冬到现在已经下了三四场大雪，大雪封了一冬的山，恐怕今年的牛羊剩不下几个了。”

“自从入冬以来，我愣是铲雪都铲厌烦了。”

“昨晚会上说，村里马上要实施精准扶贫政策了。到时候，国家要给我们发工资，我们也可以享受到当干部的待遇了。”

“喂喂，你们大家听说了没有啊？丹巴又要来我们村了。”

“哪个丹巴啊？就是老村长家才玛吉的那个老相好吗？”

“不是他，还有谁啊？”

“哦哦，这孽缘好像就集聚在我们石头村，魂魄不散啊！”

“这次选定贫困户，万德大叔会得重彩的吧？丹巴当年连小轿车都舍得给他家买，选他们家当个贫困户不就是件轻而易举的事吗？”

“这下好了，昂邱巴登（娘吉的儿子）马上就有阿爸了。可怜见儿的，大人犯错，孩子遭罪。唵嘛呢叭咪吽！”

“原来你们都认为昂邱巴登是丹巴的孩子啊？我还以为就我一个人这么认为的呢。”

“这还能隐瞒得了吗？你看那孩子的模样和神情，活脱脱就是个小丹巴嘛。”

“娘吉也是的，她的丈夫不离掉她才好笑呢，你怀着别人的孩子嫁到婆家里去，人家也不是傻子，谁会要你啊？乳牛满山跑，回家生牛犊。真是既当婊子又想立牌坊。”

“嗨嗨，卓玛措你积点儿口德吧，大家都是女人，活着谁都不容易啊。”

“卓玛措，你是不是欠揍了啊？长舌婆，看我不割掉你的舌头。你还不回家来做早饭吗？”

韩加柱对着他的妻子发出一声斥责声，给在巷道里扫雪的婆姨们敲响了警钟，都察觉出自己说大了话，于是，大家收敛了滔滔不绝的闲话，拿着铁锹和扫帚，各回各的家里去了。

虽然是些婆姨们聚在村口巷道里随便说的闲话，但不胫而走，没过多久就传到各家各户，家喻户晓了。

此时此刻，娘吉娘家里气氛有些沉重。航巴带着满脸的愠色坐在土炕上，俯视着坐在灶膛前默默哭泣的老伴。他的儿媳妇华措脸上带着忧伤在收拾着碗筷。

“都是你做的好事，嫁出去的女儿泼出去的水，她做下这么丢人事，就不应该接她回到家里来啊！”航巴大叔开始数落起阿妈才忠来。

“你这个狠心的家伙，她再不好也是从我身上掉下来的肉，如不是你当初攀高枝，说不定她现在过得很好呢。”阿妈才忠哭泣着埋怨航巴说，“现在你满意了吧？女儿差一点儿死在了玉树草原，昂邱巴登多可怜啊，明明有阿爸可不得相认，生下来就成了孤儿，这些都是你干的好事儿啊！呜呜呜……”

“山羊不在平原上吃草，女儿不在好家里生活。不就是说她这样的人吗？”航巴指责阿妈才忠，“我一心让她去过上幸福的生活，她倒好，跟着那个穷小子鬼混。现如今弄得满城风雨，村民们都在看她的笑话，你们母女的脸上有光彩吧。”

“狗屎，当初女儿想给自己的婚姻做主，是你活活阻断了女儿一生的幸福。你这个榆木脑袋，当初说女儿要嫁的人家是高官达人，女儿嫁过去会享清福，现在看到女儿如此下场，你满意了吧！呜呜呜……”阿妈才忠哭得更加地伤心了。

“魔女，当初我让你好好管教女儿你不听，到头来闹出这么大的笑话。我在村民们的面前抬不起头来了。”航巴恨恨地吸了一口旱烟后，使劲咳嗽着说，“咳咳咳……我供她上了大学，到头来她把书念到牛屁股上去了。她好歹也是个大学生，可她轻浮得连个村姑都不如，让那么个浪荡子给糟践，还平白无故地给人家生出个私生子来。丢死我这张老脸了。”

“好了！”航巴的儿子华泽嘉扫完雪回来，听到阿爸口无遮拦地在咒骂他的阿妈和可怜的姐姐，就气愤地呵斥说，“姐姐现在过得多么可怜，你非但不同情他们母子，还出言不逊，用这么恶毒的话来伤害家里人。”

“……”

华泽嘉一出面，航巴夫妇就再也不敢吵架拌嘴了。

“你们都没有考虑过姐姐的感受。”华泽嘉坐在沙发上说，“当初姐姐也是尊重了阿爸的选择，要不然她跟着丹巴私奔，谁也奈何不了她的，说不定她现在的日子过得很滋润呢。”华泽嘉喝了一口茶水，说，“现在姐姐落难了，我们做亲人的不去帮助她，安慰她，他们母子就真的活不下去了。”

“嗯嗯嗯……嗯嗯嗯……”

听了华泽嘉的一番话，阿妈才忠哭得更加地伤心了。

“听了阿爸您刚才说的话着实令人心寒啊！旁人不同情姐姐也罢了，可作为她的亲人我们干吗要鞭笞她呢？佛祖难堵众人口。我们没办法阻拦别人的口，就让他们随便说去吧。身正不怕影子斜，以后在家里谁也不准说这种话。”

“可村里就要开展精准扶贫工作了，村民们都盼着自己家被认定为贫困户，狼多肉少……”航巴还是说出了自己内心的真实想法来，“你奶奶在世的时候患大病住院，花光了家里的积蓄，现在我们家……”

“我想实施精准扶贫工作，认定贫困户时一定会有个标准的，再说当个贫困户未必是件光荣的事啊。”华泽嘉铲了一早晨的雪，现在显然有些饿了，他边吞吃着糌粑边对他阿爸说，“谁都有走下坡路的时候，我建议我们家不争着去做村里的贫困户，这个‘荣誉’贴在我的脸上实在挂不住。我们家祖祖辈辈都靠勤劳持家，我不想戴这顶帽子。”

“儿啊，我们居住在这个穷山洼里，道路闭塞，生产单一，在这年月里靠种植业很难翻身的啊！”航巴有些担忧地说。

“我有胳膊有腿，外出打工，靠自己的能力会渡过我们家目前的难关。”华泽嘉喝完最后的一口茶水说，“只要一家人团结和睦，大家心往一处想，劲往一处使，世上没有过不去的坎。”

说完话，华泽嘉到畜圈里喂牛羊去了。

他家的堂屋里一片寂静，寂静一片。

六

夜深沉。残月暗淡，朦胧的月光下，扎隆山影影绰绰地矗立在石头村的正北面，像一个威严的慈父在守护着石头村。

丹巴独自一个人坐在村十字路口的那棵大树底下，面朝村东面郁郁葱葱的雅茂林，边抽烟边思索。

俗话说"靠山吃山，靠水吃水"。坐落在扎隆山脚下的石头村的村民们，世世代代靠扎隆山的福泽生活。巍峨的扎隆山给石头村的村民们提供了放羊牧马的广袤草场，用大山宽阔的胸怀给石头村的村民们提供资源。村民们在扎隆山上采集冬虫夏草等天然中草药过日子；雅茂山上那片翠绿的松木林给石头村的村民们提供了木材，村民们伐木盖房，建造了温暖的家园。村民们一度大方，一直宽容邻村的村民们上扎隆山上采挖冬虫夏草，慷慨地奉献属于他们自己的资源，与别村的村民们共享资源，走共同富裕之路。后来他们发现冬虫夏草的价格一路飙升，招惹得石头村的村民们发疯、发狂了起来。

丹巴是从达隆村村民那里得知了石头村的村民们暗地里制造草山纠纷的事。那时，再去做群众工作已经来不及了，因为石头村的村民们已经把扎隆山承包给一个甘肃的老板去采挖虫草了。那老板已经拉来了一车雇挖（老板花钱雇来采挖虫草的民工）趁天黑之前进山了。为此，常年上扎隆山上去采挖冬虫夏草的达隆村和洛嘉村的村民们不答应。他们组织起了村民，第二天早上就要进扎隆山，和石头村的村民们争抢草山，要去维护他们自己的利益。

这时候，丹巴才意识到了事情的严重性。于是，他命令达隆村的党支部书记袁建国骑摩托车送他去石头村。可袁支书不敢去啊。丹巴也理解袁支书的胆怯，在这个关键时刻，就算再借给他一个胆他也不敢到石头村里去的。两村之间因草山而发生了纠纷，他作为村里的支书，一旦落入敌人手里，他们的计划全盘皆输，敌方就不战而胜了，所以袁支书死活也不愿意送丹巴去石头村。情急之下，丹巴一把从袁支书手里抢过摩托车的钥匙，骑着摩托车向石头村疾驰而去。

丹巴借着朦胧的月光，骑着摩托车直接来到了石头村支书增官嘉家门口，火急火燎地敲开了他家的大门。

“增官嘉支书，难道你吃豹子胆了吗？目中无人，不把政府都放在眼里了啊！你私自做出决定，把扎隆山承包给外地老板去采挖虫草。因此事，与你们村周边的村庄引发了矛盾纠纷，你承担得起这个责任吗？”丹巴一见到来给他开门的增官嘉书记就怒气冲冲道。

“扎隆山本来就是我们石头村的草山，噶杰镇政府认可这个事实吧。”增官嘉边穿衣服边对气急败坏的丹巴说。

“嗯，谁都知道扎隆山是石头村的草场。即便是这样你也不能私自做出这么出格的事情来啊。”丹巴接过增官嘉支书的妻子杭茂吉递给他的茶碗，说，“那么你早干吗去了啊？这么多年来，整个雅茂片区的群众一直上扎隆山上采挖虫草，他们都默认扎隆山上的虫草就是雅茂片区群众共享的资源了。你们为何当初不去制止他们呢？就算周边村做得不对，你们也应该找镇政府反映情况啊，让镇政府出面妥善解决的，你们私自制造群众矛盾，激化矛盾纠纷，出了大事情你们要去坐牢的。”

“找镇政府？我们年年向镇政府反映情况，政府给我们解决问题了吗？镇政府的领导换了一茬又一茬，可这件事一直拖延到现在也没人管，所以只能由我们自己来管理自己的草场了。”增官嘉支书穿好衣服说。

“无论怎样，我命令你制止村民，不要让这场与邻村间的矛盾纠纷继续扩大下去！”丹巴严肃地说。

“已经来不及了，箭在弦上不得不发。”增官嘉支书边吸烟边说，“只要解决了这一问题，就算让我去蹲牢房我也愿意。”

“增官嘉，你可是村支书啊，你不能执迷不悟，带头去做犯法的事啊！”丹巴劝解增官嘉支书说，“你的心思我算是明白了，可你做的事情是违法的啊，到头来村民们非但不认你的好，反而会憎恨你的。”

“我已经顾不了那么多。此一时彼一时，不走到最后，谁都不知道事情的结果来的。”增官嘉吸完最后一口烟，往烟灰缸里摁灭了烟头说，“我站得稳走得直，只要自己做得问心无愧就行，后事任他们评说去吧。

“看来你是王八吃秤砣——铁了心了。”丹巴绝望地看着增官嘉支书说，“想必你们对这事反复地讨论过了。我再去找万德村长也无济于事的吧？”

“是的，我们已经开过十几次群众大会了。”增官嘉支书非常果断地说，“全体村民都拥护我们，决定非要靠自己的力量来摆平这件事了。”

“既然是这样的话，我也无能为力，只好如实地向镇政府汇报此事了。出了问题这个责任我可担当不起啊！”丹巴也直截了当地对增官嘉说出了自己的想法。

“只因为不想给你添加负担，所以才对你隐瞒了这事。”增官嘉支书喝了一口水说，“你尽管去履行你的义务，我也不想为这事而影响到你的前途。”

事不宜迟。丹巴知道此时此刻自己身上的责任重大，于是急忙走出石头村党支部书记增官嘉的家门，借着暗淡的月光，骑着摩托车向十几公里之外的噶杰镇政府疾驰而去。

七

屋漏偏逢连夜雨。

丹巴骑着摩托车走出石头村，在北盖台上疾驰了一阵后，油箱里的油被烧完了。他只好把摩托车丢在路边徒步向镇政府跑去。当他摸黑走到镇政府大院时，天已经麻麻亮了。可不凑巧县上召开“两会”，镇党委书记和镇长都到龚堂县开会去了。于是，他马上想起给镇长和书记打电话，急忙跑过去敲开了秘书的宿舍门。周秘书揉着惺忪的眼睛开了门，看着一脸慌张的丹巴，关切地问：“丹巴，发生什么事了啊？”

“出大事了。”丹巴急忙冲进秘书的办公室兼寝室里，摸索着找起电话来，说，“电话在哪里呢？情况紧急，我马上给书记和镇长打电话，要汇报情况呢。”

“停电了，电话打不出去。”周秘书说。

“哎哟，越着急越添乱，早不停晚不停，怎么偏偏就在这时候停电呢？现在我该怎么办啊？”丹巴着急得快要哭出来了。

“究竟发生了什么大事啊？”秘书察觉到事情的严重性，就边穿衣服边问丹巴。

“石头村的村民和周边村的村民们快要打起来了。”丹巴像热锅上的蚂蚁急得团团转，“我连夜跑出山来找书记和镇长的，他们倒好，都到县上参加‘两会’去了。如果几个村的村民真打起来，这个责任重大，我哪里担得起啊？”

“那你怎么早点儿没有发现苗头呢？”周秘书边扣衣扣边问。

“前一阵子我不是到州上去培训了吗？石头村和洛嘉村不都是由华泽负责管理吗？”丹巴无奈地说，“那个白痴整天把心思放在泡妞上，根本没有进村入户体察民情啊。”

“快走！”周学惠秘书边戴头盔边对丹巴说，“我们现在只能骑摩托车去县城了。”

丹巴像是见到了最后的一根救命稻草一样，赶紧跟着周秘书走了出去。走出院子，两人骑着摩托车向县城疾驰而去。

此时此刻，丹巴和周秘书骑着摩托车冒着初春的料峭来到了县城，急忙冲进黄河人家小区，三步并作两步地登上楼梯，急匆匆敲开了镇党委书记薛云家的门。

穿戴整齐正准备出门的薛云见丹巴慌慌张张冲进了他家的门，气喘吁吁地向他汇报了情况后，吓得连他脑门上的头发都倒立了起来。于是，他立刻向银琼镇长和镇人大主席华巴打电话说明了情况，并命令他们向县会务组请好假，立刻到事发现场处理问题。他马上叫来司机跳上车，边向扎隆山疾驰边给镇上的其他副镇长打电话：“不管你有多忙，都丢下手头的工作，即刻赶到扎隆山脚下集合。”

“薛云书记，发生什么事了啊？”打通了电话后副镇长们不知就里地询问道。

“火烧眉毛了，雅茂片区的群众发生了草山纠纷，几个村的村民马上要打起来了。不要问那么多，第一时间赶到现场来。”薛云书记气急败坏地说完话就挂断了电话。

“喂，王所长，我是薛云，你现在马上组织警员，立刻来扎隆山脚下。”薛云书记把最后一个电话打给了镇派出所的所长，“雅茂片区的群众发生草山纠纷，聚众闹事，你立刻出警到扎隆山脚下维持秩序。”

这时候，扎隆山脚下炸开了锅。

增官嘉率领石头村的村民们集体来到扎隆山脚下的岔路口，等待洛嘉等周边村的村民们到来。他们认为洛嘉等村的村民们会顺着公路赶来，可他们怎么也不会想到洛嘉村村民们动用了战略战术，准备前后涌过来要两面夹击他们，跟他们打包围战了。

太阳升起时，洛嘉村的一部分村民经过洛石公路，穿过石头村的村道，顺着山路向扎隆山走来。当他们来到北盖台上，集聚在一起好像在商量着什么，就是不肯上山来。他们在北盖台上停留了一顿茶的工夫之后，突然点燃了鞭炮，伴随着噼里啪啦炸响的鞭炮声缓缓向石头村的村民们走去。

石头村的村民们往投石袋里投放好了石头，握紧铁锹和镢头，在等待与洛嘉村的村民们作生死搏斗的时候，突然听到从他们身后的山顶上也传来鞭炮声。

“情况不妙！我们上当了。”机灵的增官嘉灵机一动，说，“他们动用了战略战术，想来个前后夹击，把我们当作肉馅包在中间呢。”

“那么我们应该怎么办啊？”见到这一阵势，石头村的村民们都慌了。

“大家不要慌，都听我指挥。”由于过度紧张而失去主张的村民们听到增官嘉支书的话后，如同发现了救星一般，马上把目光都集中到增官嘉支书身上，“大家立刻冲上扎隆山右边的山顶上去。那里山势险要，只要我们占领了那座山头，就非常有利于我们作战。冲！”

增官嘉支书一声令下，石头村的村民们一拥而上，立刻冲上了对面的山坡，不久，他们占领了那座地势险要的山头。

当石头村的村民们冲上山顶后，才明白了增官嘉支书的用意，使得他们钦佩起增官嘉支书的聪明和智慧来。扎隆山主峰前面的那座矗立着的山峰像一道屏障一样，前后夹击而来的人想要登上那座山顶，就得下山走到山脚下重新攀登，就算要从扎隆山右侧的山岭下来，也要攀爬一座陡峭的山坡。为此，那座山顶就成了作战的最佳地势。

他们站在山顶上俯瞰山脚下时，发现洛嘉村的村民们像秃鹫一样黑压压地攀爬山坡缓缓向山顶挪动，远处隐隐约约传来周边村敲打的法鼓声和吹响的海螺声。

“请大家听我指令！妇女们捡石头，男人们先向山下滚石头，连滚石都抵挡不住他们时，我们就用吾尔朵投掷石头打他们，再抵挡不住他们我们就用手投掷石头打他们，如果他们冲到我们面前，大家就用铁锹和镢头等工具攻击他们。”增官嘉指挥大家。

就在这个千钧一发的时刻，有几辆警车从扎隆山的前后两面向他们疾驰而来。

“我们有麻烦了。”增官嘉刚说完话，站在山顶上的村民都听到了警报声。

由薛云书记率领的噶杰镇派出所的干警们开着公务车和警车顺着石头村西北部的山路疾驰而来；由银琼镇长和镇人大主席华巴带领的县公安局的特警，开着警车拉着刺耳的警报声，通过贡巴峡口，穿过洛嘉等村庄，由东南向扎隆山疾驰而来。

疾驰而来的车辆一停下来，从车上跳下来百来名武装起来的特警，手里举着警棍和盾牌，迈着铿锵有力的步伐，向闹事群众包围过来。长居大山深处的村民们哪里见到过这等阵势啊，紧张得开始四处逃散起来。镇派出所所长王明勇见场面十分混乱，举起手枪朝天上开了两枪。这时候，正在四处逃散的群众听到枪声后，吓跑了七魄中的五魄，立刻刹住脚步，复又掉过头聚拢到扎隆山脚下了。

刹那间，扎隆山脚下停满了公务车、警车、救护车。有许多工作人员和医护人员跳下车来，黑压压站了一地。

“增官嘉书记，请你带着村民们一起下山吧，大家坐下来和和气气地解决问题，好吗？”山脚下的王所长手拿着一个高音喇叭，对着山顶大声喊。

他们对准山顶高喊了很久，依旧不见石头村的村民们下山来，就只好使派包村干部丹巴上山了。

可怜的丹巴，从昨晚上一直奔跑到现在，体力明显不支了。但是，命令难违，此时此刻，就算是上刀山下火海他也不能有任何的怨言，就算丢掉他的身家性命的，也要硬着头皮去执行任务了。于是，丹巴爬上了山坡，走走停停地攀爬了很久才爬上了山顶。

“丹巴，你不要过来，我们滚滚石要赶你下山去。”当丹巴走到半山腰的时候，石头村的村民们吓唬他说。

“随便你们了，反正我已经活不下去了。”丹巴边气喘吁吁地爬山边对山顶上俯瞰他的村民们说，“我丹巴死活都栽在你们的手里了。这次我迟早要死了，早死迟死都是一个样了。”

“大家别动手，丹巴也不容易。”增官嘉支书看到憔悴不堪的丹巴，心疼地说，“如果他不去州上培训，肯定会压制住苗头，这场纠葛也不会发生的。”

“不会给他处分吧。”万德村长狐疑地说。

“不会吧，当时他去参加了培训，责任应该不会落到他身上去的。”增官嘉支书解释说。

“乡亲们，你们闹也闹了，好自为之吧。”丹巴爬上山顶，一屁股坐在草皮上，央求他们说，“你们就可怜可怜我，跟着我下山去吧。”

“丹巴，我们不是有意为难你，为了这件事我们向镇政府反映了很多年，可镇政府一直没有解决问题。”村民们围着丹巴坐下来后，村长万德说，“我们石头村和周边村之间一直存在着隐患，只不过你新来这里没发现而已。只要镇政府妥善解决我们石头村和邻村之间的草山纠纷问题，把扎隆山的归属权交还给我们，就算让我和增官嘉书记去坐牢，我们也心甘情愿。否则，我们无论如何也不会下山去的。”

丹巴凭借自己的实力跟他们游说了很久也没有说服他们，最后，丹巴又带着满脸的沮丧和无奈下山去了。

丹巴下山后不久，首先由从县城开来的救护车离开了北盖台，而后，洛嘉的村民们也解散了，最后，连那些兴师动众而来的警车也离开了。

“难道就这么算了？”站在山顶上的村民们疑惑不解地说。

“政府绝对不会这样轻易放过我们的，这里面肯定藏有什么猫腻，大家要小心哦。”村民们异口同声地说。

“哎哟喂，累死我了。”

“饿死我了。”

等警车翻过扎隆山垭口，过了一阵后，石头村的村民们彻底放松了警惕，都瘫坐在草地上。

他们站在山顶上休息了一顿茶的工夫，依旧不见任何动静，增官嘉派了两个年轻人去扎隆山垭口上探察了虚实，也的确不见官方或警方的人影，于是，大家就放下心来走下山坡回到村子里去了。

“大家时刻要提高警惕，一旦有什么动静大家要同时出动啊！”快要下山的时候，增官嘉书记和万德村长提醒大家说，“只要大家团结一致，争取到扎隆山的归属权，我们村的村民就有挣不完的钱啊！”

“曙光就在眼前，大家一起努力吧！”万德村长鼓励大家说。

“知道了。”

于是，石头村的青壮年们燃放着鞭炮，欢呼雀跃地回到村庄里去了。

第一天过去了，村民们没有发现任何的风吹草动，于是，他们慢慢地放松了警惕。

第二天夜晚，夜深人静，石头村村民们在那轮洁白明月的抚慰下，沉浸在香甜的睡眠中时，镇派出所王成明率领干警潜进了石头村。他们从县城调来一批干警，首先悄悄包围了石头村，然后再派使特警潜进村庄里，翻过农户的庄廓墙，跳进了增官嘉、万德、韩加柱、才洛、南杰和华泽嘉等带头闹事的村民家里，逮捕了他们。

其余的青壮年男子听到消息后，穿着裤头和背心，光着脚丫子蹬上梯子，仓皇从房顶跳下来向村庄后面的荆棘林跑去时，都被早就埋伏好的警察逮住后，送到石头村十字路口的古树底下了。

这时候，全村的男女老少都吵闹着向石头村十字路口拥来。当石头村的村民们集聚在村十字路口的大树底下时，警察们已经把增官嘉、万德、韩加柱、才洛等主要人员用警车运出了扎隆山垭口。村中心的古树底下只有包村干部丹巴和村子里的其他青壮年。

“怎么回事，发生什么事了啊？”石头村的村民们不解地询问丹巴道。

“我也刚刚从被窝里爬出来，什么也不知道啊！”丹巴对气势汹汹赶来的村民们说。

“增官嘉，万德……”这时候，丹巴突然明白过来，“他们去哪儿了？”

“啊？”群众纳闷道。

“哦，我明白了。”丹巴环视了一圈群众后，说，“他们是来抓制造这件事件的主谋的，大家都回去吧，你们已经没事了。”

“哇哇哇……”

“呜呜呜……”

增官嘉等的亲人们放声号啕大哭了起来。

“这样吧，大家都先回去休息吧，他们不会有事的。明天一早我到镇政府看看去。”丹巴打发群众回家去了。

半个月后，石头村党支部书记增官嘉等人，期满释放回到了石头村。

八

开完镇政府的扶贫工作会议时，已经到了傍晚时分了。丹巴和他的队友们商量了一番后，决定即刻进村召开扶贫工作动员大会，打算马上在石头村里拉开扶贫攻坚工作的序幕。

“丹巴书记，听说十年前你在石头村里担任过包村干部，想必你对石头村的情况很熟悉，就由王英忠送你们进村吧。”这时候，噶杰镇的海文华书记和敦巴杰镇长走上前来，对丹巴他们说，“按理来说，由噶杰镇的某个领导送你们进村才对，可今天全镇二十一个村的驻村工作队都要进村开展工作，我们人手不够，请你体谅一下我们的困难，自行进村吧。等安顿好大家后，我们再来石头村看望你们。”

“好的，就当我又回娘家吧，不麻烦你们了。”丹巴说着客气话，与噶杰镇的领导们握手告别了。

初春的太阳早早藏进了西山中，夕阳的余晖照射在东面的大山上，镀了一层金黄的暖色。扎隆雪山经夕阳的浴照，闪烁着晶莹的光芒。

王英忠驾驶着丹巴的奶白色广汽轿车驶出了噶杰镇，顺着西久公路从南向北疾驰了两三公里后，调转了方向，轿车驶进了一条狭窄的山村道路。走上那条山路小轿车的速度明显降了下来，像甲虫一样慢条斯理地攀爬起来。小轿车刚爬上那条水泥路，经过一座简易桥，就是一个凹凸不平的陡坡，王英忠就踩足油门猛冲了一阵，把坐在车里的丹巴和陈斌颠簸得前翻后仰了起来。轿车使劲向上爬了一阵后，再也不听使唤，只吼叫冒青烟就是不往前行驶了。

“两位领导，不好意思，车轱辘掉进坑里去了。”王英忠脸上露出抱歉的神色说。

“这路怎么还是原先的那条老路啊？”丹巴下了轿车看着那条蜿蜒曲折地盘绕到扎隆雪山半山腰的砂石路说。

“全县就数这条路没有动过。”王英忠边检查车轱辘边说。

“唉，一见到这条山路我的心就凉透了，山那边究竟是个什么样的天地啊？天高皇帝远，听说我们要去的石头村可是个全省出了名的村庄啊！”陈斌露出满脸的沮丧叹息道。

“人怕出名猪怕壮。就因为石头村的坏名声影响了整个雅茂片区的发展，可谓是一个死老鼠毁了一锅汤啊！”小王边往大坑里填石头边对他们说。

“丹书记，听说你以前就在石头村当过包村干部。”王英忠诡异地看着第一书记丹巴说，“你的大名如雷贯耳，很早就从石头村村民们口中听到过你的大名，今天可算是见到你真人了，幸会幸会！”

“莫提往事，英雄不提当年勇啊！”丹巴神情凝重地望着巍峨的扎隆雪山说，“好事不出门，坏事传千里。”

“看来丹书记与石头村的缘分还不浅啊！”陈斌诡异地看着丹巴和王英忠说，“听你们的话好像有故事呗。”

“修路吧。”丹巴说着从后备厢里拿出了一把短铁锹，往大坑里填砂石。

陈斌脸上带着神秘莫测的神色望着王英忠。王英忠是个机灵人，得知自己说漏了嘴，心生愧疚，就不去理睬陈斌，铲砂石填埋起山坡上被手扶拖拉机刨挖出的坑洼。他们费了好一阵工夫才算修通了那条简易的山路。于是，机灵的王英忠上了轿车，熟练地踩踏着油门，丹巴和陈斌在轿车后面推搡，轿车才嚎叫着冲上了那个陡坡。

轿车一路上左拐右转，颠簸摇晃地攀爬着山路。轿车颠簸摇晃得很厉害，丹巴和陈斌透过窗户玻璃盯着前面曲曲折折的山路。山坡上的灌木林和松树林接踵而来，闯进了丹巴的眼帘，闯进了他的记忆深处。

一阵后，丹巴的记忆里不断闪现出十年前他第一次进入石头村的情节。

他上身穿着小西装，下身穿一条笔直细长的牛仔裤，梳着分头，显得既雅气又癫狂。半路上他遇到了一辆手扶拖拉机，好心的索嘉大爷把他拉上了拖厢。手扶拖拉机吐着滚滚浓烟，顺着长满灌木林和松树的砂石路行走。

“小伙子，是乡里的干部吧?”索嘉大爷微笑着问，“打算去雅茂片区办事吗?”

“是的，大爷，我是新分到噶杰镇政府的干部，现在要到石头村去。”他缓了口气看着慈眉善目的索嘉大爷说，“大爷，你们是哪个村的啊?”

“哦哦，我们就是石头村的村民。你是新派到我们村的包村干部吧?”

“是的，我叫丹巴。”丹巴听了索嘉大爷的话高兴地回答。

“欢迎，欢迎你到我们村里来工作。”索嘉大爷笑呵呵地说，“唉，雅茂片区可是个好地方啊，只是没有一条像样的路，活生生与外界隔绝了啊!”

“大爷，我以后会努力的，争取资金修通这条山路，要将雅茂片区与外界连接起来，摘掉石头村贫穷落后的帽子。”初生牛犊不怕虎，丹巴豪情壮志地夸海口说。

“呵呵呵，那敢情好，如果能修通这条山路可是圆了我们石头村几代人的梦啊!”索嘉大爷坐在像箩筛一样颠簸摇晃的手扶拖拉机的拖厢里，极目远望着巍峨陡峭的扎隆山说，“不管以后你能不能修通这条山路，听到有人说要修这条山路，我老汉心里已经很高兴了。”

“嘟嘟嘟……砰……”一声巨响，把丹巴从深沉的回忆中拉了出来。

“怎么了？发生什么事了啊？”丹巴惊慌失措地说。

“有一辆摩托车掉进路边的大坑里去了。”王英忠停下车，急忙下了车，丹巴和陈斌也立刻下车去看究竟。

他们下了车才看清沟槽里躺着一个衣服褴褛的中老年男子，已经跳下沟槽里的王英忠赶忙扶起了摩托车，并把那个中老年男子也给扶了起来。

“怎么样啊？”丹巴说着话准备走下沟槽去。

“没大问题，他又喝醉了。”王英忠说着话把那个中老年男子扶上了沟槽。

“这不是兰本泰大叔吗？”丹巴认出了那个醉汉，走上前去关切地对他说，“兰本泰大叔，你没事吧？”

“不怪你们，是我自己没有骑好摩托车，不怪你们。”兰本泰散发出一身的酒气，醉醺醺地对他们说。

“看来没有伤着他，只是他这副样子再骑摩托车下山确实很危险。”王英忠不放心地说。

“兰本泰大叔，你这是要去哪里啊？”丹巴关心地问。

“我要到噶杰镇上去……去喝酒……”兰本泰依旧说酒话，“你是丹巴吗？”兰本泰虽然喝醉了，可他还是认出了丹巴。

“兰本泰大叔，我车里有酒，你上我的车里去喝吧。”丹巴说着话把兰本泰给拉上了车。

等兰本泰坐稳了之后，丹巴对王英忠说，“小王，我来开车，你把兰本泰大叔的摩托车骑到村里来吧。”

“好吧。”王英忠答应着，有些不情愿地走过去从车里拿下一件羊皮大衣穿在身上，骑着兰本泰大叔的那辆破摩托车提前上路了。

丹巴上了车，对坐在副驾驶座上的陈斌说："陈斌，你到后座上去照看一下大叔，行吗？"

"他不是挺好的吗？"陈斌鄙夷地看着兰本泰，脸上流露出嫌弃的神色说。

"或者，由你来开车，我到后座上照看他。"丹巴见陈斌不愿意，又对他提出要求。

"他……"

"二选一，没得商量。"陈斌还想辩解，丹巴没有给他说话的余地。

陈斌看了看那条既陡峭又曲折的山路，又转过头去看了看醉酒如泥、不停地说酒话的兰本泰，无奈地下了车坐到后座位上去了。于是，丹巴开车爬起那条曲曲折折、坑洼不平的山路。

小轿车像一只小甲虫，在巍峨陡峭的扎隆雪山的半山腰里攀爬了很久后，才颠簸摇晃着爬上了扎隆山垭口。

一翻过扎隆山垭口，雅茂片区的景色就一览无余地闯进了丹巴的眼眸中。于是，丹巴踩住刹车，让小轿车停靠在沙路边上，走下车去瞭望起雅茂片区的景色来。

眼下虽到春天，可高原上依旧不见春天的迹象，仍然处在隆冬的苍凉中，到处一片荒芜的景色。

站在寒风呼呼的山顶上俯瞰扎隆山脚下。

远处的刘家峡水库里的水碧绿碧绿的，像是镶嵌在黄河古道里的一颗蓝宝石。一座座高耸入云的山宛如一个个屹立在河道里的弹丸，一道道山梁蜿蜒起伏，缓缓隆起，一直延伸到扎隆山脉，山峰高大奇特，河道纵横交错。看不到坐落在雅茂川道里的村庄，只隐隐约约听到村民们做晚祷而吹响的螺号声和看家狗的吠叫声。袅袅的炊烟环绕在半山腰的田畴和对面的松树林边。石头村，就坐落在扎隆山脚下，被没来得及融化的积雪给覆盖着，黑白分明，如同一幅水墨画一般展现在他的眼前。村庄南边高耸着的雅茂山上的松木林郁郁葱葱，带着墨绿色从西向东顺着山势曼延下去，一直扎进洛叶沟中。

“这里的景色还不错啊！”陈斌不知什么时候走下车来，站在丹巴身边赞叹道。

“从今往后，它就是我们的战壕了。”丹巴若有所思地俯瞰着扎隆山脚下荒芜的山山沟沟说，“命也是缘缘也是命，成也是你败也是你。走吧！”

说完话，丹巴又上了小轿车，刚要出发的时候，拐弯处冲出了一群黑牦牛，丹巴又不得不停下车来。

“啊若，要去石头村吗？把我捎上一段吧。”说着话，一个身材魁梧、声音洪亮的大汉从牛群后面跑了过来。

“你好才科，到山上赶牛去了吗？”丹巴认出那人并主动向他打招呼道。

“阿拉，这不是丹巴吗？”才科认出丹巴后，就走上前来跟他打招呼说，“啊若，小伙子，你怎么又到我们石头村来了呢？看来你跟我们石头村的缘分不浅啊！”

“算是吧，快上车我们一起进村吧。”丹巴邀请才科上车。

才科上了车看到他们村的“醉神仙”兰本泰后，惊奇地说：“哟呵，我们村的活神仙也在这里啊。”

“哈哈哈，说起活神仙，恐怕你们俩都是吧。”丹巴顺口跟才科开了句玩笑。

等才科坐稳后，丹巴开车向山脚下的村庄疾驰而去。

九

丹巴他们天麻麻黑时到达了石头村。此前，镇政府在召开村“两委”班子大会上安排各村“两委”在村委会里腾出两间房子，让驻村工作队居住。可石头村里至今没有修建村委会办公场所，只好与雅茂林场的崔厂长协商，让丹巴他们住进雅茂林场里去了。

等丹巴他们把行李放到林场场长提前安排好的宿舍里之后，村党支部书记噶杰嘉、村长扎西、村妇女主席杨增卓玛、村会计仁增等一伙人在包村干部王英忠的带领下，来到林场门口欢迎他们驻村工作队队员来了。

“丹书记，欢迎你再次来到石头村。”噶杰嘉书记和扎西主任每人手里捧着一条哈达走上前来，与丹巴他们说话的同时恭恭敬敬地把手里的哈达献给了丹巴他们。

“客气了，客气了。我们都是老相识，没必要搞得这么隆重啊！”丹巴对石头村村委会的一班人说着客套话，就把陈斌介绍给他们说，“这是我们工作队的队员陈斌，是龚堂县旅游局使派来的。”

“欢迎，欢迎，陈主任来到我们石头村，为石头村的老百姓办实事。”村委会一班人马听了丹巴的介绍后，噶杰嘉书记和扎西主任又从村妇女主席杨增卓玛手里接过一条哈达，郑重地献给了陈斌。

“谢谢，谢谢，往后我们一起共同努力吧。”陈斌向他们回敬道。

“兰本泰，你这个酒鬼，又喝醉酒了啊？你们看看，他还钻进人家第一书记的车里去了，羞死个人了。你还不赶快滚下车来，躲在车里吃屎吗？”这时候，阿尼华茂叶拄着拐杖，一瘸一拐地来到林场门口，开口大骂起兰本泰来。

这时候，才科刚好打开车门下来了。气急败坏的阿尼华茂叶不分青红皂白抡起拐杖就猛地朝他打了过来。

“阿尼华茂叶，是我，我是才科。”才科东躲西藏地躲闪着阿尼华茂叶手中像雨点儿一般挥打下来的拐杖，说，“阿克兰本泰在车里睡觉呢。”

“哦哦哦，原来车里还有两个贵客啊，来，我们一并欢迎我们石头村的这两个‘活神仙’吧。”村长扎西说着玩笑话，捉弄起才科和兰本泰来。

这时候，听到消息的村民们都聚拢到林场门口看热闹来了。

等王英忠把兰本泰叫醒，从车上扶下来兰本泰时，恼羞成怒的阿尼华茂叶又抡起拐杖向兰本泰身上扑了过去。

“阿尼，阿尼，大家都在看笑话呢，你消消气吧。”丹巴走上前去阻拦住阿尼华茂叶说，“等他醒酒后，我再好好说说他。”

“没用的，这个奴气不争的家伙，腌臜了一辈子。”阿尼华茂叶生气地操着哭腔声说，“我的命咋这么苦啊！”

“阿尼，阿尼，他有错，我们等他醒来了再说吧。好吗？”丹巴依旧劝解阿尼华茂叶说。

“哎哟，这不是丹巴吗？”阿尼华茂叶这时候才认出丹巴来，脸上流露出同情和失望，用惋惜的口气对丹巴说，“你干吗又来这个是非不断的村庄啊？难道你忘了当年他们给你做的那些腌臜事吗？孩子，阿尼真的替你感到惋惜啊！那年，那年他们联合起来对你使诈，害得你差一点儿丢了手里的饭碗呢！”

“阿尼，都过去了，您不要再提那些往事了。”丹巴搀扶着阿尼华茂叶边往村主街道送，边对她说，“你回去要保重身体啊，我让王英忠送兰本泰大叔回家，好吗？”

“哎哟，你真的不该来这里啊！这个村子里的人坏得很哟。”阿尼华茂叶一边说话一边默诵着六字真言，拄着拐杖一瘸一拐地向村子走去。

“丹书记，你们路上辛苦了，想必也饿了吧。”村长和书记邀请丹巴他们到噶杰嘉书记家吃饭，“我们在家里做了顿便饭，请你们到家里坐坐吧。”

“客气了。”丹书记顺应着两位村里的干部说，“有些话我们到书记家里聊吧。”

走进噶杰嘉书记的家里，已经是要华灯初上的时分了。

当丹巴他们走进噶杰嘉书记家的堂屋里坐稳后，噶杰嘉书记的爱人措茂嘉提着一把冒着热气的茶壶走了进来，从摆放在他家堂屋中央的碗柜上取来茶杯，边倒茶边对坐在沙发上的丹巴说：“丹巴，我们又见面了，多年不见的人今天又见面了呗。”

“是啊，我们已经有十多年没见过面了吧。”丹巴看着措茂嘉说，“嫂子，你还好吧。”

“自从你离开这里就没有了音讯。当初我真的以为你走不出这个村子了。那些天啊，我为你担忧得整夜整夜睡不好觉啊！”措茂嘉说着话，鼻子一酸，放下手里的茶壶抹起眼泪来。

“你干吗呢？客人们还饿着呢。”噶杰嘉书记斥责措茂嘉。

“对不起！”措茂嘉立刻揩掉眼泪说，“我本来不想提那件事的，可今天见到丹巴我就情不自禁地想到了那些往事来。想想那时候的丹巴也是个孩子，跟我们家的阿东一般大，那么小就遭受了那么多罪。”

措茂嘉说得丹巴的心里也酸酸的了，于是，他马上端起茶杯喝了一口茶水，克制了一下情绪说：“对不起，嫂子，后来……嗯，后来由于顾及到工作和家庭就没有来看望你们。”

“我不怪你，如果是我，这一辈子再也不踏进石头村半步。”措茂嘉又抹了一把泪水说，“昨晚听你大哥说你又要来石头村了，我把那些往事又从脑子里过了一遍。”

“谢谢嫂子，还记得我。”丹巴笑着对措茂嘉说。

“再不提那些伤心的事了。”措茂嘉揩掉眼泪，脸上复又露出笑容说，“你们先喝杯热水，我去端饭。”

“她专程开了一场叙旧会，真是的。”等措茂嘉走后，噶杰嘉责怪道。

“看来，丹书记之前在村里演绎过一场刻骨铭心的悲喜剧啊！”听到措茂嘉一番生动的叙旧话，陈斌更感到惊奇地说，“我倒对这个话题很感兴趣了。”

“哪壶不开提哪壶。以后任何人都不准提这个话题。”丹巴看到陈斌幸灾乐祸的样子有些懊恼了，“言归正传，我们说正事吧。”丹巴环视了一圈噶杰嘉书记家堂屋里的人说，“正好今天书记和村长都在。想必大家都已经知道了，最近全国各地正在火热开展扶贫攻坚工作，我们也趁热打铁，立刻召开动员大会，尽快开展精准扶贫工作。”

“好的。”书记和村长异口同声地答应道。

就在这个时候，措茂嘉端来了饭菜。有肉有酒，还有许多可口的饭菜。看来措茂嘉不是说客套话演戏给丹巴看的。

十年之后，丹巴再见到措茂嘉，她已经变成了一个老村妇了。

十

一场春雨，把沉睡了一冬的扎隆山给催醒了。

石头村周边河道里的白杨树、垂柳树和落叶松的枝条柔软舒展开来，枝头上结着饱满的蓓蕾，在缓缓吹拂的春风里轻轻摇曳。田野里小草探出头来窥视着这个生机盎然的大千世界。

石头村村民们又开始在田野里忙碌了。

夜间飘落的积雪还没有融化，宛如秋季里熟透的棉花一样，一片片、一坨坨地覆盖在一畦畦田野的垄坎和耕地里的土坷垃上。丝丝缕缕的雾气像绸缎，如发丝，如飘带，柔弱地从潮湿的大地上飘起来，轻轻地缭绕在石头村肥沃的田野里。

“阿克万德，你们今年打算在这片地里种些什么啊？”

“玉芬嫂子，我今年在这片地里种大黄。”老村长万德头上缠着苯教徒绛红色绒布头饰，身穿绛红色短袄外套，用一条绛红色绒布腰带束扎着绛红色短袄外套，腿上穿着一条藏蓝色裤子，脚穿着一双黄色的球鞋，眉毛花白，双眼浑浊，耷拉着大眼袋，抖动着嘴唇上的花白胡子看着杨玉芬说。

韩国鑫的婆姨杨玉芬头上裹着一条浅酱色头巾，身穿粉红色加厚运动服，一条蓝布裤子，一双布鞋，手里拿着一把榔头，一边啪嗒啪嗒地捣着耕地里的土块坷垃，一边对上地里干活的老村长万德说：“北盖台农田里适合种植小麦、油菜和青稞等农作物，也适合种植中药材。”

“一茬庄稼两年苦。唷唷唷……”老村长万德甩着手里的皮鞭抽打着一对耕牛边犁地边说，“种植中药材对我们这些缺劳动力的农户划算得很，一茬种子下地，五年不用操心。唷唷……，五年之后就有不菲的收成啊。”

“你们家的华青又没回家啊？你都这把年纪了还赶着耕牛翻地，除了你现在全雅茂沟里也没有第二个人用二牛抬杠翻地耕种了。”杨玉芬边捣地里的土坷垃边对老村长万德说，“你放着吧，等我儿子开来手扶拖拉机顺便帮你把你家的地给翻了。”

“听说了吗？晚上要开会了，说是州上派干部来我们石头村里开展扶贫工作了。”雾霭绰绰的田野里有人影在挪动，其中韩加柱的媳妇卓玛吉的声音格外响亮。她那尖声尖气的声音透过轰隆隆吼叫着的手扶拖拉机的声音，穿过层层迷雾，扎进人们的耳膜中来。

“什么州级干部啊？不就是当年老村长万德瞅上的那个准女婿吗？今年评定贫困户他的‘老岳父’一定会评得上的吧。”

“凭什么呀？”

“丹巴当初舍得一辆十七万的小轿车给他家，现在怎么舍不得给他们家一个贫困户的名额呢？”

“说得有理啊……”

“家里有一个漂亮的女儿就等于开了一家银行啊！”

“啊哈哈……”

“卓玛吉，你行行好，留点儿口德吧！”

地里劳动的婆姨们说出的话，句句像一枚枚毒刺扎着老村长万德夫妇的心，可是他们两口子有口难辩，不去理睬那些长舌婆姨说出的闲话，只低着头默默劳动着。

北盖台农田里劳动的婆姨们口无遮拦地谈论着驻村工作队和精准扶贫工作。但是她们并不理解精准扶贫工作的相关政策，只是凭空想象，按照她们各自的主观臆断在谈论扶贫工作。

中午时分，等杨玉芬的儿子韩加田开着手扶拖拉机到北盖台时，老村长万德也已经耕种完了田地，赶着喘气咻咻的耕牛回家了。

他的身后还传来那些长舌婆姨尖锐刺耳的说笑声。

十一

夜幕低垂，那轮弯弯的上弦月悬挂在东山顶上，窥视着静卧在扎隆山脚下的石头村。

今夜的石头村人声鼎沸，热闹非凡。

村民们早早地吃过晚饭，都来到坐落在石头村十字路口的古树底下，等待召开那个决定全村人命运的重大会议。

夜色还没有完全黑尽。村十字路口的那棵古树底下摆放着几张长条课桌和几条长凳子，增官嘉还早早地照亮了小卖部门口的照明灯。灯光下男人们挤在一起边抽着烟边漫无边际地聊着天。他们谈论着就要实施的精准扶贫。

“不是每年都在搞贫困帮扶工作吗？”更吉挤进女人堆里，不分青红皂白地说，“哦，对了，今年我们村的低保户轮到谁家了呢？”

“去年的低保户是阿尼华茂叶、阿克韩国鑫和阿克田福子家，轮到你们家还早着呢。”羊措卓玛边搓揉手里的那张羔羊皮边对更吉说。

“怎么还通知大家说，每家每户都必须要有一个人来参加今晚的会议，搞得如此兴师动众的，我还以为要召开一个多么重要的会议了呢？”更吉显然有些失望了，“既然是选低保户，我们村里的低保户已经是板上钉钉的事了，全村里轮流着转不就挺好的吗？”

“今夜的会议好像很重要，听说是从州上派了工作组，一共有三个人，都住在林场里去了。”贤吉说。

“听说十年前我们村的那个包村干部又来我们村了，他们说的州上派来的干部莫不是他吧？”杨格措疑惑地问。

“啊，就是爸布万德当村长的时候，想留下来给才玛吉做女婿的那个丹巴吗？”更吉心直口快地问。

“除了他，还有谁呢？”贤吉有些不高兴地说，“那个负心汉，害苦了娘吉。”她旋转着手里捻毛线的陀螺说，“可怜的娘吉带病坚持抚养着他的孩子，他还人模狗样地活得很潇洒。还有脸来我们石头村？”

“这事不怪人家丹巴，是娘吉自己太软弱，当年做不了自己的主，是自讨苦吃的。”更吉不看人的脸色，心里想什么嘴里就说什么。

“你到底是向着谁说话呢？不想跟你说话了。”贤吉有点儿生气了。

“不想说就拉倒。”更吉口头不饶人。

女人们在那棵树下纷纷议论着，男人们也没闲着。

“大家听说了吗？丹巴又来我们村里了。”才多抽着烟看着大家说。

“听说了，昨天下午才科还坐了他的车呢。”切央嘉措说。

“好多人都已经见到他了，听说他们就住在河对面的林场里。”更泰嘉说，“这下可有好戏看了，娘吉和他的儿子就住在林场门口的学校里，他们又可以旧情复燃了。”

“再不可能吧，人家丹巴比以前更帅了。”韩国龙说，“娘吉老师已经变成一个老太婆了。感情这个问题此一时彼一时，新鲜感一过去了就如左手摸右手一样，非但没有激情，还看着觉得厌恶呢。”

“那么，你们家的关存莲就活守寡着吧。”东智拿韩国龙开玩笑说，“你俩在同一屋檐下共同生活了二十多年，不但没有酥油的味道，已经变成了达拉，酸得快倒掉牙哩吧。”

“哈哈哈……”男人们总喜欢听到这样带荤腥的话，当他们听到东智的话，都放声哈哈大笑了起来。

“喂喂喂，大家听说了吗？”才郎走进增官嘉的小卖部里，对挤在小卖部里抽烟闲聊等待召开会议的人们说，“丹巴又来我们村里说是搞扶贫工作的，他是真的来我们村办实事来的吗？”

“瞧你说的，人家来都来了，不是来办实事还来干什么呢？”华太佳有些不屑地说。

“他是来我们村里镀金的。”才郎诡异地看着大家说，“你们想想，我们村坐落在神圣的扎隆神山脚下，他看中我们村的好风水才来这里的，等一旦公职上迁他就拍屁股走人了，看他还管不管我们了。”

“他当初工作失误，我们村里发生了那么多事情，非但没有办事的能力还向州政府上告，我们村里那么多人被送进了监牢。”切央煽风点火道。

“呸呸呸，他还能做好我们村的扶贫工作吗？”才郎见缝插针地说，“他能做到的事我也能做到啊，我们还用得着他吗？”

“就是啊。”切央立刻接着才郎的话头说，“还说他是我们村的第一书记呢？听说他的权力比我们村噶杰嘉书记还要大呢。”

“噶杰嘉书记，哈哈哈，简直就是聋子的耳朵——摆设啊。”才郎非常不屑地说。

“好了，好了，隔墙有耳，这样的话还是少说的好。”华太佳对大家说。

“他们来了，会议马上就要开始了。”增官嘉从小卖部的窗户里看到从学校门那边向这边走来的丹巴他们后，提醒大家说。

初春料峭，春雪后的天气格外地寒冷。

十字路口那棵古树底下黑压压地挤满了石头村的村民，都扎堆在小卖部门口的台阶下面七嘴八舌地说着话。丹巴他们工作队和村“两委”班子的成员们并排坐在台阶上面的桌凳上，观看着台阶下面的群众。

村庄的各个角落里时不时地吹起一股风来，袭卷过小卖部门口的人群中，吹得坐在主席台上的丹巴他们的衣角胡乱翻飞着，都不停地暗自打着寒战。

“他比原来帅多了。”

“可不是吗？他年轻时就很帅，现在比十年前胖了好多，也很有男人味。”

“身体壮壮的，脸蛋白白的，软乎乎的。”

“当初没发现他身上的魅力，现在看起来他这么英俊，凭才玛吉的长相能留得住他吗？当初老村长只不过是癞蛤蟆想吃天鹅肉了而已。”

“小王太嫩，那个新来的助手有些傲气，在他俩的陪衬下丹巴显得格外稳重成熟，更有城府。”

女人们在台下议论着丹巴。

“你们看看，他现在多么威风啊！穿着一身的名牌衣服，剪的头发多时髦，手腕上戴的手表是劳力士手表。看来现在他飞黄腾达了。”

“人靠衣服马靠鞍。他现在酷毙了，记得当年他差一点儿圈死在我们石头村里了。”

“如果当初没有他的那个女同学来搭救，他现在或许就是我们石头村的女婿了。假如他做了老村长家的女婿，就不见得有现在这么威风吧。”

“每个人的命运都不同，他吉人天相，不会留在我们石头村里的。”

石头村里的男人们纷纷议论着丹巴的前途和命运。

“那么他这次来我们石头村是干正事儿来的吗？”这时候，石头村的乌鸦嘴才郎幸灾乐祸地对大家说，“他只不过是来我们村里过渡一下，借用一下精准扶贫工作的名誉，过不了多久就嗖一下上任了。”

“不会吧？”石头村的大男人们都用质疑的口气询问道。

“怎么不是呢。”才郎添油加醋地说，“你们想想看吧，当初他一个毛头小子，没有背景也没有靠山，差一点儿就圈死在我们石头村了，可他的那个女同学一出现，化险为夷，他麻雀变成了凤凰，从我们这个偏僻的地方飞走了。现在他成了我们州上的驸马爷。你们想想他会留在我们村里安心搞精准扶贫工作吗？”才郎煽风点火道，“只可惜娘吉老师了。当初丹巴假惺惺地说要为娘吉去死，可占了娘吉老师的便宜后，那又怎么样了呢？还不是娘吉带着他的孩子在受苦受难，他却耀武扬威，过着滋润的日子啊！”

“可怜娘吉老师了。”

大家异口同声地说。

“大家安静，我们现在开会。”

这时候，石头村的党支部书记噶杰嘉开始主持起会议来。

“同志们：

“按照镇党委和政府的安排，今天我们村举行精准扶贫工作动员会。今天的会议共安排了三项内容，会前已经在村务公开栏公示，不再重复了。参加今天精准扶贫工作动员大会的有：石头村的第一书记和驻村工作队、村‘两委’成员、全体党员、村民代表等应到会一百二十七人，实到会一百零三人，符合人数要求。下面先逐项进行：

“会议进行第一项：由石头村的第一书记丹巴作动员报告。”

丹巴对准石头村的村民们开始讲话了。

“为全面贯彻落实习近平总书记关于扶贫攻坚工作的系列重要讲话精神及省委、州委、县委和镇党委关于扶贫攻坚战的总体部署进一步落实好县委关于我县扶贫攻坚塪工作的安排部署。及镇委、镇政府召开全镇精准扶贫工作动员会，今天，我村专题召开精准扶贫动员大会……”

他用通俗易懂的方式给前来参加会议的石头村的村民们讲解了要开展脱贫攻坚的时间，确保全县贫困人口到二零一八年如期脱贫，精准识别贫困户是落实“九个一批稚”“六个精准”的新任务。按照“县级统筹、镇负总责、村抓落实、总量控制”的原则完成工作任务。把准确界定贫困户的范围做了重点讲解，要在科学量化评分过程中要坚持“四看”“五优先”“六进”“七不进”“八个一”工作实现精准识别。以及要严格履行“两公示一公告”工作程序和做好资料归档等扶贫政策。

等丹巴书记讲完了后，石头村的支部书记嘎杰嘉做了简要的总结。他说：“同志们：建档立卡贫困户精准识别工作事关贫困群众切身利益，事关我们石头村的精准扶贫。精准脱贫顺利推进任务艰巨、责任重大，大家务必高度重视、精心组织、积极推进全力确保我村扶贫攻坚战决战决胜，如期建成小康村！

“同志们：今天我们的精准扶贫工作动员大会结束了。会上，由我们石头村的第一书记丹巴做了动员报告，接下来该上报的抓紧上报，该公开的抓紧公开，需要下一步组织落实的抓紧组织实施，确保各项工作说了算、定了一抓到底，见到成效。关于会上学习和讨论的内容，各位与会同志都要带回去向家里人和左邻右舍搞好宣传、解释让大家了解和参与这一项工作。

“散会。”

夜深人静。

当丹巴从梦里醒来后，一时找不到北了。他睁开眼睛瞬时不知道自己身在何处了。

“老婆，开一下灯，我要上厕所。”丹巴边起身边说道。

“……”

“老婆……”

他站起身来黑灯瞎火地摸着地面找穿拖鞋时，脑子才转过来，发现自己此刻不在家里，而身处石头村，睡在雅茂林场里。

“唉……”他叹息了一声，坐在床上沉思了一会儿。而后，他开了灯打开手机看了一眼。

“老公，怎么不接电话呢？”

微信里有几条卓雅给他发微信视频的痕迹，最后留下了一条微信。

“老婆，睡了吗？今天太累早早地睡着了。”

他给卓雅发出了那条短信，就丢下手机披着外套到室外上厕所去了。

出宿舍的门，一股凛冽的寒风向他袭来，使得他不禁打了一个寒战。可他确实内急，就直奔林场大院东边的旱厕而去。解决了内急，他走出旱厕慢悠悠地往宿舍走去。

他抬头望了一眼天空，发现月亮早就落山了，夜空非常蔚蓝，满天繁星闪烁，天河已经偏西，鱼肚白也开始发亮了。

当他低下头准备下台阶时，突然发现林场下面的学校的一间房间里还亮着灯。

“娘吉。”他的内心深处突然闯进来他初恋女友的名字了，“他们母子还好吗？”

他眼望着学校呆立了一阵后就转身走进了宿舍。

他刚躺下来，听到一阵悠扬凄婉的笛声从林场外面传来。

十二

石头村的村民们加入贫困户的申请书马上交上来了，可不尽如人意，并不是只有村里真正贫困的农户上交了申请书，村里的富裕户都上交了贫困户申请书，使得丹巴他们犯难了。

“怎么会是这样啊？我们不能把整个村的农户都推荐上去当贫困户吧？”陈斌嘟囔道，“难道石头村里的村民们都有毛病吗？大家都争着当贫困户。难道做贫困户就光荣了？我见过争着做先进的，还没见过争着做落后的。真奇怪啊！”

“这几年村里的农户一直轮着做低保户，都尝到政府给予优惠待遇的甜头。”噶杰嘉书记看着犯难的丹巴说。

“没事的，那么我们就进入第二个环节，入户调查吧。”丹巴丢下手头上那些石头村的村民提交上来的申请书对王英忠说：“小王，把镇政府发的贫困户信息采集表打印出来，哦，就按照石头村的常住户数去复印。”

“好的。”听了丹巴书记的吩咐，王英忠立刻行动了起来。

“噶杰嘉书记，你召集来村‘两委’班子的全体成员，我们分三个组开展入户调查。”丹巴对村支部书记噶杰嘉说，“事不宜迟，我们马上着手开展入户调查工作。”

“村‘两委’班子马上到林场集合。”噶杰嘉书记打开手机，往他们村“两委”班子群里喊了几声。

没过多久，石头村“两委”班子的成员都到齐了。于是，丹巴就在雅茂林场里召开了一个简短的村干部会议。

“现在，石头村的‘两委’班子成员都到齐了，我们简单地召开一个有关精准扶贫工作会议。按照精准扶贫工作的要求，我们石头村完成了第一个环节。从石头村的村民们上报申请看，不尽如人意啊，整村的农户都上交了申请，还有从石头村里搬迁出去的村民们也交来了申请书，无意间给我们加重了负担。所以，我们现在得要进石头村全体常住农户家进行入户调查。”丹巴给村“两委”班子的成员们说话的间隙，转过身对王英忠说，“小王，你就把贫困对象调查表也给我一份。”

等他从王英忠手里接过贫困对象调查表，详细看了一眼贫困对象调查表里要调查的内容后，又对村“两委”班子的成员们说：“按照贫困对象调查表里的要求，我们要入户登记清楚每个农户家庭的基本情况，包括家庭成员信息、收入情况和生产生活条件。其中，要摸清楚所有农户家的收入情况，包括工资（务工）收入、转移性收入、生产经营性收入和财产性收入，以及每家每户的生产经营性支出。我要给大家特意解释一下转移性收入，这里面我们不但要摸清农户家的养老保险金、计划生育金、生态补偿金和低保户家庭里政府发放的低保金等等，还要摸清每个家庭的生产生活条件，耕地面积、牧草地面积、林地面积、退耕还林面积、入户路类型、与村主干路距离、是否加入农民专业合作组织、危房等级、住房面积、生活用电、卫生厕所、安全饮用水等等。”

“知道了。”石头村“两委”班子成员们异口同声地回答道。

“二〇一三年年度新录入建档立卡系统扶贫标准两千七百三十六元以下，二〇一四年扶贫标准两千八百元以下，二〇一五年扶贫标准两千八百五十五元以下。这次新识别的贫困户仍按照二〇一四年底人均纯收入两千八百元以下为标准，对符合条件的贫困户进行整户识别。农民人均纯收入由年家庭各类收入和扣除生产经营性支出后，除以家庭常住人口数计算得出。

“开展精准扶贫工作，我们要统筹考虑‘两不愁三保障’因素。这里我给大家解释一下所谓的‘两不愁三保障’。‘两不愁’即不愁吃：口粮不愁，主食细粮有保障。不愁穿：年有换季衣服，日有换洗衣服。‘三保障’即义务教育：农户家庭中有子女上学负担较重，虽然人均纯收入达到识别标准，但也要统筹考虑纳入扶贫对象。基本医疗：农户家庭成员因患大病或长期慢性病，影响家庭成员日常生活，需要经常住院治疗或长期用药治疗，刚性支出较大，虽然人均纯收入达到识别标准，但也要统筹考虑纳入扶贫对象。住房安全：农户居住用房是C、D级危险房屋的，虽然人均纯收入达到识别标准，也要统筹考虑纳入扶贫对象。

“我们开展贫困户识别，要坚持‘公开、公正、透明’原则，推行‘一进二看三算四比五议六定’工作法。一进：包村干部、村级组织和驻村工作队（第一书记）对全村农户逐家进户调查走访，摸清底数。二看：看房子、家具等基本生活设施状况。拥有家用轿车、大型农机具、高档家电的，不得识别或慎重识别。三算：按照标准体系逐户测算收入和支出，算出人均纯收入数，算出支出大账，找出致贫原因，对穷富情况有本明白账。四比：和全村左邻右舍比较生活质量。家庭成员有财政供养人员、有担任村干部的，家庭成员作为法定代表人或股东在工商部门注册有企业的，在城镇拥有门面房、商品房的，不得识别或慎重识别。五议：对照标准，逐户评议。拟正式推荐为扶贫对象的，必须获得绝大多数村民认可，必须向村民公示、公告。六定：正式确定为扶贫对象的，由村‘两委’推荐确定，乡镇党委、政府核定。

“贫困户识别程序是要‘三步走’。第一步：初选对象。在农户本人申请的基础上，对拟推荐的扶贫对象，按照党支部提议，村‘两委’会商议、党员大会审议、村民代表大会或村民会议决议的程序，形成初选名单，由村委会和驻村工作队核实后进行第一次公示。每次公示各村都要对公示内容进行排查，并要有群众在场观看的镜头。第二步：乡镇审核。经第一次公示无异议后，乡镇人民政府对初选对象审核。乡镇对初选对象必须逐户核查，做到不错不漏。对确定的扶贫对象名单，必须由驻村第一书记或驻村工作队长、包村干部、村委会主任、村支书、乡镇长、乡镇书记‘六签字’，并在各行政村进行第二次公示。第三步：县级复审。经第二次公示无异议后，报县扶贫办复审，复审结束后在各行政村公告。

“以上就是这次国家确定要实施的精准扶贫工作的内容和程序，我们现在就要按照这些标准和步骤去开展石头村的精准扶贫工作。接下来的工作时间紧，任务重，大家都一起努力奋斗，打赢持续五年的扶贫攻坚战，实现石头村到二〇二〇年走上小康生活的道路。”

“大家一起努力吧！”石头村“两委”班子成员又异口同声地称赞道。

“事不宜迟，那么，我们马上就行动吧。”丹巴鼓励大家说，“预祝我们的贫困户识别工作早日成功。”

于是，在石头村“两委”班子成员的带领下，扶贫工作组的成员们带着贫困户信息采集表开始进村入户了。

进村入户，开展调查工作，内心深处最有顾虑的人依然是他丹巴。尤其在石头村他最害怕进两个农户家，一家是他的初恋情人娘吉家，另一家是老村长万德家。他真不知道到时候怎么迈进这两道门槛。

“既来之则安之。”丹巴内心深处在做着挣扎，“天下没有迈不过去的坎儿。不想那么多，到时候随机应变吧，一定会迈过这道坎的。”

“丹巴书记，我们从哪里开始进村入户呢？”当他们走出雅茂林场的大院，走到石头村的十字路口时，石头村的支部书记噶杰嘉问丹巴书记。

“我们还是从上庄开始入户吧。”丹巴向石头村的上庄望了一眼后说，“从上庄往下走比较容易，就这样决定了吧。”

“好的。”

大家答应了丹巴书记说的话，就开始带着丹巴、陈斌和王英忠向石头村的上庄走去。

随着村子窄窄浅浅的巷道里传来狗的吠叫声、鸡的鸣叫声和牛羊、骡马的叫声，丹巴他们开始入户调查石头村的农户确定贫困对象了。

十三

他们进村入户一路调查下来，丹巴发现整个村民的家里与之前比变化不大。每家每户基本上都在靠半农半牧的方式生活，大多数村民日子过得并不富裕，但也并不凄惶。

当他们来到老村长万德家的门口时，丹巴的心不禁颤抖了一下，可他使劲克制住情绪，敲开了万德书记家的大门。

“家里有人吗？”他们推开万德家的大门，边进门边向里面打招呼。

“哦，有有有，快进屋里坐吧。”万德大叔头上缠着苯教徒的绛红色绒布头饰，身穿绛红色短袄外套，一条藏蓝色裤子，一双黄色的球鞋，手里拿着一条绛红色的腰带，边往腰间束扎腰带边应答着从他家的堂屋里走了出来。丹巴一见到他就觉得他苍老了许多。花白眉毛，双眼浑浊，耷拉着一双大眼袋，嘴唇上留着浓密的花白胡子。当他看到丹巴的那一刻，面部的肌肉不由得抽搐了一下，连嘴唇上的那两簇花白的胡须都不由自主地抖动了几下。丹巴只扫视了他一眼，马上把目光从他那张苍老的脸上移开了。当他的目光刚从万德大叔的脸上移开后，又端端投落在了他家那两间西房的窗户上。突然，十年前发生在他身上的那一幕又闯入了他的心头，使得他心不由得激烈颤抖了一下。

“陈斌，你和王英忠了解他们家的家庭成员情况吧。噶杰嘉书记、扎西主任你们了解一下他家的收入情况，努义和李明强你们两个社长了解一下他们家的生产生活条件。大家要查仔细点儿，出了问题要你们自己承担后果啊。”

“好的。”大家都异口同声地答应着，就各负其责、各谋其职地展开了调查工作。

“大叔，请把你们家的户口簿给我们看看吧。”陈斌对万德大叔说。

“好的。”万德大叔颤颤巍巍地走进他家的堂屋里，爬上他家锅台连炕的土炕上，打开炕柜最顶层那扇柜门，从一床绸缎羊毛被褥里抽出了一个黑色的皮夹包，抖动着手取出户口本，递交给了陈斌。

“大叔，你们家里有几口人啊？”

等丹巴他们走进老村长万德家的堂屋坐下来后，陈斌和王英忠开始询问起万德来。

“两个人，就我和老伴。”万德大叔偷看了一眼丹巴，说，“女儿离婚后带着一个孩子回家了，可他们娘儿俩的户口还没迁到我们家里来。”

丹巴没有正眼看他，只是抬头环视着他们家的那三间堂屋。屋顶被炊烟熏得房梁、椽子等木材黝黑发亮，满间立墙而建的全木橱柜上的花纹都被油烟熏得模糊不清了，连矗立在他们家堂屋中央的几根柱子也闪着油光。灶台和连灶土炕间的那道隔板不见了松木的本色和纹络，黑乎乎的，仿佛被用黑漆刷过一般。用石灰抹过的灶台被擦拭得干干净净，油光发亮。灶台隔板那边的大土炕上铺着几条羊毛毡，羊毛毡上铺着一条大花床单，墙边整齐地叠放着几床羊毛被褥；厨房门前立置的大案板被用一大片干净的大花布覆盖着，案板的右角边上放置着一具木质蒸笼，墙面上挂着擀面杖、牛尾扫帚和筷笼等等家饰，从丹巴的心底里油然生起了一股浓浓的乡愁。

丹巴自始至终不说一句话。因为丹巴太了解万德大叔了，他表面上装得比绵羊温顺，在他的内心深处却盘着一条毒蛇。

“那么，你们家的户口上怎么有六口人呢？”陈斌翻看了他家的户口簿后问万德大叔。

“儿子到拉萨招女婿了，儿媳妇带着孙子回娘家了，他们马上就要离婚了。”万德无奈地摇了摇头说，“拜佛为求来世，养儿为求养老。我这辈子造了什么孽啊？老了老了，把谁都靠不住，还得由我老汉下地干活，要养活自己和老伴啊！大山坡有一百个弯，人一生有一百个难。我现在落难了，求政府看在我们老弱病残、孤儿寡母的份上，救救我们吧。”

“万德大叔，别演戏了，谁不知道你们家的实际情况啊，你们家的华青去拉萨做生意了。他一年能挣多少钱啊？”党支部书记噶杰嘉直截了当地说，“请你不要在熟人面前说陌生话了。”

“就是去拉萨做生意才惹出了祸端啊。两年前，他跟一个卫藏的女子好上了，儿媳妇发现他出轨了，就整天跟我们闹，搞得家里鸡犬不宁。目前，他们正在闹离婚呢。”万德大叔无奈地叹息了一声后，说，“儿媳妇已经把状子交到县法院去了，我儿子这次下来就要上法庭打官司离婚了。”

“大家别纠结了。”丹巴看着不知道该怎么处理这事的陈斌他们说，“就按他们家现有户口上的人口进行登记吧。这次一旦进入贫困户，就按三年以前分户时的人数为标准，只要家庭成员半年内在村子里生活，就得算是村子里的常住人口了。他们家的儿子平常回家来的吧？”

“算是出去打工的，春夏出去打工，秋收前后回村里来生活。”噶杰嘉书记回答道。

“那就没问题了。”丹巴斩钉截铁地说，“大家登记完了吗？如果登记完了，我们就撤吧。”

“其他的都登记了，就是不老实说他们家一年的收入。”陈斌回答说。

“那好办，我们去噶杰镇农商银行查查就清楚了。即便他们取走了存款，也在网上看得到取走钱的痕迹。”丹巴说完话就起身从万德家的堂屋里走了出来，边走边对陈斌和村“两委”班子的人说，“无论到谁家大家都查详细点，我们不放弃一个贫困家庭，也绝对不许弄虚作假。”

“大家留下来喝碗茶再走啊！”万德大叔挽留他们说。

“不了，你留步吧，我们还得到别人家进行摸底调查。再见！”

跟万德道别后，大家就出了万德家的门，又进入了下一家的大门。

十四

丹巴实在没有勇气走进航巴大叔家的大门。他们在石头村里穿巷入道已经几次来到航巴大叔家的门口，丹巴都找借口没有进他家的大门。

“丹巴，你心虚什么啊？当初也不是你背叛了他们，而是他们辜负了你。只要不做亏心事，不怕半夜鬼敲门。你怕什么呢？勇敢点我们进去吧。”噶杰嘉书记看出了丹巴心虚，就说着话带头拐进通往航巴大叔家的那道巷子里去了。

他们刚走进巷子，就远远看见航巴大叔在他们家的麦场里干活。他手里拿着一把木杈子，站在麦场里翻搅着晒牛粪。他家麦场东侧的角落里煨了一堆牛粪火，阿妈才忠身穿黑色的袍子，身后背着简易的嘉琅，把藏袍的前襟挽起来，边喃喃地念诵着经文，边蹲在火堆前焜焜锅馍馍。她的身边有一个八九岁的男孩手里拿着饲料喂几只绵羊。丹巴乍一眼看到那个男孩儿，突然想起了他老家的侄子，觉得那男孩的神态跟他的侄子有些相似。个头高挑，身材单薄，一头略带棕黄色的卷发，大眼睛，高鼻梁，薄厚均匀的嘴唇，略微扁平的下颌，那张稚嫩的脸上带着点淡淡的忧伤。

“噶杰嘉书记，你们来了？”航巴大叔见村里的干部们走进了他们家场院的栅栏门，就停下手中的活儿，随手把木杈插到身后的麦草垛上，向他们迎了过来。

他身上穿着一件里面镶了羊羔皮的手工考究的半长藏式绛红色皮袄，下身穿一条加厚的运动休闲裤，脚上穿着一双半旧的运动鞋。一头黑白掺杂的短发，那张俊朗的脸膛上爬满着深浅不一的皱纹，浓密的眉毛里也掺杂着白眉毛；那双大眼睛里略带忧伤，显得有点儿浑浊；高高隆起的鼻梁上生了几块雀斑，鼻孔里长出一簇鼻毛；剃过胡须，但在上唇上依旧生长着一层黑白掺杂的胡须；轮廓分明的嘴唇也略微松弛了。当年英姿飒爽的神情已经在他的脸上荡然无存。

“快进家里坐吧！”航巴大叔把他们让进了家门。

丹巴自始至终不敢抬头直视航巴大叔。航巴大叔也只跟噶杰嘉书记他们说话，没有理睬丹巴。

“曼巴，你把药都配好了吗？”

等他们走到航巴大叔家的大门口时，村医韩国银从他家里走了出来，航巴大叔的儿媳妇举着一双面手追出来问村医道。

“配好了，接下来挂哪些药都给娘吉交代清楚了，我还有事先走了。”韩国银对航巴大叔的儿媳妇说。

“哎哟！”航巴大叔的儿媳妇华措见这么多人来到了她家，自己却举着一双面手，觉得有点儿失态，就赶快躲进厨房里去了。

“曼巴，你喝碗茶再走吧。”航巴大叔客气地礼让村里干部们的同时，对石头村的村医韩国银说。

“哎呀，这不是丹巴书记吗？”韩国银为人轻浮，一见到丹巴就伸出手向他迎了过去，“村里的人都说你来我们石头村当第一书记了，可一直忙着给村里的人看病，没工夫来看望你，请你见谅啊！”

“没关系。”丹巴知道村医韩国银的为人，就应付他说，“知道你很忙，你为石头村的村民们做贡献，辛苦你了。”

“娘吉老师的病情比较严重，我基本上每月都到他们家来给她打几次针……”

“曼巴，你可以回去了。”航巴大叔打断村医韩国银的话说，“我们家来客人了。”

“我……”

“麻烦你回去吧，好吗？”航巴给村医韩国银使脸色看。

“那么……”韩国银看了航巴大叔一眼，看出他脸上的愠色，就知难而退了，“那么你们先忙吧，我们改天再聊。”

“再见！”丹巴他们告别了村医韩国银后，就跨进了航巴大叔家的大门。

丹巴非常熟悉航巴家的老院了。当初他和娘吉热恋的时候，他经常跟着娘吉来他们家做客，所以他熟悉航巴大叔家的每一个角落。

“航巴大哥，除了我们村委会的人，他们三个人是扶贫驻村工作队的，按贫困户入选程序，我们今天来你们家做调查工作的。请你配合一下我们的工作。”

“没事的，你们先坐下来，大家喝点儿茶再说吧。”航巴大叔把丹巴他们让进他家的那间朝东靠西的厨房里，让他们坐在他家厨房的炕沿和沙发上之后，自己却盘腿坐在他家的灶膛边上去了。

这时候，阿妈才忠从外面走了进来。她走进厨房的时候手里拿着两个刚焜好的焜锅馍馍，一走进房门就开口说话道：“哎呀，华措，家里来客人了，你怎么不给客人们倒茶啊？”

听了阿妈才忠的话，华措立马走过去从碗柜里拿出了七八个瓷碗，用一条干净的抹布擦拭干净茶碗，从锅台上提起一个暖瓶给客人们倒起茶水来。当阿妈才忠把一碗倒满了清茶的碗伸到丹巴面前时，与丹巴四目相对的那一刻手不由得抖动了一下，一些茶水泼洒在了丹巴的手上，使得丹巴的手产生了一阵钻心的灼痛。

“这是我刚焜熟的馍馍，大家趁热吃点吧。”阿妈才忠掰开其中的一个焜锅馍馍让着他们吃。

“我们不饿，不吃馍馍了。”噶杰嘉书记阻止住了阿妈才忠说，“我们执行公务，阿妈才忠，你的心意我们领了，我们还是办公事吧。”

“航巴大叔，这是你们家给村委会上交的申请书，按照镇政府的要求，我们今天来你们家做调查。现在由工作队的人访问，请你如实做回答吧。”噶杰嘉书记向他们解释道。

“啊喇嘛钦，华泽嘉走的时候再三强调我们不要申请贫困户，不要给村干部们添麻烦，可你还是申请做贫困户了吗?”阿妈才忠惊讶地看着航巴说，“等华泽嘉回来后，又要埋怨我们老两口了。”

“才忠嫂子，大家都知道你们家的情况，这几年你们家落过难，都会理解你们家的苦楚的。”村委会主任扎西说，“灾难临头谁都一样。航巴大哥这样做也有他自己的理由，你就不要责怪航巴大哥了。”

“说起困难这几年我们家确实有困难，可华泽嘉他太要强，不想当贫困户。”阿妈才忠带着满腔的悲哀说，“这几年我们家确是落难了，为了治我公公婆婆的病，我们家卖光了圈里的牛羊，现在女儿又得了不治之症，把家都给掏空了。”说到这里，阿妈才忠摘下系在头上的头巾，捂住脸哭了起来。

她一哭，村妇女主席杨增卓玛也跟着她抹起眼泪来，在座的所有人脸色都阴沉了下来。只有航巴大叔不说什么话，一个劲儿捻送着手中的念珠，不停地诵读着六字真言。与其说是他坚强，还不如说他不想在丹巴面前失掉那份可怜的自尊。

“姥爷，姥爷，阿妈的药输完了。”

这时候，之前在麦场里给羊喂饲料的那个小男孩跑进厨房来，大声嚷嚷道。

“华措，你快去给她换药吧。”航巴大叔马上使唤他儿媳妇去给那个男孩的阿妈换药去了。

当丹巴再次见到那个男孩后，心头不禁疼了一阵，可他不敢正视那个男孩，也不去看航巴大叔或阿妈才忠，只是拿着圆珠笔在笔记本上记录着他们家的信息。

十五

经过几天的入户调查，丹巴他们摸清了石头村每家每户的情况，并且加班加点预算出了每家每户上一年的家庭收入。再往精准扶贫工作方案中确定的确认贫困户最低收入标准中一套，石头村贫困户的户数就水落石出了。

于是，丹巴他们工作队和村“两委”班子的成员聚集在噶杰嘉书记家讨论起贫困户认定事宜来。

“从这几天入户调查的情况来看，孔祥龙大爷、阿尼华茂叶、阿尼更吉母子、韩国瑜大叔和阿尼叶茜措这几家的生活困难，达到贫困户认定标准。大家认为呢？”丹巴对着大家说。

“整个石头村里，就数这几家的生活凄惶，想必选定这几户为我们村的贫困户，村民们会认可的。”噶杰嘉书记详细琢磨了一阵后说。

“噶杰嘉书记，你谈谈这几户农户家的详细情况吧。”丹巴说。

“好吧，我谈谈这几户家的情况啊。”

孔祥龙有四个儿女，三个女儿和一个男孩，其中大女儿和二女儿健康正常，已经嫁人成了几个儿女的母亲。三女儿是个残疾人，属于智障残疾，生活不能自理。家里唯一的儿子也是个残疾人，但不是天生的残疾人，小时候由于护理不当掉进火塘里，手脚严重烫伤，导致肢体残疾，干不了重活。孔祥龙的老伴几年前去世了，他自己也上了年纪，已经没有了劳动能力。家里缺劳动力，生活困难，一直在靠政府扶持生活。

阿尼华茂叶家共有三口人，阿尼华茂叶本人几年前上山背柴火时扭伤了腿，没及早治疗最终恶化成腿骨扭曲，肌肉萎缩，落下了残疾，从而变得行动不方便。她一生没有生育儿女，中年抱养了一个儿子，也算是中年得子吧。她过于溺爱养子，出门下地劳动时担心她的养子被村里的孩子们欺负，于是整天把养子一个人锁在家里，久而久之，养子精神失常，并在当时热播电视连续剧《包青天》时，崇拜电视剧里的展昭，模仿飞檐走壁的展昭，从房顶上飞下来，头部着地导致脑震荡，留下了后遗症，变成了智力残疾。家里唯一的劳动力兰本泰大叔却嗜酒如命，不务正业，想办法从阿尼华茂叶手里骗到钱财，买酒灌醉，整天过着神仙般的日子。家里没有牲畜，就靠那十几亩旱地度日。

阿尼更吉患有先天小儿麻痹症，她没有结过婚，却生下了一男一女两个私生子。两个孩子都健康，她用残疾之躯养育那一双儿女成人。女儿嫁人了，儿子却感冒积阴，落下后遗症，说是早期肾衰竭，干不了重活。他们家里也没有了劳动力，全靠政府救济。

韩国瑜大叔算是个悲剧人物吧。家里有三个人，他和老伴都上了年纪，体弱多病，已经失去了劳动力。再加上两年前二儿子不幸身亡，儿媳妇又改嫁了，现在把小孙子丢给他们老两口抚养。老伴由于受到老年丧子的打击，患上了心脏病，常年靠服药维持生命，家里没有其他经济来源，也没有评上低保户，家境极为惨淡。

阿尼叶茜措一生生育了四个女儿。老伴在世时，把三个大女儿都给嫁了出去，为了防老他们给最小的女儿招了女婿，留在家里跟他们一起生活。小女儿婚后生了一个儿子，算是给他们家增添了一个男丁，一家人都疼爱他，日子过得也算安逸幸福。可“天有不测风云，人有旦夕祸福”，十几年前，她的老伴突然患重病，没来得及送到医院就撒手人寰。祸不单行，没过多久小女儿和女婿感情出现了裂痕，因为女婿有了外遇而离了婚。离婚后，丈夫把他们的孩子丢给小女儿抚养了。两年后，小女儿出去打工时跟一个湟中县的男子相遇，两人产生了感情，可男方却不同意招赘到他们家来生活。于是，阿尼叶茜措深思熟虑后，决定留下孙子，把小女儿也给嫁了出去。而后，阿尼叶茜措省吃俭用把小外孙给拉扯大了。等小孙子长大又丢下她跟着他的阿妈走了，阿尼叶茜措接受不了事实，得了一场大病，差点儿把命都丢掉了。出院后，阿尼叶茜措只好接受了残酷的命运，一个人孤苦伶仃地生活着。

大家听了那四户人家的遭遇和不幸后，都沉默了一阵。

“那就这样定了吧，确定孔祥龙大爷、阿尼华茂叶、阿尼更吉母子、韩国瑜大叔和阿尼叶茜措为石头村的贫困户。以二〇一五年度贫困户家庭常住居民人均可支配收入两千八百五十五元的国家农村扶贫标准为主的识别标准来看，只有他们五户符合条件。”丹巴手里拿着他们利用几天的日子推算出来的每家每户的收入表，对坐在村支书噶杰嘉家的客厅里的村“两委”班子的成员、陈斌和王英忠说，“我们已经严格按照要求推算出了每个家庭二〇一五年年底的收入，就按照这个标准向噶杰镇政府申报有关石头村的建档立卡贫困户就可以了。”

“我觉得这样上报石头村的建档立卡贫困户不妥当。”这时候，一直很少开口说话的村长扎西开口说道，“丹巴书记，你并不知道我们石头村的情况啊。”

“难道这不是我们挨家挨户去调查摸底得出的结果吗？”丹巴听了村委会主任扎西的话后，有点儿惊奇地说。

“没错，但这件事不能这样做。”扎西眨了眨他那双细小的眼睛，吸了吸鼻子，翘了几下他上唇上的八字胡说，“表面看上去石头村是一盘棋，可石头村的内部关系复杂着呢。”

听了扎西的话，陈斌和王英忠的脸上立刻显出了失望，无奈地看着丹巴。

“那么，你说说怎么个复杂法吧。”丹巴说。

“首先我说说石头村农户的构成吧。”扎西吸了一口烟之后说，“这石头村里的村民是由几个帮派构成的。他们中主要有化隆派、尖扎派、湟中派，还有韩家和孔家两家汉族大户。除此之外，还有部分杂姓杂派农户，乍看上去他们势单力薄，可他们的后面有强大的靠山啊。如果我们这样潦草地把石头村贫困户给确定下来，村子里会出大事的。”

“我们现在是在搞精准扶贫，而不是在搞平均主义。”丹巴猜出了扎西主任的心思后，说，“我不知道以前你们是怎么管理石头村的，可我们驻村工作队一定要严格按照政策办事，绝对不搞平均主义的。即便我们按照你们的要求去做了，等我们把确定了的精准扶贫建档立卡贫困户的名额上报到镇政府，到时候，镇政府或县扶贫局也会派人来调查的，那时他们也会推翻这个决定，让我们重新再来的。”

“到时候，村民们会来找我们大家的麻烦的。”扎西主任仍然狡辩道，“我们干什么事向来都考虑周全村里每个帮派的问题，才作出决定并加以实施的。你这样下去肯定会出事的。”

“那么，我问问大家，我们通过这几天推算上一年贫困户家庭常住居民人均可支配收入为主的识别标准，初步做出确认的户数中，基本囊括了你所谓的每个帮派的农户吧。”丹巴扫视了一圈大家后，说，“或许里面有放多放少的情况，但也不至于那么严重啊。”

“……”

“关于石头村精准扶贫建档立卡贫困户就这么定了。”丹巴斩钉截铁地说，“如果天塌下来都由我顶着，你们怕什么呢？镇政府确定的时间也到了，小王和小陈，你们今天趁天黑前就把我们初步确定的建档立卡贫困户的名单打印出来，张贴到增官嘉的小卖部门口，把我们确认的结果公布出去。”

“好的。”

“那么，你就等着村民们找你的麻烦吧！”扎西主任说了这么一句话就扬长而去了。石头村“两委”班子的其他成员也闷闷不乐地离开了噶杰嘉书记家。

扎西主任的诅咒没有灵验。

当石头村的村民们听说了消息后，大家都来到十字路口的公示栏中查看公示出来的结果。等大家都看到公布出来的是孔祥龙、华茂叶、更吉、韩国瑜和叶茜措等五家兜底户和之前就由村“两委”通过村民大会评选出了的贫困户索嘉、才科、韩培旺、索嘉才让、韩国强等贫困户的名单后，都默认了。于是，村民们都围坐在十字路口的大树底下聊起天来。

“哎，看来确认的贫困户没有大家想象的那么复杂，在我们石头村里这几家的生活困难，驻村工作队做得还算公平。”

这话是石头村的“滚刀肉”才郎嘴里说出来的。连他都承认这些农户应该确认为石头村的建档立卡贫困户，那么其他的村民就自然不会有意见了。

“这几家的贫困程度就如癞子头上的虱子，大家都看得清楚。他们也不是因懒惰而落入这个地步的，而是命运的安排啊！可怜啊！”村民们也坐在村大十字路口的那棵大树底下议论道，“像阿克索嘉家也不容易啊，虽然有一个儿子，可跟招女婿没有两样，女儿又把她跟他前任丈夫的儿子留给老两口抚养，他们老两口都没法养活自己，还拿什么养活那个外孙子呢。”

“就是啊，还有阿克才科一家三口人，儿子满天飞，到现在不知道他人在哪里，女儿也跟着被招赘的女婿给带到婆家里去了。阿克才科又是个盲人，家里还有年迈的老阿妈，阿姐措吉一个人怎么拉扯那个家啊。”

“还有，阿克韩国强和韩培旺两家也算是个命运多舛的人家啊。养了那么多儿女，最后只轮到老两口相依为命的地步。”

石头村的村民们通情达理，都认可了由丹巴大胆做出的决定。他们捧着一颗忠诚善良的心，温情和蔼地谈论了半宿有关精准扶贫的话题。

那夜，对丹巴来说可是一个黑暗的日子，因为，他接到了妻子的电话。在电话里他的妻子卓雅哭着说他的母亲患了重病，她已经找人把婆婆拉到省医院里住院了。他母亲的病情很不乐观，让他马上连夜赶到省医院来。

接到妻子的电话后，丹巴给陈斌和王英忠交代了一些工作上的事，就开车离开了石头村。

十六

发生了一件意想不到的事情，使得石头村的村民们无法平静了。

丹巴原以为认定贫困户的事情就此结束了，接下来就要下大力气开始跑项目，大力实施村脱贫的工作了。可他哪里知道，以扎西为主的村“两委”班子的成员们看待自己的利益远远超过集体利益，视村里的基础设施薄弱于不顾，一门心思争抢起贫困户的名额来。

“丹巴书记，村里出事了，你无论如何也要来一趟村里不可了。”

丹巴刚把患了癌症的母亲送进手术室，紧接着就接到了陈斌打来的电话。

“出什么事了啊？只要不是人命关天的事就缓一缓，我在医院，刚把母亲送进手术室，忙着呢。”丹巴焦急不安地对电话那头的陈斌说。

“石头村‘两委’的班子成员都集体辞职了。”陈斌火急火燎地说。

“为什么啊？长话短说，我还忙着呢？”丹巴依然用焦躁不安的口气说。

“前几天镇政府又给石头村分配了十几户一般贫困户的名额，由于你不在岗，镇政府就把这事通知给了村支书噶杰嘉。噶杰嘉书记又把这事说给了扎西主任。扎西主任得知了此事后，立刻召集了村‘两委’班子成员，私下里开了个会议，把十几户一般贫困户的名额由他们给平分了，剩余的名额被扎主任擅自分给了他的亲戚们。也没有在村里公示，就上交到镇政府去了。镇政府也没有详细核实就公示了出来。现在村民们得知后，谁都不答应了。以才郎为主的村民们已经到县上上访去了。”陈斌一口气把事情的经过都说给丹巴听了。

“知道了。”说完话，丹巴就挂断了陈斌的电话。

手术室门口的显示牌上一直亮着“手术中”几个大红字，丹巴的心如同着了火，焦躁不安。

恍惚间，丹巴的意识又飘飞到十几年前的一件往事中去了。

那年，石头村的村民和周边邻村的村民因扎隆山上采挖冬虫夏草的事而引发了矛盾纠纷，石头村的原党支部书记增官嘉等人触犯了法律被镇派出所的人带去教育学习了一周后回村了。回村后他们的心里感到十分的憋屈，就由原党支部书记增官嘉召集了村里的老干部，石头村的原“两委”班子成员和村里的一些积极分子，召开了一次秘密会议。他们在暗地里做了一番商量后，决定由石头村原党支部书记增官嘉带领石头村的老干部韩国鑫，石头村原村委会主任万德，村第一组社长才洛等人进京上访去了。

把石头村和洛嘉村的涉嫌人员从镇派出所回到村子的那天，丹巴还专门进村亲自到每个人家登门拜访，劝解他们虚心接受教训，不要再瞎折腾。并且还搬出相关法律法规给他们上了一堂现场法制课。那天他们当着丹巴的面信誓旦旦地说从此要遵守党纪法规，发誓以后再也不敢胡来的。可是到了第二天早晨，洛嘉村的包村干部东郭给他打来电话说石头村里又出事了。

“丹巴，你在哪里啊?”丹巴接通电话后，东郭焦急地说。

“我在镇政府呢。”丹巴从东郭的语气中有了不祥的预感。

“你们石头村里又出事了。”

“又出什么事了啊?”

“石头村的增官嘉书记带着村里的几个人到北京上访去了。”

“什么时候的事啊?”

“今天清晨鸡叫之后他们就上路了，估计现在已经到西宁火车站了。”

“妈呀，我昨天还特意给他们讲了一堂法制课，今天他们又别道而行了。现在我该怎么办啊?”丹巴一时没有了主意。

“还能怎么办啊，快去汇报给领导啊。”东郭给丹巴出主意说。

“好!”丹巴挂断了电话一溜烟从镇政府的食堂里跑出来，径直向镇长的办公室里跑去。

“镇长，出事了!”丹巴火急火燎地推开银琼镇长的办公室门，上气不接下气地说。

“出什么事了啊?你甭着急慢慢说。”

“石头村的人进京上访去了。”

“什么时候走的呢?”显然，听了丹巴的话银琼镇长也着急了起来。

“增官嘉书记带的头，说是半夜鸡叫后就上路，估计他们已经到西宁火车站了。”

“堪卓，你快把车开来。”银琼镇长听了丹巴的话也着急了起来，“丹巴，快跟我走。我们到西宁把他们劝回来。”

“哦，对了，你赶快给增官嘉书记打电话。”银琼镇长边往外走边转过头来给丹巴交代道。

“好的。”丹巴一着急居然忘记了给增官嘉书记打电话的事，于是，他拿出手机立马拨通了增官嘉的手机。

“您所拨打的电话已关机。”

当丹巴他们翻过拉脊山时，增官嘉书记主动给丹巴打来了电话。

“丹巴，别追了，我们已经到兰州了。”

“你们昨天还给我答应得好好的，怎么又变卦了呢。”

“我在火车上，这边信号不好，回来了再细说吧。再见！”丹巴想劝他们回来的，可增官嘉没给他机会。

“您所拨打的电话已关机。”当丹巴再次拨打增官嘉书记电话时，他已经关机了。

“银琼镇长，他们已经到兰州了，接下来我们该怎么办呢？”丹巴向银琼镇长讨要主意道。

“还能怎么办呢？只好给县信访办打电话汇报此事了。”银琼镇长让司机调转过车，说，“一颗老鼠屎毁了一锅汤。今年噶杰镇的维稳工作又要被一票否决了。”

“我昨天还到村里给他们上了法制课，他们还答应我接受教训，从此要循规蹈矩，不惹出祸端来的。”丹巴怯懦地望着银琼镇长说，“可他们说话不算数。”

“喂，是张主任吗？

“我们噶杰镇石头村的村民们进京上访去了。

“就今天早晨走的，我们没有追上他们，他们刚打电话过来说已经下兰州了。”

“哎哎，好的。”

“回去吧！”

通完电话，银琼镇长也叹息了一声。

于是，丹巴他们调头翻过拉脊山回噶杰镇了。

两个星期后，进京上访的人回来了。

石头村的村民们怀着大获全胜的炽热心情去看望他们的时候，才发现只有村里的老干部韩国鑫和才洛回村里来了，村党支部书记增官嘉和村委会主任万德却没有回到村里来，经询问才知道他们进京上访的曲折经历。

就在那天下午，州信访局的工作人员给噶杰镇的银琼镇长打来电话，通知银琼镇长说他们拘禁了石头村党支部书记和村委会主任的事。银琼镇长又使派丹巴进石头村去向增官嘉和万德的家人告知了此事。

丹巴摸黑走进石头村的时候，石头村的村民们就在村十字路口的那棵古树下欣喜地谈论着他们获取的胜利成果。

“你们高兴什么啊？出大事了！”丹巴走上前去给石头村的村民们泼了一盆凉水。

“出什么事了啊？”石头村的村民们异口同声地问丹巴道。

“书记和村长在州上被拘禁了，恐怕几个月回不了家。”丹巴找了个地方坐下来说，“不听我的劝，现在惹祸上身了吧。”

“什么？”大家简直不敢相信。

“我的老天爷啊……”

一阵后，增官嘉书记和万德主任的老婆放声大哭了起来。村民们一时失去了主意，乱成了一锅粥。

十七

半个月后，丹巴把体弱多病的母亲交给了妻子卓雅，他又回到石头村来了。他也想多陪刚出院的母亲几天，可是龚堂县纪委的一直打电话，催他来解决石头村村民集体上访的有关确认石头村贫困户不精准一案，使得他不能在家多待一天。

一条信访案件得出了三条难题。石头村认定贫困户信息不准确，需要推翻重来；石头村"两委"班子的成员集体辞职，村委会成了空壳，急需解决村委会没有干部的问题；县纪委督查组介入，让他们立刻着手，查漏补缺，短时间内得到整改。弄得丹巴他们焦头烂额了。

无奈之下，丹巴又一家一家登门拜访村"两委"班子成员家庭，动员他们顾大局，不要与群众争抢贫困户的名额，着眼长远，与他们一起艰苦奋斗，带领石头村的村民打赢这场脱贫攻坚战。可是，他们个个胸无大志，死盯着那十几个贫困户的名额不放过。扎西村长更积极。

"扎西主任，这俗话说'人凭德行，木凭坚硬'。你做了一场石头村的村委会主任，最后为一个贫困户的名额而败坏了名声，往后村民们怎么评价你呢?"丹巴给扎西主任做思想工作说，"雁过留影，人过留声。往后石头村的村民们拿这件事议论上你一辈子的。所以，请你顾全大局，就不要跟村民们争抢贫困户的名额了。走路朝前看，做事往后想。我希望你好好考虑考虑吧。"

"老实话受听，老羊皮隔风。丹巴书记说的话句句在理，可我扎西胸无大志，没有你丹巴书记所希望的那般胸怀。"扎西慢悠悠地抽着纸烟，嘴角含着淡淡的笑容，向上翘了翘两撇八字胡，目光盯着远方说，"口说空话是泡影，时间珍贵如黄金。我们的确穷怕了。这些年一直过着从獠牙里逃生、在利爪下脱险的日子。我们在这个穷乡旮旯里生活了几代，在这个连鸟都不拉屎的地方，说些豪言壮志的话是不能用来当饭吃的。不经苦乐就分不清苦甜，不翻山岭就到不了平川。我绝对不会放过这次翻身的机会。”

来到噶杰嘉书记家，做噶杰嘉书记的工作更加困难。不善于言谈的噶杰嘉书记，拉着一尺长的脸，自始至终只说了几句话。

“做村党支部书记没有前途，只拿那么点儿工资我养活不了一大家子人啊。”说话间他挠了挠华发斑白的头说，“我供着一个大学生，经济上有些吃不消啊！”

“你作为一名老党员，作为石头村的党支部书记才就这么点儿觉悟吗？”丹巴激噶杰嘉书记说。

“我本来也不是当村党支部书记的料，是镇党委逼迫我担任了村党支部书记一职。”噶杰嘉书记抹了一把干瘦的脸说，“当初我躲也没有躲开，是镇政府把村党支部书记的重任强压在我头上的。我们家里确实有困难，再说这个穷乡旮旯里，我想当个致富带头人，也没有什么致富路可走啊！”

“机会是自己去寻找的，而不是机会找上你们家门上来的。”丹巴听着噶杰嘉书记的话，心中有些窝火，就直截了当地说，“你充其量也是个聋子的耳朵，是个摆设。”

“是吧。”丹巴说的那句话激得噶杰嘉书记内心受到了莫大的刺激，就干脆对丹巴说，“现在我干脆就不做这个摆设了。”

“其他的人我不敢说，但是你，恐怕由不得你。”丹巴不想给噶杰嘉书记讲大道理、灌输什么政策了，“因为你是一名党员，你更是一名党支部书记。你应该要发挥好一名党员一面旗帜的责任。我想镇党委会找你处理这件事情的。”

"就算天王老子来找我，我都是这个态度。"噶杰嘉书记也没好气地给丹巴说。

丹巴和噶杰嘉书记不欢而散了。

"丹巴书记，你吃了饭再走吧。"

他的身后，噶杰嘉书记的爱人措茂嘉追出门来劝丹巴说。

"不了，气都气饱了，哪里还有吃饭的心思啊？"丹巴说出那句话后，又觉得有些不妥当，就转过身来对措茂嘉说，"嫂子，你也好好劝劝大哥吧，我就不吃饭了。你留步！"

说完话，丹巴就走出了噶杰嘉书记家的大门。

当丹巴找到石头村的妇女主席杨增卓玛时，杨增卓玛的态度更加地坚硬了。

杨增卓玛是个三十来岁的农村藏族妇女，因为自小在一个藏汉混居的村庄里长大，她精通藏汉双语，也是个上了民族学校的初中毕业生，所以适合做石头村里的妇女工作。她中等个子，体态微胖，说话有点儿口吃。一头浓密黑发，不烫染，编着两股麻花辫；生有一双浓眉大眼，脸蛋上生有高原红。为人朴素忠厚。她有三个同胞姊妹，两个姐姐先后出嫁了。之后，她的父母给她招赘了一个女婿。父母给她选择招赘的女婿是个老实巴交的农村汉子，没有文化，不善言辞，也没有挣钱养家的本领。家里大小事情都得由杨增卓玛做主，像老牛拉破车一样拉扯一家人生活。家庭生活困难。

当丹巴找她谈话的时候，她声泪俱下地给丹巴说了许多她的不易。

"丹巴书记，我们家的情况别人不知道，你还不知道吗？我上有老下有小，丈夫又是一个没能耐的人，这个家就由我一个弱女子扛着。"说到这里，杨增卓玛眼圈一红，就从那一双大眼睛里扑簌簌地流淌起眼泪来，"别人的家里都有男人们在拉家，我的命有多苦啊！父亲生前患病卧床多年，给他治病我们欠下了一屁股债务，现在母亲又身缠疾病，常年靠吃药维持生命。女儿没考上高中在职业学校学手艺，儿子就要考大学了，家里处处需要钱，我的丈夫出去打工算不来几个工钱，人家把他卖了他还帮人家数钱呢。我怎么拉扯这个家啊！”

“你说的也是个实话，可你们不能为了私事，不顾大局，就这样丢下手里的工作不干啊。”丹巴看着坐在他面前边哭边诉苦的杨增卓玛劝解道，“石头村的村民们当初选举你们做了石头村的干部，可你们临阵逃脱，也太对石头村的村民们不负责任了吧。”

“丹巴书记，我是个村妇，确实没有带领石头村的妇女们创业致富的本领。与其说当好妇女主任，还不如说我就看那妇女主任的几个工资，用它来拉扯我的小家啊。”杨增卓玛又揩拭了一把脸上的眼泪说，“这样下去我也很惭愧，所以，我就求你们考虑我们家的实际困难，给我们家解决个贫困户的名额，帮我渡过这个难关吧。”

丹巴也无话可说了。无奈中坐在杨增卓玛的家里，粗略估算了一下他们家的收入，发现他们家的实际困难确实存在，他们家的贫困程度远远低于确定的精准扶贫户的标准。家里没有牲畜，全家人的生活靠耕种二十几亩旱地和春季上山采挖冬虫夏草的微薄收入来维持。母亲体弱多病，一双儿女还在上学，家里处处需要钱，虽然有丈夫，可是个只会吃饭、不会动脑筋的老实人，家里的所有重任都落在她那副单薄的肩膀上。见到他们家的实际情况，丹巴也不再说什么了。

没有办法的情况下，丹巴把石头村的情况如实地汇报给了噶杰镇党委。噶杰镇党委书记海文华得知了石头村的情况后，考虑到不久就要到了村“两委”换届工作的时候，就批准了包括石头村村委会主任在内的其他班子成员的辞职报告，只是没批准石头村党支部书记噶杰嘉书记的辞职报告。不但没有批准，而且把他叫到噶杰镇政府，拿出党章党规，轮番给他做了几天的思想教育，最终，噶杰嘉书记没有扛住压力，只好低头认错，一肩挑起了石头村的党支部书记和村委会主任的重任。

龚堂县纪委派黄燕婷主任、噶杰镇党委派镇纪委书记魏曦铭来到了石头村，让石头村的干部们回避后，只有王英忠带领着他们再次进入石头村的每一家农户家开展了第二轮的入户调查工作。

几天后，他们果然查出问题来了。在扎西担任村委会主任时擅自做主列入贫困户的桑杰家的一张折子上发现了六万元的存款，还查出由扎西主任擅自列为一般贫困户的老主任万德的名下有一辆小轿车，除此之外，其他的贫困户都符合条件。另外，他们认为航巴大叔家属于典型的因病致贫贫困户家庭，责怪丹巴他们调查不仔细，就把航巴家列入了一般贫困户。

当他们把确认的石头村的一般贫困户的名单公示出来后，石头村的村民们又不答应了。

从第二天起，以才郎为主的村民们来到雅茂林场来找丹巴他们讨要说法。

"请坐吧！"当才郎、多杰和航坚等人来到林场后，丹巴让他们坐到他的宿舍里去了。

"我们……"

"我知道你们来找我的目的。"丹巴打断才郎的话说，"我再次郑重地告诉你们，我是严格按照精准扶贫的相关文件精神认定石头村贫困户的，并且你们去上访，县政府和噶杰镇政府使派来工作组，在工作组的监督下我们按照规定来认定石头村精准扶贫建档立卡贫困户。你们若还有异议，还请你们尽管到县镇政府上访去吧。"

"我们管不了那么多，我们就是不服。"多杰说，"当初包产到户的时候，国家按人头给大家分配了土地、草场、牛羊和骡马等牲畜，现在他们把日子过成那样的烂包，那只怪他们懒惰，没有上进心。我们认为现在也得像当初包产到户那样大家同样分配到贫困户的名额，同等享受国家的优惠政策。”

“这次的精准扶贫政策不同于当年的包产到户政策，重在精准，而不是搞平均主义。习近平总书记十八大以来，一直在强调，扶贫开发贵在精准，重在精准，成败之举在于精准。”丹巴看着才郎他们说，“精准扶贫工作关键是要找准路子、构建好的体制机制，在精准施策上出实招、在精准推进上下实功、在精准落地上见实效。为此，我们来不得半点儿马虎。你们确实觉得我丹巴做错了工作或违背了政策，还是到县上或镇上去找领导反映，我以为我自己没有做错什么。我也想给每家每户报贫困户的名额，可你们也看到了吧，上次村委会的干部们做出的闹剧，不都被推翻重来了吗。”

“那么，扎西主任他们同样不是被认定为贫困户了吗？”航坚用那双像两条缝隙一样细小并布满血丝的小眼睛望着丹巴说，“你们同样还是官官相护了啊！说起来巧舌如簧，干起来鼻涕邋遢。你们真的做得滴水不漏啊！他扎西给了你们什么好处呢？”

“那只不过是你个人的推测而已，我们是按照每家每户的收入来认定贫困户的。我还是那句话，你们不服了可以去上级政府上访，让他们下来调查，我是按照政策办事的。内心不做亏心事，不怕半夜鬼敲门。”丹巴有些不耐烦地说，“各位大叔大哥，认定贫困户只不过是精准扶贫工作的一个环节，除此之外，精准扶贫工作中让贫困村脱贫才是重中之重啊。我们要让石头村的贫困群众提升‘两不愁’质量水平，解决贫困群众的‘三保障’的同时，还要下大力气给石头村建硬化路、卫生室和村医室，还要改善石头村学校的办学条件，通过种种措施摆脱石头村‘一方水土养活不了一方人’的困境。我们接下来要下大力气解决石头村群众的出行难、用电难、上学难、看病难、通信难等长期没有解决的老大难问题呢。为此，从今天起，你们就不要总为贫困户的事纠缠不清了。”

才郎他们并不听取丹巴给他们讲的大道理，就以认定贫困户的事跟丹巴搅了很久的沫沫，最终不见丹巴开口子，就骂骂咧咧地离开了林场。

可认定贫困户的事没有就此罢休，一方面没有认定为贫困户的才郎等非贫困户们依旧“孜孜不倦”地到县政府和镇政府上访，另一方面石头村的“三大母老虎”在寻找机会，向丹巴他们发泄私愤。

她们终于等到了机会。

就在丹巴他们召集全村村民召开贫困户联点帮扶工作会议的那天晚上，石头村的“三大母老虎”借机向丹巴他们进攻了。

那夜，村民们都聚集在石头村十字路口的那棵大树底下，当丹巴他们在闷闷不乐的噶杰嘉书记的陪同下来到临时搭建的主席台上之后，丹巴刚要开口主持会议时，以更吉为首的“三大母老虎”从会场各个角落里站起身来破口大骂起他们驻村工作队来。

“你们做事不公，还堂而皇之地坐在主席台上，看着你们就恶心，滚出去！”母老虎更吉这么一闹，另外两个母老虎央吉卓玛和本措吉也从人群中站起身来，向丹巴他们抛扔起纸片和烂菜叶来。

“你们干什么啊？你们反天了！”噶杰嘉书记惊慌失措地朝主席台下大声嚷嚷道。

陈斌从来没有见到过这等场面，吓得身体如同筛糠一般颤抖了起来。王英忠却不一样，立刻从口袋里掏出手机，打开摄影功能边拍摄边对主席台下的村民们说：“你们尽管撒泼吧，我让你们有好果子吃。”

“你们到我们石头村吃屎来了吗？滚出我们石头村去！”更吉等“三

大母老虎”才不管王英忠的威胁，依旧破口大骂驻村工作队，不停地向他们撒泼。来参加会议的群众不敢阻拦“三大母老虎”，也不敢得罪驻村工作队，便逃也似的离开了会场。

最终，“三大母老虎”的家里人听说了会场里闹出的事后，立刻赶到会场，强行把她们给带走了。

散场后，气急败坏的丹巴依旧坐在主席台上，他的头上、身上和桌子上落满了纸片和烂菜叶。他从来没有那么狼狈过。甚至，老村长万德栽赃在他头上的时候，也没有感到如此地沮丧。

十八

会场中一片寂静。

晚春，石头村里的气温温和了许多。缓缓吹来的微风中能呼吸到青草散发出的阵阵清香。天空中飘飞着丝丝缕缕的雾气，就像被风吹散的棉絮，不无规则地在夜空中翻卷。月亮含着让人捉摸不透的神秘微笑，缓缓穿梭在行云间，清淡的月光透过树枝上展开的鹅黄色树叶，斑斑点点地洒落在石头村十字路口，洒落在蹲坐在村十字路口那棵古树底下的噶杰嘉书记佝偻的身躯上。

丹巴望着坐在他身边的噶杰嘉书记，从内心深处对他产生了一股怜悯之心。

噶杰嘉书记有五十七八岁。中等个儿，身材单薄，满头华发，干瘦蜡黄的脸上布满纵横的皱纹，那双淡蓝色的眼睛浑浊不清，已经没有了蓬勃朝气。他上身穿一件褐黄色的藏式短褂，下身穿一条藏蓝色长裤，脚穿一双脱了色的旧皮鞋。性格温和，不善言语，唯诺胆怯。本不适合做村党支部书记，可在石头村那年的换届选举失败后，阴差阳错地镇党委把村党支部书记的职务强压在了身上，他身不由己地担任起了石头村的村党支部书记。而且，已经连续担任了两届的党支部书记呢。

等丹巴的心情平静下来后，就把石头村村民们因贫困户认定不公平上访的事抛到脑后，更把石头村的村民们给他的侮辱抛至九霄云外，仍把他全身心的精力投到村脱贫的事宜上去了。

最近，丹巴彻底从石头村的贫困户认定的纷扰中摆脱出来，整天捧着一本《脱贫攻坚政策汇编》在细心研读。当他读到中共中央办公厅、国务院办公厅印发的《关于建立贫困退出机制的意见》的通知中贫困人口退出和贫困村退出的标准和程序后，他精心跟石头村认定的三十多户贫困户年人均纯收入稳定超过国家扶贫标准，且吃穿不愁，义务教育、基本医疗、住房安全有保障标准，他觉得除了那几家兜底户之外，通过坚持问题导向，大力实施精准脱贫攻坚行动计划，内心对贫困户能够实现脱贫有把握，可他对贫困村退出没有一点儿底。贫困村退出要统筹考虑村内基础设施、基本公共服务、产业发展、集体经济收入等综合因素。可这些恰恰就是石头村的薄弱环节，要什么没什么，到时候他丹巴拿什么实现石头村脱贫的任务呢？

扶贫攻坚工作推行了半年多后，他们再到噶杰镇政府开会，确认贫困户的话题渐渐从噶杰镇领导们的讲话中退却了，而打赢脱贫攻坚战的话题就多了起来。

丹巴去噶杰镇参加会议回到村里，就召集石头村仅有的党支部书记噶杰嘉和驻村工作队的成员陈斌和王英忠，又把噶杰镇政府的领导们的讲话传达给他们听。

“我们石头村集民族村、贫困村于一身，贫困发生率高，贫困问题突出，扶贫成本高，脱贫难度大，扶贫攻坚工作已进入啃硬骨头、攻城拔寨的冲刺阶段。到二〇一九年实现整体脱贫，时间紧、任务重，我们必须要创新扶贫开发思想和办法，准确把握脱贫攻坚的目标、路径、举措和要求，绝对不能到时候在全面小康进程中拖后腿。”丹巴坐在石头村十字路口的那棵大树底下，看着围坐在他身边的噶杰嘉书记和陈斌他们说。

“石头村要什么没什么，连村干部们办公的地点都没有，到时候我们可怎么完成脱贫任务啊？”陈斌的心里没有底了，“说起来巧夺天工，做起来鼻涕邋遢。行路难，难于上青天哟。”

“这次去参加县上召开的扶贫工作会议，我看到了许多脱贫的路子，就不知道接下来我们带着全村的贫困户怎么走脱贫之路了。”丹巴若有所思地说，“发展特色产业、实施专业就业、易地搬迁和生态保护、探索资产收益等等，都是接下来我们带着村民要走的脱贫之路。”

“听着觉得条条大路通罗马，可是行动起来步步艰难啊！”王英忠也叹息道。

“既来之则安之。既然投胎生成啄木鸟，虽然头疼也要啄木头了。”丹巴宽慰陈斌和王英忠说，“责无旁贷，石头村的脱贫就是接下来我们要扛在肩上的重任，就算累趴下，这也是我们要去执行的任务，那才是我们的工作。”

“现在石头村里的‘两委’班子的成员都不健全，只有噶杰嘉书记一个人在挑大梁，我们扛得住吗？”陈斌依旧耿耿于怀地说。

“石头村目前就是这么个情况，我们再怨天尤人也改变不了目前的局面，所以，希望大家也不要发牢骚了。”丹巴站起身来，面对着巍峨的扎隆雪山说，“就拿兔子与乌龟赛跑的寓言来打比方吧，我们就是那只乌龟，噶杰镇的其他贫困村都是遥遥领先的兔子，为了实现脱贫攻坚战我们还得提前要慢慢爬行了。而且我们要做好愚公移山的思想准备啊。”

“我可没有那么大的耐心，就靠我们几个人，能让这么个空壳村实现脱贫，走上脱贫致富的路子吗？”陈斌给丹巴泼凉水道。

“大家不要灰心，我们都拿出勇气去闯一闯，说不定绝境逢生，闯出一条生路来呢。”丹巴宽慰大家说。

“那么，接下来我们究竟怎么迈开脱贫致富的第一步呢？”王英忠却没有陈斌那样消沉，“总是这样纸上谈兵也不是个办法啊。”

“不要着急，我们得慢慢来。俗话说，‘骆驼的脖子再长，也吃不到隔山的草。’我们首先要对石头村基础设施进行深层次的了解，再一步一步地去推行吧。”

“可俗话又说，‘兔子的前腿虽短，却在崎岖的山上奔跑个不停。’最近我们天天在谈村里的基础设施，可总是不见行动，只是靠一张嘴说这些石头村里的老大难问题，它能自行解决吗？”王英忠反驳丹巴说。

“要咬生铁丸，就得有钢牙。我们先彻底对石头村的基础设施做一番摸底调查，写一份详细的调查报告，然后再写申请报告，层层向镇人民政府和县人民政府反映情况，索要项目，不然我们空口白牙怎么去向领导们做汇报要项目啊？”丹巴安抚焦躁不安的王英忠说，“哎哟喂，看不出来，你这小子着急起来比火还烈啊。”

“石头村的名声这么臭，还好意思到政府里去丢人现眼啊！”闷闷不乐的陈斌依旧给他们泼凉水说，“我可不敢到政府里提及石头村的名字，免得石头村的坏名声辱没到我的名誉。都是你们干的好事！”

“我邀请你来我们石头村的吗？”本来就心情不好的噶杰嘉书记一听到陈斌这样说他，顿时气炸了肺，立刻怒怼起陈斌来。

“好了！”丹巴不想让这种气氛继续蔓延下去，“陈斌，你也不要说这种伤感情的话了，石头村的村情就是这样，以后我们只对事而不对人啊。造成石头村今天这个局面是多方面的，希望平日里大家说话要注意措辞。”

“是他们自己把村子弄成这么个烂摊子，再让我们来担这个重担，我可没有那么大的能耐，谁有本事就由谁来扶持他们脱贫吧。”

“陈斌，你的心态不对啊。”丹巴看着绝望的陈斌说，“当你用烦恼心来面对事物时，你会觉得一切都是业障，世界也变得丑陋可恨。”

“那你究竟让我怎么做啊？”

“欲为诸佛龙象，先做众生牛马。”丹巴看着愤愤不平的陈斌和生气得脸红脖子粗的噶杰嘉书记说，“我们大家都不说这些了，说了你也不会懂的。这样吧，既然你不想到领导面前丢人现眼，那么我们就分个工吧。你和王英忠做好软件工作，也就是说做好镇政府和县扶贫局下达的报表等内部工作，我和噶杰嘉书记抛头露面，到处去跑项目吧。”

“我……”

“好吧，陈斌大哥你也知足吧，这样也不行那样也不行，你还不如干脆回单位上班去得了。”这时候，坐在一边沉默着听大家说话的王英忠看不惯陈斌一直发牢骚，也开口说道，“如今，我们都分到一个战壕里了，就得服从班长的指挥，我虽然没那么多文化，但是会努力的。”

“就这样定了吧。从明天开始我和噶杰嘉书记先对整个石头村的基础设施做一番调查摸底，然后起草一份调查报告和申请，就到县上的各个部门反映情况，争取项目资金去。看能不能早点儿推动石头村的基础设施工作。”

开了一个简短的会议，却在队伍内部发生了许多的分歧，最终大家还是不欢而散了。

陈斌的牢骚弄得丹巴心情不好，一时无法入睡，躺在床上跟远在果洛挂职的杨克东拉西扯聊了一阵。

他刚睡下，突然听到那笛声又响起来了。

丹巴躺在床上静心听了好一阵子忧伤的笛声后，觉得很纳闷，他在心里暗忖道：“这笛声夜夜在响起，到底是谁在吹奏这么忧伤的曲子呢？难道他心里有什么解不开的愁绪？”

好奇心促使丹巴无法入睡，躺在床上辗转反侧了好一阵后，打算出门去看一看了。他很想知道这个夜夜笙歌的人究竟是谁，听听他心里究竟有多少忧愁？

他起床后，披衣走出雅茂林场的大门，踩踏着暗淡的月光，一路循声而去。

当他来到雅茂林场的下端石头村小学旁边的树林子里，就远远看见有一个人坐在一块大石头上，面朝西南方向，横握短笛在吹奏着一首悠扬的曲子，他完全沉浸在哀怨的旋律中，根本没有察觉到丹巴的到来。

丹巴悄悄走过去，坐在他身边的另一块大石头上，点燃一支烟，边吸烟边默默地聆听起他的笛声来。

那人原来是石头村学校前任老校长华丹的小儿子才旦加。他年方二十，个子高大，相貌堂堂，一表人才。老校长十几年前已经去世了，哥哥姐姐们都成家立业后，从村子里搬迁出去，到县城里工作生活了。才旦加现在就留在石头村里跟他的老母亲相依为命，靠养殖山羊生活。

等才旦加吹完了一段旋律，收起短笛，深深地叹息了一声后，从口袋里摸出一支香烟，悠悠地抽了起来。

丹巴不想惊吓到他，首先咳嗽了几声，引起了他的注意后，才慢慢地靠近了他。

“夜夜笙歌起，散尽游人去。我还以为是谁这样地愁绪满腹呢？原来是你这个小子坠入了爱河，得相思病啊。”丹巴走过去坐在才旦加的身边说。

“没有没有，只是睡不着觉，就来树林里散散心的。”才旦加狡辩道。

“哪个少男不爱美，哪个少女不怀春。我也是过来人，就你的那点儿小九九是瞒不过我的。”丹巴诡异地笑了笑，对才旦加说，“说说看，是哪位美丽的少女迷倒了你，使得你小子夜不能眠，在为她愁肠百结啊？”

“丹巴书记，不瞒你了，我心里确实有个人，是山那边一个村子里的。”沉默了一阵，才旦加开口说道，“两年前，我和她在六月会上通过对唱民歌认识的，彼此相爱已经有两年多了。”

“那么你怎么不向她求婚呢。”丹巴听了才旦加的话，有些纳闷。

“她的父母不同意啊？”才旦加惆怅地说。

“难道你的对象就有那么漂亮啊？你小子一表人才，他们还看不上啊？”

“她家里的人不是看不上我，而是看不上我们石头村，是我们石头村的名声太臭了。他们不想把女儿嫁到我们石头村来啊。”

“村跟出嫁女儿有关系吗？”丹巴百思不得其解地说。

“当然有关系啊，在外面说起我们石头村，大家谈虎色变，传得我们石头村像个梁山似的啊。”才旦加忧伤地说，“只因为石头村的名声，我们村汉族大户韩家里就有十一二个光棍汉呢。他们也有相爱的女子，都因姑娘家里的人不同意把女儿嫁到我们村里来。”

“不翻山不知山路有多少弯，不渡河不知河水有多么深。你们不试一试，臆断猜测，怎么知道会不会有结果啊？”丹巴听了才旦加的话，对踌躇满志的才旦加说，“我还不信这个邪，偏要去你的对象家里提次亲，想看看问题的症结究竟在哪里？”

“难道丹巴书记肯帮我这个忙吗？”才旦加犹豫不决地问。

“我是你们石头村的第一书记，你们的事就是我的事，这个忙我帮定了。”丹巴信誓旦旦地说，“只要人家姑娘对你有意思，我就不相信说不成这门亲。”

“多谢丹巴书记你了，只要丹巴书记你出面相助，我的心里重又燃起了希望啊。”才旦加感激地说。

“你去选个好日子，我们立刻去办你的人生大事啊。”丹巴信心满满地说。

“这事万一谈黄了可怎么办啊？”才旦加又犹豫道。

“车到山前必有路，船到桥头自然直。到时候再想办法吧。”

“好，我马上去准备。”才旦加激动得站起身来说，“丹巴书记，夜已深了，你也回去休息吧。到时候，我就来找你的。”

“好吧，再见！”

“晚安！”

说完话，才旦加带着激动的心情，回家了。

十九

夜里下了一场大雨。清晨漫山遍野升腾起了浓密的大雾，厚重的浓雾堆积在扎隆山的半山腰中缓缓涌动，蒙蒙雾霭笼罩了整个山野，只有覆盖皑皑白雪的扎隆山的顶峰在朝阳的照耀下熠熠生辉，闪烁着耀眼的光芒。扎隆山像一个巨型的羊脂玉一般，以金刚杵的造型屹立在石头村的正北面。

丹巴吃过早餐，从雅茂林场里走出来，打算走进坐落在东面台阶上的石头村里，跟噶杰嘉书记一起去实地考察石头村的基础设施。当他走进石头村时，正赶上石头村的村民们早晨放牲畜进山，牲畜们发出嘈杂纷扰的叫声，踩踏着泥泞不堪的村道行走。一群群牲畜后面跟着一个个身穿雨衣、脚穿雨靴、背着背包的放牧人，他们口中发出催赶牲畜的口哨，赶着牛羊群一路走去。

丹巴只好站在路边，耐心地等待村里的牲畜一群一群地从他的面前经过。等最后一群牲畜顺着村道经过后，丹巴发现满村道被牲畜踩踏出的泥浆，使得他没地方下脚，只好困在路边的那棵大树底下东张西望寻找着退路。一阵后，从上庄里驶来一辆拖厢里装着粮食到别村的磨坊里磨面的手扶拖拉机，泥浆四溅，丹巴为了躲避手扶拖拉机的轱辘碾轧而飞溅起来的泥浆，就蹦跳着跳出了那条泥浆翻滚的村道，逃也似的避开了顺着村道疾驰而来的手扶拖拉机。

他站在石头村西岸的台阶上，隔着那条干沟滩凝望着沟东岸的村庄时，发现整个村子里除了袅袅升起炊烟的农户之外，基本看不到任何公共设施。现有的学校里的那几间破旧不堪的教室摇摇欲坠、岌岌可危，基本不能入住了。有条件的村民们都把家里的孩子转移到县城里去读书，学校里已经没有几个上学的孩子。石头村的基础设施薄弱得使人咋舌。村内的道路坑坑洼洼，崎岖不平；通往村外的那条简易山路多年没有维修，被雨水冲刷得汽车无法行驶。电力设施也处在原始状态，满村道里不见一根水泥电杆，依旧用木头杆子来充当电杆，电线细如麻绳，没有一个农户里安装了动力电。村里连个磨坊都没有，村民们磨面还得开着手扶拖拉机到别村的磨坊或榨油作坊里去磨面或榨油。村子里没有安装自来水管道，人们依旧挑着水桶到集中采水点去担水喝。

等村道里的雨水稍做晾晒之后，丹巴才踩踏干沟滩里的草皮进了石头村。进了村子仔细一查看，他才发现村子的真面目。大多数村民的房子修建于五六十年代，庄廓被雨水冲垮失修，墙面上长满着苔藓，许多农户的屋顶上杂草丛生。从村子里搬迁出去的村民们遗留下来的庄廓严重失修，庄廓倒塌，房屋坍塌，巷道里到处能见到被废弃庄院的断垣残壁。每条村道里都堆满村民们倾倒的垃圾，恶臭难闻。那条干沟滩里更是触目惊心。因多年没有做过河道治理，满干沟滩里堆积着被洪水冲积下来的石头，到处是死畜的尸体，可以用横尸满沟、臭气熏天来形容了。

丹巴到石头村里到处走了一遍，最终来到了村十字路口，愁容满面地坐在那棵古树底下休息的时候，噶杰嘉书记才姗姗地来到了他的身边。

“噶杰嘉书记，你好早啊！”丹巴挖苦他说，“村民们的牛羊已上山都吃饱肚子了。”

“石头村就这么个情况，还需要去做调查吗？我闭着眼睛都能想到村子的整个面貌来呢。”噶杰嘉书记依旧用郁郁寡欢的口吻说，“陈斌说得对，谁能扶起这么一个破落不堪的村子啊？说句实在话，扶起这个村子连我也没有信心啊！”

“噶杰嘉书记，你可不能灰心啊，或许扶贫攻坚就是石头村能够起死回生的机会。”丹巴安慰噶杰嘉书记说，“既然这个重任落在你和我的肩头上了，那我们也不能坐以待毙，天上不会掉馅饼来的，我们要担负起责任，要厚着脸皮到各个部门诉苦，要靠自己的能力去争取。俗话说，会哭的孩子有奶吃。我们也得把石头村死马当活马医，成败得失，不到最后谁也不知道，到时候我们扪心自问，也不会感到惭愧的啊。”

“这十多年来，石头村的村民们甭说见过县长，都不知道镇长长什么样子呢，就你和我拿着猪头去恐怕也找不到庙门吧。”噶杰嘉书记忧心忡忡地说。

“佛说，出家是一生一世的事，修行是多生多劫的事。既然你我上了这条船，就没有了退路。我们要诚实地面对你我内心的矛盾和污点，不要欺骗自己。心是最大的骗子，别人骗你我一时，而它却会骗你我一辈子的。那么，我们就用平常心来生活，用惭愧心来待人，用愧疚心来处事，用菩提心契佛心。”丹巴用佛理来开导噶杰嘉书记。

“你说话像喇嘛，我也听不懂那么多深奥的道理。”噶杰嘉书记跷着二郎腿坐在丹巴身边的那块大石头上说，“我就担心你和我找不到跑项目的渠道。”

“这个你不用怕，有我呢。”丹巴看着瘦弱单薄的噶杰嘉书记，心生同情地说，“据我了解，脱贫攻坚工作与县上的十个行业部门有着密切的关系。我们就去找县交通局，争取贫困村道路通畅项目，到水利局争取饮水安全项目，到电力局争取贫困村电网改造项目，到县卫生局争取村级基本医疗和公共卫生项目，找通信局争取贫困村宽带覆盖项目。目前，你我放下手头的一切工作，专门到县城去跑这些项目，等解决了村里最最急需的项目之后，再去跑其他项目吧。”

“计划很好，可结果会怎么样呢？”噶杰嘉书记依旧悬着一颗心说，“石头村的名声很大，我担心县上的领导们一听到石头村的名字就会吓得躲避起来啊！”

“对于村子脱贫，他们也有责任的。我想他们不会这样做的。不管怎么样，我们都拾起信心，就算前面是万丈深渊，你和我也要跳下去试探一下了。”丹巴鼓励噶杰嘉书记说，“你也不要灰心，放下内心的包袱吧。虽然没有把你们家列入贫困户，但你放心，我们尽量想办法解决你们家里的困难，包括你儿子毕业后找工作的事。只要你拿出勇气带领大家一起努力，引领石头村的村民脱贫致富，打赢这次脱贫攻坚战。”

“我们一起努力，一起加油吧！”噶杰嘉书记听了丹巴书记的一番开导，内心的郁闷释怀了许多，“只是我怕做不好，石头村的村民们可不是省油的灯啊！”

“人一定要随缘放下，才能活得坦然。只要我们做到问心无愧，就只管活你自己的，不必去介意别人的扭曲与是非了。”

“那么我们什么时候动身啊？”噶杰嘉书记用那双浑浊的眼睛望着破旧不堪的石头村，问丹巴。

“说走就走，今晚我写好报告，明天我们就进城吧。”丹巴非常坚定地说。

“好的。那我等你。”说完话，噶杰嘉书记起身离开了村十字路口的那棵古树。

丹巴一个人坐在大树底下，看着噶杰嘉书记的背影，突然觉得那瘦弱单薄的身躯威严了许多。

几天后，应才旦加阿妈的请求，丹巴带着村里的几个老人去山那边的叶洛村，到才旦加的对象家里提亲去了。

那天，他们到了那人家时，起初那家的主人见他们是来他家提亲的，还满面笑容地请丹巴他们到他家的屋里去做客。进了那人家的堂屋，他家的女主人给丹巴他们熬了奶茶，还煮了一锅手抓肉热情地招待了他们。等他们吃饱喝足，谈起正事时，他家的主人得知丹巴他们是石头村的村民后，脸色突然大变，辱骂着把丹巴他们从他家里赶了出来。

那事给丹巴他们莫大的打击。

当才旦加得知了此事后，变得更加地忧伤了起来。

当天夜里，他又开始吹奏起笛子来。

丹巴知道，才旦加又掉进了痛苦的海洋，于是，起身又到树林子里看才旦加来了。

“才旦加，我知道失恋的滋味不好受。可话又说回来，留得青山在，不怕没柴烧。如不行我们再想其他办法吧。”丹巴安慰才旦加说。

“我只想和她在一起。”才旦加忧伤地说。

“那么她怎么想的啊？”

“她对我忠贞不渝，死也要跟我在一起。”

“她能扛得住她的父母吗？”

“她会坚持的。”

“那么，你就让她再坚持一下，我们石头村马上会好起来的。只要你俩坚持到我们村振兴起来的那天，到时候，我一定给你们举办一场隆重的婚礼。”

“你说话算话啊！”

“一言九鼎。”

丹巴说着话，抬起右手，和才旦加重重地拍下了巴掌。

二十

巍峨的扎隆山上云雾缭绕，峰顶的皑皑白雪熠熠生辉，像一块矗立半空中晶莹剔透的羊脂玉，映衬着湛蓝的天空，显得格外地洁净明亮。

丹巴的轿车像一只小甲虫在扎隆山脚下的北盖滩上行驶，走走停停，行驶得非常缓慢。因为，从石头村通往外界的那条山路被雨水冲刷得千疮百孔，坑洼不平，泥泞难行。

丹巴开着小轿车拉着石头村的党支部书记噶杰嘉，车里带着一把铁锹在半山腰里行驶。当小轿车行驶到被雨水冲刷出的泥坑或轿车开不过去的沟道处，两人都下车挖土或抬来石头垫坑修补，所以，一路走得非常地缓慢。

“噶杰嘉书记，你也该组织群众补修一下这条砂石路了。”丹巴头戴一顶草帽，套着一副线手套，边抬来一块大石头填坑，边对拿着铁锹在路边挖土修路的噶杰嘉书记说，“全村人都经这条山路出行，这让村民们怎么行驶啊？”

“现在村民们都看重利益，不开工资谁还来出义务工啊。”噶杰嘉书记边挖土填坑边对丹巴说，“去年还行，村民们比较团结，今年恐怕就难了。认定精准扶贫贫困户伤害了村民们之间本来就岌岌可危的感情，他们暗地里互相攀比，贫困户与非贫困户之间也已经划清了界限。再加上我也不是村民们情愿选出来的党支部书记，他们心里对我不服，我在他们的眼里只是个聋子的耳朵——摆设而已。”

“这可是你的不对啊，你可是镇党委推选，由村民们一票一票投选举出来的石头村的党支部书记。你不能这么消沉，要以积极奉献的精神报答镇党委对你的知遇之恩才对啊！”丹巴听到噶杰嘉书记说的那些消极的话后鼓励他说，“不要因为群众的愚疑，而带来自己的烦恼。不要因为群众的无知，而痛苦了你自己。”

“丹巴书记，你也不要用高调来安慰我了，这一切我心里清楚得很。”噶杰嘉书记挖了一铁锹砂石土填进沟道里对丹巴说，“我也没有那么大的雄心壮志，既然镇党委让我担任石头村的党支部书记，那我就暂且担着呗，只盼你们马上找到一个合适的人选把我替换下来。这之前，我没有奢求，只盼村民们别制造出什么乱子，平平安安的我就心满意足了。”

“既来之则安之。你可不能这样想问题啊！你既然做了石头村的党支部书记，那么你就要有担当精神，不能捎带半点儿消沉情绪，否则，我们什么也做不成啊。”丹巴又往沟道里填了一块大石头，拍了拍手上的泥土说，“雁过留声，人过留名。你当了一场石头村的党支部书记，可什么也没有留下，后人们怎么评价你、评价你的儿子啊？原谅别人，就是给自己的心中留下空间，以便回旋啊。”

“……”

“上车吧，暂且不想这些事了，我们先去噶杰镇政府，找镇长书记反映一下石头村目前的困难，再到龚堂县政府找各部门的领导去吧。”丹巴没让噶杰嘉书记继续说牢骚话，就让他上了轿车，开车驶过那道沟渠，向山路攀爬而去。

丹巴和噶杰嘉书记，从早晨的第一缕阳光照耀在扎隆山山尖上就从石头村出发，一路走走停停被雨水冲毁的山路，仅离镇政府不到二十公里的山路，他俩足足行走了四五个小时。

当他俩到达噶杰镇政府时，噶杰镇的党委书记海文华和敦巴杰镇长刚吃过中午饭，坐在镇政府院子里那棵沙枣树底下喝茶乘凉。见到石头村的第一书记丹巴和党支部书记噶杰嘉向他们走来，就起身向他们迎了过来。

“丹巴书记，噶杰嘉书记，你们今天怎么有时间来镇政府了呢？”海文华书记和敦巴杰镇长走上前来，用忐忑的心情问他们说，“难道石头村的村民们还对贫困户认定的事纠缠不清吗？”

“今天我们来不是为了贫困户认定的事，而是另有其他事呢。”丹巴走上前去主动跟海文华书记和敦巴杰镇长握过手后说。

“你们还没吃中午饭吧？走走走，先到食堂里吃饭，我们边吃边聊吧。”听到丹巴说找他们另有其他事后，海文华书记主动邀请他们到镇政府的食堂里吃饭去了。

坐在食堂里，敦巴杰镇长吩咐厨师端来了三个菜和两碗米饭，并给丹巴和噶杰嘉倒了茶水，先让他们吃饭了。

“海书记，敦镇长，我们今天找你们来要项目的。”丹巴等吃饱肚子后迫不及待地说，“石头村里连个办公的场所都没有，至于其他基础设施薄弱得实在令人咋舌，我担心最终达不到脱贫的标准，到二〇二〇年脱不了贫啊！”

“丹巴书记，石头村的情况我们都很了解。”海文华书记和敦巴杰镇长面面相觑，相互递了一下眼神后说，“石头村的名声太‘响亮’，谁也不待见这个村，村里至今连一个项目都没有进过。石头村的贫困程度有多大，我们心里都清楚，可是，目前县上没有一个单位愿意给石头村投资搞项目。”

“这可不是想不想给项目的问题，而是脱贫攻坚战中必须要打的一项战役。等到二〇二〇年每个村基本公共服务、产业发展、集体经济收入等基础设施都要得到提升，不然村脱不了贫，这个责任由谁来担啊？”丹巴向海文华书记和敦巴杰镇长说，“我到过许多村，可没见过有哪个村的贫困程度像石头村一样深，别的村再不好也有一条像样的乡村公路，再差村‘两委’的干部还有个办公的场所，有个村民们开会的地方。石头村的村民们依旧在开露天会议，在村十字路口办公呢。”

“丹巴书记，你不要灰心，也不要着急，现在扶贫攻坚工作刚刚起步，等到条件成熟后，这一切项目会在石头村里落实的。到时候，你们的梦想也会实现的。”海文华书记安慰丹巴说。

“我担心啊！”丹巴担忧地说，“因为石头村的坏名声，石头村的村民们依旧处在原始状态下生活，我们必须要笨鸟先飞，不然，等项目等到什么时候才是个头啊？”

“镇政府也等县里下发了项目才能向村里分配，现在州县的每个单位都在联点帮扶一个村，即便来了项目，那些管理项目的单位把项目都指定给了他们的联点帮扶村，我们也没有分配给其他村里的权力啊！”海文华书记和敦巴杰镇长看着丹巴和噶杰嘉无奈地说，“目前，我们也无能为力啊。”

听了噶杰镇党委书记海文华和敦巴杰镇长的话后，丹巴也体会到了他们的难处，就再也没有向他们施加压力，跟他们闲聊了一阵后，就起身离开了噶杰镇政府。

“丹巴书记，刚才海书记和敦巴杰镇长说得一点儿也没错啊！你也别犟了，我们即便去县城寻找到各个大局的领导也就是这个结果，我们何必要去不讨好呢？”他们犹豫不决地站在噶杰镇政府门口时，噶杰嘉书记对丹巴说，“怪就怪石头村的村民们当初太鲁莽，现在到了这个地步，石头村的坏名声恐怕只靠你和我的力量是扭转不过来的。”

“不，我决不这样轻易放弃的，哪怕前面是一堵铜墙铁壁的南墙，我也非要去撞一撞不可了。我就不相信这个邪。”噶杰嘉书记的那句话唤醒了丹巴执拗的性子，使得他更加地坚定了决心，上了车，摇下车窗看着犹豫不决的噶杰嘉书记说，“上车吧！”

噶杰嘉书记迟疑了好一阵后，拗不过丹巴就又无奈地上了车。丹巴一脚油门，小轿车急速地驶进了丹霞峡谷。

丹巴拉着噶杰嘉书记来到龚堂县城后，直奔龚堂县交通局而去。他在门卫室里一打听到交通局的局长那天下午正好在办公室，于是他催促噶杰嘉书记上了四楼的县交通局办公室，找县交通局童国强局长去了。当丹巴和噶杰嘉书记走到四楼的楼道口时，噶杰嘉书记突然变得喘息急促了起来，他的双腿颤抖得走不动路了。

“你怎么了嘛？”丹巴见噶杰嘉书记的异样举动后询问道。

“我紧张得不行了，还是你先去看看吧。”噶杰嘉书记脸色通红，气喘吁吁地对丹巴说。

“看你的熊样，唉！”丹巴看着紧张兮兮的噶杰嘉书记，叹息了一声。噶杰嘉书记就从楼梯口消失了。

丹巴径直来到龚堂县交通局局长办公室门口，轻轻叩了几下门后，从办公室里传来了回应。

“请进！”

于是，丹巴立刻推开门走进了交通局局长的办公室。

“你是哪位啊？”

县交通局局长童国强是个中等个儿、体态微胖的中年男子。见丹巴走进了他的办公室后，就从办公桌后面抬起头来，隔着那副厚重的近视眼镜望着他问道。

“童局长，您好！我是州农牧局办公室主任、现任噶杰镇石头村的第一书记丹巴。”丹巴走上前去非常谦恭地向童国强自我介绍说。

“哦哦，你有什么事吗？”

“我是来你这里争取项目的。”丹巴立刻从他的手提包里拿出他连夜写好的那份关于解决石头村乡村道路的报告递给童国强局长说。

“石头村？”童国强局长听到丹巴介绍自己时提到了石头村的名字，若有所思地停顿了一阵后询问道。

“是的，我就是石头村的第一书记。”丹巴虽然从童国强局长的神色中读懂了显露在他脸上的不屑，可又心存侥幸地等待他接下来要说的话。

“对不起，今年全县的乡村公路建设项目已经分配完毕，还有很多村里没有实施乡村公路呢，轮到石头村修建乡村公路建设项目，恐怕还得要等几年了。”童国强局长毫不客气地说。

“就因为石头村的坏名声吗？”丹巴直奔主题地对他说。

“这位书记，我能理解你现在的心情，可是我也爱莫能助啊！暂且就这样吧。我还很忙，没时间跟你作详细的解释。以后再说吧。”童国强局长说着客套话，已经向丹巴下起逐客令来。

丹巴在他的办公室里呆坐了好一阵，童国强局长一直不理睬他，他只好知难而退了。

接下来，丹巴吃到了更加严重的闭门羹。

他接连去了水利局、电力局等部门。这些部门的领导或不在办公室，给他们打电话，他们一听到石头村的名字就干脆挂了电话；或者领导在单位，可一听到石头村的名字，他们的脸上毫无掩饰地流露出讥讽的微笑，很不屑地把他从办公室里打发了出来。

丹巴沮丧极了。

丹巴住在龚堂县城，接连跑了三天的项目，到头来，他什么项目也没有争取到，就失望地带着噶杰嘉书记打道回府了。

二十一

丹巴和噶杰嘉书记回村的第二天，就是端午节。

农历五月初五，对石头村的村民们来说，是一个重大的节日，按这地方的习俗来说，这天是药师佛赐予大地神药的日子。这一天，满山川降落神水，神水里包含着特效神药，只要喝到那天的水，人畜就会无病无灾，五谷草木不受冰雹袭击。早晨黎明时分，村民们有到泉边背来神水，一家人用神水沐浴祛除疾病的习俗。但也不是一整天的水有那种疗效，只有从黎明时分开始到天亮之间背来的水才有特效。如果黎明之前或天亮之后背来的水就跟普通水没有什么区别。据说那天早晨谁第一个背到水，他就是那年最为幸运的人，所以，那天早晨村民们争前恐后，抢着去泉边背水。按理说，到达泉水边的人，首先要蹲在泉水边清洗干净手和脸，喝饱水，才用勺子舀水，把水背到家里。

那天早晨，丹巴也早早起来，提着水桶到石头村的采水点去提水了。当他到采水点时，发现已经有那么多村民来到采水点，排了老长的队。并且人们还怨声载道，在诅咒某人。

“凤生凤龙生龙，老鼠的女儿会打洞。跟她的阿妈一副德行，见什么都抢。”前来背水的女人们在埋怨。

“原来有这么多人来打水啊？”丹巴走上前去，问那些女人们。

“丹巴书记，你去说说更吉，她拉来了那么大的桶，霸占了自来水的水龙头不肯让啊。眼看着天就要大亮了，她再这样下去，大家都打不到今年的神水了。”彭吉见到丹巴后诉苦道。

“这只不过是个象征而已，大家都意思意思就可以了，她也太不讲理了。”噶杰嘉的妻子措茂嘉说。

“更吉，今天的水珍贵，你也考虑一下大家，就让给大家一点儿吧。”丹巴走上前去，对霸占水源的更吉说，“平日里你要多少水就拉多少，没人跟你计较的。今天你慷慨一下，行不行啊？”

“牛粪遍地有，懒汉无柴烧。谁让他们不早点儿起床，我的桶还没满呢。”更吉飞扬跋扈地说。

“你这样做确实不妥当，你能不能大度一点儿啊？”丹巴继续劝解更吉。

“手心手背都是肉。丹巴书记你可得一碗水端平啊！不要听那些多舌婆娘们一嚼舌根就来数落我了。”

“什么，你再说一遍！老娘耐着性子忍了你一早晨，你霸占了水源，现在倒有理了。看我不撕烂你那张臭嘴。”听到更吉说出的无理话，杨增卓玛从人群里走出来，向更吉冲了过去。

杨增卓玛冲上去一把拔掉了更吉套在水龙头上的皮管子，把自己的水桶放在水龙头底下接起水来。更吉也不是省油的灯，挽起衣袖，怒骂着扑了过去。

“住手！”丹巴把他手里的水桶重重摔在地上，站在石头村里两个母老虎的中间说，“越说越离谱了，今天我看看你们谁敢动手，我就把她捆绑起来交给派出所。”

这突如其来的怒吼声把更吉和杨增卓玛给镇住了，两个人都看着丹巴不敢出声来。

“更吉，你已经接了那么多水，马上拉着你的桶离开这里，让开地方让全体村民们接水。”丹巴支开了更吉。

更吉骂骂咧咧地推着架子车走了。

村民们一哄而上，开始抢起水来。

“大家不要挤，排队上前来接水。”丹巴站在自来水旁边说，“现在时间不早了，离天亮只有一个小时，为了全体村民都能接到水，每家只能接一桶水，回家去洗浴，做做意思就可以了。”

“害胆病的，连海螺也看成黄色的。”村民们依然咒骂着更吉，按顺序接起水来。

直到天亮前，村民们都担着水回家了，只有丹巴的水桶还是空空的。但他的满脸满身都被神水给打湿了。他的心愿早已实现了。

这时候，村民们已经把家里的牲畜都赶到了采水点，牛羊骡马都拥挤在采水点上抢着喝起水来。

“丹巴书记，到我们家吃早饭来。”丹巴回到林场的宿舍里刚洗漱完，就接到了噶杰嘉书记的电话。

于是，他就去噶杰嘉书记家吃早饭去了。丹巴来到噶杰嘉书记家的大门口，看到他们家大小门楣上都插了柳树枝和野花。

“丹巴书记，听说你今天早晨犯我们村里的规矩了。”

丹巴走进噶杰嘉书记家大门时，噶杰嘉书记手里提着半桶水，钻进畜圈里往牛羊骡马身上洒神水。

“我犯什么规矩了啊？不是我他们都在采水点上打起来了。”丹巴不解地说。

“今天早晨不能在水边大声喧哗的，你们惊动了水里的龙神啊！”噶杰嘉书记给他们家的牛羊身上洒过神水，走出畜圈对他说，“这就是我们村遗留下来的规矩，被你给打破了。”

“更吉的占有欲未免太强了，她一个人拉来那么大一个大桶，霸占自来水龙头不让别人打水，差点儿打起来了。我不能眼睁睁看着妇女们打起来吧。”丹巴向噶杰嘉书记解释道。

“她们母女在村里霸道惯了。劝得了皮劝不了瓤。实在是引不上正路啊！”噶杰嘉书记从畜圈里出来，打来水洗了手，抖掉身上的尘土说，“不管她了，进屋吃早饭吧。”

早晨，措茂嘉大嫂按照本地的习俗蒸了韭菜包子，烧了一壶牦牛奶茶。

丹巴和噶杰嘉书记进屋刚坐下，措茂嘉就提着茶壶给他们倒上了牛奶茶，紧接着端来了热气腾腾的韭菜包子，于是，他们仨人围坐在餐桌前吃起早饭来。

“吃完早饭村民们就得忙起来了。”吃饭间噶杰嘉书记对丹巴说，“今天村里要举行转经仪式，每家每户至少一个人去参加，村里的女人们还要上阿妈龚琼山祭祀山神去。吃过早饭我们得去各忙各的事，直到傍晚才能回家。”

“呜……”

这时候，村马尼康（村庙）里传来了海螺声，已经有村民端着煨桑物，背着经书，口中喃喃有词地诵读着六字真言等经文，陆续向马尼康走去。

吃了早饭，丹巴和噶杰嘉书记离开他们家，端着煨桑物，背着经书向村马尼康走去。他俩来到村十字路口时，见古树底下坐着许多村里的媳妇和姑娘，她们打扮一新，肩上背着背包，扛着一根长杆箭，整装待发。

“大家都准备进山啊？”丹巴他们走过去，噶杰嘉书记对村里的妇女们说，“早去早回，小心山上下雨。”

“知道了。”妇女们听了噶杰嘉书记的话，彼此说笑着向村南面的阿妈龚琼山出发了。

来到马尼康里，在马尼康管家的主持下，村民们煨了桑烟，然后高声诵读着经文按顺时针围着煨桑台转了三圈后，就走出马尼康，向村里的田间地头走去。

一路上，在村田间管理人员的监管下，村民们背上背着长方形经书，提高嗓门诵读着经文，按顺时针围着村里的耕地转起圈来。走到规定的地头，村民们竖立起之前用柳树等枝条编好的稻草人，他们的身后一个个稻草人就像守护田野的巨人一样，矗立在田间地头。村民们捡来白石子，拿到地势险要的地方垒砌防暴台。

入乡随俗，丹巴也跟着石头村的村民们去田间地头转经，他知道村民们的用意，他们通过这一祭祀仪式，祈求当年风调雨顺，地里的庄稼不受暴雨袭击，秋后获取大丰收。

二十二

盛夏，石头村的风景秀丽，美如仙境。

受到挫败的丹巴心情抑郁，一直提不起精神。可又心急如焚，不知道一时怎么办为好，于是，他每天到石头村周围的山野里转悠、散心。

清晨，天一亮他就来到田野里转悠，呼吸新鲜的空气，欣赏美丽的田园风光。

微白的天空下，群山苍黑似铁，庄严、肃穆。红日初升，一座座山峰呈墨蓝色。不久，雾霭泛起，乳白的薄纱把重山间隔起来，只剩下青色的峰尖，真像一幅笔墨清爽、疏密有致的山水画。过了一阵儿，雾又散了，那裸露的岩壁、峭石，被霞光染得赤红，渐渐地又变成古铜色，与绿的树、绿的田互为映衬，显得分外壮美。

暮春时节，石头村的山梁上开满杜鹃花，无论走到山间的哪个角落都能看到一片片的杜鹃花海。那一抹抹或是紫或是粉抑或是红渲染在每一片绿意之中。姹紫嫣红，让人看得满心欢喜。微风吹过，一股淡淡的清香扑鼻而来，使得熏香醉人，心旷神怡。

心情一舒畅，丹巴的思绪就会飘飞起来，像空中飞舞的云丝一般满天地间飘荡开来。

他想起了在十多年前他和娘吉之间的那段浪漫美丽的爱情。那时候，他和她大学刚毕业，怀揣着憧憬步入了社会。他们本想留在城市里找工作，结婚生子，一生恩爱地生活。可是娘吉的阿爸非要娘吉分配到玉树州工作，可又一时找不到一个合适的工作岗位，乖顺的娘吉只好听从她阿爸的安排，暂且分配到她的老家龚堂县噶杰镇石头村小学当老师。真心喜欢娘吉的丹巴也不顾喜欢他的女同学卓雅相求，也没有听杨克和诺杰的劝阻，下定决心放弃了在城市里工作的机会，跟着娘吉去了龚堂县。来到龚堂县他又选择了龚堂县里最偏僻的乡镇噶杰镇，等把他分到噶杰镇之后，他又主动向镇政府要求去人人躲都躲不及的穷乡僻壤石头村里做了一名包村干部。

经过一番周折他终于跟自己相爱的姑娘在一起上班了。走到一起后，天真烂漫的他们以为可以结婚幸福地生活了。于是，傍晚时分，他们两个人常常成双成对地出现在石头村周围的田野里散步。夏季他们走上石头村西北角的山野欣赏开满山坡的杜鹃花，徜徉在灿烂的杜鹃花丛中，闻着杜鹃花醉人的芳香，散步、拥抱、接吻，享受着他们的甜蜜爱情。秋冬季节他们登上山峦欣赏被秋霜肃杀的胜似火海的秋景，钻进茂密的松树林里采集野果，品尝着山野的气息，品尝着他们的青果。

那时候，他们踏遍了石头村周遭的山山岭岭，领略到了雅茂松树林无限的魅力。

当初，陶醉在浪漫爱情中的他和她哪里知道，娘吉的阿爸已经把娘吉许配给了他远在玉树州的结拜兄弟的儿子。从而得知了自己的女儿跟他说是她的同学、被分配来石头村的包村干部丹巴关系密切，就极力反对娘吉跟他来往。可两个爱得如火如荼的青年早就私定终身，有了肌肤之亲，丹巴还寻找一个恰当的机会，请媒人到娘吉家里去提亲呢。

当初冬的某个夜晚，夜阑人静时分，丹巴偷偷从增官嘉（当初他进村时借住的村党支部书记）书记家里溜出来，匆匆跳进石头村小学，钻进娘吉的宿舍里幽会后，被多杰大叔赶出家门的周泰本跟踪他来到学校，发现了他们的秘密。年幼的周泰本管不住自己的嘴，也忘记了当初丹巴和娘吉对他的救命之恩，就把丹巴和娘吉夜晚幽会的事说给村子里的大人们听了。于是，村里的大人们口口相传，丹巴和娘吉走夜的事立刻传遍了石头村。消息不胫而走，没过多久就传到娘吉阿爸的耳朵里去了。于是，娘吉的阿爸严加看管起了娘吉，再没有给过丹巴和娘吉单独见面的机会。

记得那是一个隆冬的夜晚。

丹巴像往常一样半夜里从村党支部书记增官嘉的家里溜出来，跳进坐落在村西面的学校里，钻进娘吉老师的宿舍里，和娘吉老师恩爱了一夜。本打算趁天没亮之前起身，悄悄走出娘吉老师的宿舍，神不知鬼不觉地溜进村支书增官嘉的家里休息的。

凌晨，他刚走出娘吉宿舍的门，突然看到有人站在娘吉的宿舍门口，惊吓得他不由得从口里发出了一声惊叫声来。可那人既不说话又不走开，直挺挺地站在原地不停在发抖。丹巴走上前去仔细一辨认才看清那人是多杰大叔的继子——周本泰。他冻得嘴里的上下牙齿在不停地磕碰，浑身上下如同筛子一样不停地打着颤。丹巴走上前去在他的身上摸了摸，他的身体已经基本上没有了温度，摸他的身体就像摸一具大理石塑像一样冰冷。

“娘吉，快开门。”丹巴立刻抱起周本泰走到娘吉老师的宿舍门前悄声叫娘吉开门。

“什么事啊？”娘吉非常谨慎地说，“你快走吧，还磨叽什么啊？不然别人会发现你了。”

“快开开门，周本泰在你的门口站了一夜，现在快要冻死了。”丹巴压低声音说。

“你快把他抱走吧，不要把他抱进我的房里来。”娘吉做贼心虚，坚决不同意丹巴把周本泰抱进她的宿舍里来。

“救人一命胜造七级浮屠。我们不能见死不救啊。”丹巴坚持劝娘吉开门。

听了那句话，娘吉马上开门了。

“快把他抱进来吧。”娘吉打开房门，丹巴立马把周本泰抱进了娘吉的宿舍，顺手拿起一条毛毯紧紧裹在了周本泰的身上，还使唤娘吉倒来一杯滚烫的开水。等娘吉端来开水，丹巴往开水里掺了点儿凉开水，就把那一杯温开水一口一口地灌进周本泰的嘴里去了。不久，周本泰的嘴里开始往外吐起白沫沫来。这一举动着实把丹巴和娘吉吓了一大跳。一不做二不休，丹巴不去管那么多，把他死马当成活马医，继续往周本泰的嘴里灌了两三杯温开水后，周本泰终于停止住了口吐白沫，甚至浑身打颤的举动也逐渐缓和了下来。

“你给他做点饭吃吧。”丹巴见周本泰平静下来后就准备动身了，“可怜的人儿，想必昨晚他又一夜没吃饭呢。”

“那他怎么来到这里的呢？”娘吉不解地问丹巴道。

“想必昨晚他的继父又把他赶出了家门，他可能藏在某处过夜，本来想找我哭诉的，所以半夜里看到我就跟着我后面来这里的。”丹巴给娘吉解释说。

“这下可怎么办啊？”娘吉着急了起来，“这样一来我俩的事就暴露无遗，再也瞒不住了啊！”

“这就是天意吧。纸里包不住火的。”丹巴坚定不移地说，“宜早不宜迟，这样一直折磨下去我快要发疯了。”

说完话，丹巴就转身离开了学校。

过了一周后，丹巴再次去石头村里开展工作的时候，发现村里的人对他的态度好像发生了细微的变化。他走在村子里时遇到的村民们做贼一般地偷着他看。他经过村子的巷道时，村子里的妇女们还在他的身后指指点点地说些什么。那夜他又从增官嘉书记家里溜出来跳进学校里去敲娘吉的宿舍门时，发现她的宿舍门从外面反锁了。于是，他感觉到了有些不妙的兆头来。

当他满怀沮丧地回到增官嘉书记家里，悄无声息地钻进增官嘉书记给他准备的房间里，打开灯，发现增官嘉书记就坐在炕头上等着他回来。

“增书记，你还没睡啊？”丹巴突然见到增官嘉书记坐在炕头上，先是大吃一惊，而后故作平静地问道。

“还没有睡呢。”增官嘉见丹巴进了门，就从土炕上站起身来走到地下的沙发上坐下来说，“丹巴，你是去找娘吉老师了吧？”

“……”

“你们的事全村的人都知道了。”增官嘉书记看了一眼丹巴后，继续说，“白天航巴大叔来找过我。他给你留了一句话，说你不要再糟践他的女儿了。说你们俩的爱情不可能有结果的，他说他家的女儿已经有婆家了，让你早点儿死了这条心。”

“他做不了娘吉的主。”丹巴有些激动地说，“他那样做是在犯法。他在做买卖婚姻。娘吉是爱我的。我和娘吉是自由恋爱，我俩之间有感情，娘吉不会答应她阿爸拿她去做买卖婚姻的。”

“你不要激动。”增官嘉书记见丹巴激动了起来后，劝解说，“航巴大叔已经把娘吉隔离起来了，他时刻都在监视着娘吉，坚决不让你俩再见面了。”

“恶霸，强盗，流氓……”丹巴怒吼道。

“请你不要这样。”增官嘉书记见丹巴变得怒不可遏了，就继续劝解他说，“丹巴，我理解你此时的心情，不过航巴大叔扬言，你再去纠缠他的女儿，他就要到镇政府找你们的领导告你去。”

“就让他去告吧。”丹巴恼怒地说，“他告我，我还要去告他呢。”

“丹巴，你休息吧。”增官嘉书记见丹巴一时平静不下来，就准备离开他的房间了，“你平静下来好好想想吧，我不希望见到你们之间发生什么出来。”

说完话，增官嘉书记回到自己的房间里睡觉去了。

果不其然，从那天之后，娘吉再也不和他见面了。从早晨开学时候起，航巴大叔把他家的那几头黄牛赶到学校周边，一边放牧一边注视着丹巴，使得丹巴再也接近不了学校门口半步。

更让丹巴沮丧的是，娘吉放学后，明明看到丹巴就站在学校对面的巷子口急切地等待着她，可她却好像根本没有看见他似的肩上背着背包，胳肢窝下夹着书本，径直向坐落在村东面的家里走去。当丹巴焦急得快要抓狂的时候，下村的某个巷子口里，有一群人正围着周本泰向他打听丹巴和娘吉在夜里幽会的事。

“周本泰，你真的见包村干部丹巴夜里到娘吉老师的宿舍里去吗？”那些人中有一个年龄稍大的年轻人手里拿着一大块焜锅馍馍问周本泰道。

周本泰贪婪地望着那人手里的那块诱人的焜锅馍馍，说：“真的看到了。”

“说详细点儿。”那人把那块焜锅馍馍往周本泰的眼前晃了晃之后说。

“好吧。”周本泰吞咽了一口涎水后，说，“那夜我躲在增官嘉书记家大门前的那棵古树底下，快到晚上十二点的时候，包村干部丹巴就悄悄从增官嘉书记家里溜了出来。他先向巷道里左右张望了一阵，发现村子里静悄悄地不见人影，就迈开他那两条长腿急匆匆地向学校走去。”

“然后呢？”那人又把那块焜锅馍馍往周本泰的眼前晃了晃，之后说，“快说啊！”

“我就跟在他的后面去了学校。”周本泰继续说，“我到学校门口时，他在敲娘吉老师的宿舍门。然后，娘吉老师就给他开门了，他一下就钻进娘吉老师的宿舍里去了。”

“然后呢？然后你听到什么了吗？”那人再次把那块焜锅馍馍往周本泰的眼前晃了晃。

“然后，你的良心被狗吃了。”这时候，丹巴实在忍无可忍了，就向那些人说，“说吧，你还想知道什么呢？你这个无耻的家伙！”

那些人见到丹巴之后雀散四逃了。那个引诱周本泰说话的人也立刻把那块焜锅馍馍塞进周本泰的怀里，转身飞也似的逃跑了。周本泰也拿着那块焜锅馍馍跑进巷子里消失了。

丹巴和娘吉从此告吹了。

几天后，丹巴见娘吉在她阿爸的陪同下来噶杰镇政府办理调动手续了。他们父女办完手续走出镇政府大院时，丹巴见到娘吉后就下意识地向她走了过去，可航巴大叔发现丹巴向他们走过来就拉着娘吉出了镇政府大院，跳上一辆由西宁开往龚堂县城的班车消失了。

好在，娘吉还算有心眼，她办理手续的同时悄悄给民政办的办事员手里塞了一张纸条，央求他帮她把那张纸条交给丹巴。

几天后，丹巴按照娘吉留给他的纸条上约定的地点，早早来到石头村对面雅茂森林下端的那块大石头底下，急切地等待着娘吉的到来。

傍晚时分，丹巴见娘吉顺着村子下面的沟道向他走了过来。娘吉已到目的地，被相思的烈火熊熊燃烧的丹巴一把抱住娘吉亲吻了起来。

“你跟我走，我们离开这里，我们以后会幸福的。”那夜在雅茂森林边丹巴对娘吉说。

“我们去哪里啊？你还有工作，我们寒窗十载，不都是为了得到这么一份工作吗？”娘吉哭着对丹巴说，“怪只怪我们之间有缘无分。我也不想辜负这份感情，可实际生活就那么残酷，那么现实，你我之间只有一份感情是不够的，你醒醒吧，我们在学校那座象牙塔里做的美梦，都由现实给弄得支离破碎了。”

“不，你说的都是违心的话，你完全被你的阿爸给控制了，你的命运掌控在你阿爸手里了，你成了他的傀儡。”丹巴显然有些激动，眼中流淌着泪水，抓住娘吉的肩膀使劲摇晃着她说，“你懦弱，你不敢反抗。”他揩拭了一把流淌在脸颊上的眼泪说，“你摸摸自己的良心，你爱他吗？你不顾我的感受跟着他走，良心上过得去吗？你跟着一个自己根本不爱的男人去生活你会幸福吗？”

“放开我！你弄疼我了。”娘吉挣脱丹巴，用手掌擦了一把脸颊上的泪水说，“他是局长，我就喜欢像他这样有出息的男人。你是个科员，什么时候才熬到头让我过上我想要的生活啊？”娘吉双手捂住脸放声哭了一阵后，说，“你难道不觉得一个女人跟一个能给自己幸福的男人去生活是理所当然的吗？假如你真的爱过我，你就不要再来纠缠我了，让你爱的女人去过使她幸福的生活吧，那才是一个男子汉应有的胸怀。”娘吉哽咽得说不出话来，她默默哭泣了一阵后又说，“离开我，祝福我去过幸福的生活吧。”

“娘吉……娘吉……”这时候，从村子里传来娘吉的阿妈呼叫她的声音。

“忘了我吧。”娘吉听到她阿妈的呼叫声，转身向前走了两步后，又回过头来对着丹巴说，“祝你早日找到一个爱你的好姑娘。再见！”

说完话，娘吉转身跑出了森林。

丹巴仰头凝望着天空的弯月，泪水又一次夺眶而出。

二十三

几天后，丹巴再次走进石头村里去办事的前一天，娘吉已经远嫁到玉树去了。

那夜，丹巴为了处理石头村里的一些公务就住在了石头村的党支部书记增官嘉家里。当丹巴和增官嘉书记家的一家人围坐在餐桌上吃饭的时候，增官嘉的妻子跟他们聊起了两天前在航巴大叔家出嫁女儿而举办的宴席。

“娘吉老师算是我们村第一个嫁给康巴汉子的女子了。”杭茂吉边吃饭边说话道，“噢哟，那康巴人家不知道有多富裕，他们手头阔绰，出手大方。给娘吉准备的藏袍袂边上镶嵌的水獭皮足有一米宽，衣领上还镶嵌了豹子皮呢。啧啧啧，我至今还没见过如此华丽的嫁妆呢。出嫁那天她的浑身上下都由玛瑙给裹住了，仅仅她头顶的那一颗翡翠就有拳头那么大。我看着那些赤足的黄金首饰羡慕得都想哭了。那戒指、手镯、耳环，还有脚链，妈呀，足足有一百多克黄金啊！这姑娘生得水灵就是财富啊。”

“……”

大家谁都不说话，丹巴的脸色非常地差。

“可我就是想不通，她既然遇到了一个这么好的婆家，心想着她高兴都来不及呢。可她偏偏哭得如此地伤心，着实把我们都给惹哭了。”杭茂吉扒拉了一口饭之后说。

听了杭茂吉口无遮拦的话后，丹巴就再也吃不下去饭了。

“丹巴，你今天怎么就吃了这么一点饭啊？难道我做的饭不合你胃口吗？”见丹巴不动筷子，杭茂吉不解地询问道。

“就你话多，吃饭都堵不住你的嘴吗？”增官嘉猜出了丹巴内心的痛苦后，斥责他的妻子说。

“屋里有人吗？”这时候，万德村长推门走进增官嘉书记家来了。

“万德村长，快进屋里来吃饭吧。”得知来者是石头村的村长万德后，增官嘉夫妇立刻站起身来劝他往上席上坐了。

“已经吃上饭了吗？你们家的晚饭开得好早啊！”万德村长走进门来看着他们说，“我们家也快做好饭了。你嫂子煮了点儿肉，我来请丹巴过去吃顿饭的。”

“谢谢村长了，我已经在增官嘉书记家里吃过了晚饭。”丹巴满脸抑郁地看着万德村长说。

“哟！丹巴，今天你的情绪不怎么高啊？”万德村长诡秘地看了增官嘉书记一眼后说，“要不到我们家去喝两盅，解解闷吧。”

“不了，谢谢你的好意，你的心意我领了。我现在就要回镇上去。”丹巴说着话，站起身来向增官嘉书记一家人告别说，“增官嘉书记，你们慢慢吃饭吧，我要回去了。”

“丹巴，天都这么黑了，你今晚就住下来吧。走夜路，森林里常有野兽出没，不安全啊！”增官嘉夫妇劝阻丹巴说。

“没事的，我常走这条山路，对这条山路了如指掌，不会有事的。”丹巴说着话穿好衣服，背了书包，边系围巾边向增官嘉家的房门外走去。

“哎哟，丹巴，你别走了，今晚就在我们家住一晚，等明天天亮了再走不行吗？”增官嘉夫妇随后走出门来，跟在丹巴的身后劝阻。

“不了，我去镇政府还有事要办理。”丹巴走出增官嘉家的大门，对增官嘉书记说，“嘎书记，万德村长，从下周我要请假到果洛州去看我一个好朋友，村里的事你们多费点儿心啊。”

“好的。你回去调整一下心情也好。”增官嘉书记看出丹巴去意已决就再也不挽留，还跟他告别道，“丹巴再见，路上小心。”

“大家再见！”丹巴跟他们道了别，转身就走了。

“那你们留步，我也回去了。”等丹巴离去后，万德村长也跟增官嘉夫妇道了别，转身回去了。

“丹巴。”

等丹巴快要跨过村十字路口上端的那座简易桥时，突然听到后面有人在喊他。丹巴转过身时，才发现他身后有个影影绰绰的人影匆匆向他走了过来。

“丹巴，你就听大叔一句话吧。”原来是万德村长，“我知道你心里难过，大叔也是过来人了，曾经也经历过男欢女爱的感情生活，明白你此时的心情。”

“万德村长，你怎么又跟过来了呢？”丹巴见今晚万德村长格外地关心他，就有点儿好奇地说，“我去镇上跟心情没有关系啊。”

“别装了，大叔明白。”万德村长走上前来，从他的肩上取下背包说，“走，到我们家去，咱爷儿俩喝几杯，解解闷。”

“万德村长，这不合适吧。我明天还得要上一趟果洛州，我已经跟我的好朋友杨克约好了，他在等我呢。”丹巴极力从万德村长手里挣脱开身子说。

“在家里煮了肉，温好了酒，你就别辜负了大叔的这一片好心啊！”万德村长极力挽留丹巴说。

“哎呀，万德村长，我最近心情很乱，不想喝酒。”丹巴最终还是说出了他内心的真情。

“大叔知道，跟自己心爱的人分手是什么滋味的。”万德村长立刻抓住机会安慰丹巴说，“作为一名男子汉，要学会拿得起放得下才好。他航巴瞎了眼，舍得这么英俊机灵的小伙子，等着他后悔去吧。不过，话也说回来，这世上的女子多了去了，就像漫山遍野的草，割了一茬又会生出一茬来的。留得青山在不愁没柴烧。你小子这么好的人才，还愁找不到个媳妇吗？”

“村长……”

“别发愁啦。愁也一天喜也一天，还不如痛痛快快地活着。”万德村长夺过丹巴的话头说，“走，跟大叔去喝酒！”

盛情难却，丹巴也没再推辞就跟着万德村长走了。

仲夏，夜晚的天气非常地凉快。夜空中的那轮明月孤零零地悬挂在碧蓝的天幕中，凝望着人间众生演绎的爱恨情仇，悲欢离合。

夜幕下的石头村显得格外地宁静。除了偶尔传来的几声狗的吠叫声，村子里空荡荡得听不到任何的响动。只有微风夹裹着野花的馨香在巷道里缓缓地吹拂，摇撼着沉睡的树木，低声地吟唱一曲曲哀歌。

万德村长家的堂屋里，丹巴和万德村长正在喝酒。丹巴不吃肉，只是一杯接一杯地喝着闷酒，已经酒过三巡，他那张英俊漂亮的脸蛋都变得红润了。

“丹巴，你不要只顾着喝酒，快吃点肉吧。”万德村长劝丹巴喝酒吃肉。

“我饱着呢。你就让我喝点酒吧。”丹巴郁郁寡欢地说。

“唵嘛呢叭咪吽……唵嘛呢叭咪吽……”万德村长的妻子才茂贤背靠着堂屋中央的那根柱子，左手中捻着念珠，右手摇着玛尼轮，口中念念有词地诵读着六字真言。

万德村长的女儿才玛吉打扮得花枝招展地在他们家的锅台上忙碌着。她一会儿给丹巴和她阿爸的茶碗里续茶，一会儿给丹巴的酒杯里添酒，一会儿又给他们做饭炒菜，没有一刻闲暇的工夫。

“万德村长，我就想不通啊！”丹巴喝酒太猛，马上就有了点儿醉意，现在已经开始说起酒话来了，“我放弃在大城市里工作的机会，到偏僻的石头村来工作，都是为了她啊！”

“丹巴，你别再想那些不开心的事了。娘吉她已经成了别人的妻子，你再痛苦也没有用的。”万德村长安慰丹巴说，“你就忘了她吧。”

“花开有意流水无情。”丹巴伤心欲绝地说，“我苦苦等了她五六年，她竟然把我们之间这么多年的感情看得一文不值啊，为了财富和地位，跟一个她从来没有接触过的男子结婚了。我的心好痛啊！”

“丹巴，你想开些吧，世上好女人多着呢。要不我给你介绍一个？”万德村长说着话偷偷瞟了一眼在锅台上忙碌的他的女儿才玛吉。

“好啊！”丹巴喝了一杯酒，复又耷拉下头颅，醉醺醺地说，“世间何处无芳草。你无心我不义，你今天结婚，我明天就娶其他女子做我的妻子。娘吉，你有什么了不起啊，除了你世上难道就再也没有女人了吗？去你的吧！”

“丹巴，你醉了。”

“我没醉，我没醉……”丹巴雄辩道，“娘吉……给我倒酒。”丹巴开始说起胡话来，还稀里哗啦地哭泣了起来。

这时候，万德村长的女儿才玛吉悄悄溜出了堂屋，回到自己的闺房里去了。

“老婆子，可以行动了。”等才玛吉离开后，万德村长提醒他的妻子才茂贤说。

“老头子，强扭的瓜不甜，我们别做违背良心的事了，事情万一不成我们会遭报应的。”才茂贤担忧地说。

“你懂什么啊？只要有了今晚，以后我们的女儿就少吃许多苦的。”万德村长恶狠狠瞪着他的妻子才茂贤说，“头发长见识短。就按我的意思去办！”

“丹巴，你喝醉了，我扶你去休息吧。”万德村长见丹巴没有了声音后说。

丹巴已经沉睡过去了。于是，万德夫妇把丹巴扶起来，搀扶着他向他们女儿的闺房里走去。

“娘吉……”

丹巴走到才玛吉的闺房门口时，突然高声大喊了一声娘吉的名字，使得万德村长夫妇吓了一大跳。

等他俩淡定下来把丹巴送进了才玛吉的闺房的房门，见才玛吉伸出手来扶住了丹巴的胳膊之后，万德夫妇就匆匆离开女儿的闺房。

二十四

一阵嘤嘤的哭泣声吵醒了丹巴。丹巴迷迷糊糊地睁开眼，发现自己的怀里躺着一个女子，他起初以为自己睡在娘吉的怀里了呢。

“娘吉，这么早你哭什么啊？我头疼，你给我倒一杯水喝吧。”丹巴翻了个身又睡过去了。

“你是谁？”丹巴睡了一阵后，突然觉得不对劲，立刻翻起身来询问那女子说，“我怎么睡在你这里了呢？”

“我不活了，你欺负人，事后不承认自己做的事。呜呜呜……”才玛吉放声大哭了起来。

她的哭声打破了清晨的宁静。

“发生什么事了啊？”万德村长听到才玛吉的哭声，第一个冲进了才玛吉的闺房。

“看你干的好事吧。”他冲进才玛吉的闺房，见丹巴赤裸裸地躺在才玛吉的被窝里，才玛吉用被子蒙着头在大声哭喊着。他二话没说，先用不知是哪来的照相机，噼里啪啦拍了几张照片，就跺着脚，指着丹巴的脸责骂道，“丹巴啊丹巴，平日里看着你衣冠楚楚，道貌岸然，没想到你会干出这等下作的事情来。你今天非要给我一个答复，还我女儿清白不可。气死我了！”

“哎哟，我苦命的女儿啊！”随后，才茂贤跑进才玛吉的闺房里，一见到此情此景，就哭着向丹巴扑了过去，“你这个衣冠禽兽，你没有良心，恩将仇报，我们用好酒好肉招待你，你却用这种方式报答我们啊！”

“好了！”万德村长制止住哭泣得像一头母狮一样向丹巴扑去的才茂贤说，“小声点，你还觉得事情不够乱吗？如果外人听见，你还让女儿活不活啊？”

“丹巴，你已经把事情做到这个地步了。你现在说再多的话也没有用的，你先起来，我们商量商量，看这事怎么解决吧。”说完话，万德村长夫妇互相搀扶着走出了才玛吉的闺房。

“对不起，昨夜我喝醉了，醉得不省人事了，我对你没做什么吧。”丹巴边穿衣服边对才玛吉说。

“你看看不就知道了吗？”才玛吉揭开被褥，用手指着床单上的一摊殷红的血迹说。

“不可能，不可能，这是你们给我使的阴谋。”丹巴穿好衣服，在才玛吉的土炕前来回走动着说。

“你事前百般讨好我，难道一提起裤子就不认账了吗？你辱没了我的清白，我要跟你拼命。”才玛吉从土炕上站起身来要跟丹巴拼命。

“你先别激动，别激动！”丹巴制止住恼羞成怒的才玛吉说，“你让我想想，让我再想想。”

“还想什么想啊？生米都煮成熟饭了，难道你还不承认吗？”这时候，从门外传来万德村长的声音，说，“快出来吧，男子汉一人做事一人当，也不是天塌了下来，出来咱爷儿俩好好商量商量吧。”

“万德村长，你好阴险啊！”丹巴缓缓走出才玛吉的闺房来到万德村长的面前说，“怪不得你昨晚向我百般献殷勤，原来你别有用心啊！竟然用这种下作的事来引我上套，你好卑鄙啊！”

“事到现在，你还嘴硬，看来你的确是个犟种。”万德村长举了举手里的照相机说，“我证据确凿，看你怎么抵赖。”

“行啊，你为了制造这个局，早就把照相机都借来了啊。”丹巴眄视了一眼万德村长之后说，“想诓骗我你还嫩了点儿，这招我见得多了。真的佩服你啊，为了让你的女儿嫁给我，你们两口子连自己女儿的名誉都不顾了。”

“废话少说!”才茂贤制止住丹巴厉声斥责道,“说,就说你打算怎么解决这事?”

“我倒想问问你们让我怎么解决这事呢?”丹巴反问万德村长夫妇。

“你……”

“让我娶了你们的女儿?”才茂贤刚要开口说话,丹巴抢过她的话,非常淡定地说,“好啊!我要你们准备一百万的彩礼,再给我买一辆劳斯莱斯豪华轿车,邀请省委书记做媒人,我再考虑娶不娶你们家的女儿吧。”

“岂有此理,你玷污了我们家的女儿,还提出这么刻薄的要求。”才茂贤气急败坏地说。

“是吗?我怎么觉得你们在玷污我呢。”丹巴看了一眼沉默不语的万德村长说,“或者你就拿着那些不雅照去镇政府,或者到县法院告我去吧。否则,我绝对不会服软的。”

“我绝对不会轻饶了你的。”万德村长冷静地说了这么一句话。

“你设下这么个令人恶心的圈套让我钻,你还想让我给你赔偿吗?”丹巴感到非常地气愤,圆睁着一对怒目,紧盯着万德村长说,“要钱没有要命有一条,我随时等着你来拿。”

说完话,他就转身要走了。

“你站住!”万德村长跳起身跑上前来阻拦住了丹巴的去路。

“你还觉得不够丢脸啊?那么闹吧,我看最终谁输得最惨。”丹巴推开万德村长后,大模大样地走出了他们家的大门。

“那么,我们法庭上见啊!”当丹巴走到万德村长家的大门口时,身后传来了万德村长的恐吓话。

“奉陪到底。”说完话，丹巴一转身就从他们家门口消失了。

“都是你出的好主意，现在倒好，赔了夫人又折兵，我们吃亏吃大发了。”才茂贤斥责起万德村长来。

万德村长确实没有放过丹巴。

丹巴忐忑了三天后，噶杰镇里的党委书记薛云来找他谈事了。

“丹巴，你可知罪啊？”丹巴一走进薛云书记的办公室，他就责问起丹巴来。

“我不承认，是他们给我设下的套，非我本意。”丹巴理会到了薛云书记的意思，就直截了当地回答道。

“人家证据确凿，你还有什么可辩解的呢？”薛云书记递给了他一张由万德村长拍下的不雅照片，说。

“那夜他借机灌醉了我，我不知道是怎么回事儿，早晨醒来时发现自己稀里糊涂地就睡在他女儿的炕上了。”丹巴吞吞吐吐地说，“我有口难辩，现在我就算有簸箕大的嘴巴也说不清楚了。”

“那么，你打算怎么解决啊？”薛云书记看着楚楚可怜的丹巴说。

“屋漏偏逢连夜雨，船迟又遇打头风。乘人之危，用这么恶毒的招数来陷害人，他也太没有良心了。”丹巴连连叹息道，“他提出了什么要求呢？”

“他提出了两条要求，要么你娶了他的女儿，要么用钱赔偿他女儿的精神损失费。”薛云书记如实说。

“让他做他的黄粱美梦，等着去！我还有一肚子的怨气呢。”丹巴埋怨道。

“你都睡了人家的女儿，占了便宜还卖乖，你觉得这个理能行得通吗？”薛云书记边开玩笑边对丹巴说。

“书记，我现在想死的心都有，你就别拿我寻开心了。”丹巴欲哭无泪地说。

“我也能够理解你此时的心情，就不用党纪党规来教训你了。我希望你还是花钱消灾吧。只要保住工作，前面的路还长着呢。”薛云书记关心地对丹巴说，“如果让纪委牵扯进来就真的说不清了，你考虑考虑吧。”

“薛书记，我算是落难了，请你帮帮我吧！我这一辈子不会忘记你的大恩大德的。”丹巴难为情地说，“如不是为了女朋友我也不会来这里的。如今我鸡飞蛋打一场空，女朋友弃我而去，目前又遇到了一件这么龌龊的事。我真觉得山穷水尽了。”

“怪也怪你自己，做事不考虑后果，也算是自讨苦吃了吧。”薛云书记对丹巴说，“最好不要张扬此事，你也哑巴吃黄连，妥协了吧。”

“娶他的女儿我做不到，索赔只要不是天价，我可以考虑考虑。”丹巴无奈地说。

“他们索要三十万。”薛云书记说。

“狮子大开口，还是算了吧。”丹巴不假思索地说，“就让他折腾去吧。”

“你不要冲动，冲动是魔鬼，我先做调解，看能不能把索赔再压到一半，你也马上去准备一下。”薛云书记劝慰丹巴说。

“好吧。”丹巴说着话，站起身来走出了薛云书记的办公室。

二十五

丹巴郁闷极了。

某天下午，丹巴实在承受不了内心巨大的痛苦，就带着满腹的苦楚，一个人来到茫茫的雅茂森林中放声号啕大哭了一阵后，感觉满身心都轻松了许多。于是，他披着一身的霞光一个人安静地坐在阿妈龚琼山顶上俯瞰着高山脚下的美丽风景。

极目遥望，那一座座巍峨的大山层层叠叠地蜿蜒到遥远的天边。重峦叠嶂深处隐隐绰绰看见一座洁白的雪山，就如一位饱览百事的白首老翁一般巍峨地矗立在群山之中。俯瞰龚琼山脚下的川谷，就如一条狭窄的飘带从北曲折地向南蜿蜒延伸而去。顺着丹霞沟道疾驶的车辆就如甲虫一般缓缓爬行着。远处龚堂县朦朦胧胧地隐藏在绿树丛林间，从西向东徜徉流淌的黄河水在夕阳下泛着粼粼波光。

“想必远处的那座雪山就是阿尼玛卿雪山吧。杨克就在山那边，此时此刻他在干什么呢？”丹巴含着满眼的绝望凝望着那座遥远的雪山暗忖，“现在我除了他连个诉苦的对象都没有了。我要不要给他打个电话呢？”

正当他犹豫不决的时候，他的手机响了。

“丹巴，你在哪里啊？”是噶杰镇党委书记薛云打来的电话。

“薛书记，我很郁闷，就在镇政府附近散心呢。”丹巴回答道。

“你还快活得很啊，石头村的村长又带人来镇政府闹事了。你快到镇政府来！”说完话，薛云书记就挂断了电话。

“唉，催命鬼，真的要了我的命啊！”丹巴坐在山顶上苦闷地叹息道。

丹巴起身正准备下山的时候，又接到了一个电话。

“丹巴，我的好兄弟，你还好吧？”真是心有灵犀一点通啊，丹巴他刚刚还为给杨克打不打电话的事儿犹豫不决着，而他却给丹巴打来了电话。

“杨克……”丹巴一听到杨克的声音，再也控制不了满心的痛苦，眼眸中扑簌簌滚下几滴眼泪来。

“你小子行啊，结婚这么大的事也不给我打个电话，不够意思，你还认不认我这个兄弟啊?”电话那头杨克责备他说。

“哪有此事啊?”丹巴揩拭掉脸颊上的泪水后说。

“那么，同学们都给我打来电话说，娘吉给他们都发来了请柬，下个礼拜就在西宁举行婚礼。这是怎么回事啊?”杨克不解地询问道。

“杨克，兄弟我落难了。”

“怎么了啊?说详细点儿。”

“娘吉嫁给了一个玉树的康巴汉子，我这边又出事了，需要你的救助。”

“你再说详细点儿。”

“一个月前，娘吉突然跟我提出了分手，几天前她已经远嫁到玉树州去了。说是她阿爸老早就把她许配给了他的一个结拜兄弟的儿子。三天前我去村里办事，石头村的村长给我设套，把我灌醉后送进了他女儿的闺房，制造了我糟蹋他女儿的假象，获取了证据，现在威胁我要么让我娶她女儿，要么赔他女儿的精神损失费三十万元。这下我恐怕连工作都保不住了。”丹巴把详细情况说给杨克听了。

“我去，好险恶啊!”杨克听了丹巴说的话后惊愕万分地咋舌道。

“现在他们又来噶杰镇政府聚集闹事了。看来我凶多吉少啊!”

“你挺住啊!我马上找救援，立刻来搭救你。”电话那头杨克显得很着急地说。

“救救我……”

丹巴挂了电话，就急匆匆地向噶杰镇政府跑去。

当丹巴来到镇政府大院时，石头村的万德村长带领着他们家族里的十几个亲戚在等着他。

丹巴一走进镇政府大门，万德村长的儿子华青冲上前来愣是往丹巴的脸上狠狠地打了几拳头。说时迟那时快，丹巴灵机一动就躺到地上去了。

“干吗要动手打人啊？”薛云书记见石头村的村民把丹巴打倒在地之后，急忙跑上前来阻止村民动手打人。

“我看你再占我妹妹的便宜。”鲁莽的华青还边摩拳擦掌地嘟囔着。

“来人啊！快把丹巴送到医院里去。”

薛云书记一发话，镇政府的几个干事跑过来，抬着躺在血泊里的丹巴向镇卫生院跑去。

“你长不长脑子啊！”万德村长走上前来，指着他的儿子华青的鼻子说，“你坏了我的好事啊！”

“你们再闹我就给派出所打电话，看你们是回去呢，还是由派出所的干警来请你们走啊？”薛云书记不希望他们继续聚众闹事，就对万德村长说。

“那么这事情就这么算了吗？”万德村长反问薛云书记。

“等你们治好了丹巴的伤再谈这事吧。”薛云书记回答道。

“看你干的好事，走！”于是，那些前来聚众闹事的群众就跟着万德村长出了镇政府的大门。

万德村长带领亲戚们来噶杰镇政府一闹，有关丹巴做出的丑事传遍了镇政府，使得丹巴名誉扫地，臭名远扬了。

杨克搬救兵来得很及时，丹巴还没出院，杨克开着车拉了几个大学的同学到噶杰镇看丹巴来了。

当他们在噶杰镇卫生院里见到憔悴不堪的丹巴后，卓雅心疼得哭了起来。

“劝你当初不要到这种穷乡僻壤里来，你偏不听。现在弄得遍体鳞伤，你满意了吧？”卓雅看着满脸裹着纱布的丹巴说。

“现在是什么情况呢？”杨克他们看着躺在病床上的丹巴，心里也觉得不是个滋味，沉默了一阵后杨克询问丹巴，“他们打算怎么解决此事呢？”

“不知道，那天一见面二话没说他们就向我大打出手，稀里糊涂地把我送到卫生院里来了。”丹巴看着杨克他们苦笑着说，“这样也好，我还有个周旋的机会。”

“那你干脆去做他们家的上门女婿岂不是更好？”杨克对丹巴开玩笑说，“这样还省了许多麻烦事呢。”

“都到火烧眉毛了，你还拿我开涮。”丹巴埋怨杨克说，“赶快想办法把我从这个火坑里解救出去吧。否则，我做恶鬼也不会放过你的。”

“躺着吧，我们去找一下你们的党委书记摸摸底。”说着话，杨克带着其他几个同学走出了病房，“卓雅，你留在这里照顾一下我们的‘大英雄’吧。”走到门口，杨克转身对卓雅说。

“丹巴，听我一句劝，跟我走吧。”等杨克他们离开病房后，卓雅劝丹巴说，“我想好了，再也不把你一个人留在这里受苦了。”

“卓雅，按理说我已经没脸见你了，你不值得对我这样做的。”丹巴把脸转过去面对着墙壁说，“我的确落难了，可我没想到杨克把你也给叫来。”

“我相信你。”卓雅眼泪汪汪地看着丹巴说，“你不会做出这种事情来的。人若害你防不胜防。我确信是他们陷害了你。按你的眼光绝对看不上一个村姑的。”

“我现在有簸箕大的嘴也说不清楚了。”丹巴伤心地皱着眉头说，“我很心痛，我当初以为娘吉会重视我们的感情的，可没想到我竟然看错了人。”

"或许她也有难言之隐呢。"卓雅宽慰丹巴说，"过去的事就让它过去吧，还想那些伤心的事干吗呢？越想越伤心。还不如我们考虑考虑接下来怎么办吧。"

"还考虑什么呢？想必我就栽倒在这里了。"丹巴仰头望着病房的天花板，叹息了一声说，"三十万啊，卖了我都不值这个数。我到哪里去找那么多钱啊？"

"钱的问题你不用考虑，我已经给你带来了。"卓雅拿出一个存折递给丹巴说，"我不想跟一个无赖费太多的口舌，想快刀斩乱麻，马上解决这个棘手的问题，火势没有蔓延之前就熄灭掉苗头，这样还能保住你的清白。"

"已经来不及了。前几天他们到镇政府一闹，我已经名誉扫地了，我这辈子算是完了。"

"答应我，离开这个鬼地方。"卓雅望着丹巴坚定地说。

"还有哪个单位会要我啊？"丹巴绝望地说，"我这次不丢掉铁饭碗就不错了。唉，对了，你哪来这么多钱啊？"

"这个你不用管。"卓雅斩钉截铁地说，"你相信我，我一定把你从这里调走。"

"卓雅，清醒点儿，为我这种人你不值得这样做的。"丹巴劝卓雅说，"你以后会看不起我的。"

"现在不谈这些了，我们离开这里再说吧。"卓雅打断丹巴的话说，"谁也有落难的时候，我们先解决眼前的麻烦事。"

丹巴也不再说什么了。

杨克他们通过噶杰镇薛云书记找到石头村的万德村长谈判，最后达成协议，以十八万索赔私下解决了此事。还扣除了三万元的医疗费，他们只给了万德村长十五万元，还用带丹巴去州医院治疗的名义向噶杰镇政府请了假，就带着丹巴离开了石头村，离开了噶杰镇。

二十六

丹巴沉浸在往事中，猛然抬头，一眼望见了矗立在他眼前的巍峨的扎隆雪山，同时他环视起南面的阿妈龚琼和远处的宗格吉日山，以及矗立在扎隆雪山和宗格吉日山之间的宫保智纳山。他又想起了当初娘吉给他讲过的有关这些神山之间发生的凄美动人的传说来。

传说，扎隆和阿妈龚琼是一对情投意合、恩爱有加的情侣。后来宗格吉日觊觎阿妈龚琼的美貌，趁扎隆出去降魔时，宗格吉日猛力追求阿妈龚琼，使得一心喜爱扎隆的阿妈龚琼苦不堪言。当扎隆降魔归来得知了此事后，就跟宗格吉日谈判，可第三者插足的宗格吉日死活不退让。最后，扎隆和宗格吉日反目成仇，变成了情敌。宗格吉日连连骚扰阿妈龚琼，使得扎隆和阿妈龚琼矛盾迭起，痛苦万分。宗格吉日惹怒了扎隆，忍无可忍的扎隆决定要跟宗格吉日做一决斗了。他想用弓箭射死宗格吉日，可他们中间还矗立着巍峨的宫保智纳山，他如直接把箭射过去就会伤及宫保智纳。于是，扎隆就请求宫保智纳躲闪一下，宫保智纳弓腰低了一下头后，扎隆就拉满弓弦向宗格吉日射了一箭。那支箭飞出去后不偏不倚端端射在了宗格吉日的心窝里，就把宗格吉日给射死了。之后，扎隆就使派了三个媒人（石头村旁边的沟里有三块一字排开的大石头）去向阿妈龚琼说媒，最后，扎隆和阿妈龚琼喜结连理，过上了幸福的生活。

丹巴站在扎隆山脚下向东看了远方的宫保智纳山和宗格吉日山一眼，发现宫保智纳山半蹲坐般地矗立在扎隆山和宗格吉日山之间，宗格吉日山正中央有一个大洞，恰似被利器射穿一般。

“亲爱的，你再给我采摘来几朵杜鹃花，我的花帽就编好了。”

丹巴突然听到从他的身后传来有人说话的声音，他转身望去时，看到许多从城里来的少男少女徜徉在扎隆山的半山腰里盛开的杜鹃花的花海中，赏花、拍照、游玩。

“娘吉。”

丹巴的思绪突然飞到了过去，眼前立刻出现了当年他和娘吉钻进漫山遍野的杜鹃花海里游玩的情景，于是，他不由得低声呼喊了一声娘吉的名字。

“大叔，你也是来这里赏花的吗？这里的风景好美啊！”一个女孩子的询问声把他从幻想中拉了回来。

“不是，我是坐落在山脚下这个村的第一书记。”丹巴回答那少女说，“你们是从哪里来的啊？是怎么知道这个地方的呢？”

“我们是从快手里发现了这里的美丽风景，于是就开车导航来这里游玩的。”那少女说，“可惜，这地方还没有打造旅游项目，我用手机拍了照，发到朋友圈里，有许多朋友都在打听这个地方呢！都说这里的风景美，美得就像人间仙境。其中有兰州的，也有西安的，还有北京的朋友呢，看到我微信空间里的照片他们都想来这里游玩。但是，叫他们来这里玩好是好，就是这地方既没有住宿，也没办法解决他们的吃饭问题啊！”

“马上会有的，只要他们肯来，我可以立马解决游客们的吃住问题，虽然有点简陋，只要他们不太洁癖，我有办法，明年我努力实现游客们的所有需求。”那少女的话唤醒了丹巴，于是他立刻向那个少女保证道。

“真的吗？”那少女怀疑地看着丹巴问。

“不信我们打个赌，你只要把你的朋友们带过来游玩，我一定做得让他们满意而归。”丹巴发誓说，“如果做不到，我不收你们的一分钱。”

“只是，这路……”那少女犹豫地看着山脚下的那条山路说。

“你们什么时候来，我立刻组织村民把那条山路修好，保证让你们通行无阻。”丹巴说。

“真的啊？”

“我说到做到。”丹巴再次向那少女保证道。

“我问一下，这满山的杜鹃花能开多久啊？”

“现在开始杜鹃花陆续开花了，再过十到十五天是杜鹃开放的高峰期。估计半个月之后，满山的杜鹃花都会绽放的。到那时候，也是这里赏花的最佳季节，除了杜鹃花，还有馒头花、赛欠花、金女花等山花次第开放，争奇斗艳，还有千顷油菜花竞相绽放，比现在不知美丽多少倍呢。”丹巴极力诱惑那少女，渴望经过她引来第一批游客。

“大叔，到时候真的会有那么美吗？”那少女显然动心了，就不停地询问丹巴。

“我准备好甘醇的牛羊肉，甘冽的青稞美酒，奔放的锅庄舞，热情的酒曲和山歌，保你们吃得放心，玩得开心，住得安心。”

“大叔，那我们加个微信吧，我叫郭晓贤，是西宁阳光旅游公司的导游，我过几天就带我的姐妹们过来，到时候你可不要让我难堪啊。”那少女相信了丹巴，就主动跟丹巴加了微信。

丹巴激动万分，突然觉得自己留在石头村里有了奔头。

丹巴带着激动的心情来到村里，马上找到村党支部书记噶杰嘉告知了此事，并喊来陈斌和王英忠要求马上通知召开村民大会。

“全体村民注意了，全体村民注意了，村委会决定要召开村民大会，要求全体村民参加，大家立刻到十字路口集合。”噶杰嘉书记立刻往石头村的微信群里喊着通知。

丹巴和噶杰嘉书记他们商量了一阵后就来到石头村大十字路口，坐在那棵大树底下耐心地等待村民们前来开会。他们左等右等，等得太阳都快要落山了，可就是不见有村民前来参加会议。

“丹巴书记，这天都快黑了，可不见一个村民前来参加会议，看来他们对我们确认贫困户的事还心中存有芥蒂，恐怕都不会来参加会议了。”王英忠担心地说。

“这可是个很重要的会议啊！哪怕等到天亮我们也要等石头村的村民们前来参加会议。”丹巴摆出不达目的不罢休的态度说，“这可是我们石头村捞到第一桶金的机会啊！我绝对不会放过这个机会的。”

“妹妹你坐船头，哥哥在岸上走，恩恩爱爱纤绳荡悠悠……”

这时候，石头村的光棍汉龚守财哼着一首歌，趿拉着一双破鞋从下村走了上来。“来了，来了，你们听有人在说话呢。”陈斌听到龚守财唱歌的声音后，小有激动地说。

“那是龚守财，他一个光棍汉，一个人待在家里无事可干，得知我们在村十字路口就来凑热闹的。”噶杰嘉书记静听了一阵那唱歌的声音后说。

“哎哟，那不是说今天晚上要开会吗？怎么一个人也不见呢？”龚守财走上前来坐在大树底下说。

“难道你不是人吗？”王英忠对龚守财开玩笑道。

“我一个人算什么啊？开会得全村的人来才算，我一个人代替不了全村人。”龚守财说。

“龚守财，你可听说最近村民们在议论我们什么吗？”王英忠问龚守财道。

“我……”

“龚守财，老实说，下次来‘项目媳妇’（当时在贫困村里流行的笑话）就给你留一个。”王英忠引诱龚守财说。

“真的吗？”龚守财激动得搓了搓手，说，“我去洛嘉村一个朋友的手机里看快手，快手上还说有项目媳妇呢。丹巴书记、噶杰嘉书记，如果有项目媳妇可一定要给我留一个啊。我不要漂亮的女子，只要她来我的家里踏踏实实地过日子就行。”

“一定，到时候一定给你留一个最能干的女子。”王英忠拿龚守财开涮。

“你看看，人家海东来了那么多的项目媳妇，不但那些光棍汉分到了媳妇，连死了老婆的老头们都分到了媳妇呢，可项目媳妇怎么还不到我们这里啊？”龚守财认真地说。

“哈哈哈……”

听了龚守财说的话，惹得丹巴他们都大笑了起来。

“噶杰嘉书记你再往群里喊一声吧，你就说县上来项目了，名额有限，早来就得迟来没有，后果自负。”听了龚守财所说的话，丹巴心生一计，就又给噶杰嘉书记说。

“丹巴书记、杰嘉书记，你们可要把分给我一个项目媳妇的事记在心上，千万不要忘记啊。”间隙，龚守财又提醒丹巴他们说。

“好的，我们都给你记着。”丹巴给龚守财打哈哈道。

丹巴的计策灵验了。没过多久村民们都纷纷赶到了石头村十字路口的那棵大树底下，黑压压地站满了一地。

“同志们，你们可姗姗来迟啊！”丹巴坐在主席台上给石头村的村民们开玩笑道。

“丹巴书记，你就直截了当地说吧，有什么好项目可以分给我们啊？”爱显摆的才郎又想兴风作浪了。

“好吧，我也不打算占大家太多的时间，就给你们直说吧。”丹巴看了一眼站在主席台下的村民们说，“今天的会议有两项内容。一是有关维修我们村通往外界的那条山路的事宜，另一项是关于在我们石头村开展乡村旅游业的事宜。”

“嘴上无毛办事不牢。看来我们又上当了，开什么会啊，还不如回家睡觉去。”才郎煽风点火道。

“走……”

听了才郎的话，除贫困户之外的村民们都起身准备离开会场。

“大家可听好了啊，你们执意要走我也拦不住你们的，可我把丑话说在前头。”丹巴看着起身准备离开会场的村民们说，“我已经联系好了一家旅游公司，再过十天，等扎隆山上的杜鹃花盛开后，那个旅游团就会带着游客来我们村旅游了。到时候除了公共收入作为石头村的集体经济之外，通过分配到各个家庭旅馆或农家乐居住的游客而获得的收入就属于你们农户自己所有。这完全属于村民自愿，不愿意参加乡村旅游的村民可以离开，到时候参加了乡村旅游的农户们挣到了钱，你们不要眼红啊。”

“你还没打到兔子就想分胸叉了。子虚乌有的事情谁信啊？”才郎离开会场走了几步，听到丹巴的解释后，复又转过身来对丹巴说。

“缰绳藏我袖中，策略在我心里。你不信任我我也没办法了，你完全可以离开会场。”丹巴轻蔑地看了“滚刀肉”才郎一眼后说，“请你不要一头乳牛吃草挡住其他乳牛的去路了。”

“有钱不挣是傻子。”才郎听了丹巴的话，又来到会场坐了下来。见才郎不走，以更吉等三大母老虎为主的非贫困户们立刻改变了主意，都又来到了会场。

“我们石头村坐落在雅茂林区，有山有林，山花烂漫，林木苍翠，风景秀美，我们自己居然不知道自己居住在人间仙境般的环境里，可是我们村的美丽风景早就传到了外界，只是我们村通往外界的山路太差，阻断了与外界的联系。”丹巴说到这里看着大家，停顿了一阵。

“不然会怎样？”才郎他们急切地想知道答案。

“不然我们村的旅游业就不会这么惨淡，已经搞得红红火火的了。”丹巴鼓励大家说，“乡亲们，我们真的在抱着金砖过穷日子啊！”

……

“乡亲们，阻挡我们财路的就是从我们村通往外界的那条公路啊！”丹巴环视了村民们一眼后，说，“十多年来，我们村里没有实施过任何项目，其他村里每年都有项目在实施，政府为什么只遗忘了我们石头村呢？这答案我甭说大家的心里都明白吧。”

“我们村的运气不好，走背运了呗。只要村子走背运时，干什么事都不会顺利的。”才郎自作聪明地说。

“走背运了。”丹巴为才郎的这个解释而感到有点儿好笑，思谋了一阵后，又说，“是啊，就当是走背运吧，难道我们就这样守株待兔下去吗？”丹巴激励大家说，“不能，我们要行动起来，靠我们自己的双手改变我们石头村的命运，改变我们自己的命运。”

“那么我们究竟怎么干，才能改变我们村的命运呢？”村民们疑惑不解地问。

“我们应该举行大型佛法会，祈福禳灾，祈求神灵保佑我们。”才郎回答道，“只要我们用一颗虔诚的心去感动上苍，天神就会大发慈悲，护佑我们，就会禳解掉我们石头村的背运的。”

“不对，这事是人为的，才郎请你不要继续执迷不悟、蛊惑人心了，好吗？”丹巴反驳才郎说，“我们应该通过自己的努力摘掉我们石头村后进村的帽子，才能迎来往后的新生活。”

……

“乡亲们，大家应该团结起来，听从我们的领导，服从组织安排，迎难而上，以愚公移山的精神，齐心协力修通我们村那条通往外界的山路，就等于打开了我们石头村的财路了。”丹巴劝导石头村的村民们说。

“唷，说了大半天他还是想带领我们大家去修扎隆山的那条山路啊！”万德村长听出了丹巴的话外之音后，开口说道，“那是我们村几代人想解决而解决不了的老大难问题，你一个外来人知道什么啊？修那条路需要资金的，你有钱吗？没钱空口白牙说出来的话不等于是废话吗？”

“乡亲们，只要我们肯出力，靠我们自己的双手，就能改变我们石头村的命运，改变我们自己的命运。我们通过投工投劳，通过人力先修通一条简易的乡村公路，打通我们石头村和外界的联系。这样一来我们不但迎来了外面的新鲜事物，而且也能输送出去我们石头村的特产。不然，我们就像世外桃源，与世隔绝，一直过着贫穷落后的日子啊。”丹巴晓之以理动之以情地劝导石头村的村民们说，“在通往我们村现有的那条路的基础上修通一条简易公路也没有太大的困难，只要我们铲平填满被雨水冲刷出的沟壑，或垫平压实那些被手扶拖拉机刨挖得坑坑洼洼的路面，大巴车能够开到我们石头村里来就行了。”

“我们自古以来就是出工记工分，年终按工分领工钱，从来不白白下功夫去吃那个苦头的。”石头村的母老虎更吉自以为是地开口说道。

“现在村子里没有一点儿集体经济，大家能不能克服一下啊？”丹巴用恳求的目光看着大家说，“再说，我们在座的哪个家里没有老人和孩子啊，万一某天患得什么疾病我们怎么送他们去医院啊？当然，我也并不是盼着谁患得重病，可人吃五谷得百病，谁能料到哪天厄运会降落到谁的头上来啊？”

“更吉说的话也有道理，我们可以答应，只是我们按原来村里定的规矩执行，先记工分，最后按照工分计算工钱，多劳多得，少劳少得，不劳不得，我们就从镇上发下来的禁牧补草津贴等款项中扣除后，发给参加义务工的村民。”沉默不语的噶杰嘉书记突然开口说道。

“凭什么啊？他们贫困户既拿工资，又拿各种生活补助，还不需要参加村里的义务工，难道他们是我们村的老祖宗吗？”石头村的另一个母老虎耿登卓玛站起身来，不依不饶地说。

“谁说我们不出义务工了呢？”以扎西为主的贫困户们实在受不了村里非贫困户们对他们的抵触，就借此机会向他们发泄起了愤慨，用语言进攻起村里放不过他们的那些非贫困户们来，“我们又凭什么要出义务工呢？这石头村是我们大家的村落，所有的公共设施我们大家共同享有，为什么这路就由我们贫困户来修，而你们又凭什么不干活只享受其成果呢？”

“好了！”丹巴眼看着势头不对就阻止住大家说，“我只想知道你们能不能出工修路，并没有请你们来我这里吵架斗嘴的。”

“我们愿意出工修路。”村里的所有贫困户都异口同声地答应道。

“看来，村子里村民们因贫困户认定的事而出现了分歧，在同一个村里生活了几辈子的村民之间出现了一道明显的分水岭啊。”丹巴看着主席台下的村民们，有些失望地说，“那么村里的非贫困户们呢？你们也表个态吧？”

……

“有关维修石头村扎隆山乡村公路的事就这么定了，暂且按石头村的老规矩执行，明天早晨开工，一直到修通那条公路为止。由噶杰嘉书记出面登记好村民每天出工的情况，到时候按规定发工资。”丹巴看了看台下的村民们说，“现在我们进行第二项议程吧。”

“第二项议程就是有关我们村里开展农家乐或家庭宾馆的事宜。”见主席台下的村民们不再争议了之后丹巴对大家说，“我们村里马上要来一批游客，他们需要让我们解决吃饭和住宿问题，还需要准备一场文艺演出。”

乡村旅游对封闭的石头村的村民们来说是个新鲜事物，他们也不知道其中的利与弊，就不敢妄加论断，只认真地听丹巴的安排。

“我考虑，现在有条件的家庭办家庭旅社。其实也很简单，就是在平时能讲究卫生的家庭腾出家里多余的房子，收拾干净，让客人们居住。至于吃饭的问题，我打算找几个村子里厨艺比较好的妇女，搭建几顶帐篷做饭，给他们统一提供饭菜，解决游客们的吃饭问题。”丹巴说出了他的意见或建议，“看大家还有没有更好的办法。”

“我觉得有条件办理家庭旅馆的农户们一并准备好饭菜的为好，如果游客们愿意在农户家里品尝藏家饭菜，就一并满足他们的需求。这样不但解决了游客的住宿和吃饭问题，而且还增加了村民的收入。”石头村的原村长扎西提出建议说。

“这办法倒是好，可是万一哪一家砸掉招牌，以后我们的乡村旅游就难以开展下去了。”丹巴犹豫不决地说。

“……”

“先不谈论那么多，大家即刻行动起来，就在短期里收拾出住宿，我们经过验收后再定名额吧。”丹巴说完话，停顿了一阵后又补充说，“万一达不到标准没选上办理农家乐的农户就不能来找我搅沫沫了啊！说句实在话你们沫沫搅得我有些害怕了。”

一场会议开到半夜时分才结束。

第二天，石头村里迎来了多年来的第一次集体劳动。

丹巴他们天一亮就起了床，来到扎隆山脚下的那条乡村道路上，统计了一下前来参加义务劳动的人数后，就以户为单位，按照维修公路的难易程度，丈量路面，给村民们去分配维修的路段，让他们投入劳动。

其间，丹巴发现村民们谁都不愿意跟更吉搭伙，捡着跟自己习性相投的人组组，推来推去，丹巴他们只好把更吉和才科一家放在一起，分给了一个路段去修路。恰好，给更吉和才科分配的路段失修严重，修路难度较大。

“凭什么就让我修这段难修的路呢？”等更吉看到要修的路段的难度后，甩下手里的铁锨，指着丹巴他们撒起泼来，“好啊，你们‘让人吃饭看吃相，让人走路看步伐’。你们也太欺负人了吧。老娘今天偏不干义务工了，看你们把老娘咋的。”

“更吉，你也不要担心，这段路失修得确实有点儿严重，你们两口子就把路面填满垫平，其余的技术活交给我们处理就是了。你何必要发那么大火呢？”丹巴见更吉撒起泼来，就走上前去劝阻她道。

“不是老娘手上没有力气，老娘就是看不惯有些人狗眼看人低，偏心。”说着，更吉走过去站在路边的一个土坡上，两手往腰间一插，面朝众人，指桑骂槐地破口大骂道：“唉，石头村的癞子泼妇们哟，看你们那副砢碜样，满脸长大疙瘩还要说长道短，说冬季戴口罩捂出的痱子，别以为你嘴巴长痔疮，就可以在别人面前犯贱！瞧你们那一副副熊×样，谁跟你们走得近谁倒霉，你们说你们还活着干什么呢！干脆跳进黄河一了百了算了。你们不知道天高地厚，在石头村里跟老娘作对，你们还嫩了点。来，谁有本事的就冲着老娘我来，老娘我今天非要跟你们争个高低不可。”

村民们见更吉撒泼，也不敢招惹，就装着没看见各修眼前的路，不去搭理她。

“我看你们是皮太厚了，要不要我帮你们松松筋骨呀！贱人自有天收！出门踩狗屎、下雨遭雷劈。看看你们个个打扮齐整得跟马步芳淘汰下来的慰安妇似的。”更吉一个劲儿地在骂街。

“更吉，你这是干什么啊？谁都没有逼迫你参加义务劳动，你不想干就可以回家去了，不要妨碍大家劳动。”丹巴走过去劝更吉离开。

“啊呸，老娘还不稀罕呢，老娘今天是放下身段，本是前来给你长脸的，可没想到你这么不识好歹，老娘还不给你这个面子了。”见村民们谁也不搭理她，她也觉得没有意思了，就一蹦子从土坡上跳下来，叫唤来她的丈夫，从地上捡起铁锨，骑上摩托车骂骂咧咧地一溜烟回家去了。

“真是个疯子啊！”

身后，传来村民们的笑声。

“干活，干活，大家都干活了。”

丹巴他们也不在乎更吉夫妇离去，头戴一顶草帽，顶着火热的太阳在指挥石头村的村民们修路。场面热烈，村民们干得热火朝天。

没想到，那样一份工，村民们干活干得非常卖力，避免了村民们虽参加了义务工，可又不好好干活，混在群众中耍嘴皮子，打情骂俏、消磨时间的不良行为，劳动的进度赶得也飞快。

第三天，丹巴自掏腰包买来了几袋石灰，拉来了沙子，召集了所有的村民，集体维修了两座已经失修严重的涵洞。这两座涵洞是石头村通往外界的关键要道，所以，丹巴很重视这两座涵洞的维修。虽然丹巴自掏腰包买来了水泥，村民自己动工维修了那两座涵洞，但是丹巴还是对此有些不放心。

几天下来，石头村的村民们扛着镢头、铁锨，推着架子车，挖土、抬石头填沟补道，修缮被山水冲毁的乡村道路。

丹巴每天看着石头村的村民们热火朝天地干活的场面，从内心里有些感动，也仿佛找到了童年时跟随大人们去出工干义务工的感觉。

三天之后，在石头村的村民们齐心协力下修通了石头村通往外界的那条简易的乡村公路。

与此同时，村民们在自家的庭院里打扫卫生，家里有多余房屋的村民们，尽其所能地布置出了接待游客的房屋，准备迎接即将到来的旅游团了。

二十七

五月中旬，扎隆山岭上的杜鹃花次第开放了。成片成片的杜鹃花把扎隆山的山岭打扮得妖娆多姿，火红的杜鹃花一丛丛、一簇簇、一层层铺满沟沟坎坎、坡顶谷底。

与旅游公司约定好，导游郭晓贤带游客来石头村的那天，石头村的村民们打扮一新，都聚集在石头村十字路口，焦急地等待远方游客们的到来。

“我们准备了十几天，那些游客会来我们石头村吗？”村民持着怀疑的态度，坐在大树底下议论道。

“我觉得有点儿悬乎，外面有那么多美丽的地方，游客们能到我们石头村这样的穷乡僻壤里来旅游啊？”石头村的懒汉才科斜靠在大树上对大家说，“这纯粹是丹巴在做白日梦说出来的梦话。”

“不会是这样的吧？丹巴他不会干这种没有把握的事吧。”

“他也不是没干过没有把握的事情啊。”才科用一根芨芨草掏着牙缝，说，“当年他差点儿不是惨死在万德大叔的手里了吗？”

“说话要小心，被丹巴听到啊！”有人警告才科说。

才科警惕地抬起头来向林场方向望去时，丹巴手里拿着一些哈达向他们走了过来。所以，才科立刻闭口不再继续说丹巴的坏话了。

“丹巴书记，我们都等了一个早晨，恐怕肉都要烂在锅里了。”有人见丹巴走了过来就说。

“快了，我刚跟他们联系过，他们现在就在扎隆山那边，马上要翻过扎隆山垭口了，我们做好准备前去迎接他们了。”

“来了，来了！”

这时候，石头村的光棍汉龚守财从林场背后跑下来，稍有些激动地说。

“到哪里了啊？”等得不耐烦的村民们见龚守财跑来就急切地问。

“翻过山垭口，两辆大巴正顺着扎隆山路往我们的村子里驶来了。”龚守财回答大家说。

“王英忠，快把哈达都分给村民们。”丹巴把他手里的那些哈达递给王英忠，看着集聚在大树底下的村民们说，“等客人们下了车，大家就迎上前去热情地把哈达献给游客们啊。”

“好的。”

王英忠刚分发完手中的哈达，两辆大巴从林场北部的角落里转了个弯，驶进石头村里来了。

等大巴停下来，郭晓贤第一个跳下大巴，走上前来跟丹巴握了握手，说：“丹巴大叔，你好，你好，我没有失约如期把客人都带到你们村里来了啊。”

“辛苦你了，辛苦你了。”说着话，丹巴亲自给郭晓贤献上了一条哈达。

郭晓贤恭恭敬敬地从丹巴手里接过哈达，转身朝大巴里面喊道：“尊敬的各位游客，我们已经到达目的地，请大家可以下车了。”

不久，从大巴上陆续走下来了一百多名游客。见游客们都下了车，石头村的村民们手捧着洁白的哈达走上前去非常热情地把手里的哈达都敬献给了游客们。

等大家献完哈达后，丹巴走上前去，彬彬有礼地对游客们说：“尊贵的各位客人，大家好！你们一路辛苦了。”

“不辛苦，这里的风景好美啊！能欣赏到这么美丽的景色，辛苦一些也值了。”游客们看着满眼青翠秀丽的风光欢呼雀跃地说。

“首先，我来介绍一下我自己和我们美丽的石头村吧。”丹巴彬彬有礼地说，“我叫丹巴，是一名藏族同志，也是石头村的第一书记。”

“哦，搞扶贫工作派下来的第一书记啊！难得难得。”游客们回应道。

“尊贵的客人们啊，一路颠簸，大家肯定累了。”丹巴恭恭敬敬地对他们说，“先到我们的接待帐篷里吃中午饭，休息一阵，解解乏之后，我们再去欣赏这里的景色吧？”

“这样也好。”郭晓贤导游听了丹巴的建议后，说，“现在已经到中午的饭点了，想必各位帅哥和美女们渴了也饿了，那么大家就跟我去接待帐篷里吃中午饭，然后就由我们的帅哥带大家欣赏这里的美景吧。”

游客们就跟着她从石头村的十字路口走下来，到驻扎在雅茂森林边的帐篷里吃中午饭去了。

等游客们唧唧喳喳地说着话走进帐篷里坐下来后，村委会统一安排来帐篷接待的村妇联主席杨增卓玛等人马上给游客们端上了牦牛奶茶、油饼、藏式包子和煮熟的牛羊肉。

“太香了！太好吃了！”游客们吃着本地美食，不断发出赞叹声来。

然后给他们每人端上了一小碗洋芋熬饭，之后给他们盛上了酸奶。他们赞叹不绝地吃了一顿非常可口的中午饭。

二十八

等游客们吃饱喝足，稍加休息了片刻后，丹巴做他们的导游，就带领游客们欣赏起石头村周围的美丽景色来。

当他带领着游客们来到石头村的十字路口后，就开始给他们介绍起石头村来：

“各位尊贵的客人，大家下午好，我们所见到的这片森林叫做雅茂林，它位于龚堂县噶杰镇石头村，北与湟中县穹泽林场接壤，东与隆钦县毗邻，是一个‘鸡鸣三县’的村落。海拔两千八百米，具有明显的高原气候特征，属寒冷半湿润气候，植物生长期为一百二十天到一百四十天，雅茂林场总面积八千五百多公顷，有林地七百一十九公顷。”

游客们边听着丹巴的讲解，边赞叹不已地观赏着周围的风景。

“雅茂林场宛如一块巨大的翡翠，镶嵌在拉脊山南麓，犹如一位恬静的少女，满含深情地依偎在拉脊山的怀抱之中，构成融林、云、山于一体的自然景观和淳朴的民情。坐落在山脚的民居依山而建、错落有致，让美丽的石头村成为一处世外桃源。”丹巴向游客们介绍完石头村和雅茂林之后，就对他们说，“接下来我们就乘坐车去岭上欣赏杜鹃花海吧。”

于是，游客们上了载他们来石头村的那两辆大巴车向坐落在石头村西北角的山岭驶去。

到了岭上，丹巴第一个跳下大巴车，等待游客们下车。等大家下了大巴车，丹巴带游客们来到岭上开满杜鹃花的山坡上，向大家介绍说：

“各位女士、各位先生：人间四月芳菲尽，扎隆杜鹃始盛开。今天我们游览石头村的杜鹃花海。这里海拔两千九百多米，是一片上百公顷的野生杜鹃花海，一片清一色的天然生长的杜鹃花树，花海从扎隆山顶一直蔓延到对面的阿妈龚琼山，与周边的这几块山岭相连，有几里路长。平日里，它是一片似让人修剪了的绿篱。每年六月初前后，这里便是一片花的海洋，那红色的、紫色的、白色的杜鹃花儿，一朵朵、一丛丛、一团团，漫山遍岭，映红了天，照红了地，蜂儿在花丛中欢歌，蝴蝶在花丛中翩翩起舞，小鸟儿在花丛中吟唱……别提有多么美煞人了！好了，我们现在就从扎隆山游起，到了山顶之后，我们再从那边的花海中下来，仍在这里集合。”

“夜半三更哟盼天明，寒冬腊月哟盼春风，若要盼得哟红军来，岭上开遍哟映山红，若要盼得哟红军来，岭上开遍哟映山红……”

大家一拥而上，一片赞叹声中走进漫山遍野的杜鹃花丛中，有人在大声地欢呼，有人摆好姿势与漫山遍野的杜鹃花拍照留影，有人还站在山顶上唱起那首耳熟能详的革命歌曲《映山红》来。

客人们玩得热火朝天，丹巴的心却忐忑不安着。因为晚上要把游客们安排到农户家里居住。他们之前已验收过准备好接待游客的农户家的卫生，觉得也没有问题，可农户家里都圈养了牲畜，万一没有喷洒杀虫剂，晚上跳蚤跳到游客的身上叮咬，恐怕就砸掉他好不容易打造起来的招牌。

“陈斌，你和王英忠带着韩国银到每家每户的牛羊圈等地方喷洒了杀虫剂吗？千万不要留下死角啊！”丹巴苦口婆心地给陈斌和王英忠交代道。

“噶杰嘉书记啊，晚上他们要住在农户家，要品尝农家饭，你到那些要招待游客的农户家再三强调注意讲究卫生，做出干净、可口的饭菜来招待游客。”丹巴紧接着给石头村的党支部书记噶杰嘉打电话，再三嘱托道。

等到下午六七点钟时，游客们欣赏够了杜鹃花海，都前后来到岭上集合了。

这时恰巧到了傍晚时分，夕阳染红了雅茂片区的山川河流。扎隆山、阿妈龚琼山、宗格吉日山和宫保智纳山的山尖上都镀上了一层夕阳的金色，周边的山山岭岭瞬间变成一座座金山了。夕阳射进雅茂森林里，从一棵棵挺拔的松树间隙投射出来的一道道阳光如同一条条金光灿灿的金线，闪烁着金灿灿的光芒。河道峡谷里集聚的李家峡水库里的水绿汪汪的，好像是一颗镶嵌在大山峡谷里硕大的翡翠。

游客们披着一身的霞光，像一尊尊镀了金粉的雕塑一般站在西山顶上，在一片赞叹声中观赏着夕阳底下雅茂片区的美丽风光。

“女士们，先生们，现在我给大家介绍一下这几座巍峨的大山。这几座大山都是些神山，矗立在我们右侧的这座山叫扎隆山，再往西看那座比较低矮、如同弓腰半趴姿势矗立的山叫宗格吉日山，正西方与我们对面峙立的大山叫宫保智纳山。”丹巴给游客们介绍完对面的那几座大山，再转过身来指着南面那座山说，“矗立在我们右侧的这座山叫阿妈龚琼，据说是一座由女神统治的神山，每年夏季农历五月初五，也就是端午节那天，由雅茂片区的妇女们带着箭杆和祭祀品到那座山上祭祀，祈求女神保佑。为此，雅茂片区的女子个个生得美丽如仙，坚强能够赛木兰。”

“哇，好神秘啊！”听了丹巴的介绍后，大家发出惊叹声来。

“这里还有一个美丽动人的神话传说，大家想不想听啊？”丹巴故意给游客们卖关子地说。

“想听！”众游客们都异口同声地呼应道。

“想听的话就面向这些神山默默做一下祈祷，不然我向你们泄露了他们的秘密就会触怒众山神的。”丹巴对游客们开玩笑地说道，“就像我们人一样，谁也不想把自己的隐私告知大众的。”

游客们听了丹巴的话，果然面向各座神山默默祈祷了起来。等大家祈祷完毕后，丹巴就给大家说起流传在雅茂片区有关那几座大山的神话传说来。

“扎隆山和阿妈龚琼山是一对生死相恋的情侣。某年，东方恶魔泛滥，搅得此地民不聊生，于是扎隆山远去东方降魔后，觊觎了阿妈龚琼美貌很久的宫保智纳猛力进攻，追求起阿妈龚琼来，搞得阿妈龚琼苦不堪言。当扎隆神降魔归来后，阿妈龚琼向扎隆哭诉，诉说了宫保智纳骚扰给她带来的苦恼。扎隆得知了此事后，再三警告宫保智纳罢休无端的骚扰。可宫保智纳始终不肯收敛他的无耻行为，依然追求龚琼不罢休，于是惹怒了扎隆。忍无可忍的扎隆决定要跟宫保智纳做生死决斗。他想用弓箭射死宫保智纳，可他们中间矗立着宗格吉日，他如直接射箭会伤及宗格吉日的。于是，扎隆就让宗格吉日躲闪一下，宗格吉日弓腰低了一下头后，扎隆就拉满弓向宫保智纳射了一箭。那支箭飞出去后不偏不倚端端射在了宫保智纳的心窝里，瞬间就把宫保智纳给射死了。之后，扎隆使派了三个媒人去向阿妈龚琼说媒，最后，扎隆和阿妈龚琼山喜结连理，过上了幸福的生活。”

游客们听了丹巴讲的美丽传说，惊叹中再次回过头来观赏那几座神山。

二十九

夕阳西下，夜幕笼罩了大地。游客们也收敛了观赏美景的兴致，陆续上了大巴车。司机开着大巴车原路返回，驶进了石头村。

当大巴车载着游客们来到石头村十字路口时，收拾好住宿和饭菜、准备接待游客的村民们手里高举着之前商量排好顺序的牌子，牌子上标有能接待的人数，前来迎接游客们来了。

“尊贵的客人们，按大家提出的要居住在农民家里体验农村生活的要求，我们已经安排大家到农户家住宿和吃饭了。现在石头村的村民们已经在大巴底下等候大家，大家可以选择去农户家里住宿、吃饭了。”等大巴停在十字路口的那几棵大树底下后，丹巴站起来对游客们说。

“几号家庭好一点儿啊？”游客们询问道。

“没有差别，这些家庭宾馆的条件基本上都一样，为了大家好辨认才编了号。村民们手里举的牌子上都标好了家里能招待的人数，请大家合理选择。如有不妥之处请大家多担待。”丹巴声明道。

“大家就像平时住旅店那样搭伴儿住宿吧。”等丹巴下了车后，郭晓贤导游给准备下车的游客们说。

“一号家庭可以接待六位客人。”

“五号家庭可以接待四位游客。”

见到游客们下了车，由陈斌和王英忠帮助农户们召唤着游客。

“给住宿的农户家都消过毒、喷洒过杀虫剂了吗？”丹巴下了车，把陈斌叫到一边询问道。

“你放心吧，我们到每个接待游客的农户家里已经洒了两遍杀虫剂，你交代的所有事我们都办妥当了。”陈斌蛮有信心地回答。

“农户家里饭菜是怎么准备的啊？”丹巴捡他最担心的事询问陈斌道。

“除了几家汉族家庭准备了农家小炒外，藏族家庭里都煮了肉，包了饺子，蒸了包子，都准备了自己最拿手的饭菜，应该没问题的。”

“篝火晚会准备得怎么样了啊？”

“准备在十字路口杨增卓玛家的麦场里举办篝火晚会，已经垒好了柴火，接好了电，调试好了音响。村里的姑娘媳妇们都穿上了节日的盛装，已经来到麦场里等待演出呢。”

丹巴抬眼望去，发现村民们的精神面貌果真跟之前有所不同，村里的年轻姑娘和媳妇们穿上了传统的藏装，戴上了金银首饰，打扮得新鲜靓丽。

“吩咐兰本嘉大叔管住他们家的周本泰了吗？千万不要放他出来到处乱跑了。”丹巴吩咐王英忠说，“还有，你告诉噶杰嘉书记让他去管住龚守财，不要让他随意跑到游客中间跟游客握手问候。他如要出门吩咐他把胡子刮掉，把手和脸都洗干净。留着那一脸的胡子，像萨达姆一样，那手和脸多久没洗漱过啊？脖子上的垢痂有一寸厚，还不知天高地厚地过去就与游客握手。这样影响多不好啊！”

“好吧，我这就去处理。”听了丹巴的吩咐，王英忠很听话地找噶杰嘉书记去了。

说话间，游客们已经选好了要去住宿的农户，拉着行李箱到农户家休息去了。

“哦，陈斌，备餐准备得怎么样了啊？”丹巴给陈斌和王英忠交代完该交代的事，准备去麦场时突然想起备餐的事，又转过身来问陈斌。

“早已经准备好了。妇女主席杨增卓玛等人在帐篷里等候，如确实需要加餐他们可以去采青点的帐篷里加餐。”陈斌回答说。

“那么我就放心了，我们到麦场里看看去吧。”

说完话，丹巴他们径直向十字路口的麦场里走去。

天色渐渐暗了下来，麦场中间村民们堆了几堆松木柴火。等游客们吃过晚饭来到了麦场后，村民们点着了柴火，熊熊火焰一燃起，周围瞬间明亮了起来，激动人心的篝火晚会就开始了！

随着优美的曲子，只见中间有一团烧得正旺的篝火，旁边是由许多人拉起的大圆圈，里三层，外三层，真可以说是人山人海了，人们欢笑着，谈论着，手拉手跳起了欢快的安多锅庄舞。看着村民们亲切的样子，游客们也不由自主地加入了他们的行列。大家手舞足蹈，手拍手，肩碰肩，高声大喊，真是快乐极了。

“晓贤，游客们晚饭吃得怎么样啊？”趁着间隙，丹巴在人群中找到导游郭晓贤探问道。

“丹巴书记，我正打算去找你呢，一部分游客反映问题说，他们吃不惯这里的农家饭，说是准备的饭菜太难吃了。”郭晓贤直截了当地说，“估计大多数游客没有吃饱肚子，要求篝火晚会结束后要离开村子到镇上去过夜，你看怎么办呢？”

“没事，我们已经准备好了加餐，没有吃好晚餐的游客可以到我们的村委会里吃饭了。”丹巴宽慰郭晓贤导游说，“这里的山路不好走，你们进村时已经见到路况了，白天开着大巴车都不好走，就更不敢开车走夜路了。”

“但愿游客们别再提出更奇葩的要求来！”郭晓贤祈祷道。

篝火晚会使得游客们兴奋无比，暂且忘却了吃饭问题给他们带来的困扰。等篝火晚会结束，郭晓贤导游叫那些晚上没有吃好晚餐的游客到采青点吃了饭之后，又唤起了他们内心的不满，当着丹巴书记的面开始说起了牢骚话。

“妈呀！我长这么大，还没见过这么做饭的，煮了肉，又往肉汤里下饺子。”有个中年女游客发牢骚说，“忒难吃了，反正我一口也吃不下去。”

“都是面食和肉，不见一丁点儿蔬菜，我吃不习惯。”

“她们基本不会炒菜吧，煮了肉，又蒸了纯肉包子，太腻了。”

“尊贵的客人们，我们刚学着举办农家乐，经验不足，照顾不周的地方请大家多多包涵。”丹巴听了游客们的牢骚话后，马上给打圆场说，“因为饮食习惯不同，大家吃不惯这里的农家饭是再正常不过的事。其实，我们村的村民们按照接待最尊贵的游客接待了大家。我们也担心你们恐怕吃不习惯这里的农家饭，所以在村子接待帐篷里准备了晚餐，不会让你们饿肚子的。”

“唉，这里的风景倒不错，人长得也很美。”有一个中年男子说，“要搞旅游业啊，一定要改善吃饭问题，人无论走到哪里都要吃饭的，要是你们的饭菜做得不好，那么你们的乡村旅游业就失败了。”

“我们一定虚心接受，马上整改问题。”丹巴诚恳地接受了他们的意见建议，“等你们下次再来我们村旅游时，这里的条件就会大不一样的。”

“但愿今晚的住宿上再不要出现什么问题来。”游客们胆怯道。

“不会的，这方面我们做了大量的工作，应该不会有问题的。”丹巴尽量向大家保证说，“祝愿大家晚上睡个好觉。”

游客们加餐吃饱肚子，正要准备起身离开采青点的接待帐篷回到农户家里休息时，石头村的光棍汉龚守财突然钻进采青点的帐篷里来了。

他穿着一身油渍斑驳的衣裤，蓬头垢面、胡子拉碴地钻进帐篷，对着游客们说：“各位朋友，欢迎你们到我们石头村游玩。”

说完话就走上前去准备跟游客们一一握手了。

游客们一见到他就躲避了起来，有些胆小的女游客还惊吓得大声尖叫了起来。

“龚守财，你走开！谁让你来这里的啊？”丹巴阻挡住龚守财说。

“不是你叫我来的吗？”龚守财有些疑惑地反问丹巴说。

“我叫你来这里干吗啊？你别来捣乱就已经不错了。走开！”

“那才郎对我说你让我来这里给客人们唱歌的啊。”

“成事不足败事有余。”丹巴怒喝道。

见丹巴阻拦住了龚守财后，游客们躲避瘟疫一般离开了帐篷，逃也似的跑进了村庄。

游客们刚走进村子的巷道里，恰巧遇到了阿尼华茂叶的傻儿子周本泰。被阿尼华茂叶在家里圈了一天的周本泰趁阿尼华茂叶睡着后逃出了家门，本想跑到村十字路口的麦场里去看热闹，可是没想到他一跑出村子的巷道就碰到了被龚守财惊吓而跑进村子里来的游客们。见到游客们他一紧张傻痴病就发作了，于是他对着游客们一个劲儿嘿嘿嘿地傻笑，使得游客们毛骨悚然，又被惊吓得大声呼叫起来。

紧跟游客们而来的丹巴他们立刻跑上前来，吩咐两个组长拉走了周本泰。

“妈呀，太可怕了，求求你们，快送我们出村吧！”有些游客哀求道。

“没事的，他只是个傻子，不会伤害人的。”丹巴向大家解释说，“这里只有那么一条山路，夜晚不敢开车走山路的，我们现在马上送你们到农户家休息。”

丹巴他们陪同着游客们来到村十字路口时，招待游客的村民们也在那里等待着。

“大家快把游客们带到各自的家里休息去吧。”丹巴再次对村民们强调说，“把客人带到家里一定要招待好，不准怠慢游客，否则，明天拿你们是问。”

“好的，我们一定会热情接待好游客的。”

说话间，村民们都带着游客们回家休息去了。

但是丹巴他们不敢休息，坐在采青点的接待帐篷里，提高警惕，防备游客们出现什么意外。

他们等啊等，等到晚上十二点之后，依旧不见什么异常。于是，他们也放下心来，留下几个值班的人，都回到各自的家里休息去了。

清晨五六点时分，丹巴被噶杰嘉书记给叫醒了。

“快起床，出事了，游客们就要离开村子了。”丹巴一睁开眼睛，噶杰嘉书记急切地给他说了这么几句话。

“又发生什么事了啊？”丹巴翻身起来追问噶杰嘉书记道。

“部分游客夜里有了高山反应，几乎所有的游客都被跳蚤给叮咬了。”噶杰嘉书记虎着脸说，“他们不想在我们村里多留一分钟，可他们没有结账，村民们也不让他们走。为此，村民和游客们对上了。”

“快走吧！”丹巴来不及穿戴整齐，边走边整理身上的衣服，跟着噶杰嘉书记冲出了雅茂林场。

当他跟着噶杰嘉书记风风火火地跑到村十字路口时，游客们奈何不了村民们，已经向导游付了钱，正等着丹巴来处理。

更吉、耿登卓玛和切央卓玛为主的夜里接待了游客的村民们仿佛遇见了强盗和恶贼一般，怒气冲天地站在那两辆大巴车前面，像一尊尊恶煞一般阻拦着大巴车。

“走开！”丹巴气狠狠地走上前去，支开了以“三大母老虎”为主的村民们，马上跳上大巴车里非常谦卑地对大巴车里的游客们道歉道：“对不住了，对不住了，是我们服务得不周到，请大家原谅。”

“丹巴书记，你不要客气。”郭晓贤导游见到丹巴尴尬万分就宽慰丹巴说，“这里的风景不错，可你们还没有具备办乡村旅游的条件。我理解你急于求成的心情，今天的事情我已经摆平了。说实话，以后我再也不敢带游客来这里了。这些是游客们在你们村里花销的费用，一分不少，你收下吧。再见！”

说完话，郭晓贤导游跳上大巴，大巴就缓缓离开了石头村。

丹巴致富石头村的梦又破灭了。

他失望极了！

在石头村的十字路口，凝望着晨光里渐行渐远的大巴车，站立了很久很久。

三十

雨过天晴，晓云初霁，天遂人愿，阳光明媚。

石头村北面的扎隆山连绵起伏，横亘千里，淡淡的薄云飘浮在层峦叠嶂的山峰间。满山的植物青翠欲滴，翠绿得耀人的眼睛。

满园春光，花团锦簇，姹紫嫣红，一片灿然。燕子在花丛间穿梭，踢落片片花瓣；柳絮飞舞，悠悠落满巷道。干涸了很久的沟道里流淌出了清澈的山泉，河道里绿水盈盈漾漾，哗啦啦地欢唱山歌缓缓地流淌。

短暂的采挖冬虫夏草的季节结束后，石头村的许多村民就在家里赋闲了。年轻人们基本不出去打工，除了少数人上山放牧之外，大多数年轻人无所事事，整天在村子里游荡。或者聚集在十字路口增官嘉家的小卖部里打麻将，喝啤酒；或聚集在村子下端的树林里乘凉打牌，虚度大把的美好时光。

才科、丹琼和龚守财是增官嘉家小卖部里的常客。才科和丹琼是石头村里出了名的懒汉，早晨一直睡到晌午，起床后胡乱洗漱一番，吃上早晨老婆下地前炖在锅里的早饭，连锅也不洗就来到增官嘉家的小卖部里“上班”。才科人高马大，头发脱落，脱顶已经到后脑勺了。总是穿着一身迷彩军服，油渍斑驳，陈旧破烂的军服严重缩水已经快裹不住他那副肥胖的身体了。他说话不注意分寸，口无遮拦，胡言乱语，人人见了他都不喜欢。丹琼却不一样，身材高大，穿着相对讲究，生得比较端庄，只是嘴有些歪。生性懒惰，好逸恶劳，不务正业，整天跟着才科鬼混。龚守财是个光棍汉，一人吃饱全家不饿。他性格耿直得接近迂腐，没有主见，整天进东家出西家地蹭饭吃，为一顿饭听从别人使唤，肯为他家做苦力。可不愿意收拾自己的小家，家里凌乱肮脏，臭气熏天，走进他的家里跟猪窝一般，使得人没地方下脚。买来一套衣服从衣服上身的那天起就一直不换洗，身上的油渍能照出人影来。甚至不洗漱，不刮胡子，不剪头发，留着一头蓬乱不堪的头发，脸上大胡子，乍一眼望去像个满脸留大胡子的阿拉伯人。外村不知道他名字的人来石头村找他，都用石头村的“萨达姆”来称呼他。还有兰本嘉大叔，也是一个烂泥扶不上墙的主。上了一把年纪却不上进，整天想办法从家里偷来钱或粮食等，拿到增官嘉家的小卖部换酒喝。他们凑成一桌打麻将，尔虞我诈，互相算计，甚至为一块钱的赌资争吵个脸红脖子粗。为此，阿尼华茂叶没少来找丹巴告兰本嘉大叔的状。

最近，丹巴心里着急得仿佛着了一团火。

除了那些怒其不争的家伙之外，他很同情村里的其他年轻人。其实他们也想出门打工挣钱，可没有劳动技能，出门去卖劳力不但挣不到钱，还常常受到老板的欺辱，许多人出去给老板打工，到头来老板不给他们工钱，他们常常拿不到工资。久而久之，大家就失去了出门打工的信心，留在村子里过着无所事事、游手好闲的日子。

这天，丹巴从林场的院子里走出来，转悠到村子的主路上时，远远地看到村庄下端的林子里有一群年轻人围坐在一块大石头在打牌、喝啤酒。于是，丹巴径直向他们走去。

“华泽嘉，你们这些年轻人也不出去打工，整天无所事事地待在村子里，过着好逸恶劳的日子，难道你们不着急吗？”丹巴走进树林认出那些人后，对他们说。

“丹巴书记，你饱汉不知饿汉饥。我们真找不到去打工的好地方啊！”华泽嘉他们见丹巴走了过来，都站起身来露出很尊重他的神色对他说，“说句心里话吧，夏天的日头这么长，留在家里白白打发日子我们也心急如焚啊。可我们身无劳动技能，下苦功要么老板不要我们，要么我们下了苦功可又从老板手里拿不到工资啊！”

“唉，我看着你们整天无所事事、游手好闲地度日子，真的从心里替你们着急啊！”

“丹巴书记，麻烦你出面给我们找一份工作怎么样啊？”其中的一个青年脑筋一动向丹巴提出了一个觉得非分的要求。

“难道这也成了我的责任？”丹巴反问他们说。

“你是我们石头村的第一书记，是我们的衣食父母，你不管我们还有谁来管我们啊？”华泽嘉他们半开玩笑地说。

“唉，这么一说好像也有道理，可我到哪里给你们找工作啊？”丹巴有些难为情地说。

“只要你心里想帮我们就自然会找到工作的。”华泽嘉他们得寸进尺地说。

“唉，我怎么没有帮大家的心啊，我恨不得自己开个公司，招收你们大家进厂上班，发家致富，早日脱贫，走上小康路呢。”

“丹巴书记，总之你留意着点，你的一句话顶我们一百句呢。”

“唉，看来我真的要给你们想想办法了。”丹巴苦不堪言道。

“好了好了，大家不要难为丹巴书记了，丹巴书记跟我们一起喝啤酒吧。”见到丹巴无奈的样子，华泽嘉劝大家不要再提出更过分的要求，就拿起一罐啤酒敬丹巴喝酒了。

丹巴也坐下来跟他们一起喝起啤酒来。

坐在树林里喝了一两罐啤酒，就实在坐不住了。于是，他起身告别了华泽嘉他们，向村南边的雅茂林边走去。

他还在为重新在石头村里搞起乡村旅游的事而耿耿于怀。所以，他不停地在石头村的周边走动，寻找开办旅游的景点，构想打造乡村旅游业的思路。

当他来到雅茂林脚下时，正当中午时分。毒辣辣的太阳照着大地，好像烧热的火炉一般在炙烤着大地。他发现村里来了许多采青的人，正在雅茂林周边扎起简易的帐篷，置起锅灶煮肉做饭，乘凉喝酒，品尝瓜果，在石头村的地界上舒适地度假避暑。

见到此情此景，丹巴心里像扎了一根鱼刺一般不爽快了起来。这明明是个能轻而易举地捞到钱的好渠道，可村里就是没有人肯经营旅游业，白白地浪费掉了这么好的资源。走进森林里，到处能看到游客们留下来的垃圾，严重污染了雅茂林的环境。明明知道这一切都是由他们管理的事情，但是也不知道从哪里抓起为好了。

他踌躇满志，但又受到重重阻力，一下子施展不出满腹的志向，为此他苦闷不堪。

他一个人钻进雅茂林，登上了没有松树林的山坡，面朝北面的石头村苦闷地遐想了很久。直到太阳西下时，他才从山坡顶上走下来，慢慢走进了石头村，到雅茂林场里休息去了。

周末，回到家里之后，卓雅为了给他改善生活，做了一桌好菜，还把他的岳父和岳母也请到家里来吃饭了。

这一天最为开心的是丹巴的儿子航丹了。他掐指计算着时间等待了他的阿爸五天，这次他的阿爸没有辜负他的期望，如期回家。还有，最疼爱他的姥姥和姥爷也来到了他们家，亲人们团圆给他带来很大的欢乐和幸福。为此，他开心地跟姥爷玩耍了一阵后，卓雅和他的姥姥就把饭菜端上了餐桌。丹巴洗完澡也来到餐厅，跟亲人们一起围坐在餐桌上准备吃饭了。

卓雅按照藏族人的口味晚饭煮了点儿牛肉，炒了四个菜，主食做了拉面。考虑两位老人的胃口，那晚的牦牛肉煮得比平常的烂许多。

“你的扶贫工作搞得怎么样啊？”大家吃了一阵饭后，老岳父昂却关心地问起丹巴的工作来。

“不好干啊！村子里需要解决的问题多，但是石头村的名声太坏，争取项目困难挺大，谁都不愿意往石头村里投资实施项目。”丹巴边吃饭边回答岳父说。

“在石头村里开展工作并不容易啊！”昂却吃了一口饭之后说，“这是全州唯一在省委组织部挂了名的村庄啊。”

“只因为石头村的坏名声，这十多年来村子里没有实施过任何项目，村子依旧是十多年前的模样。其间我们试着跑到粪堂县的各大局里要项目，他们都不愿意在石头村里实施项目。”丹巴边吃着饭边跟老岳父昂却聊天说，“我担心到了二〇一八年怎么脱贫呢。”

“不要着急，什么事情都有个过程的，先让他们往那些先进村里推进项目吧。在脱贫攻坚战中，中央不会丢下一个贫困人口的。那些项目迟早会实施到你们村里来的。你也不要急于求成了，还是静下心来从村子里最基本问题抓起。车到山前必有路。到时候，不会落下你们石头村一家的。”昂却看出丹巴急切的心情，就安慰他说。

“好的。”丹巴答应老岳父昂却说。

然后，大家都专心地吃起晚饭来。

吃完饭，卓雅在厨房里洗锅，阿妈桑吉找出外孙航丹的所有脏衣服，拿进卫生间里用手搓洗了起来。卓雅也没有阻拦阿妈桑吉用手搓洗衣服，这是她养成的习惯，即便卓雅阻拦她阿妈洗衣服，她也会不高兴的。家里有自动洗衣机，可阿妈桑吉不用洗衣机，自从航丹出生后，一直用手搓洗航丹的所有衣服，从来不让他们用洗衣机洗航丹的衣服。再苦再累她也毫无怨言地承担清洗航丹衣服的重任。

丹巴和他的老岳父昂却坐在客厅的沙发上边喝茶边聊天。

“你们进村也有一年多了，这一年多来你们主要干了些什么工作啊？”昂却问丹巴说。

“村里要做的事情既多又杂，不让人有个闲暇的工夫。”丹巴往老岳父的茶杯里添满了开水，说，“前期我们主要做了石头村的贫困户确认工作，仅仅就这一项工作费了我们大半年的时间，选了又退，退了再选，三番五次地进贫困户家里调查确认。现在虽然定下来了，可村里的有些没被认定为贫困户的农户还在闹着呢。”

“听你这样说，大家好像在争着当贫困户呗。”昂却听了丹巴的话后，有些不解地问。

“还不是一般的争抢法，简直到了头破血流的地步啊。”丹巴暗笑地说。

“天呐！到底是些什么样的人啊？”昂却有些不解地说。

“这种现象不是只在石头村里有，现在每个村里都存在这种问题呢。”

“真搞不懂他们是怎么想的啊。”昂却摇着头不可思议地说，“叫贫困户只不过好听点儿，其实就是以前的乞丐嘛。连这样的名额都争抢，现在农民的观念怎么蜕变成这样了呢？”

“现在的人的确跟革命年代的人不一样，比起荣誉他们更看重自身的利益啊。”丹巴浅浅地笑了笑之后，对自己的岳父说，“更让人想不通的是连曾经争着当村干部的那些人为了争取到贫困户的名额，也宁愿辞去村干部的职务，去当贫困户呢。”

“天呐，还有这种事啊？”昂却听了丹巴的话惊愕得睁大眼睛说，“以前的农民能争着当上一个村的村长是多大的荣耀啊，把村干部的职责看得比自己的性命还重呢。”

“他们争着当村干部的目的是纯粹的，就像石头村的老支书更桑，他担任村支书时真的把村里的事当成自己家的事来干。那时候，石头村的面貌不是一般地好，年年是先进党支部啊。”丹巴有些不解地说，“可是到了下面就一代不如一代了，每一届的村干部心里都有私欲，大多数人争着当村干部的目的不是想给村里做贡献，而是图谋自身的利益啊！”

“话可不能这么说，每个时代的农民都有他们自己的价值追求，每个时代都会出现适应每个时代的英雄。”昂却用高调对丹巴说，“人的观念不同，他们的价值取向就会各不相同的。唉，这可能就是人与人之间的差别吧。”

“在他们的观念里只要是国家给的，理所应当地去争抢，所以他们把贫困户的名额争抢得你死我活来。总之，在石头村搞精准扶贫工作很难啊！”

“既然响应总书记的政策踏上了扶贫攻坚的道路，也要为我国走向小康社会做出点贡献。”昂却喝了一口茶对丹巴说，“理想明亮，道路曲折。既然踏上了伟大的征程，那么就要克服一切困难，把一条路走到头。”

“好的，牢记阿爸的嘱托，我会努力的。”

“老婆子，时间不早了，我们也该回去了。我回去还要吃药呢。”昂却高声对他的老伴桑吉说。

“好的，我在给航丹穿衣服呢，今晚他要跟着我们去睡觉了。”听了昂却的话后，丹巴的老岳母立刻回话道。

“阿妈，您就让他在家里睡吧。我也好久没跟他在一起，还有点想他了呢。”丹巴听到岳母带航丹去他们那里睡觉就有些割舍不了地说。

“不，我要到姥姥家里去，要跟我的猫咪睡觉。”航丹听到丹巴阻拦他不让去姥姥家，就哭着说。

“你就让他跟我们过去睡吧，明天早晨再把他送回来，你们带着他出去玩玩。”老岳母带着航丹从卧室里走出来对丹巴说。

“如有机会我跟州委书记提醒一下被大家遗忘了的石头村，看他能不能帮到你们吧。”老岳父也从客厅里走出来，边穿衣服边对丹巴说。

“阿爸，不麻烦你了，就靠我们自己去慢慢地推进工作吧。”丹巴难为情地说，“你都那么忙，还去劳驾你，我于心不忍啊！”

“我比你容易接近到州委书记，你们要去见他比登天还难呢。”岳父和岳母带着航丹走出家门，转过身来对丹巴说，“就这么定了。早点儿休息吧。”

“阿爸阿妈，再见！”丹巴和卓雅把昂却和桑吉送出门来看着他们的背影说。

久别重逢赛新婚。

等送走了岳父岳母，关上房门丹巴和卓雅就搂抱在一起，边亲吻着对方边滚到床上去了。

“你见过娘吉吗？”一番激情后，卓雅抱着丹巴的身躯说。

“什么意思啊？”丹巴听了卓雅的话有点儿捉摸不透地问，“难道你还不相信、不信任我吗？”

“你想多了。”卓雅起身喝了一口水，复又躺下身来对丹巴说，“我从同学们那里听说了娘吉的遭遇，同样都是女人，我很同情她的。”

“说老实话，我进石头村快一年了，可还从来没有见到过她呢。”丹巴虽然在嘴上这么说，可霎时间他的心里却惦念起了娘吉和那个孩子来。

“听说她病得不轻，我想跟着你去村里看看她。”卓雅看着丹巴说，“我还听说她独自一个人带着个孩子，你见过那个孩子吗？”

“你今晚怎么有那么多问题啊？”丹巴听到卓雅提起了娘吉的孩子后，心里有点儿憋闷，就不耐烦地对卓雅说。

“我想他们孤儿寡母，娘吉还得了重病，想必手头拮据，进村时想给她的孩子买点儿衣服等生活用品。”卓雅白了丹巴一眼后说，“我理解你的心情，娘吉是你和我之间永远逾越不过去的一道坎。但是，经历了那么多，我们也该放下包袱了。”

“我从来没有见到过她。”丹巴从床上爬起来靠着床头柜坐稳后说，“年初，我们进村入户调查贫困户家庭情况的时候去过他们家一次，那次我确实见到了娘吉的孩子，还发现有村医来他们家给娘吉打针，我觉察到她就在她家的北房里，可是始终没见到她本人。”

“可怜啊！想当年她可是我们班里最漂亮温柔的姑娘，却想不到她后来的命运如此多舛。如今她身患疾病，又带着一个孩子，既苦了自己又苦了那个可怜的孩子。”卓雅担忧地说。

“那孩子跟我弟弟的孩子航青一般大小，你如想给他买衣服就按侄儿航青的大小购买就可以了。”丹巴敷衍了一句后，立刻转移了话题，“卓雅，你明天约一下董雪梅和拉毛，我们一块儿吃顿火锅吧。”

“唉，你怎么了啊？”卓雅简直不相信自己的耳朵地望着丹巴说，“你可是破天荒第一次请我和我的闺蜜们吃火锅啊。平日里我们一起去吃火锅，你可从来不掺和的哟。”

“卓雅，不瞒你说，我这样做确实有目的。”丹巴翻了个身对卓雅说，“最近我有两件棘手的问题。村里的年轻人找不到打工的地方，都赋闲在家，整天无所事事，靠打麻将喝酒虚度时光。拉毛的丈夫是就业局局长，我想让他帮助我给我们石头村的年轻人找个打工的地点，解决一下他们的就业问题。”

“既然是龚堂县的人，那么为什么不去找龚堂县就业局，你为何舍近求远，到州上来搬救兵呢？”卓雅不解地问。

“石头村的名声太坏，本县没有一个局愿意帮扶石头村啊！”丹巴给卓雅解释道。

“哦，是这样啊！看来你的扶贫工作开展得肯定很艰难了。”卓雅同情地看着丹巴说，“那么你找董雪梅又有何目的啊？”

“我们村的女人们不会烹饪，我想董雪梅帮助我派个烹饪老师，想给我们村的女人们举办一次烹饪培训班，提高一下她们的烹饪技能。”

“那么她们在家里不做饭吗？”卓亚惊讶地问。

“当然要做了。”丹巴回答卓雅说，“村里的汉族媳妇们还好，还能凑合着炒几个菜，可是大多数藏族媳妇和姑娘们，只会做面食。她们包包子、捏饺子个个在行，可是不善于炒菜。”

“那是他们的饮食习惯，只要他们吃习惯就可以了呗。”卓雅有些不解地说。

“接下来我在石头村里搞乡村旅游，打造农家乐，到时候我就靠这个项目让石头村的村民发家致富，脱贫奔小康啊！”

“听你的话，我们是有求于她们，请个火锅也太过于牵强了吧。”卓雅思谋了良久后，说，“正好明天是礼拜天，我们做东请她们去曲沟农家院里吃饭。”

“这个主意不错啊。”丹巴赞成卓雅的主意。

“我现在就给她们打电话。”一不做二不休，卓雅随手拿起手机就拨通了拉毛的电话。

“喂，拉毛，你睡了吗？”卓雅打通了拉毛的电话，说。

“明天我们请你们一家人到黄河边散散心去啊。

“你们家的掌柜也有时间吧？

“那就好，明天不见不散啊，当然要带上孩子啊，也让他们高兴高兴。好，那就这样吧。”

“拉毛她答应了吗？”等卓雅挂断了电话，丹巴急切地问。

“答应了。”卓雅高兴地回答丹巴说，“我现在给董雪梅打个电话。”

“雪梅，睡了吗？

“还没有啊？

“唉，明天你们要干吗呢？

“闲着就好，明天我们两口子想请你们到曲沟散散心去。

“就是他回来了，我们也很久没有聚聚了，明天去放松一下心情。

“好啊，明天见，再见！”

“太好了，看来我的事要成了。”丹巴自信满满地说。

“但愿吧。”卓雅说着话，手机往床头柜上一放，顺手摁灭了台灯，翻了个身睡下后说，“睡觉吧。”

丹巴又钻进了卓雅的怀里，紧紧地搂住了卓雅的身体。

三十一

第二个星期，丹巴再次进村的时候，带上了卓雅和航丹。

进了村，丹巴把卓雅和航丹在雅茂林场里的宿舍里安顿下来，就急切地带着陈斌和王英忠进村里开展工作去了。

“马上召集村里的劳动力，我这次去给他们招揽了个工程，虽然是个三道贩工程，但也能稳稳当当地挣到工钱的。”丹巴一走进噶杰嘉书记家里就说。

“看把你高兴的，是什么工程啊？”村支书噶杰嘉看着丹巴说，“先坐下来喝杯茶再说吧。”

“是苦力活，但有保障。”丹巴把拉毛的丈夫多杰嘉给他的招工启事递给噶杰嘉书记说，“要去塔拉滩上挖安装电力风车的土坑，不是技术活，只要按人家合同上的要求挖好土坑就行了。一个壮劳力一天三百元的工资，相当于一个公务员一天的工资，多好的差事啊！”

“果真是个肥差，可石头村的青年们都懒散惯了，恐怕会辜负了你的一片好心吧。”噶杰嘉书记对村里的青年们持着怀疑的态度。

“我要给他们制定一个硬制度，为了早日脱贫，他们愿不愿意都要出去打工挣钱。”丹巴态度强硬地说。

“就像才科和丹琼那样的懒汉，他们从来不出门打工的，一直靠老婆来养活，他俩能随你出去打工吗？”噶杰嘉书记用嘲讽的语气对丹巴说，“还有龚守财，他一个人吃饱全家人不饿，能听从你我的安排吗？”

“你先别嘲弄我，马上召集村里的劳动力，我自然有办法让他们出去打工的。”

当噶杰嘉书记和丹巴辩个不休的时候，坐在一旁听着不耐烦的王英忠制止住他们两个人说：“好了，好了，就这么个事你们两个人也争论上大半天。我现在就往群里通知村民们到十字路口开会。”

王英忠的一句话使得丹巴和噶杰嘉书记没话可说了。

“全体村民请听着，全体村民请听着，丹巴书记给大家联系了一个打工的地方，待遇丰厚，包吃包住，领取工钱有保障，有意愿出去打工的村民们，尤其是年轻小伙和姑娘媳妇们，马上到村十字路口开会。”

“收到。”王英忠在石头村村民微信群里连续说了三遍后，立刻有了回应。

“走！我们赶快去十字路口吧。”见立刻有了村民的回应后，丹巴马上催促噶杰嘉书记他们动身往村十字路口走了过去。

他们刚到十字路口的大树底下，还没有坐稳当，就见村民们从各个巷道里走出来，向村十字路口集结了。

“丹巴书记，你给我们联系了什么好工作啊？我们到哪里去打工啊？”村民们一见到丹巴书记就迫不及待地打听道。

“不离其宗，还是手握铁锹去做的苦力活啊。”丹巴看着黑压压一片站在他面前的村民说。

“我们不握铁锹，难道还去拿笔杆子不成？”其中有人开玩笑地对丹巴说，“只要保证能拿到工资，我们不怕吃苦。”

“你们放心，由我们工作队做担保，保证让你们拿到工资的。”丹巴给他们做保证地说，“因为我给你们找了一个三道贩工程，是到塔拉滩上打工，由你们自己组织村民去工地干活，按照这份合同上签订的规格和尺码挖好土坑就可以了。”

“工资怎么开的啊？”村民们考虑最多的还是工资。

“按坑计，挖一个两米深三米宽的坑就得一百五十元的工钱。我粗略地估算了一下，一个人一天能挖两个坑，那么一个劳力一天就能挣三百元。如果能挖三个坑一天就能挣到四百多元钱了。不管阴天或下雨天，只要你出工挖好坑就有工资。先记账，等工程结束后一次性结账。”丹巴看着村民们说，“待遇不错吧。”

“我去。”

“我也要去。”

“吃饭住宿怎么办啊？”此时村民们才考虑吃饭住宿问题。

“工地有帐篷、灶台和煤炭。还提供面、米、油、肉和蔬菜。还需要带厨师过去，厨师的工资每天二百六十元。”

“哦，是这样啊？”

“有意愿出去打工的现在就到陈斌主任那里报名。”丹巴对石头村的村民们说，“我提倡每家每户只留下一个守家的人，除此之外都出去打工。等这个工程结束后我们还要上格尔木去采摘枸杞，那里开的工资也不错。”

“好嘞！”石头村的村民们如同久旱逢甘霖一般一拥而上，都到陈斌那里报名去了。

“大家报好了名不要急着回家去，我这里有一份合同，需要大家签一下。”

“啊！”村民们听到丹巴说的话就惊奇地看着丹巴。

“我说过这是一个工程，可不能像以前那样出去干上两天就打退堂鼓、半途结算工钱回家那样自由。”丹巴看着大家说，“一旦去了工地就得把工程干完，否则，不结算工钱。请大家考虑清楚了再签合同。”

“这个……”听了丹巴的话大家都又犹豫了起来。

“这次家里有剩余劳动力必须要出门打工，尤其是村里除了五户兜底户之外的所有贫困户家里的男劳动力必须出门打工。如果再发现贫困户家里的劳动力整天待在村里无所事事，游手好闲，打麻将喝酒度日，一律取消贫困户的资格。”丹巴口气强硬地说。

“这么好的机会谁愿意放弃就放弃，我们韩家的人不放弃，要争取出门挣钱去。”韩家族里的人聚集在一起商量了一下后，马上到丹巴跟前领取了合同，签上了自己的名字。看到韩家的男人们都签了合同，村里的其他人都纷纷走过去签订了合同。最后发现，村里除了那些家里养了牛羊等牲畜的人家没签订合同之外，就只剩下才科、丹琼和龚守财三个人死活不肯签劳动合同。

“你们三个人怎么不签合同呢？”丹巴看着他们三个人问道。

“我有高血压，不能干重活。”才科理所当然地说。

“你和丹琼整天待在增官嘉家的小卖部里喝酒就能降低血压啊？”丹巴严厉地对他们说，“要想继续享受贫困户的待遇就要出去打工，否则，到时候不要怪我没提醒你们。”

“我……”

“不要找理由了，你们的情况我都明白，自己考虑清楚了再说话。”丹巴没有给他们辩解的机会。

“这次工作紧，任务重，需要马上出发。大家回去准备两天，第三天就有大巴车来接，大家带好行李一起出发。”

“好！”大家异口同声地说，“总算出去要透口气了，圈在村里都快憋死了。”

村里的年轻人们说着爽快的话回家去了。

开完会，丹巴立刻回到林场把卓雅和航丹带到噶杰嘉书记家，让噶杰嘉书记的爱人措茂嘉帮他把卓雅母子送到娘吉家去了。

卓雅母子去了娘吉家之后，丹巴留在噶杰嘉书记家跟噶杰嘉书记东拉西扯地谈了许多有关石头村的事情，等了很晚一直不见卓雅母子回来，就留在噶杰嘉书记家吃了晚饭。等到天快黑之前，卓雅才给他打来电话。

他们回到林场，航丹白天玩得太累，一上床头挨到枕头就睡着了。

丹巴和卓雅也简单地洗漱了一番后，上床休息了。

“她怎么样啊？”丹巴躺下后问卓雅。

“她的病情很严重。”卓雅略带悲伤的情绪说，“她患有严重的冠心病，还有尿毒症。”

“怎么患上了这种病呢？”

“当初她嫁到玉树没过几天就有了呕吐、浑身不适等现象，然后她的丈夫带他去医院检查，发现她已经怀孕几个月了。于是，她的丈夫铁下心来跟她离了婚。她也没脸给娘家人说，就一个人承担了所有的压力，从婆家里搬出来在玉树州上租了间房子，冒着生命危险生下了那个孩子。”卓雅看着丹巴说。

“她何苦呢？”丹巴做贼心虚，躲闪着卓雅的目光。

“可怜啊！她曾是我们班里最漂亮最温柔的姑娘，却想不到她后来的命运如此多舛。如今她身患疾病，又带着一个孩子，既苦了自己又苦了那个可怜的孩子。”

“既然你如此地同情他们母子，那么你就替她抚养那个孩子好了。”

“如果那是你的孩子，我愿意收养他。”卓雅翻了个身背靠着丹巴说。

“卓雅，你今晚说话怎么这么奇怪啊？”丹巴看着躺在他身边的卓雅说，“难道你听说了什么风言风语不成？”

“丹巴，有些事不用动脑子，用脚去想想也会想到的。”卓雅直白道。

“哎，卓雅，不对啊，听你的话怎么觉得话里有话啊。”丹巴确定卓雅听到了些什么闲言碎语，就直截了当地说，“有话你好好说，甭拐弯抹角了。”

“以前你和娘吉好过一场，连鬼都不会相信你们没有做出过出格的事。”

“卓雅，我当初就给你暗示过，难道你现在反悔了不成？”丹巴显然有点儿生气了，就用责怪的口气说，“你直说了吧，你究竟想怎么样啊？”

“丹巴，你想多了。”卓雅平静地说，“你是个男人，你对你当初做出的事要负起责任来。”

“那么你的意思是我离开你去跟娘吉生活吗？”丹巴生气了。

“丹巴，娘吉是养不活那个孩子的，你知道她得的什么病吗？”卓雅坐起身来用咄咄逼人的目光看着丹巴的脸说，“她得的是绝症，她的那点儿工资还不够她每月两次的透析费呢。往后她拿什么抚养那个孩子啊？你应该主动担负起抚养那个孩子的重任才对。”

“我凭什么抚养别人的孩子啊？”丹巴反驳卓雅说，“她当初那么绝情，难道她害得我还不够惨吗？”

“丹巴，你不要自欺欺人了！”卓雅制止住丹巴说，“娘吉嫁到玉树为什么那么快就跟她的丈夫离婚呢？”

“那是他们的事，我怎么知道啊？”丹巴躲闪着卓雅犀利的目光说。

“就是因为那个孩子啊。”卓雅死死地瞪着丹巴说，“因为她出嫁前就已经怀上了你的孩子。”

“胡说！”丹巴狡辩道。

“丹巴，请你不要执迷不悟了。”卓雅看着不断地逃避她目光的丹巴说，“你就承认了吧。我也没有责怪你的意思。我听说了娘吉的遭遇后，认真地思考过这些问题，你应该承担起抚养那个孩子的重任。现在你我马上从娘吉的手里接过那个孩子的抚养权还来得及，再过几年那个孩子就耽误了。我们大人之间的恩恩怨怨不能怪罪到孩子身上去，孩子是无辜的，他像我们的航丹一样同样有享受生活的权利啊。”

“卓雅，是谁造的孽就由谁去承担结下的报应，你不必自作聪明，少装菩萨心肠。”

“丹巴，我知道你一时接受不了这个事实，今天我给你挑明了问题，我是做过深思熟虑的。”卓雅盯着丹巴一字一句地说，“当初听说了此事我也很生气，可静下心来想想我们之间并没有谁对谁错，而都是命运捉弄了我们。为此，我不怪你，我只是不想耽误那个孩子。自始至终我是爱你的，爱屋及乌，我当然也有帮你抚养那个孩子的权利和义务。或许，你觉得我很傻，但我告诉你我不傻，那个孩子迟早得由你我来抚养。与其荒废了那孩子的学业到时候懊悔，还不如我们现在就去面对现实，趁早承担起抚养那孩子的重担，到头来对谁都好。我不想跟你吵了，你好好考虑一下吧。”说完话，她摁灭了床头柜上的台灯睡下了。

丹巴一个人坐在黑暗中，思绪万千……

三十二

从第二天起，石头村各家各户的烟囱里冒起了炊烟，各个巷道里升起了烟雾，整个村庄里笼罩着迷蒙的烟雾。因为，每家每户的壮劳力都要出门打工挣钱去了，所以家里的主妇们连夜发了面，正忙碌着给他们准备干粮，换洗他们的被褥和衣服。主妇们在各家的庄户门前烧起了火堆，在焜焜锅馍馍，还在家里的锅灶上给他们炸着油糕。瞬时间，石头村里又充满了活力和生机。

丹巴始终没有等到才科、丹琼和龚守财三个人前来签合同，于是他拿了一份合同，还拿了一份新近起草的退出贫困户家庭告知书找他们去了。

当丹巴来到才科家门口时，看到他们家的门口烧了一个火堆，烟囱里也冒着炊烟，想必才科的老婆班吉也在给才科准备着干粮。

“家里有人吗?”丹巴推开才科家的大门走了进去。

“是丹巴书记啊，快进屋里坐。”班吉一见到丹巴来到了他们家，就丢下手头的活儿，急忙从堂屋里走出来迎接丹巴来了。

“嫂子，你在给才科准备干粮吗?”丹巴说着话跟着班吉走进他们家的堂屋里去了。

“这不，全村的男人们都要出门打工了，我心里也着急啊。”班吉没来得及劝丹巴坐下，就先跑过去急忙从油锅里打捞出了一锅底油豆糕，之后才对丹巴说，“丹巴书记你坐到沙发上去吧，我给你倒杯茶喝。”

“嫂子，不用了，你忙你的吧。”丹巴见班吉忙得不可开交，就对她说，“才科他人呢?”

“唉!”班吉先叹息了一声后，显得很无奈地说，“他还在上屋里睡觉呢。”

“他怎么能这样啊?”丹巴看着可怜兮兮的班吉说，“嫂子啊，这么多年来可苦了你了。”

“他好吃懒做，我也说不动他。”班吉默默地哭泣着说，“家里的光景烂包成这样，一直靠政府资助生活。可我一说他就不高兴，每说他一次我就得受一次伤。这是我这辈子的命啊！”

“嫂子，你也别伤心，我这就去叫他起床，这次我逼着他出去打工。”丹巴说着话起身就到他们家的上屋里叫才科去了。

“才科，才科，起床了。”丹巴推开才科家上屋的房门时，才科还躺在土炕上呼呼睡着大觉。

“丹巴书记，你怎么来了啊？”才科见丹巴来了他们家，就有点儿不可思议地说。

“不见你来签合同，我就赶着上你们家里来了呗。快起床，我们商量商量你是继续当贫困户呢，还是要退出贫困户的事吧。”丹巴一把掀掉盖在他身上的被子说，“快起来，太阳都三竿子高了，你还在睡觉。家里都成这样了，你还心大得很啊。快点儿起床，我在你们家的堂屋里等你。”

说完话，丹巴走出了他的卧室。

丹巴再次走进他们家堂屋里时，班吉已经给丹巴倒好了茶水，桌子上还放着一碟子炸熟的新鲜油饼。

“丹巴书记，你快坐下来喝一碗茶吃点儿馍馍吧。”班吉敬丹巴喝茶。

“哎，好的嫂子。”丹巴坐在他家的沙发上端起那碗茶喝了一口后说，“嫂子他有出去打工的意愿吗？”

“没有啊。”班吉无奈地说道，“家里养了几头猪，我走不开啊，要不然我自己想出去打工呢。”

“这次由不得他，我这次非让他出去打工不可。”丹巴下定决心说。

“即便你让他出去了，他也不会好好打工的。唉！”班吉复又叹息道，“他的阿爸阿妈把他从小就娇惯成这样了，见劳动怕得要死，每一次出去打工他都是空着手回来的啊。”

这时候，才科蓬头垢面地走出了他的卧室，出去上了一趟卫生间就走进他们家的堂屋里来。

“丹巴书记，你别客气吃点儿东西啊。”他一走进堂屋就拿着洗脸盆从灶台上的茶壶里倒了一点儿热水准备洗脸了。当他见到坐在他们家沙发上的丹巴后，就客气地给丹巴说。

“好的，你快洗好脸进来，我们谈谈。”

“才科，这次扶贫攻坚政策里有个条件，自身动力不足的人不能纳入贫困户的。”丹巴见才科洗漱好走进堂屋里来了之后，就递给才科一份文件说，“我给你个选择题，你要么跟着村里的青壮年们出去打工，全家人继续享受低保户待遇，要么填了这份《退出贫困户告知书》退出贫困户。二选一。你自己考虑考虑。”

“我真的有高血压，不能干重活的。”才科苦不堪言地对丹巴说。

“才科，我只需要事实，不想听到任何的理由。”丹巴直盯着才科说，“你看看文件，精准扶贫确认户中有以下九类人是不准纳入贫困户的。一是在城镇购置商品房或异地自建（购买）住房的；二是家庭拥有价值在五万元以上（含五万元），且能正常使用的家用小汽车、大型农机具（赠予除外）的；三是在党政机关、企事业单位或国企有固定工作和稳定收入的；四是私营业主和股东的；五是连续性缴纳住房公积金、社保费和领取养老金基数高的；六是现任村‘两委’主职干部及其家属的；七是家庭成员具有劳动能力，无正当理由不愿从事劳动，不履行赡养义务的，有赌博、吸毒、好逸恶劳、家庭不和谐等行为之一的；八是家庭承包耕地常年抛荒、流转、委托或长期雇用他人从事生产经营活动的农户，两年以上未回来居住的；九是对群众有质疑不能做出合理解释或群众举报其不符合扶贫对象情形的。”丹巴给才科读了那精准扶贫确认户中九类不准纳入贫困户的条件后说，“你是属于典型的家庭成员具有劳动能力，无正当理由不愿从事劳动，且有赌博、好逸恶劳、家庭不和谐行为的类型。如果你再不改掉这些恶习我就有义务取消你们家的贫困户名额。”

“丹巴书记，你可不能这样做啊，我们家的智美正在读大学，我还指望国家的扶贫政策供我的孩子上大学呢。”班吉听到丹巴要取消他们家贫困户的资格后，担心得哭泣了起来。

“只要他肯出去打工，不好逸恶劳，不常常集聚参与赌博，不喝酒闹事就什么问题都没有。否则，法不容情，政府彻查下来我也会承担责任的。”丹巴很同情才科的妻子，但他也不得不演这个苦肉计了。

才科听了丹巴的话，苦恼得低着头抽了很久的纸烟后说：“好吧，我听丹巴书记的话，出门打工去。”

“才科不是我在逼你，而是国家有规定，已经认定的贫苦户家庭成员要通过扶志扶智，用各种办法和渠道增加每年的家庭收入，实现脱贫致富的目的。”丹巴劝才科说，“国家不会把你一直养下去的，而是你现在有困难了，国家伸出援助之手把你拉一把，把你扶上马，最终还是要靠贫困户自己的勤劳致富，要过好自己家日子的。”

“好的，我从今改掉身上的恶习，好好做人。”才科显得很诚恳的样子说。

“那么，你就在这份劳动合同上签字吧。”丹巴很高兴地把那份劳动合同递给了才科，才科接过那份劳动合同立马签了字。于是，丹巴就从他们家里出来，向居住在他们家前面的丹琼家走去。

他刚走进丹琼家的巷道，已经听到丹琼两口子在家里吵架。

“不是看在两个孩子的脸上，我早就跟你离婚了。啊呸，跟着你这样的人生活有啥意思啊！要人才没人才，要长相没长相，七分不像人三分倒像鬼，还是个好吃懒做的家伙，看着你我就很闹心哟。”

丹巴推门走进丹琼家的院子里后，看到丹琼站在他们家堂屋门前的台阶上，他的妻子杨格措站在台阶下面厨房的门口像一头恼怒的母狮一般骂着丹琼。丹琼嘴笨，哪里是能说会道、巧舌如簧的妻子的对手啊！他的妻子杨格措像是点燃的炮仗一般怒骂着丹琼，丹琼还不了口，只是气得脸红脖子粗，急得团团转。

“你们吵什么啊？”丹巴走进他们家的院子，看着丹琼两口子说，“都老夫老妻了，还离啊死啊的，不觉得丢人吗？”

“丹巴书记，你来得真好，你给我评评理吧，全村的男人都准备出去打工挣钱了，可他倒好，躲在家里装病。天下还有这样的男人，你说他可恶不可恶啊？”杨格措见到丹巴后，委屈地哭着对丹巴说。

“好了，嫂子，你进厨房忙你的去，我跟他谈谈吧。”

“气死人了，我当初怎么瞎了眼，跟上这么个男人了呢？唉，我的命怎么这么苦啊！”杨格措哭着走进厨房里去了。

“丹琼，你面子上挂得住吗？”等杨格措进了厨房，丹巴靠着他们家上台阶的楼梯沉默了一阵后说。

丹琼不说话，只是像蛇口里吐芯一般不停地伸出舌头舔他自己的那张歪嘴唇。

“不瞒你说，我刚从才科家里出来，他已经答应要去工地上打工了。”丹巴看着丹琼说，“你也看看这个文件吧。”

丹琼从丹巴手里接过那份文件低着头一直盯着看，可丹巴不知道他究竟看明白了没有。于是，他就对丹琼说：“你和才科都触犯了第七条：家庭成员具有劳动能力，无正当理由不愿从事劳动，且有赌博、好逸恶劳、家庭不和谐行为的类型。如果你再不改掉这些恶习我有义务取消你们家享受贫困户的资格。”

丹琼不说话，只是舌头一伸一伸地舔舐着自己的嘴皮，沉默了很久后，才对丹巴说："丹巴书记，我愿意出门打工去，你把合同给我吧。"

"丹琼，出门赚钱、养家糊口是我们男人义不容辞的责任啊。"丹巴听到丹琼答应出去挣钱后有些高兴地说，"你我都生得人高马大的，何必为了自己做人的权利在女人们眼里活得低人一等呢？"

"好的，我从来没有出去打过工，从小被父母亲娇生惯养，也不知道出去能不能挣到钱来。"丹琼依旧不自信地说。

"人都一样，只要自己想过高人一等的生活就得拿出敢与生活挑战的信心，有了想生活得更好的恒心，世上没有迈不过去的坎。加油！我对你有信心。"丹巴鼓励丹琼说。

"为了我的两个孩子，我一定会努力的。"丹巴的鼓励使得丹琼对自己充满了信心。

"嫂子，丹琼大哥已经准备出门打工挣钱了，你也不要再跟丹琼大哥置气，快点儿给他准备盘缠吧。"丹巴起身准备出门的同时，向丹琼家的厨房里喊着说道。

"丹巴书记，你进屋来吃点儿饭再走啊！"听到丹巴要走了，丹琼的妻子从厨房里跑出来诚恳挽留丹巴。

"嫂子啊，在石头村里除了才科和丹琼，还有一个活神仙，我还要去做他的思想工作呢。"丹巴说着话执意离开了丹琼家。

龚守财家居住在下村。丹巴从居住在上村的丹琼家出来，顺着石头村的主街道走上大约一公里路才能到达龚守财家。

一路走下来，随着缓缓吹来的微风，飘来的炊烟中，散发出一阵阵油炸馍馍的清香气息。走在石头村的巷道里，丹巴随处能看到农户家里的男人们晒羊毛毡和被褥，女人们蹲在火堆旁焜焜锅馍馍的情景。村民们见到丹巴都跑过来邀请他到家里吃饭，他来石头村还是第一次感受到群众纯朴浓郁的情感，使得他满心窝里感到很温暖。

当他来到龚守财的那三间连条件好一点的农户家的草房都不如的房子的门前时，发现他的家里冷冷清清的，丝毫没有村子巷道里那份热闹气息。

“龚守财，你在家吗？”丹巴朝他们家的房门喊了几声，但一直没有回声。

丹巴站在他家门口等了他约莫有半个小时，一直不见有人回音，为此，丹巴以为他又到村十字路口增官嘉家的小卖部里打麻将或找人聊天去了。于是，他准备到村十字路口找龚守财去了。

“丹巴书记，你找我有事吗？”丹巴快要走出他家那条狭窄的巷道时，突然从他的身后传来了龚守财的说话声。

“你在家啊？我以为你出去了呢。”丹巴复又折身向他们家走去。

“你找我有什么事啊？”龚守财没有回答丹巴却反问说。

“你说我找你还有什么事呢？”丹巴边往龚守财家里走边对龚守财说。

“你找我也白找，我可不出去打工啊。”龚守财直截了当地对丹巴说。

“那么你给我说说，你为什么不出去打工呢？”丹巴走到龚守财家的房门前，一阵恶臭从他的房子里传了出来，闻到那股掺杂着腐蚀品、脚臭等气味的恶臭，差一点儿让丹巴呕吐起来。

“我为什么要出去打工呢？”龚守财又反问了一句丹巴。

“那么你说说你为什么不出去打工挣钱呢？”丹巴也学着龚守财反问道。

“人家人全家全，人活着有奔头。我一个人吃饱全家人不饿，我为什么要出去吃那份苦呢？”龚守很干脆地回答丹巴说。

“你不是整天跟我们讨要项目媳妇吗？如果哪一天真的来了项目媳妇，你既没有钱又没有房，现有的住宿还不如猪圈，你觉得她能看上你吗？”

"那么我问问你，究竟有没有项目媳妇啊？"

"世上的一切事都很难说啊。"丹巴看着满脸大胡子、穿一身油渍斑斑衣服的龚守财说，"那么你当初想到过有一天政府不再养你们这些贫困户吗？"

"这个……"

"所以说世上的一切事都很难说呢？缘分到了事情自然会成的。"丹巴盯着龚守财说，"你拿镜子照照自己，如果你是一个女子你愿意跟现在的你一起生活吗？"

"……"

"龚守财啊，无论遇到什么事人都不能自己看不起自己啊，也不要轻易地放弃自己，人活着时时刻刻都要做好去迎接新生活的准备才对。一切成功都是留给那些有准备的人。每个人的命运都是公平的，不同的是个人对待生活的态度。只要你努力，幸福随时会来敲你家大门的。"丹巴用巧妙的办法激励龚守财说，"龚守财，为了迎接你未来的美好生活，就往这份合同上签字，明天就跟着村里的男人们一起出去打工吧。"

龚守财从丹巴手里接过那份合同，准备要去签字了。可他突然灵机一动又对丹巴说："我不出去打工啊！"

"为什么呢？"

"我如果出去打工了，那我的家怎么办啊？"

"把你家的门锁上就完事了啊。"

"你说得好听，丢了东西谁负责啊？不行，不行，我不能出去打工了。"

"你的家里有什么贵重的东西呢？"丹巴惊奇地看着龚守财说，"你既不养猪，又不养鸡。你一个人吃饱全家人不饿，家徒四壁，你有什么可放不下的啊？"

“不行，不行，我不能丢下家不管。我不出去打工。”

丹巴知道龚守财愚钝，再说什么也没有用了，于是，他就拿出那份劳动合同和《贫困户退出告知书》递给龚守财说：“如果你要继续做贫困户就签了这份劳动合同，如果不想当贫困户就往这个《贫困户退出告知书》上签上你的名字吧。”

“签就签。”于是，龚守财从丹巴的手里接过圆珠笔三两下就往《贫困户退出告知书》上歪歪扭扭地写上了他的名字。

丹巴很无语地看了一阵龚守财，就带着满腹的气愤离开了他家。

丹巴刚走出龚守财家的大门就遇到了龚守财的弟弟龚守廷，于是，丹巴就给龚守廷告知了龚守财宁愿退出贫困户也不出去打工的事。

“唉，这个抹不上墙的烂泥哟。”龚守廷得知了他的哥哥做出的冲动事后，叹息了一声，就央求丹巴说，“丹巴书记，你大人不计小人过。就原谅了他吧，我去做做他的思想工作，我一定要让他跟着我们出去打工。”

“只要他能出去打工，我不会怪他的。万一他不去打工你们也就不要怪我了啊。”丹巴也给龚守廷看了那份《贫困户退出告知书》，对龚守廷说，“他和才科、丹琼都触犯了第七条，家庭成员具有劳动能力，无正当理由不愿从事劳动，且有赌博、好逸恶劳、家庭不和谐行为的类型。如果他再不改掉这些恶习我就有义务取消他龚守财享受贫困户的资格。”

“丹巴书记，我知道了，我会好好劝他的。请你网开一面，我去好好做做他的思想工作。”龚守廷有些胆怯地说。

“再见！”

说完话，丹巴走出了龚守财家，径直向雅茂林场里走去。

这几天，卓雅每天带着孩子到娘吉家去陪娘吉，他也不敢去打扰他们母子。

说好来石头村接劳动力的大巴车如期而至了。幸好上个月石头村的村民们出义务工修通了那条山路，所以大巴车才顺利开到了石头村，要不然村里出去打工的人们要背着行李出村了。此时此刻，大巴车就停在石头村十字路口的那两棵大树底下，等待石头村里有意愿外出务工的劳动力。

不久，石头村要出去打工的男人们在家人的陪同下背着行李，从各巷道里走出来，聚集在村十字路口。丹巴粗略地察看了一下出去务工的村民们携带的行李，他们除了带着被褥、换洗衣服，干粮和铁锹、镬头等劳动工具之外，还带着四根有胳膊粗细的松木桩子，一卷儿塑料布和绳子，以及一副打水用的铁桶。丹巴感到很奇怪，他们出门去打工，为什么还要携带这些日常家用东西呢？华泽嘉、周泰本等青年们终于等到了出门打工的机会，显得很兴奋，跟家人道别后，趁早上了大巴车，在大巴车里跟大家喧哗闲聊。扎西、才洛、多杰等壮年男子把行李装进了大巴车底下的行李厢里，也陆续上了大巴车。只有才科、丹琼和龚守财三人背着简单的行李无精打采地来到大巴车底下，往大巴车车门左侧的行李厢里装行李。丹巴同样也观察了一眼他们三个人带来的行李，发现他们三个人的行李跟大家的有点儿不同，除了被褥、干粮、铁锹和镬头之外，没有带其他东西，龚守财连干粮都没有带。等人都上了大巴，在陈斌和王英忠的陪同下，大巴车离开十字路口，缓缓驶出了石头村。

中午时分丹巴也开着车，带着卓雅和航丹离开了石头村。

抵达州上，一家三口在街上的一家小餐馆里吃了个便饭，丹巴把卓雅和航丹送进家里，就又开着小轿车驶上共卡高速公路一路向西疾驰而去。一驶上高速公路丹巴就遇到了许多辆载着风车风翼行驶在高速公路上的大卡车，他跟随着那些大卡车一路向西行走了一个多小时路程，才抵达了广袤的塔拉滩。他又在戈壁滩上行驶了半个多小时后，在一片长满蒿子等植被、周围矗立着许多像巨人一样的电力风车的戈壁滩上找到了石头村的那些出门打工的村民们。当丹巴来到工地时，村民们正往帐篷里抬行李，铺床打扫卫生。他来到人群中才发现这次出来打工的都是清一色的男人。

“丹巴书记，你亲自送他们过来了吗？”等丹巴走下轿车时，包工头张胜全走上前来向丹巴打招呼道。

“张老板，我把人都给你带过来了。”丹巴走过去跟包工头张胜全握了握手，说，“都是些大老粗，只会下苦力活，没有其他劳动技能，你得多多指教啊！”

“大家都一样，都是卖力气吃饭的人，我不会亏待他们的。”包工头张胜全看着眼前的男人们说，“到这里来劳动，也不需要什么劳动技能，只要有力气会挖坑就可以了。”

“张老板，我把人都集中起来，你给大家讲几句话，给他们说明要注意的事项等，我安顿好他们后还得进村去呢。”丹巴向包工头张胜全说。

“我也没有什么可嘱托的事。”张胜全看着丹巴说，“从今天起他们就留在这里干活，我每天按时过来检查验收一下他们挖出来的土坑符不符合标准就可以。不过你得在这些人当中选出一个管理者，平日里他负责管理好你们村里的人，还有我们提供米、面、油、肉和煤炭，还得从这些人中选出两个会做家常饭的厨师，他们要自己做饭吃呢。还有这里缺水，需要运水过来解决他们的饮用水问题，我们每两天派人运输一次水，让他们节约用水。”

“好的。这些事我会向他们安排妥当的。”丹巴对包工头张胜全说，

“等一阵我马上召开会议让他们选出一个使他们心服口服的人做头儿管理他们，还解决好其他问题。”

“他们每天挖坑时都有技术人员过来给他们做指导的，他们只要按照技术人员的要求挖好坑就可以了。”包工头张胜全离开时对丹巴说。

“好的，再见！”

等张胜全离开后，丹巴和陈斌他们马上召集齐了石头村前来打工的村民们召开了会议。当丹巴把此地的情况都介绍给村民们听了之后，村民们马上就推选出石头村的原党支部书记增官嘉做了他们的头儿。并且，丹巴考虑再三，就挑选出双腿有些残疾的孔成强和岁数较大且喜欢喝酒的兰本嘉大叔担任起了炊事员的重任。

等办妥了打工点上的一切事，丹巴、陈斌和王英忠三人告别了村里的男子们，开着车离开了工地。

三十三

完成了劳务输出的任务之后，丹巴又找出贫困户脱贫标准研读了起来。除了村里的基础设施方面的硬性指标，他们自己能完成的指标里还剩劳动技能培训、基本医疗保障和义务教育保障等重任了。

他们每周到噶杰镇政府开会，镇政府的扶贫领导在大会小会上都安排农牧民劳动技能培训任务，丹巴积极地把石头村农牧民劳动技能培训申请呈送给了镇政府，可总是不见派技术人员下石头村来举办培训班。即便由于石头村的坏名声邀请不到龚堂县就业局的技术人员，可活人不能给尿憋死啊。丹巴另辟蹊径，到州上找熟人从州职业学校搬来救兵，要提前完成石头村农牧民劳动就业培训任务，提高石头村村民的劳动就业技能。

一个月前，丹巴给在州职业学校上班的董雪梅夫妇提出要求时，说他们每年有下贫困村培训农牧民就业技能的任务，就答应他找机会派技术人员下石头村开就业技能培训班了。可时间已经过去一个多月了，也不见他们兑现诺言。

“暂且不管这些了，有些事是我不能够驾驭的，就随它去吧。”丹巴思谋了良久后自言自语，“我们还是抓那些能够力所能及办成的事情吧。”

说干就干，他立刻叫来了忙着填写各类扶贫报表的陈斌和王英忠，商量起有关整理石头村的基本医疗保障和义务教育保障台账的事。

“石头村千不好万不好，就有一件事做得比龚堂县的任何村好。”王英忠听到丹巴问起石头村九年义务教育学生辍学情况后说道，“多年来石头村的村民们都很重视孩子的上学问题，在这个村子里从来没有出现过学生辍学的问题。除非考不上学，石头村的村民们从来没有因供不起学而让孩子辍学的问题。”

“十几年前石头村的村民们确实如此，把家里的学生上学的问题看得比任何事情都重要。”丹巴看着陈斌和王英忠说，“就是不知道这几年石头村的学生入学情况怎么样了。”

“学生入学率是百分之百，可是村民们舍近求远，但凡有点儿门路的人家都把孩子送到县城里去上学了。”王英忠抓住问题的根本说，“只因为出现了这种怪现象，石头村的学校里没有了生源，从下学期开始这个学校就跟周边洛嘉村的学校合并了。这样一来村里所有的孩子都要送到县上去上学，只剩下娘吉老师的孩子。娘吉老师生病，他的姥爷也不待见那个孩子，恐怕他就会成为石头村唯一的辍学生了。”

听到王英忠说的话，丹巴心里突然觉得有些不安了起来，但也没把内心的不安在他们面前流露出来。

“石头村里没有辍学生也给我们减轻了一个负担，不然学校里仅有的老师还身患重病，有关教育上的事情就得由我们来处理了。”丹巴对陈斌和王英忠说，“那么，接下来给村民们加强宣传教育扶贫政策就可以了啊。”

“除了九年义务教育阶段的学生之外，还有普通高中生享受减免学杂费、中职（中专）教育免学费、国家中高职教育助学、中职中技（含普通中专、职业高中、技工学校）、高等职（专）业教育（含普通大专、高职院校、技师学院等）的在校学生（包含在校期间顶岗实习）可以享受雨露计划，建档立卡贫困户家庭学生中参加当年普通高考被录取，就读二本B类及以上本科院校的大学生也可以享受一次性资助五千元。大学新生，在校大学生、研究生可以享受国家生源地助学贷款，本专科生每人每年不超八千元，研究生每人每年不超一万两千元，贷款时间不超过二十年。”丹巴对陈斌和王英忠讲解政策说，“我们要以贫困户家庭为重点，做好全村农户家里到外地上中职和高职的在校学生和本科生的登记造册工作，以免他们享受不到这一系列国家优惠政策。”

“石头村里出去上中职、高职和本科的学生也较多，但着手登记起来也方便，我先打出一个表格来，把表格发放到每家每户，让他们自己填写表格，我们就好掌握他们的基本情况。”王英忠说，“石头村里教育扶贫这一方面我们不用担心的，我们重点要抓一抓医疗卫生方面的工作了。”还是王英忠比较熟悉石头村的情况，“村里的村医是韩国银，这个是个患有多动症的人，需要严加管束，不然，他可是个抓不住的人物啊！”

“医疗卫生扶贫政策方面也有这么七项工作，其中‘五免’（免除费用）、‘七减’（减免费用）、大病保险、城乡居民重特大疾病医疗保障、困难群众大病补充医疗保险、医疗救助和城乡居民医疗保险代缴政策。

享受这些政策的前提是全村的村民一定要参加城乡居民医疗保险，只要抓好这项工作医疗卫生扶贫工作就好搞了。”丹巴给陈斌和王英忠普及扶贫政策说，“我们借召开大小会议的有利时机，给村民大力宣传医疗卫生扶贫政策，具体工作就由村医去办理吧。”

“那么我们就把韩国银叫过来，把工作任务压到他的身上去才对啊。”陈斌对丹巴和王英忠说。

“我们还是到他的卫生室里去看看吧。看看他那里到底有哪些医疗设施，我们还要给他做哪些方面的帮助吧。”丹巴给陈斌和王英忠说出了自己的想法。“现在村里的壮劳力都出去打工了，留下来的都是些老人和孩子，村医那里的医疗设施得到保障很关键，万一村里的老人和孩子患病就连个送他们去医院的人都没有，这几个月里村里的健康就全靠他了。”

“是啊，不但是村医韩国银，连我们都有这个责任啊。”陈斌担心地说。

“王英忠，你现在就给他打电话问问他在不在家吧。”丹巴使唤王英忠说。

“好的。”王英忠答应着，立刻拨通了韩国银的电话。

“韩国银，你在哪里啊？

“洛嘉。

“你跑到那里干吗去了啊？

“看病打针去了，那么他们村的村医呢？

“既然在村里的话，那么你跑那里干吗去了？你马上回到村里来，我们要去你的卫生室里检查。

“现在就赶到！”

王英忠挂断了电话，发牢骚地说：“这个人就像屁股里生了虫子一样一点儿都坐不住。简直就是个跳蚤。”

“他又不在家啊？”丹巴问。

“不在家，说马上就赶到。”王英忠说，“他骑摩托车去了洛嘉村，我们慢慢过去吧，估计我们到他家时，他也会赶到的。”

“那么我们现在就过去吧。”说着话，丹巴带领着陈斌和王英忠走出了雅茂林场的大门。

韩国银是个五十多岁的壮年男子，中等个儿，五官端正，人长得还算周正，但一生没有娶到老婆，至今是个单身汉。

他是个典型的多动症性格的人。除了睡着觉，就一刻也安定不下来。等天亮，他一起床就不消停。他刚到家里，可不到十分钟他已经出现在村十字路口，半个小时之后他又骑着摩托车出现在洛嘉村的商店门口，之后又出现在大树村的村委会门口，而后又回到家里。即便在家里他也没闲着，刚在客厅里，几分钟后他又进了厨房，而后又从厨房里出来推开药房的门，走进药房转上一圈，出来又走进客厅里去了。因此，村民们就给他起了个“跳蚤”的诨名。他不但有多动症，而且跟人说话聊天东拉西扯，根本谈不到点子上去。如果要厘清他说话的思路，你得从他说的那些话里挑拣拼凑，像中学语文卷子中修改病句一般理顺主谓宾，才能明白他所表达的意思来。

他有过两次相亲的经历，都告吹了。

他的第一次相亲是他的家人给他张罗的。

家里人请媒人经过多方打听，才在隆钦县的一个村里找到了一个适合他的姑娘，于是家里人托媒人到那个村民家里给他提亲去了。起初他们没带韩国银本人，而是带着他的照片去了姑娘家。那家人看到他的照片，觉得有些满意，当他们从媒人那里听到未来的姑爷是个懂医的手艺人后，就爽快地答应了这门亲事。还按照当地农村的相亲礼数，韩国银的家人给他办理了一道道说亲之礼。女方家始终没有见到过未来姑爷的面，就觉得有些不踏实，等到送礼的时候，女方家的提出了要亲眼见一见未来姑爷的面的要求，所以他们不得不带韩国银本人去姑娘家了。临走时家里人千叮咛万嘱咐，让他克服一下，到了姑娘家不要乱走动，乱说话，除了不得不说的话或不得不做的事之外，千万不要多说一句话，多做一件事，以免节外生枝，恐怕荒掉这门亲事。他的父亲和媒人带着韩国银来到那姑娘家里之后，他也严格按照家里人的叮嘱，给他未来的岳父岳母敬茶敬酒，和姑娘见面送礼，压制住多动症去说话、办事。等到他的父亲和媒人拿出礼钱和衣服、茶叶和瓶装酒等彩礼放在他未来岳父家的中堂上去了之后，韩国银心里一着急，狐狸尾巴就露了出来。他站起身来来回回地踱起步来不说，还不停地对着未来的岳父岳母说，“阿达阿妈，我把彩礼钱给你们了，我可把彩礼钱给你们了啊！”

“哎哟，姑爷，我们都看到了，就放在我们家的中堂上了啊。”他未来的岳父岳母吃惊地看着韩国银的举动说，“这么多人在场，谁都看到了，那你干吗要着急成这样呢？你快坐下来，坐下来，缓口气再说话啊。”

“阿达阿妈，我把彩礼钱给你们了，我可把彩礼钱给你们了啊！”韩国银不肯罢休，在女方家的炕沿头上来来回回地踱着步，不停地喃喃自语。

“国银啊，你坐下来，彩礼的事由我担着，你操哪门子的心啊！”韩国银的父亲一把把他拉过去，强行摁坐在板凳上之后，说。

“阿达阿妈，我把彩礼钱给你们了，我可把彩礼钱给你们了啊！”韩国银依然不肯罢休，从他父亲的手里挣脱出来，依旧在炕沿头上来来回回地踱着步，不停地喃喃自语。

“哎哟亲家啊，你幸亏把他带来了，要不你可坑害死我的姑娘了。”姑娘的父亲看了一阵犯了病的韩国银后，大失所望地说，“这彩礼我们也不要了，你们吃饱喝足了就带着人和彩礼回去吧。”

他们也没有跟前来提亲的人要脾气，既然磕下了头干吗作不了揖呢。他们大人不计小人过，还用已经准备好的饭菜好好招待了他们一番，把所有送给他们家的彩礼都退还给了他们，就高高兴兴地把他们送出了家门。

回到家里之后，韩国银的父亲生气得在床上躺了一星期呢。

丹巴他们走出雅茂林场，顺着村主街道走到韩国银家时，韩国银也骑着他的那辆豪爵摩托车出现在他们面前。

“韩国银，你不好好在家里待着一天乱跑什么啊？”见到韩国银，王英忠不留情面地责备起他来。

“洛嘉村里有人患病，打电话来央求我去给他打针，乡里乡亲的拉不下面子，所以我到他们家里给他打针去了。”韩国银边开门边对丹巴他们说，“丹巴书记，你把村里的男人们都带走了，村里一旦遇到什么事可怎么办啊？”

“不带他们出去打工，到时候怎么脱贫啊？”丹巴对韩国银说，“所以你就成了村里不可或缺的大人物了。一旦村里的老人和孩子得了病，我们第一个要找的人就是你了。”

“洛嘉村的村民们也需要我啊。”韩国银带着跳跃性的思维说道，“采挖虫草他们村和我们村的人打过架。我昨天进来的新药都被洛嘉村的村民们买走了。韩国强大哥是被他的儿子给气死的。”

“妈呀，你到底在说什么啊？”丹巴抓不住韩国银说出的话的主题，很是感到奇怪地说，“你打开医疗室的门，我们看看你这里准备了些什么药。”

“就是些村民们平常需要吃的药。阿吾索嘉把兽药拿来给人身上打呢。我也像你们一样有脱贫攻坚的任务啊。最近噶杰镇卫生院的院长召集所有村子里的村医召开了会议。听说村里的学校给撤并了，学生们都到县上去上学了。”韩国银说着语无伦次的话把丹巴他们带到他的医务室里去了。

韩国银的医务室一共有两间房，一间房里摆放着些饮料、方便面、瓜子、花生等零七八碎的零食，另一间房子里摆放着各类药物。看样子他给村里人就诊的同时还做些百货生意呢。

“王英忠，你和陈斌过去在他的药架上看看，有哪些常用药，还缺哪些药。我们统计一下，往后上面的领导来检查我们的心里也有个数。”

王英忠和陈斌在货架前，一边查看货架上的药品，一边给丹巴报起那些药品的名称来，“注射剂型药品有青霉素、氨苄西林、头孢氨苄……”

“药品的种类还不少啊。”等王英忠和陈斌一一报完了医务室里储藏的药品后，丹巴欢喜地说，“你们再仔细看看有没有过期的药品吧。”

“妈呀，这阿莫西林是二〇〇五年的，还有这安乃近是二〇〇三年的。”陈斌和王英忠仔细一查看那些药品上的出厂日期，他们大吃了一惊。

“韩国银啊韩国银，你拿石头村群众的生命当儿戏啊？”丹巴惊愕地看着韩国银说，“我命令你马上要销毁掉这些过期的药品。”

“怪不得村民们舍近求远，宁愿到镇卫生院去买药，也不到他这里买药吃呢。”王英忠恍然大悟道。

“韩国银啊，原来你在挂羊头卖狗肉，你打着石头村村医的旗号，做着坑蒙诓骗百姓的行当。”丹巴生气得紧盯着韩国银说，“你还做不做村医啊，如果不行我们马上换人。假如你还要做村医，那么你明天就当着全村人的面毁掉这些过期的药品，立刻到镇卫生院调进一批新药来。”

“我马上改正。”韩国银受到了莫大的惊吓，煞白着脸哆嗦着对丹巴他们说。

“你死罪可免活罪难逃，我要把你的事报到镇政府当典型的例子在全镇做宣传。”

“丹巴书记，求求你了，我以后再也不敢了。您大人不计小人过，放了我一马吧！”韩国银跪下来央求道。

“你啊你，这可是人命关天的事啊！”丹巴看着怒其不争的韩国银说，“你的胆子也忒大了。”

“求求你们了，放过我吧，从今往后我改邪归正，重新做人。”韩国银吓得大汗淋漓央求着丹巴他们说。

“把这种人还当成人物放在村子里这么重要的位置上，简直不可思议啊！”丹巴无法释怀地说，“行了，你赶快起身收拾掉这些过期药品，立马关闭你的医务室。我限你三天时间，毁掉这些过期药品的同时调进一批最新出厂的药品来。到时候，我还要找专业医护人员来检验你进来的所有药品。”

“好的，我马上改正。”韩国银说完话，立刻起身走进他的医务室，从货架上收拾掉了所有过期的药品。

“今后，你要以维护全村村民健康为中心，以每家每户为单位，做好人员登记造册，掌握清楚每一个病人的病情，给村民提供疾病预防控制等公共卫生服务和一般常见病、多发病、慢性病的初级诊疗服务。转变石头村卫生服务模式，坚持主动服务、上门服务，逐步承担起村民健康‘守门人’的职责。同时，催促村民上缴医疗保险和养老保险金，否则，我拿你是问。”

不看不知道，一看吓一跳。

丹巴他们察看了一下石头村的卫生室的情况，吓出了一身冷汗来，从而不敢大意村子里的教育和卫生这两个软实力环节。抓教育靠娘吉老师是显然靠不住的，因为她身患重病，靠她完成精准建立贫困村教育扶贫机制是不可能的。于是，丹巴就把这项重任压到了陈斌和王英忠身上去了，丹巴就盯住石头村的村医韩国银整改起村卫生室里存在的问题。于是，陈斌和王英忠整天拿着纸和笔，抱着笔记本电脑进东家出西家地搜集起全村在校学生的信息来，马不停蹄地为精准建立贫困村教育扶贫机制在奔忙着。丹巴召集了村里没出去打工的群众，让韩国银当众焚毁了那些过期药品，还开车拉着韩国银到噶杰镇卫生院进了村卫生室里常用的药品。同时，认真落实村医每周到乡镇卫生院上一天班或每月上一周班制度，使派村医韩国银到噶杰镇卫生院上班，让他重点加强了村医免疫规划基础知识、医疗卫生相关法律法规、一次性医疗废物管理，传染病防治、监测、报告及管理，健康教育等知识培训，更新了石头村乡村医生专业知识，提高了医疗服务能力，夯实了石头村三级预防保健网络基础，提高了基层医疗服务水平。

陈斌和王英忠辛苦了近半个月，就建立起了建档立卡贫困教育人口底数台账，建立健全了建档立卡贫困教育人口信息比对工作协调机制，完善了教育扶贫基本数据平台；建立了教育扶贫工作推进台账，将深度贫困村教育脱贫攻坚各项工作全部纳入工作台账；建立教育扶贫基本情况报告制度。

等干完这些软件方面的细活，丹巴他们才舒了一口气。

三十四

进入农历六月中旬之后，夏雨缠缠绵绵地下个不停，丹巴人在石头村，心思却飞到遥远的塔拉滩上去了。

那个周末，他回州上休息的时候，抽空开车到塔拉滩看望石头村里出去打工的村民们去了。

那天也是一个下雨天，他把车开到工地附近的高速公路边停车港湾上停下来，踩踏着泥泞不堪的土路向工地走去。

那天下雨，他以为村里出来打工的男子们干不成活都躺在帐篷里睡懒觉呢。当他走到工地的帐篷时，看到的一幕让他感动得热泪盈眶了。

他走进帐篷，只见除才科、丹琼和龚守财没出工，躺在帐篷里睡大觉之外，所有的人都冒着大雨出去干活了。

“喂，才科。”丹巴揭开帐篷的门帘走进帐篷里看到呼呼睡大觉的才科，就把他叫醒后问道，“除了你们三个人其他人都到哪里去了啊？”

“哦，丹巴书记，外面下这么大的雨，你怎么来这里了啊？”才科被丹巴吵醒后，揉着惺忪的眼睛说，“大家都出门挖坑去了呗，他们为了钱连命都不要啊！”

“下这么大的雨，他们在外面怎么干活呢？”丹巴看了一眼旁边的床位后，说，“丹琼也在睡觉，还有谁啊？”他往帐篷里面走了几步看到躺在最里面床位上的龚守财后，又说，“龚守财也在睡觉。唉，又是你们三个人在偷懒，你们啊，真是烂泥扶不上墙哟！”

说完话，丹巴丢下他们，撩开帐篷的门帘走进雨帘中，寻找石头村里出来打工的大队人马去了。

当他顺着立着一个个巨人一般的大风车跌跌撞撞地行走了很久后，在离工地不远处看到了一顶顶“小帐篷”。此时此刻，他才知道当初村民们出门时随身携带的那些塑料布和木桩子的真正用场了。

原来他们在天晴的时候接连挖好几个半成品土坑，等下雨天就用塑料布盖住土坑，然后到那些半成品土坑上用四根木桩搭建起一顶“小帐篷”来挡风遮雨，就跳进土坑里慢慢挖坑，并在土坑里挖出一个土梯子用水桶往外输送从坑里挖的土。这样一来他们就可以风雨无阻地出门干活了，“小帐篷”既遮风挡雨又耽误不了他们的工期。

丹巴来到最上端的一顶“小帐篷”跟前，揭开门帘向里望去时，看到龚守廷父子仨人正蹲在土坑里热火朝天地挖坑。

“守廷啊，你们连下雨天都不休息啊？”丹巴从洞门口里往下望着像耗子一般浑身裹满泥土挖土的龚守廷父子说。

“哎哟，丹巴书记，下这么大的雨你怎么跑到这里来了啊？”龚守廷见到冒着雨来看望他们的丹巴后，感动得丢下手里的铁锹和镬头，爬上一米多深的土坑，眼睛里噙满着泪水，感激地握住丹巴的手久久不愿放开。

“今天是礼拜天，我恰好回家休息，可又想起了你们，就开车过来看看大家。”丹巴也很感动他们吃苦耐劳的精神，同样激动地抓住龚守廷那双结满老茧的手握了很久。

“大家听着，丹巴书记冒着大雨到工地看大家来了，大家都停下手头的活儿，爬上坑来见见丹巴书记吧。”一阵后，龚守廷松开丹巴的手，从口袋里取出手机往石头村村民微信群里喊了一声。

最先爬上土坑来见丹巴的是龚守廷的两个儿子，而后大家都像打地洞的土鼠一般从一顶顶“小帐篷”里探出头来向外瞧一瞧，带着一身的泥土踩踏着泥泞不堪的土路来到了丹巴面前，一一与他握手问好。

“大家辛苦了，我没想到你们出门竟然肯这么卖力，如果你们家里的人知道你们在外面这么卖命，都会心疼死你们的。”丹巴激动地看着大家说，“今天是礼拜天，大家也给自己放半天的假，我们都到工地的帐篷里去改善一下生活吧。”

“丹巴书记，你先到工地的帐篷里休息半个钟头，我们手头的这个土坑马上就挖出来了。半个小时后，我们收工回到帐篷里来。”说完话大家都走过去，一个个复又跳进一顶顶“小帐篷”底下的土坑里去了。

丹巴看到大家在工地上干得如此地热情高涨，打心眼里替他们感到高兴。此刻，他即便是站在雨幕下心里也觉得暖暖的了。

之前，他从州上出发时，舍出了两千多块钱给他们买了一扇牦牛的肩胛骨肉，买了两箱神仙不落地青稞酒，一些瓜果和蔬菜。由于下雨地面湿滑轿车在泥泞的土路上打滑，开不到工地的营地上来，所以，他就把轿车停放在了高速公路边的休息区里了。

等大家收工回到工地的帐篷后，丹巴使派华泽嘉等七八个小伙子，踩踏着泥泞的土路，从他的轿车里把那些牛肉等食物搬回到工地的帐篷里来了。

这时候，所有人一起动手帮孔成强和兰本嘉剁肉、洗菜、烧锅、煮肉，手忙脚乱地做起饭来。众人拾柴火焰高。没过多久一大锅牛肉就给煮熟了，于是大家围坐在帐篷里边喝酒吃肉，边谈起他们半个月来的收入（虽然目前还是些记在纸上的数字）。

大家每天最少也能挖出两个坑来，最多时一天除了吃三顿饭休息片刻之外一直挖到半夜，能挖出四个坑来。这样一来最多一个人一天能挣到六百块钱。难怪大家都肯这么卖力呢。

当然，才科、丹琼和龚守财除外。

听大家说，起初他们三个人也每天还能凑合挖出两个土坑来，可后来雨下个不停，于是他们就躺在床上睡懒觉不出门挖坑了。截至眼前，他们已经六七天不出帐篷了。

那天，丹巴一直陪着他们到傍晚，见他们都吃饱喝足后，过于劳累而东倒西歪地睡着了。于是，他就在滴酒不沾的增官嘉的陪同下来到高速路边，跟增官嘉道别后开着车回州上去了。

几天后，丹巴到噶杰镇参加会议时，得知政府为了充分发挥生态保护在精准扶贫、精准脱贫中的作用，切实做好生态扶贫工作，下发了一个生态扶贫工作计划，每个村可以增加三个草原生态管护员和三个林业生态管护员。

自从丹巴拿到名额后，为石头村贫困户着想，全盘考虑了一番后，把这六个生态管护员的名额分配给了才科、丹琼、龚守财、阿尼叶茜措、阿尼华茂叶等贫困户家庭。这样一来既解决了他们的就业问题，又能提高他们的家庭收入。

于是，丹巴就把生态管护员的人选情况往石头村的村民微信群里公开后，又在本村的贫困户中产生了各种不同的意见，但是丹巴给大家做了解释，让群众心服了之后，就把才科、丹琼和龚守财从工地上叫到村里来，立刻上岗，做了石头村的生态管护员。

自从才科、丹琼和龚守财三个人穿上了生态管护员的制服后，再也不躺在家里睡懒觉了，每天晨鸟一叫他们就起身上山了。等村民们起床准备出门放牧时，他们已经做完巡山工作后回村了。回家吃好早饭，等村里的牲畜都上了山之后，他们就拿着扫帚和铁锹等劳动工具，到石头村的各个巷道里打扫卫生，积极性高涨得仿佛换了一个人。

石头村的男人们去塔拉滩工地上的打工任务还没有结束，格尔木那边种植枸杞的老板已经打电话催促，让丹巴马上派人上格尔木来采摘枸杞，这事搞得丹巴很为难。

丹巴往石头村村民微信群里发了一条有关去格尔木采摘枸杞的消息后，石头村的妇女们即刻来找丹巴了。

“丹巴书记，我们干完了地里的农活，现在大家正赋闲在家，不如你带我们到格尔木采摘枸杞去吧。”彭吉带着村里的贤吉和才吉等妇女们来到林场里，敲开丹巴书记宿舍的门，直截了当地说。

“你们到那么远的地方去采摘枸杞，你们家里人会放心吗？”丹巴对她们开玩笑地说，“万一你们的丈夫们回来向我讨要老婆怎么办啊？”

“丹巴书记，你放一万个心吧，我们去格尔木挣来钱，再给他们娶一个二房太太，他们就会高兴的。”才吉卓玛跟丹巴开玩笑说。

“这倒是个好办法，那我就带你们去吗？”丹巴依旧对她们开玩笑说，“他们每年出远门能见到外面的世界，在外面偷美女过着神仙般的日子，把你们圈在这个狭小的天地里做瞎眼黑。这不公平啊！这次我让你们也解放一次，让你们出趟远门见识一下外面的精彩世界去。”

“哎，这才对嘛，丹巴书记真把话说到我们的心坎上去了。”

石头村的妇女们听说了采摘枸杞的事，都接二连三地来到雅茂林场，围着丹巴七嘴八舌地说道。

“好了好了，我们言归正传吧，大家出去采摘枸杞，靠自己的劳动挣来钱养家致富，我当然愿意的。可是你们都出去了家里的老人和孩子怎么办啊？还有，你们地里的庄稼也快要收割了，到时候谁来干这些农活啊？”丹巴全盘考虑村里的大小事情后，对村里的妇女们说。

“我们这里的庄稼到九月下旬才能收割，如果真能挣到钱，到时候我们再想办法。丹巴书记你不要顾虑太多就带我们走吧。”村里的妇女们执意要求丹巴带她们出去。

“你们还是打电话跟丈夫们商量好了再说，我还发愁没人出门去采摘枸杞呢。”

“我们现在就给他们打电话商量。”妇女们走出丹巴的宿舍去给她们的丈夫打电话去了。

过了一阵后，在塔拉滩打工的增官嘉给丹巴发来了微信视频。

“丹巴书记，你好！”

“增官嘉老书记，你好！你们那边快完工了吗？”

“还得需要一个礼拜呢。这样吧，我们刚刚商量了一下，大家都同意你先带村里的女人们上格尔木采摘枸杞去，等我们这边的工程完工了之后，就直接坐火车上格尔木来。你觉得这样做怎么样啊？”

“只要大家愿意，我还愁着找不到人呢。”

“那就这样定了，你先带村里的媳妇们上格尔木，半个月后我们就赶到格尔木去。”

“大家都同意吗？”

“同意！”

增官嘉把视频转了一下角度，视频里陆续出现了在塔拉滩上打工的男人们头像，他们都通过视频异口同声地喊着向丹巴回答道。

“那么，大家回去准备一下，我们后天就出发上格尔木。”丹巴对村里的妇女们说，“你们把身份证给我，我现在就到西宁给你们买火车票去。”

石头村的妇女们争前恐后地跑到家里去，把身份证拿过来交给了丹巴。丹巴就叫来王英忠，准备开车下西宁买火车票去了。

当丹巴提着公文包，从宿舍里走出来时，看到更吉在林场的大门口来回徘徊，就是不肯进林场里来。

“外面的女子是不是更吉啊？”丹巴钻进车里，问正在发动车的王英忠。

“是她。”王英忠带着鄙夷的神色说，“她做了那么多亏心事，还有脸来见我们啊？”

“小王，我们不能心胸狭窄，我们的格局和站位要比他们高，不然我们和村妇没有区别了。她当初那样做也有她的难言之隐。既然她主动想融入到集体中来，那么我们就不能孤立她，要主动拉她一把，用我们的情怀去感化她才对。”

“……”

“你把车开出来，我先出去见见她。”说完话，丹巴复又走下车，径直向林场的大门外走去。

“阿姐更吉，你是来找我的吗？”

“嗯，我是来找你的。”更吉带着些许的羞涩说。

“你有事就直说吧，我马上要去西宁了。”丹巴谦恭地说。

“我和才玛吉也想去格尔木采摘枸杞，你愿意带我们去吗？”

“愿意啊，只要你们想去，我对大家一视同仁，不分彼此的。”丹巴回答说。

“你真的不计较我们过去反对你们做的那些事吗？”

“只要知错能改就是好同志嘛，冤冤相报何时了啊！”接着丹巴问她道，“你们带身份证了吗？时间不早了，我们现在就要到西宁去购买火车票了。”

“带来了。”说着，更吉把她和才玛吉的身份证都递给了丹巴。

“你们回去做准备吧，我去买好火车票就回村里来，到时候大家一起走。”丹巴从更吉手里接过身份证，边上车边对更吉说。

王英忠就把车开出了林场的大门，往左一拐就驶进了乡村公路。

三十五

农历八月，格尔木市各乡村、农场变成了火红的“海洋”。一排排红彤彤的枸杞林成方成畦、绿意盎然，犹如构建起的一道生态安全屏障，一眼望不到边。

熟透的枸杞果子压弯了树枝，树下劳作的工人们正在紧张有序地采摘果子，场面一片红红火火，一张张淌着汗水的脸上，写满丰收的喜悦……

丹巴带着石头村的妇女们行走在格尔木市的城郊，田间地头红果累累，人头攒动，枸杞果农进入了繁忙的采摘季。大批来自全国各地的采摘工们来到这里采摘枸杞。蓝天白云映衬下红彤彤的枸杞格外鲜艳。

丹巴带领石头村的妇女们来到了位于格尔木的一个枸杞采摘园里，找到了那个姓程的河南老板。程老板是一个年轻的小伙子，全名叫程强，他承包及种植枸杞的面积超过几千亩。是他雇用了石头村四十多名妇女前来采摘枸杞的。

“程老板，我是石头村的第一书记丹巴，是我打电话跟你联系的员工，今天我把她们带过来了。”丹巴走上前去向那个河南老板自我介绍道。

“欢迎你们来我枸杞园采摘枸杞。”程强老板走上前来握住丹巴的手说。

“老板，采摘你家的枸杞，你怎么开工钱啊？”丹巴对那个河南老板打听采摘枸杞的工钱。

“刚采摘下来的枸杞就卖二十元一斤，我给采摘的员工两元一斤。”

“一个人一天能采摘多少斤枸杞啊？”丹巴不懂行情地向程强老板询问道。

“这些采摘枸杞的员工几乎都来自四川，手脚快的一天能采摘一百五十斤以上，一天能挣三百多元。”程强老板指着附近采摘枸杞的员工们说，“这些枸杞长势喜人，有的一棵枸杞树上能采摘几斤。种枸杞投资挺大的，一棵枸杞树都要撒好几斤肥料。由于枸杞价格一直很高，导致种植面积越来越大，产量越来越高，于是价格一直在下降。虽然活的枸杞都能卖到二十元一斤，但这价格我觉得还是很低。”程强老板诉苦说。

“你们觉得怎么样啊？你们对老板开的工钱满意吗？”丹巴向老板打听清楚了要开的工钱后，问石头村的妇女们说。

“既然来都来了，还说什么合理不合理的啊，干吧！”石头村的妇女们换上了衣服，戴上了凉帽，拿着程强老板发给她们的塑料桶就准备进枸杞地了。

“慢！采摘地里的枸杞需要按顺序，不能挑着采摘又厚又容易采摘的枸杞树。”程强老板走过去，亲自采摘枸杞树上的枸杞演示给她们看了之后，才把石头村的妇女们放进枸杞地里去了。

第一天，石头村的妇女们对采摘枸杞有些生疏，傍晚时分，当她们走出枸杞地过秤时发现她们中手脚最麻利的彭吉才摘了八十多斤，其他的妇女才摘了六十来斤。到了第二天，她们就掌握了采摘枸杞的技巧，一天下来每人平均超过了一百斤，她们的信心也高涨了起来。

丹巴把石头村里出去务工的妇女们都安顿下来，跟枸杞老板程强签好了劳动聘用合同，办妥了所有的事宜后，就连夜乘坐高铁回西宁了。

丹巴开车翻过扎隆山垭口，把车停在砂石路旁，登上山岭俯瞰坐落在扎隆山神山脚下的石头村来。他看着石头村周边丰收在望的田野，错落有致的村落，袅袅升起的炊烟，心里突然觉得空落落的了。

“哎呀，为了提高村民的收入，我把村里的青壮年都输送出去了，现在留在村子里的都是些老人和小孩，村里一旦出什么事都由我们工作队来承担了。妈呀，这个责任有多沉重啊！”丹巴突然意识到整个石头村瞬间着落在他的肩上了。

“愿白度母保佑，这期间村子里不要发生什么大事啊！”丹巴默默地祈祷道。

考虑到这些事情，他觉得自己肩上的压力山大，于是就不敢多停留，立马开着车顺着那条崎岖不平的山路向村子里驶去。

“我觉得首先要注意的是村里像阿尼周吉、阿尼华茂叶和阿尼叶茜措那样的空巢老人。她们本来患有慢性病，常年靠吃药维持生命，现在她们的身边突然没有了家人的陪伴，一旦病情发作可不得了啊！”

他回到林场里召集了噶杰嘉书记、陈斌和王英忠商量起要加强村里的防范措施来。

“仅仅是这三家人倒好办，我们安排村医韩国银每天早晚到他们几家去就诊观察，备好常用药，不会出什么大事的。”机灵的王英忠给大家壮胆子说。

“她们一旦突发病情，我们没有察觉到，怎么办啊？”丹巴担忧地说。

“活人不会让尿给憋死的。”王英忠不耐烦地说，“这些都不是问题，我们每人承包一位空巢老人，暂且照看他们的生活起居就可以了。只是，现在石头村里最大的麻烦就是娘吉老师的孩子了，石头村的学校由于缺少生源跟县城的九年一贯制学校合并了，娘吉老师因患重病照顾不了那个孩子，他的姥爷和姥姥年老体弱，丧失了劳动力，没有能力拉扯这个孩子。他的舅舅一年四季外出务工，连自己的三个孩子都照顾不了，所以，看来这个孩子马上就要辍学了。这样一来，他破坏了石头村里没有辍学生的纪录，就要成为石头村里唯一的辍学生了。”

“他的姥爷已经到迪扎寺找过喇嘛，就要选择一个吉日把他送到迪扎寺做和尚去了。”噶杰嘉书记也接过王英忠的话补充了一句。

“好了，刚才王英忠想出的办法比较妥当，那么你们三个人一人联系一个空巢老人，暂且照顾她们两三个月吧。”丹巴听到王英忠说的话后，突然变得心神不宁了起来，“我去抓韩国银早晚到每家每户去就诊，掌握好村里的每一个老人和孩子的健康状况。”

“你还是想想娘吉老师孩子的上学问题吧。”王英忠提醒丹巴说。

“好了，就这么定了，大家分头去办事吧！”丹巴不耐烦地说着话，起身走出了他的宿舍。

丹巴突然变得寝食难安了起来。

那天夜里，他在宿舍里伏案给娘吉写信，但他不知道应该怎么开头了，写了一遍又一遍，可总觉得不妥当。

“娘吉，当年一别已经过去十余载了，别来无恙，一切都安好吧？”写到这里，他再也写不下去了，“明明知道人家病入膏肓，这样写也未免太虚情假意了。”

他把那一页刚起了头的信纸撕下来，揉成团扔到垃圾桶里去了。于是他在宿舍里来回踱步思谋了一阵后，又坐在办公桌前执笔写起信来。

“娘吉，我知道你的难处，你就把孩子交给我吧。我们大人之间的恩恩怨怨别降罪到孩子的身上去，孩子是无辜的。”

“难道我正大光明地要从她手里抢孩子吗？”丹巴一把撕掉了那张信纸，又揉成团扔进垃圾桶里去了。

他走过去坐在床沿上苦闷地抽了一支纸烟后，又走过来坐在办公桌前，鼓足勇气写起信来。

“娘吉，别把孩子送到寺院里去，交给我吧。然后，你就可以安心养病了。”

“唉！”丹巴一把撕掉了那张信纸，抱头深深地叹息了一声后，又在宿舍里来回踱起了步来。

“卓雅。”

“怎么了？你说话啊！”

“我遇到一件非常棘手的事，需要你的帮助。”

“什么事啊？”

“有关娘吉孩子的事情。”

“他怎么了？”

“他的姥爷要把他送到寺院里去了。”

“天呐！天下还有这么没有人情味的姥爷吗？”

“也不能怪他们，他们有自己的难处，把那孩子送到寺院里是他能想到的最理想的归宿了。”

“那他也不能这样做啊。”

“不说这些了。”丹巴急切地说，“现在紧要关头我们得想办法说服娘吉，让她把孩子交给我们来抚养，当然也不是我们完全从她手里抢走孩子，只要她答应我们把孩子送到县城的学校里去上学就可以了。其他的事以后再说吧。”

“这事确实有点儿棘手，这种事打电话处理不妥当，下周你进村的时候我亲自去一趟石头村，当面跟她谈吧。”卓雅答应丹巴说。

“但愿这之前他姥爷别把他送到寺院里去啊！”

“不会吧。”卓雅电话那头宽慰丹巴说，“你也别想太多了，就算他姥爷把他送到寺院，我们也可以到寺院里去找喇嘛说清事由，制止他们把他剃度做和尚就是了。晚安！”

“晚安！”

给卓雅打电话说明了情况后丹巴才觉得心里踏实了许多，于是他出去到林场的厨房里吃了点晚饭，打算进村了。

轰隆隆，轰隆隆。

突然听到外面传来了一阵打雷声后，他才注意到天马上要下雨了。

“崔场长，你看到陈斌和王英忠去哪里了吗？”丹巴看不到陈斌和王英忠，就着急地问雅茂林场的场长崔炳林。

“你一直在打电话，他们俩吃过饭就进村了。”崔炳林场长回答丹巴说。

“哎呀，都怪我，我也要进村看看去。”说着话，丹巴急忙走出了厨房。

“丹巴书记，再不用去了，我们已经进村入户巡逻了一圈回来了。”王英忠走进丹巴的宿舍里说，“给周本泰的母亲吞服了‘药’，可能会维持几天的。阿尼周吉也没问题，在她的枕边放好了速效救心丸和开水，往她的手机里也充满了电。只有娘吉老师的病又犯了，不过韩国银已经给她打了吊针，由她的阿爸和阿妈在照顾。天要下雨了，我们可以睡觉了。”

“好的，那你也去休息吧。”丹巴放下心来说。

“好吧，睡觉了。晚安！”王英忠给丹巴说着话转身准备离开了。

“王英忠。”丹巴叫了王英忠一声。

“哦。”王英忠应声转过身来。

“哦，没事了，去睡觉吧。”丹巴欲言又止了。

“丹巴书记，有话你就直说了吧？”王英忠猜到丹巴有话要对他说，就直截了当地说。

“没事了，以后再说，你去休息吧。”丹巴催促王英忠离开了。

“好吧，有话你直说。”说完话，王英忠转身离开了。

王英忠离开后，丹巴也上床躺下了。

哗啦啦，外面下起了倾盆大雨。

三十六

村里出去打工的男人们顺利完成了塔拉滩的工程。

他们回家里转了一圈后，又急匆匆走出村乘坐着火车到格尔木采摘枸杞去了。

最近，丹巴走进村里总能见到昂邱巴登。他的脸上带着与他的年龄不相符的忧愁，见到他昂邱巴登眼里含着说不清道不明的哀怨在看他。

他虽然跟着他舅舅的孩子们在一起玩耍，可他玩得没有像他舅舅的孩子们那么开心，总是一个人安静地坐在大树底下思考着什么问题。

看到他那神情，丹巴的心就生疼。

“昂邱巴登，别坐着，过来跟我们一起玩啊！”他舅舅的孩子们在喊他过来跟他们一起玩。

“不了，你们玩吧，我有些不舒服。”昂邱巴登拒绝他们说。

“再不玩，过几天你要去寺院了，就不能跟我们一起玩了。”他的表哥说。

“好吧。”昂邱巴登无精打采地走过去跟他们玩了起来。

听到那些话，丹巴的心口上像某人猛戳了一刀一般，使得他心口拧痛了一下。

有一次，丹巴到下村的贫困户阿尼华茂叶家里去办事，出门从航巴大叔家的巷道里经过时，正面遇到了昂邱巴登。

“巴登。”丹巴叫了他一声。

昂邱巴登见到丹巴，用一丝忧郁的目光看了他一眼后，就像一只被鹰隼惊扰了的兔子一般，急忙从丹巴身边跑过去，钻进航巴大叔家的大门里面，透过门缝在偷看丹巴。

“昂邱巴登，你不进屋里吃饭躲在门道里看什么呢？”丹巴听到航巴大叔的喊叫声，心中莫名紧张起来，就匆匆离开了他家的大门。

时间过得真快。转眼间进入了青藏高原的梅雨季节，往往进入初秋季节青藏高原上就会下起霏霏细雨来。连绵不断的雨下个不停，偶尔还下起暴风雨来。

去格尔木采摘枸杞的人们也打来电话，说他们再过一个星期就要收工回家了。丹巴也盼望他们回来了，他们回来就会减轻丹巴他们肩上的负担了。

龚堂县教育局下发了文件，石头村小学正式与龚堂县民族九年一贯制学校合并了，村里的学生都转移到县城上学去了。县教育局考虑娘吉身患重病，就调她到石头村下面的洛嘉村幼儿园里上班，这倒给娘吉母子带来了许多不便。

由于一直下大雨，山水冲断了石头村通往西久公路的山路，丹巴他们接连两个星期没有回成家。

傍晚时分，又下起了大雨。丹巴穿着雨衣打着手电筒进村，准备到那些孤寡老人的家里巡逻时，他见到了一幕感人的事情。

村医韩国银穿着雨衣、打着手电筒挨家挨户到村子里有老人的农户家里巡逻问诊，特别是村里那些大人们出去打工，目前只剩下老人和孩子的孤寡老人家成了他巡逻问诊的重点对象。一天跑三趟，给他们量血压、测血糖，发放镇上报下来的免费药。

“谁！”

当丹巴冒着瓢泼大雨来到村十字路口时，在伸手不见五指的夜幕中，见前面有一个打着手电筒匆匆行走的人，就向他询问道。

“丹巴书记，是我，我是韩国银。”

“黑灯瞎火的，你不在诊所里值班，瞎跑什么啊？”

“我到农户家巡诊去了，刚从阿尼叶茜措家出来，她最近有些发烧，我给她送去了感冒药和退烧药。”

“她好些了没有啊？”

“一个小时前我让她吃了药，我去上庄的才太本家问诊，出来后又去她家，给她测了体温，一切正常。”

“你现在打算去谁家啊？”

“本打算去下庄的周吉大妈和孔占花婶子家，可王英忠刚给我打来电话说，娘吉老师的病情加重了，这不我现在就往他们家赶呢。”

这时候，王英忠给丹巴打来电话说娘吉老师的病情恶化了，他立马派村医马上到航巴大叔家给娘吉老师打针。

“你快去吧，如果不行的话我们想办法把她拉到县医院里去住院治疗，总这样拖下去也不是个办法啊。”丹巴使唤韩国银去给娘吉老师打针了，“这几天雨水多，你也再克服几天，不要到处乱跑了。”

“好的，丹巴书记，这几个月我老老实实在诊所里坐班，按时按点进村到农户家里出诊，兢兢业业地工作着啊。”韩国银说，“大人们都出去打工了，村里有这么多老人和孩子，我有责任去看护他们，万一得了什么重病，村里连个送他们去医院的壮劳力都没有啊！”

“你说得对，这段时间我们大家都加把劲，你的一切努力我们都看在眼里，再接再厉啊！”

“我会加油的。”说完话韩国银提着药箱急匆匆向下村跑去。

丹巴看着韩国银渐渐消失在夜色中的背影，心里升起了一阵温暖。

在雨幕中站了一阵后，丹巴也转身向雅茂林场走去。

他来到宿舍里洗漱了一番，躺在床上跟去果洛州挂职的杨克发视频聊了一阵天。这时候，陈斌和王英忠就冒着大雨回来了。

“王英忠，那边的情况怎么样啊？”丹巴躺在床上喊着问王英忠说。

“除了娘吉老师，其他家里的情况还好。”王英忠推门走进丹巴的房里说，“最近娘吉老师的病情越发严重了，可能是各方面的压力施加在她身上的原因吧。昂邱巴登的姥爷明天就要带他去寺院里了。”

“荒唐！”丹巴听了王英忠的话，立刻激动了起来，“王英忠，你和陈斌去他家，用政府的名义制止他把昂邱巴登送进寺院里去，我马上想办法解决他的上学问题。”

“丹巴书记，不要再受煎熬了，勇敢点儿，昂邱巴登分明就是你的儿子，你就承认了吧。”王英忠胆怯地偷看了一眼丹巴说，“苦了谁也不要苦了自己的孩子啊！”

“唉！”丹巴深深地叹息了一声后说，“这件事我说了不算，我也正在纠结着呢。”

“你带他去医院做个亲子鉴定不就清楚了吗？”王英忠得寸进尺地说，“其实也用不着去做亲子鉴定，昂邱巴登活脱脱就是个小丹巴啊！”

“王英忠，不要拿我开涮了。明天你和陈斌去航巴大叔家制止住他，不要让他带昂邱巴登去寺院就可以了，接下来的事情由我来处理。”丹巴支走了王英忠。

王英忠离开后，丹巴躺在床上抽着闷烟，久久无法入睡。

夜深人静，百无聊赖。窗外不停地传来淅淅沥沥的下雨声，丹巴躺在床上辗转反侧，胡乱思谋着昂邱巴登的事。

汪汪汪……

林场里的看门狗狂吠个不停。

不久，从外面传来有人敲打林场铁门的撞击声。

“小孩，这么晚了，你来找谁啊？”

当丹巴翻起身来穿好衣服准备出门时，林场的大师傅出去打开了门，提高嗓门问道。

一阵后，一阵踩踏雨水的细碎的脚步声从远处传来，渐渐来到丹巴的宿舍门口停住了。

“丹巴书记，你睡了吗？有个孩子来找你了。”紧接着，林场的大师傅跟着那个孩子来到丹巴的宿舍门口，拍了拍丹巴的宿舍门说。

“叔叔……”丹巴刚打开宿舍的门，昂邱巴登浑身湿漉漉地走进丹巴的宿舍，像头受了惊吓的麋鹿一般一头撞进丹巴的怀里放声大哭了起来。

“昂邱巴登，你怎么了啊？”丹巴紧紧地抱住昂邱巴登瘦小单薄的身体问。

“叔叔，求求你救救我阿妈吧！”昂邱巴登哭着对丹巴说，“我阿妈不行了，姥姥说现在村里只有你有车，你就拉我阿妈去医院吧。”

“你阿妈的病情又加重了吗？”这时候，陈斌和王英忠听到说话声，也起身来到了丹巴的房间。

“小王，快去开车，我们现在就去龚堂县。”丹巴用左手搂着昂邱巴登，用右手给王英忠递车钥匙说。

“陈斌，我和王英忠去医院，麻烦你在村里值两天班吧。”丹巴从床边的椅子上取下毛巾，揩拭干净了昂邱巴登头上的雨水，用他的棉衣紧紧裹住了昂邱巴登，抱起他冲进倾盆大雨中去了。

“王英忠，你进去帮航巴大叔把娘吉老师抬出来，我要把巴登也带到县上去。”

“好的。”王英忠打开车门跑进了航巴大叔家。

一阵后，在航巴大叔的搀扶下，由王英忠背着身上裹着毯子的娘吉，从航巴大叔家的院子里走出来了。这时候，丹巴也跳下车去帮助他们把娘吉抬上了车。之后，阿妈才忠提着大包小包从家里跑出来，把那些包递给航巴大叔。航巴大叔就急匆匆地钻进了轿车。

等大家坐稳后，王英忠开着车穿过洛嘉村水泥路，经过通往穹泽林场的公路，转了一大圈驶进西久公路，才把他们拉到了龚堂县人民医院。

在医院里，丹巴和王英忠帮助航巴大叔他们办好了住院手续，等着娘吉老师脱离了危险后，丹巴悄悄带着昂邱巴登走出了医院。

丹巴私自做主把昂邱巴登带到龚堂县九年一贯制民族学校，找到教务处给昂邱巴登报了名，分好了班和宿舍，还开车出去给他买了被褥和衣服，让昂邱巴登去学校上学了。

接着，他拿着娘吉老师多年来的病历，到县教育局找局长给娘吉老师请了病假，并且在县城里给他们母子租了一套廉租房，解决了娘吉老师的后顾之忧。之后，他到医院里找航巴大叔和娘吉老师来了。

“大叔，我把昂邱巴登送进了学校，让孩子去接受九年义务教育是国家规定的一项教育政策，也是我们义不容辞的责任，有困难我们一起去解决，但不能让他辍学的。刻意不让九年义务教育阶段的孩子去上学，那么就犯了法，我们要承担相应的法律责任的。我也给娘吉请好了病假，从今天起她不用去上班，可以安心养病了。”丹巴直截了当地对航巴大叔说。

而后，他看着始终不肯露出面孔，此刻用被子蒙住头躺在病床上的娘吉说：“我也帮你在德吉家园找了一套廉租房，找人简单地收拾了一下，等你出院后就跟昂邱巴登住在县城里了。”

丹巴不等航巴大叔和娘吉回话，就把廉租房的租赁合同和钥匙放在床头柜上说，“这是合同和钥匙，我已经交了两年的房屋租赁费，你们就安心地去住吧。学校里留了我的电话，等昂邱巴登放月假时，我准时把他接过来交给你。请不要把他送到寺院里去。”

“航巴大叔，我终于找到你们了。”这时候，才郎急匆匆走进了病房，对航巴大叔说，“家里出了这么大的事，你怎么不告诉我一声啊？听说娘吉老师的病情加重了，我向出去打工的村民们招募捐款，他们都给我发来了红包，我立刻把村民们捐的钱带到医院里来了。”

“幸亏发现得及时，现在脱离了危险，麻烦大家了。”航巴大叔对气喘吁吁地走进病房的才郎说。

“娘吉老师对我们石头村有恩，她带病给村里的孩子们教了这么多年的书，大家都记着她的恩情，我们不能见死不救啊！”才郎说着话，从包里拿出一沓钱，递给航巴大叔说，“钱虽然不多，可是大家的一点儿心意。”

丹巴第二次见到这个平时扰乱村里秩序，带头跟他们作对的人做出的慈善之举后，这个人的形象在他的心里彻底翻了一个个儿。他的心里升起了一股暖流。

丹巴第一次见到才郎办好人好事时，是在周本泰的母亲去世时那天的葬礼上。丹巴带着陈斌和王英忠去周本泰家祭奠亡人时，他见到了才郎。那天他是丧主家请来的大东。他热情地招待客人，安排村民们为亡人念超度经，转玛尼轮，把个丧事办理得有情有调。第一次见到他有这等情怀，使得丹巴他们感到惊奇。

丹巴走出了龚堂县人民医院的大门，站在医院门口深深呼了一口长气。

三十七

石头村里又炸锅了。

那夜，石头村的第一书记丹巴召开村民大会宣布了《龚堂县噶杰镇关于开展易地搬迁项目政策》的通知之后，村民们无法平静了。

“什么好政策都由贫困户们享受，难道他们是石头村的祖宗吗？”这是村里的非贫困户才郎的第一反应。

“我们不服！”以才郎为首的非贫困户航坚、仁青、才旺、彭措等村民纷纷反对说，“石头村里除了孔祥龙、华茂叶、叶茜措、更吉和韩国瑜家之外，哪一家的条件不比我们好啊？”

“可不是吗？村子里现在认定的贫困户哪个家里没有上百只绵羊、几十亩耕地、六万以上积蓄啊。”航坚站起身来应和才郎说。

“拿人的手短吃人的嘴软。”才旺也从人群中站起来大声嚷嚷道。

“我们要求村委会重新确认石头村的贫困户家庭。否则，我们要找州县政府上访告你们去。”彭措也愤愤不平地说。

“安静！”

丹巴简直不敢相信自己的耳朵，贫困户认定程序完成一年多了。当初他们也闹过，还由才郎带头带着航坚、仁青、才旺和彭措等村民到县镇政府，乃至到州政府去上访，州县镇政府也层层派来工作人员重又一一审核了石头村的贫困户认定事项。他们还不厌其烦地在村里召开大小会议，进村入户，调查研究，还取消了几户当初纳入最低生活保障的贫困户，并向石头村的村民们详细介绍了贫困户入选的程序和标准的啊！之后，丹巴觉得石头村的村民们都认可了村里已评定的贫困户了呢。可他怎么也没想到，村民们看似像湖水一样平静，私底下却一直在暗流涌动着啊！

“才郎，你去年不是带着航坚他们去上访过吗？”丹巴制止住把会场搅成一锅粥的才郎，当着他的面说，“当初你们搅和，州县镇政府不是层层派人来审查过吗？其他村的贫困户认定审核一遍就通过了，而石头村的贫困户认定却因你的加入经过了三次评定，还减去了在石头村里的七八户已经认定的贫困户，白白浪费掉了那么多名额。难道你还不满意吗？”

“真理像地面上的大山，谎言像沙滩上的花纹。”才郎强辩道，“如果你们当初就实事求是地做好贫困户认定工作，州、县上派来的工作组能查出那么多漏洞来吗?”

“步行者不知骑马人的寒冷，骑马人不知步行人的疲乏。”丹巴看着巧舌如簧的才郎说，“你一心只想着把你们家认定为贫困户，好享受国家的优惠政策。可我要为整个石头村的群众着想，一直凭自己的良知在办事啊！有理走遍天下，无理寸步难行。你还可以去告我，我不怕。为人不做亏心事，半夜不怕鬼敲门。”然后，丹巴看着航坚等人说，“明白人一言就通，好骏马一鞭就跑。你们自己也长长脑子吧，不要人云亦云，整天跟着才郎瞎闹，恐怕要吃亏的。才郎这个‘宗师的身段虽然挺直，头上的帽子却戴歪了；他嘴上说得像杜鹃啼叫，心却像弓一样弯曲’。”

“你……”

“才郎，你还想去上访的话，请便吧！如果再来扰乱我们正常开展工作，我就把你交到噶杰镇扫黑除恶办去。”丹巴压制住还想跟他炫耀口才的才郎的嚣张气焰说，“你们家的条件摆在那里，你再跑再闹，你的如意算盘也不会得逞的。”而后，丹巴又看着航坚和仁青他们说：“你们要小心这个人，他可是一块滚刀肉啊！他挑拨起事端就像狐狸一样溜走了，出了什么事责任都落在你们的身上啊！”

会议室里顿时变得鸦雀无声了起来。

“大家还有什么意见吗?如有意见就当着我的面说出来，我们当面锣对面鼓地整改解决。”

“……”

“既然没有什么意见，那么今晚的会议就到这里吧。”丹巴望着黑压压坐满会场的村民们宣布说，“散会！”

而后，石头村的那二十几户贫困户家里也掀起了轩然大波。

突然听到这个从天而降般的大好消息后，顿时他们蒙住了，拆掉村里的房子，复垦了自家的庄廓，给政府上缴一万元钱就可以在县城里得到一套楼房。天哪！这不是在做梦吧。于是，他们开始打电话联系那些从村子里出去、在州县或者省城工作的干部们确认这件事情的真假。但是，他们也没有从那些村里的干部们口里得到准确的答案，从而，他们跟家里人商量，大家一时统一不了思想，家庭内部矛盾慢慢升华了，父子争吵，夫妻打架，弄得鸡犬不宁了起来。

丹巴他们整天走进贫困户家做调解工作，无意间又加重了一项负担。

“丹巴书记，你能不能来我们家一趟，给我的阿爸做做思想工作啊？”航乾本打来电话央求丹巴说。

“你阿爸不同意搬迁吧，老人们在这里苦了一辈子，打下这么一片天地也不容易，割舍不下故土可以理解的。”丹巴给航乾本说，“你们体谅一下他老人家，就不要享受易地搬迁项目了。”

“不行啊，不搬迁到县城里去我就结不成婚了，女方不愿意嫁到石头村里来啊。”航乾本很着急地说。

“做通你爸的思想工作有点儿难，因为，你和你哥哥曾经做的那些事伤透了他的心，他不信任你们兄弟，这事恐怕难办啊！”

“丹巴书记，我的幸福就靠这次的易地搬迁项目了，万一失去这次机会，靠我的能耐在县城里买不到房子的，在县城没有一套楼房我的婚姻就告吹了，我得打一辈子的光棍啊。”

“这次机会对你来说可是一件天上掉馅饼的好事，可你们一旦享受了易地搬迁项目政策，你们家村里的庄廓要拆除复绿，你阿爸又如此地恋家，故土难离，他死也不会离开这里的啊。”

“人活着都要向前看，他也要考虑我们小辈啊，他一意孤行，让我们一辈子打光棍，他也于心不忍啊。可这话我们当儿子的不好对自己的阿爸提及，所以，就找你来给我们解围，抓住他的软肋来说服他了。”

“你小子绝情啊，你们只考虑自己，就不考虑他老人家啊？他离开这片故土会痛苦死的啊！”

“他慢慢会适应的，再说这里海拔高，搬迁到县城，气候好，氧气足，他会多活几年的。只要跨过这道坎，往后我们好好孝敬他，让他安度晚年。”

“唉……”丹巴惆怅了一声后说，“我过去劝劝大叔，可我也保证不了能不能说通他老人家。看着老人家痛苦万分，我也于心不忍啊。”

“麻烦你了。”航乾本哀求道。

次仁诺布家为拆迁老院的风波刚平息，居住在中村的航本泰家又为拆迁房屋的事而大闹了起来。航本泰和才玛吉两口子生了两个儿子，他们夫妇靠种植地里的庄稼，辛辛苦苦供他的大儿子上了大学。大儿子大学毕业后，不务正业，也不回家留在城市里过日子，最后稀里糊涂地混进了传销组织，差点儿丢掉了小命。老两口又到处借钱，凑够了钱好不容易把他从传销组织里解救了出来。不久，他们的小儿子航乾本去西宁城里打工谈了个对象，逼着老两口要结婚，可找媒人去女方家说媒时，女方家提出了他们以姑娘的名义在龚堂县城里买一套楼房，才答应把女儿嫁给航乾本。老两口拿结婚心急的小儿子没办法，只能忍痛割爱卖掉了圈里的所有牲畜，凑够了三十多万在县城里购买了一套楼房，不但给女方送了彩礼，还以女方的名义办了房产证，风风光光地让他们结了婚。好景不长，婚后不久儿媳妇变卖了楼房，卷钱逃跑了。这事又给他家带来了一次致命的打击，小儿子航乾本还差点为此而上吊自杀了。

给家里带来沉重灾难的两个儿子，事后悔过，收敛了放荡不羁的本性，小心做人，谨慎做事，本本分分地把日子推了下来，也把他们自己的年龄给推上去了。俗话说，一朝被蛇咬，十年怕井绳。从此，两个儿子再也不敢谈恋爱了，弄得他们老两口满心着急，备受煎熬。最近，老两口又看到了希望，三十几岁的小儿子又遇上了一个喜欢的姑娘，那姑娘文静本分，甚得他们老两口喜爱。年前，那姑娘跟着航乾本来过石头村，还在他们家里住了几天。可后来她不服这里的气候，高原反应让她待不下去，就恋恋不舍地离开了石头村。离开时，她又对航乾本提出要求，只要在县城有个房子，哪怕是几间平房都行，她就可以跟航乾本结婚。第一次享受被姑娘疼爱滋味的航乾本也对那个姑娘念念不忘，日日夜夜思念着她。

这次，有了易地扶贫搬迁项目政策，航乾本再也不想错过这个好机会。可航本泰大叔无论如何也不答应拆掉村里庄廓，搬迁到县城里居住。为此，他们父子意见不合，矛盾登峰造极，整天吵闹得家里鸡犬不宁了。

“唉，我现在是‘哑巴吃黄连有苦说不出’啊！俗话说‘败家子难继父业，劣马走不了长路’。我这辈子辛辛苦苦打下的家业被这两个不孝的儿子给挥霍完了，现如今被他俩搞得我们家没落到了这个地步，不然我航本泰是不会当贫困户的，羞死我的老祖宗了啊！”航本泰大叔听了丹巴的劝说后，感叹道。

“大叔，你们家的情况我知道，可那些往事说一百天不完，哭几昼夜没用，你说是吗?”丹巴看着坐在土炕上，手里捻着念珠，眼里噙着泪水、带着哭腔说话的航本泰大叔说，“俗话说‘不经苦乐就分不清苦甜，不翻山岭就到不了平川’。小时候，他们不懂事，可现在他们经历了那么多苦头，吃一堑长一智，他们会知道轻重的。”

“丹巴书记啊，我老汉有句话不知道当讲不当讲啊。”航本泰大叔吞吞吐吐地说。

“大叔，你把心里的想法说出来吧，我们也好当面说清楚，只要符合政策我会想办法实现你们的愿望。”丹巴大概猜出了航巴大叔的心思，“超出政策范围的事，你们也不要强求，我爱莫能助啊。”

“你看，我有两个儿子，把属于小儿子的房子拆除掉，留下大儿子的房子行不行啊？”

“大叔，行是行，但这得你们家里有两个户口簿，两个户口簿必须在石头村，而且，分户的时间要超过五年以上，否则，政策不允许啊。”

“我们家窦格本的户口不在我们家的户口簿上，他的户口簿在县城，属于非农户，这总可以的吧。”航本泰说。

“窦格本不属贫困人口，也不是本村的村民，他没有享受易地搬迁项目的资格，这事办不成的。”丹巴解释道，“否则，这优惠政策是政府给你们的，我有什么舍不得的啊。可违背了政策等于是我们的工作失误，我们会承担法律责任的。违法的事我不能干。”

“那么，我不同意拆除房子，到时候，我怎么给我的两个儿子分家啊？”航本泰大叔拒绝了。

“大叔，这是你的自由，享受易地搬迁项目完全在于村民的自愿，你不同意搬迁我们不强求。”丹巴看出航本泰大叔的态度中有威胁丹巴的成分，就对他说，“再说，你的两个儿子都三十好几了，还没娶上媳妇，看看村里的同龄人，他们的阿爸阿妈都抱上孙子了。眼看着航乾本和窦格本就要打一辈子光棍了。幸好，航乾本有本事，有女孩子愿意跟他了。至于让不让他们结婚，就看你老人家了。过了这个村就没了那个店。航乾本的这次婚姻告吹后，他真的要打一辈子的光棍了。接下来的事，由你自己考虑吧。”

说完话，丹巴没有在他们家久留，就回去了。

“不理家务事，不知生活难。嫁给这样的一个甩手掌柜，我真的后悔死了啊！”阿尼华茂叶老泪纵横地哭着说，“当男人放荡不羁的时候，衰败的命运就要临头了；当公牛发疯斗殴的时候，被骗的日子也就不远了。这句俗话说得一点儿也没错啊。我当初为什么要嫁给这么个没出息的男人呢？他整天不务实事，嗜酒如命，由我一个女人支撑着这个家，可他倒好，非但往家里挣不来一分钱，还往外偷家里的东西，我的这个家就败在他的手里了。”

“阿尼，我们就不说那些埋怨话了。那些话说上一百天不完，哭上一昼夜没用。我们就挑关键的话说吧。”丹巴和噶杰嘉书记来到他们家调解，见阿尼华茂叶哭得如此伤心，说，“你同不同意搬迁到县城里去居住啊？”

“我死也不同意搬迁。”阿尼华茂叶用拿着念珠的手往自己的额头上拍了拍之后说，“佛神仙保佑我们母子啊！让这个酒鬼从我的家里搬出去吧，我再也受不了他的折磨。丹巴书记，你就看在我们母子都是残疾人的分上，让他净身出户，背着他的铺盖到县城里去居住吧。我要和他离婚。”

“阿尼，你越说越离谱了，你们都老了，也到享受晚年生活的时候了，搬迁到县城里去享受几年晚年生活吧。”丹巴劝阿尼华茂叶。

“丹巴书记，他说话等于放屁，只考虑他不考虑我们母子啊！”阿尼华茂叶撩起她的藏袍，露出那条肌肉萎缩、干瘦得如一根干柴般的腿说，“你看看我的腿，我连路都走不成，怎么爬那么高的楼梯啊？再说我的儿子周本泰吧，一犯病就圈不住，到处乱跑，我每天拄着拐杖满村子里找，万一到县城他跑丢了我去哪里找他啊？”

“看来华茂叶大姐考虑得周全，他们家确实不适合搬迁到县城里去居住的。”听了阿尼华茂叶的话，噶杰嘉书记说，“就按华茂叶大姐的意愿，兰本泰你也考虑你们家的实际困难，就放弃搬迁的念头，留在村里吧。去县城你们一家人的日子更难过了。”

兰本泰也没有主见，就只好默认了。

兰本泰是石头村的上门女婿。他跟阿尼华茂叶之间有一轮的年龄差。华茂叶也是从隆钦县嫁到石头村来的媳妇。她年轻时人长得漂亮，性格泼辣，手脚勤快，当初她嫁给了石头村一户富农家。她的丈夫也是个个头高大、身体魁梧、五官端正的帅小伙，他们夫妻彼此恩爱，日子过得很幸福。她嫁过来没多久他的公婆患病相继去世了。他们夫妇一直没有生下一男半女来。月有阴晴圆缺，人有旦夕祸福。她的丈夫有一次赶着骡马到外地做生意的半途中遇到了土匪，在与那些前来跟他抢夺物资的土匪决斗中去世了。从此，她的家境陡变，留下她一个人在那个庄院里孤零零地生活。过了若干年后，经人介绍就和小她一轮的兰本泰认识了。兰本泰是尖扎县的人，中等个子，其貌不扬，还是个红鼻尖的青壮年，都到三十多岁时还没有娶到妻子。人到中年遇到了比他大一轮并守了大半辈子寡，但家境不错的华茂叶后，非但不嫌弃，还急匆匆跟她结婚，组成了现在的这个家庭。他们结婚后，也没有生出一个属于自己的孩子来。最后，他们夫妇作了一番商量从兰本泰的大哥家里抱养了一个孩子。他们给抱养来的这个孩子取名叫周本泰。自从这个孩子来到他们家之后，给他们两口子带来了许多快乐。然而周本泰从房顶上摔下来，落下残疾后，给他们老两口带来了沉重的打击。老两口不甘心，带着周本泰到北方的四大佛教寺院吃斋拜佛，周游藏区四处求医，把家里的积蓄都花光了，可周本泰的病情却一点儿也没有好转。屋漏偏逢连夜雨，船迟又遇打头风。带着周本泰到处求医的途中遭到车祸，华茂叶的腿又受到重伤，并落下了后遗症，使得她后来走路腿脚都不灵便了。从此，兰本泰接受不了这个事实就开始喝酒解愁，久而久之变成了一个名副其实的酒鬼。于是，他们家的家境蜕变成了一户深度的贫困户了。

三十八

过了几天后，丹巴还不见有村民上交易地搬迁项目的申请书，他不禁暗自担忧了起来。

“不能够啊！总会有一两家贫困户上交申请书来的啊！其中一定出现了什么情况，不然这么好的政策总有人会动心的。”丹巴在心里不由自主地思忖道，“不行，我还得到村民们家里调查调查。”

丹巴从林场里出来，走到石头村十字路口时，见村里的几个老汉手里拿着念珠，边念经边聊天，从他们的谈话中丹巴得知了贫困户们迟迟不上交易地搬迁项目申请的原因来。原来，他们都拿不定主意，就打电话向自己家在外地工作的干部们咨询易地搬迁项目政策，在外工作的干部们也对精准扶贫工作的政策不大了解，可又不想在村民们那里失掉自己的威信，于是就断章取义，把自己了解到的那些少得可怜的扶贫政策常识拼凑起来，给村里的贫困户们传达些负能量的消息，于是贫困户们以讹传讹，早就把丹巴在会上讲给他们的那些易地搬迁项目政策变掉味了。

“你们是县上精挑细选出来的贫困户，国家拿出大量的物力和财力为你们扶贫致富，哪里有拆迁贫困户房屋的道理啊？”丹巴去石头村十字路口的小卖部里买东西时，看到村里的许多贫困户围坐在“滚刀肉”才郎的身边，才郎正在满口喷着唾沫星子给大家讲国家“政策”，“国家的政策是好的，就是这些歪嘴和尚把经给念歪了。你们可千万不要上丹巴的当了，不久他的谎言就会不攻自破的，你们会得到楼房的。”

“这样最好了。”围坐在他身边的人们说，“谁不想在县城里有一套楼房啊？三人户只交一万元就能得到一套七十平方米的楼房，真是天上掉馅饼的好事啊！”

“没有比野狗更贪吃的，没有比官吏更凶残的。”才郎继续煽风点火地说，“在狼的面前不要作揖，在贼的面前不要讲理。关键时刻我们要守住自己的阵地，否则你们人财两空，最后落得个一败涂地，家也没有了楼也弄不到手的。”

“不可能吧，丹书记在会上讲得那么清楚，他也不会自己去编造出一套政策来吧。”其中有些人持怀疑的态度问。

“他能知道什么啊？看着人模狗样的，最没有脑子了。”才郎坐在那些贫困户们的中间，神采飞扬地说，“但凡他稍微有点儿脑子，也不会上老村长的当，当年他还不是白白给老村长赔了一辆车吗？你们还相信他说的话吗？”

“那么你是从哪里听到这些消息的呢？”其中有人问。

“我是从才华嘉那里打听到的消息啊。”

“就我们村的才华嘉吗？”

“可不是吗？他现在可是州水利局的局长啊！”才郎贼溜溜地扫视了周边的人一圈，说，“你们是相信丹巴呢？还是相信才华嘉呢？”

“才华嘉可是个响当当的人物，当然要相信他了。”贫困户都异口同声地说。

“可他能知道多少有关国家实施的精准扶贫政策呢？他是搞扶贫工作的吗？”丹巴实在听不下去才郎肆无忌惮地给村里的贫困户们传播那些负能量的消息，就走上前去责问才郎说。

“丹巴书记，你……来啦……”村里的贫困户们见到丹巴后，站起身来向他打招呼道。

“问百人，通百事。反正他的官比你大。想必知道的也比你多。”才郎既不站起身也不敢抬起头来，沉默了一阵后，吞吞吐吐地说。

“官位大的人就能万事通吗？我是拿着党中央下发的文件在宣讲政策，而他是用他自己的想象力在编造事实，你说哪个更靠谱啊？想必他还见都没见到过中央实施易地搬迁项目政策的文件吧？愚昧的人以害别人为安乐，聪明人以利他人为幸福。你总是自作聪明，自不量力地扰乱秩序，祸害群众，你是不是觉得很自豪啊？”丹巴恨恨地责骂了才郎一句后，转过身来看着那些人说，“你们自己的脖子上都长着头，何必将脑袋寄存在别人的脖颈上去呢？”

贫困户们见到丹巴发怒了，就很知趣地离开了此地。

当丹巴再次转过身去时，已经不见才郎的影子了。

丹巴为石头村里开展不下去易地搬迁项目而一筹莫展的时候，村子里去外面打工的贫困户韩国英回村了。他一回到村里，第一个向工作组提交了易地搬迁项目申请书，还主动跟村委会签订了易地扶贫搬迁承诺书。

这事又在石头村的贫困户中掀起了轩然大波。

他们很矛盾，上交申请书吧，舍不得祖祖辈辈苦下来的这份家业，不交申请书吧，那条件也的确太诱人了，只上交一万元钱就能得到一套楼房啊！他们如坐针毡，坐立不安。

丹巴始终没有出面给他们做工作。其实他也很担忧，如果完不成易地扶贫搬迁任务，另一个更艰难的任务在等待着他。因为，村里许多贫困户家里的房屋破旧，达不到居住的标准，等实施的易地搬迁项目任务失败后，他们得动员贫困户们翻修房子，筑牢庭院，那也是一件很头痛的事。可他也没有他法，除每天往贫困户群里发微信，告知贫困户们易地扶贫搬迁项目政策截止日期，把噶杰镇政府转发的其他村申报易地扶贫搬迁项目申请的户数来提醒和刺激石头村的贫困户们之外，整天躺在林场的宿舍里，守株待兔，默默地等待攻破石头村贫困户底线的时刻。

韩国英上交了易地扶贫搬迁项目申请书后的第二天，居住在石头村里的所有汉族家庭都上交了易地扶贫搬迁项目申请书，这样一来那些怀侥幸心理的贫困户们再也坐不住了，到截止申请日期的前一天都上交了申请书。

接下来丹巴他们严格按照贫困户进城安置后宅基地庄廓复垦协议去执行任务了。

丹巴他们一一跟石头村的贫困户们签订宅基地复垦协议和易地扶贫搬迁承诺书，还要求他们上缴了适当的宅基地拆迁押金（提防石头村的村民们事后不认账，担心他们不能顺利搞下去易地扶贫搬迁项目）。

做好这一切工作之后，丹巴他们召集贫困户们开专题会议，要求他们先拆迁房屋，然后领取县城楼房的钥匙，可以拎包入住了。

这时候，石头村的贫困户们都去县城易地扶贫搬迁地——龚堂县德吉家园——抓阄分得了房子，看到如此宽敞亮堂的楼房羡慕得巴不得马上搬迁下去入住了。于是，他们就想各种办法从丹巴手里取得楼房的钥匙，提前装修入住。但是，丹巴深知石头村村民的本性，所以，不吃石头村任何人软硬兼施的计谋，根本没有答应石头村任何一家贫困户的要求。

最后，驻村工作队员陈斌没有把住石头村贫困户们的央求，就来找石头村的第一书记丹巴谈判了。

“你不要这样死脑筋了，要灵活地开展工作，不然贫困户们也搬迁不下去，我们天天挨噶杰镇政府领导的责骂，这样也不是个办法啊！”陈斌盛气凌人地说。

“不知村里的贫困户们给你灌输了多少甜言蜜语，但是我告诉你，石头村的村民就像变色龙一样善变，晚上答应的事早晨就会变卦的。”

“无论如何你非改变一下这个工作方法不可了。”陈斌强词夺理地说。

“过于逞能的人，最后要哭的。”丹巴对陈斌说，“我当年在石头村做过三四年的包村干部，石头村每一个人什么秉性我都了如指掌，对牵涉他们切身利益的事我们一定要照章严办，否则，后期我们不好收场的。”

“大丈夫肚里能装茅箭。我们做干部的不能墨守成规，要讲究策略智谋，否则，这工作开展不下去了。”

“那么，你打算怎么办啊？”丹巴见陈斌非用一块石头砸下一个大坑来不可，就问陈斌说。

“我们手里已经有了他们签订的协议和承诺书，而且收了他们一部分拆迁押金。我们害怕他们什么呢？”陈斌自作聪明地说，“先把楼房的钥匙交给他们，等他们搬迁入住后再要求他们拆迁房屋和庄廓，到时候他们不拆迁，那么我们就雇来挖掘机强行拆除他们的房屋就行了啊。”

“你想得也太过于简单了。众人里处事，谨防谎言。石头村里的人们不是你想象中的那么纯朴和简单啊！”

“那咱们自点自家火，各冒各家烟。我打算要把我们单位联点的贫困户们的钥匙领走，要完成我的任务，我再也不想挨噶杰镇政府领导们的责骂了。”

“不行，我不答应你这样做。”丹巴听到自己的队友陈斌的话后，觉得这样僵持下去也不是个办法，于是他立刻想出了一个折中的办法，就对陈斌和王英忠说，“万一不行我再降低要求，让他们先拆迁家里的房子，等他们简单装修入住到楼房之后再拆迁庄廓。最迟也不能超过五个月。”

“这办法好。还是丹巴书记想得周全，我们不能轻举妄动，否则，要吃的苦在后头呢。”王英忠开口说，“聪明的人事前考虑，愚蠢的人事后追悔。与其事后追悔，还不如之前就得严厉。”

“那就这样吧。”陈斌也同意了丹巴的建议，就接着王英忠的话说，“智者辨是非，愚人斗口角。大家也好好思量思量。”

“你俩也不要激动，慢慢熬出来的茶味道好，慢慢讲出来的话意思明。我们都要以大局为重，我也不是针对任何人才这样做的。”丹巴看着陈斌和王英忠说，“刀子越磨越快，脑子越用越灵。凡事都要动动脑子为好啊！”

“就这样吧，我们进村通知贫困户办事。”陈斌起身边走边说。

“这是最后通牒，再迁就贫困户，谁做事谁负责啊！”丹巴再次对陈斌和王英忠强调说。

陈斌和王英忠都悻悻地离开了丹巴的房间。

第二天晚上，丹巴和陈斌赶到村十字路口的古树底下时，村里贫困户们都黑压压地站满了一地。

“大家晚上好，又召集大家来开会，还是旧题重谈，我们再好好商量一下有关易地扶贫搬迁的事情吧。”

“还研究什么呀，你把楼房的钥匙交给我们不就好了？那房子本来就属于我们。”才科开口说道，“大家说是不是啊？”

“哈哈哈，就是啊，把楼房的钥匙交给我们，还省了你们很多事呢。”听了才科的话后，大家嘀咕道。

“好了，好了，这事如有那么简单就好了。”丹巴看着主席台下游手好闲地抽烟的才科说，“真如那么简单，这天上掉下来的馅饼早就砸死你了。”

“才科可能了，凭他的那一张嘴早就领到县城楼房的钥匙了呢。”人群中有人挖苦才科说。

“谁在说话啊！”才科听有人挖苦他，就狐假虎威地站起身来说，“有本事站起来说话，不要藏着掖着，算什么英雄好汉啊？”

“好了好了，我们谈正事。”丹巴打断主席台下七嘴八舌吵闹的贫困户们说，“乡亲们，大家都干脆点儿，你们如要搬迁就干干脆脆地拆掉村里的庄廓，领了楼房的钥匙痛痛快快地到县城里居住。不愿搬迁也可以，扶贫攻坚工作要做好的两保障中，贫困户的住房得到保障是一件不可忽视的工作。你们即便不愿意搬迁，也得花钱修缮你们现在的住房，就算政府给你们报危房改造项目款，但维修房子自己也得要出一部分钱吧。哪头重哪头轻，你们自己掂量掂量吧。针对大家目前的实际困难，经村委会研究，决定先让已经交了申请书的贫困户们拆除家里房屋，等大家入住到县城德吉家园小区，变卖了家里的牛羊等牲畜后再整体搬迁。眼看就要过年了，天寒地冻地拆除庄廓实现复垦也不可能，但是也不得超过半年，今后的五个月内一定要完成宅基地复垦任务。”

“这可是一件大好事啊！”贫困户们听了丹巴的话，舒了一口气爽快地说。

“干脆不拆我们村里的房子就更好了。”才科得寸进尺地说。

“不过，这俗话说，光看马鞍不知马的优劣，光看脸色不知人的行为。再说天下没有免费的午餐，我们也得要采取个措施吧。”说着话，丹巴让陈斌拿出了由工作队和村委会商榷草拟好的《龚堂县噶杰镇石头村贫困户进城安置后宅基地庄廓复垦协议》和《龚堂县噶杰镇石头村易地扶贫搬迁承诺书》，对村里的贫困户们说，“这是我们起草好的宅基地庄廓复垦协议和易地扶贫搬迁承诺书，请大家签了它，每家每户还上缴五千元的押金，等大家拆除家里的主屋就可以从我这里领取楼房的钥匙了。”

陈斌清了清嗓子，开始宣读起了龚堂县噶杰镇石头村扶贫开发进城安置后宅基地庄廓复垦协议和龚堂县噶杰镇石头村易地扶贫搬迁承诺书。

“根据《青海省易地搬迁脱贫攻坚行动计划》，经甲、乙双方在丙方监督下充分协商，自愿达成扶贫开发易地进城安置后宅基地庄廓复垦协议，以便双方共同遵守。……”

等陈斌宣读完协议书和承诺书后，会场里一下变得鸦雀无声了。

陈斌和王英忠把协议书和承诺书摆放在主席台的桌子上，拿出圆珠笔和印泥，等待贫困户们签字。

“如果大家愿意，就来签订协议书和承诺书，交上押金就可以休息了。今晚的会议内容就这样，等你们拆除房屋的时候通知一下我们，我们来现场验收通过就当场给你们发楼房的钥匙。”

会后，韩国英等人相继签了协议书和承诺书，还打电话从家里送来钱交上了押金。可有很多人还拿不定主意，你看我我看你，观望着别人，久久不肯前来签协议书。

就在这时候，龚堂县纪委给丹巴打来了电话。

“喂，你好？

“县纪委啊？

“是啊，他们又到你们那里上访了吗？

“这事你们不是已经调查过吗？还当着你们的面把问题都整改了啊。

“好的，好的，欢迎你们随时督促检查。

“再见！”

“你们还犹豫什么啊，唆使你们的才郎已经蠢蠢欲动了，他又使派航坚和仁青他们去县纪委上访去了，事不宜迟，而后不知还会发生什么事呢。”挂断电话，丹巴看着那些犹豫不决的贫困户的家长们说，“接下来你们自己考虑去吧。万一易地搬迁的计划失败了，我们就得考虑拆迁新建工程了。事不宜迟，我们没有更多的机会了。”

“等等。”前来参会的村民们起身准备离开的时候，坐在主席台下的索嘉大爷开口了，“大家都坐下来，老汉我有几句掏心窝子的话要跟大家谈，请大家给我老汉赏个脸吧。”

听了索嘉大爷的话，大家复又坐下来了。

“前几天，我去龚堂县看了政府给我们建的新房，房子建得真好。”等大家坐好后，索嘉大爷说，“丹巴书记他们为了我们村搬迁的问题来来回回开了很多次会议了，可总是不见大家下定决心来。是啊，你们的心思我都明白，都割舍不下这片土地。怎么不是呢？乡亲们啊，几百年来，我们祖祖辈辈生在这大山，长在这大山，死后还要葬在这大山中，这大山就是我们的根哪。如果草木离开了根，那它还能活吗？我们的血脉早就跟这大山中的一草一木紧紧地相融了。你让人一下子离开这片生你养你的土地，确实难以割舍啊！话又说回来，搬迁可是个大事，是个攻坚战啊！乡亲们啊，这已经是一个我们不得不面对的事情。最近，我也像你们一样，整天在考虑这个问题，弄得我整宿整宿睡不着觉。每当难以入睡的夜晚，我一个人登上扎隆山往山下张望，我看见山下灯火通明，很美，很明亮。所以，我就一个人想，大家是不是像我一样很渴望看到山下的光亮呢？咱们石头村的山路实在太黑了。如果我们早些年就能生活在那座明亮的城镇，跟我一起生活了一辈子的伙伴们，也就是你们的阿爸阿妈们或许还活着呢。假如他们还活着，我索嘉也不会这样地孤单了。咱们石头村就一定要驱走愚昧、落后、贫穷这些鬼啊！就是这些纠缠在我们头上几百年的鬼，我们才没有见到明亮通透的日子。乡亲们啊，其实丹巴书记他们也在帮我们捉这些鬼呢。所以，我们不但不能逃避，而且还要齐心协力一起干。丹巴书记他们是外来人，他们不但没有嫌弃我们，还希望通过他们的努力想让我们石头村变得更好，让村民们都过上好日子。我相信他有这个能力，也相信他能做到。现在的年轻人都想走出这座大山了，他们更渴望现代化的生活，你们想想，到时候我们会留住他们在大山里生活吗？大家想一想，我们是不是不应该勉强他们做他们不喜欢的事啊。我知道，大家无非担心这么三件事，一是搬迁到县城去居住，家里的那些牲畜或农具搁放到哪里去？二是搬迁到楼房里去居住日后怎么去搞生产生活，三是担心搬迁的费用问题。其实，这也好办啊。我们村不是在北盖台修建了年丰养殖合作社和参康藏药材种植业合作社吗？我们可以把家里的牲畜投资到养殖合作社，往我们的耕地里种植大黄等中藏药材，用我们自己的力量把养殖合作社和藏药材合作社搞得红红火火的，我们就有源源不断的经济来源。而且还在那里搭建几间大仓库，把家里的农用家具都储存到仓库里去保管。请大家不用担心，甩开膀子干，党和政府非常重视我们，一心一意地在帮助我们，能使我们的日子越过越红火。我相信，我的那些已亡故的伙伴在天堂里也是这样希望的。”

“但愿神灵佑护我们吧。”听了索嘉大爷的一番肺腑之言后，大家感受相同。于是，石头村村委会原主任扎西站起身来说：“乡亲们，索嘉大爷说得很在理。走路朝前看，做事往后想。我们也该醒醒了，他老人家都这么有远见，我们还能坐以待毙吗？人不论大小要本事，山不论高低要景致。我们还住在大山里窝囊下去，以后怎么给我们的后人交代呢？大家搬迁了吧。”

“搬！搬！搬！”贫困户们都站起身来，坚决地答应道。

丹巴他们感动得快要热泪盈眶了。

“丹巴书记，等我们在村子里过完最后一个燃灯节，再搬迁，总可以吧。”稍微思谋了一阵后，扎西走过来对丹巴他们说。

“完全可以。”丹巴爽快地答应道。

于是，扎西二话不说，第一个到主席台上签订了协议书，还上交了押金。

见扎西带头签了合同，村里的贫困户们都纷纷上前去签起合同来。

孔占花大婶的丈夫来签协议了，可听说他们家只能得到五十平方米的房子后，就又气冲冲地回去了。

三十九

“航本泰大爷死活不肯离开石头村。”

丹巴刚从龚堂县人民政府会议大厅里出来，王英忠就给他打来了电话。

“他又提出什么理由啊？”丹巴边走边问王英忠。

“他说他离不开这片生他养他的乡土，他也割舍不下对这片土地的乡情，不想满含乡愁终结他的余生。”王英忠说。

“哈，他说得倒满含诗意啊！”丹巴听完王英忠的汇报笑了一声后，说，“那么他当初干吗去了呢？真的对石头村有那么深厚的感情，干脆不要申请易地扶贫搬迁项目，一家人安安稳稳在村里生活不就得了吗？”

“我也对他这样说的，可他说他根本不同意，是他的老伴和儿子逼他签的合同。”

“你们没有做他的老婆和两个孩子的思想工作吗？”

“做了，航本泰大叔说是我们工作做得不到位，他们家有两个儿子，拆除他们家所有的房屋，到时候他没办法给两个儿子分家。”

“知道了，就这样吧，我到了再详谈。”说完话，丹巴挂断了电话。

“唉，这个才郎真是个害群之马啊！”丹巴感叹道。

才郎确实像一根卡在丹巴喉咙里吐不出来又咽不下去的鱼刺，彻底成了丹巴他们驻村工作队的绊脚石。

丹巴开车进了林场，刚一下车，发现周吉大婶手里提着两大瓶牛奶来找他了。

“丹书记，唵嘛呢叭咪吽，你辛苦啊！整天为我们石头村的事情奔忙，太辛苦你们了啊！”

她的体态比较肥胖，腿脚也有些不灵便。头上苫着一块淡蓝色头巾，不穿藏袍却梳两股粗大的辫子，身穿一件蓝色花地衬衫和一条藏蓝色裤子，脚穿一双自己做的千层底布鞋，右手里提着两大瓶牛奶，左手里摇转着小型玛尼轮，迈着稍微颠簸的步态缓缓向他走来。“哎呦嗨，快快，唵嘛呢叭咪吽，阿尼（婶子）给你们拿两瓶牛奶来了，拿进去熬奶茶补一补身体。”

“无事不登三宝殿。她这样做的确有点儿黄鼠狼给鸡拜年的嫌疑，虽然是两瓶牛奶，但这背后隐藏着深刻意义，我绝对不能随意接受。”丹巴一见到阿尼周吉立刻猜到她的来意，就开口对她说，“阿尼，最近您的牛奶卖得还不错吧，我今天不要买这么两大瓶牛奶，我们三个人买一瓶就够喝了。”他顺便从手提包里取出二十元钱递给阿尼周吉，才从她的手里接过了一大瓶牛奶。

“啊哈，阿尼不是来卖牛奶的，而是来给你们送牛奶的啊！唵嘛呢叭咪吽。”阿尼周吉看出了丹巴的矜持后解释说。

“您雨里去风里来，养那几头奶牛也不容易啊！要靠卖牛奶的钱来养您的孙子更不容易，送掉这么两大瓶牛奶您会损失掉多少钱啊？再说我们每天都要喝牛奶，您送得起吗？”丹巴实话实说着拒绝了她的赠送。

“我真的不是来卖牛奶的，唵嘛呢叭咪吽，阿尼见你整天辛苦……”周吉不接丹巴递过来的钱，依旧用她的说辞想说出她的意思。

"您如不拿钱那么您就把牛奶带回去，我们可以到仁青大叔家买牛奶喝的。"丹巴打断她的话说，"您把钱取走我们还可以继续买您的牛奶。"

"哎呀，唵嘛呢叭咪吽，这……"

周吉依旧犹豫不决，丹巴硬把那二十元钱塞到她的手里说："您有事就在这里说吧，我还得出去办事呢。小王……"

王英忠听到丹巴的喊叫声就立刻从林场借给他们的办公室里走了出来。丹巴把手里的牛奶递给王英忠说，"阿尼周吉到这里卖牛奶了，你把这瓶牛奶拿进去熬茶吧，我还没吃中午饭呢。"

"阿尼周吉，来来来，来这里坐。"丹巴不进房间，走过去坐在林场院子里那张棋桌的右边，指着棋桌左边的凳子对阿尼周吉说。

阿尼周吉也走过来坐下后，丹巴直截了当地说，"阿尼，您有话可以说，政策允许的情况下我们绝对不会让您吃到半点儿亏的，政策不允许的事情您也不要难为我们。"

"丹巴书记，唵嘛呢叭咪吽。阿尼今天来找你确实有件事要麻烦你一下了。"阿尼周吉坐在棋桌左侧，把那瓶牛奶放在棋桌上，很难为情地笑了笑之后说，"我们家的房子可是个老房子啊，不论是用的木料，还是雕刻的花纹，从各个方面都没问题，你们能不能考虑一下把我们家的房子当作文化遗产保留下来呢？"

"阿尼，易地扶贫搬迁政策里的确有一条具有保护价值的老宅基地保留下来的款项。但那也不是我们说了算的，首先你们得请来县文化局的专业人士对你们家房子做鉴定，由文化局做出鉴定符合保护的条件就可以保留下来，但是，即便把你们家的房子给保留下来它也不属于你们家，把你们家的房子带庄廓都要上交给村委会保管的。"丹巴详细给阿尼周吉做了解释后，阿尼周吉也没有话可说了。

“丹巴书记，我们家的情况你也知道的，我老头子去世得早，儿媳妇也丢下孙子走了，我儿子去打工受了工伤，现在也无法正常劳动。我浑身都是病，不适合在高海拔地区生活，你考虑一下我们家的实际困难，给我们家分一套楼房吧。”阿尼周吉边诉苦边抹着眼泪央求丹巴说。

“阿尼周吉，你们家的情况我都了解，正因为你们家有困难才把你们家认定为石头村的贫困户了。”丹巴看着伤心哭泣的阿尼周吉说，“你们家有申请易地扶贫搬迁项目的资格，可易地扶贫搬迁项目有明文规定的政策，享受易地扶贫搬迁项目，就得拆除村里的房子，把宅基地复垦后做成基本农田。即便你们请来县文化局的人来对你们家房子做鉴定，符合保护古房屋的条件，那也得上交给村委会保管，不会属于你们自己家的。我们也没有网开一面白白给你家一套楼房的权力啊。否则，这一切都是国家给你们的，也不是我丹巴的私人物件，我干吗不让你们享受这个政策呢。”

而后，阿尼周吉还哭着给丹巴诉说了许多他们家的苦难，可丹巴也爱莫能助，就只好劝阿尼周吉离开了林场。望着她蹒跚回去的背影，丹巴回想起了有关阿尼周吉的点滴往事。

周吉母女一直在村子里专横跋扈，为非作歹，最终村民们都与她娘儿俩隔离开来，村里基本没有人理睬她们母女。去参加村里的集体劳动，村里的妇女们都组小组劳动时，没有人愿意跟她们母女组组，于是她们母女就成了孤立无援的人物。

阿尼周吉离开后，王英忠也熬好了牛奶，召唤丹巴进屋吃中午饭。饥肠辘辘的丹巴还没来得及吃中午饭，村民孔成奎的妻子孔占花来找他了。

孔占花可是个体态肥胖、脸膛黝黑、嘴唇厚实的汉族中老年妇女。

她剪了个寸头，穿一件黑色面包服和藏蓝色的直筒裤，脚穿一双自己手工制作的条纹布千层底布鞋。她走进丹巴的房间里站在办公桌前，直截了当地说："丹书记，我们家的情况有些特殊，你看看我们家的户口簿吧。我们家的户口上可有四个人啊，可你们确认贫困人口时只把我和我们家的老头子纳入了贫困户，可是没有把我们家的老二算进去啊。"

"占花婶子，你家的情况我们都知道，我们也召开村委会班子会议，专门研究过你们家的事情。你们家的老二离开家已有十二三年了，达到了半年以上不在本村生活，不符合享受精准扶贫政策的条件，还有你的老三儿子孔玉祥招女婿，已经不是石头村的村民了，我们是照章办事，请你不要为难我们了。"

"我不管，反正我的两个儿子的户口就在我家的户口簿上，他们就是石头村的村民，你们就得给我们家在县城分得一套大房子。否则，我就赖在这里不走了。"孔占花要起无赖来。

"占花婶子，该说的话我都给你说了，该讲的政策我也给你讲清楚了，政府有规定，我们只能公事公办了。如果你不愿意拆除庄廓和房子也可以的，易地扶贫搬迁项目政策中明文规定，不愿意搬迁的农户可以留在村子里生活的，也没人勉强或逼迫你搬迁到县城里去居住。"

"国家既然给了我享受易地扶贫搬迁的政策，我为什么不享受这个优惠政策呢？我的要求不多，我只要分得一套大房子就可以了。"孔占花不讲道理地说。

"按你们家现在的条件没办法分得一套三人房，因为你们家只有你和大叔是贫困人口，只能分得一套二人房。我也没有给你家分一套大房子的权力，愿意搬迁你们就得拆除村子里的房子，拆除庄廓复垦成耕地。不愿意搬迁就留在村子里生活了，请你也不要妨碍我们办公，回家去跟孔成奎大叔商量商量吧。"丹巴和和气气地劝孔占花说。

“不，我就不回去，你们就是欺软怕硬，见我们家没人你们欺负我们两个老人。”孔占花开始哭鼻子责骂起丹巴他们来，“村看村，户看户，众人看的是党支部。我们老百姓就指望你们党支部生活。可你们倒好，喜富厌穷，给条件好的人家开小灶，区别对待我们贫穷家庭。”孔占花一把鼻涕一把泪地哭着说。

“请你不要在这里撒野耍泼了，我们还得办公呢。”陈斌实在看不惯孔占花撒泼就对她说，“如果你对我们的工作有意见可以到上面告状去，不要在这里撒野耍泼。”

“好了，好了。”丹巴见孔占花不罢休就站起身来，对陈斌和王英忠说，“打电话叫噶杰嘉书记来处理此事，我还有事要去办理。”说完话，丹巴夹起手提包走出了房间。

傍晚时分，丹巴听说孔占花的大儿子孔玉栋追到噶杰嘉书记家里大闹了一场。噶杰嘉书记把孔玉栋辱骂他的全过程都用手机录音了下来，还气愤地说：“现在不能打架，我就得想其他办法给他点儿颜色看，还压制不了他！”

“把他交到派出所，拘押管制他一个星期，让他的名誉扫地，让他进黑名单，让他家的几代人抬不起头来。”丹巴看着气愤难平的噶杰嘉书记说。

“对对对，杀一儆百，我看看以后村里的哪个人还敢耍狠！”噶杰嘉书记气狠狠地说。

“好狠的招数啊！他孔玉栋名声扫地的同时，你噶杰嘉也声名鹊起，传遍整个龚堂县的。”丹巴婉转地挖苦噶杰嘉书记说，“换位思考一下，也能理解孔占花大婶的心情，就是政策不允许啊，否则我干吗要做吃力不讨好的事呢？大房子也不是我丹巴的，老百姓能享受的优惠政策我干吗要去截留呢？宰相肚里能撑船。当村党支部书记肚量得要放大啊！”

听了丹巴的话，噶杰嘉书记不再说什么话，气愤得抖动着身体在抽闷烟。

“事情我知道了，你也消消气，回家去休息吧。”丹巴打发噶杰嘉书记回家了。

四十

“丹巴书记，我在这个杂种的手里活不下去了啊！”多杰嘉一见到丹巴就开始哭诉道，“这个杂种没有良心啊！他在五六岁的时候，由他的阿妈把他带到我的家里来的。我屎一把尿一把地把他拉扯成人，我现在才知道我原来养了一个白眼狼啊！他开始动手打我了。”

“多杰嘉大叔，你们父子之间的事并非一日之寒结成的仇怨。”丹巴太了解他们家的事了，于是，并没有听信多杰嘉大叔的一面之词，“冤家宜解不宜结。我看你俩谁都有错。”

“这个家是我的，他没有决断的权力，他只能听从我的意见才对啊。”多杰嘉大叔听了丹巴的话很是不服气地说，“我把他阿妈娶进家里什么也没得到，白白养了他们母子一辈子，我冤啊！”

“大叔，你不能这么说话啊。”丹巴循循善诱地开导多杰嘉大叔说，“夫妻之间本来就是各有所需，取长补短，互需互利的。是啊，周本泰的阿妈虽然没有给你生子女，可她陪伴了你大半辈子啊！”

“……”

见多杰嘉大叔无话可说了，丹巴立刻给他洗脑说：“你小时候怎么养育周本泰的想必在你的心里有一本账吧。”丹巴看了偏瘫后行动不便、瘦弱矮小了许多的多杰嘉大叔一眼。见他不说什么话，却很不服气地咬着嘴巴。于是，丹巴就又开口说："比起你当初对他的养育，他对你已经不错了。依我看来你放下自己的架子，与其倚老卖老，还不如好好与周本泰相处，你的养老是不会有问题的啊。"

"我现在不奢求他给我养老了，他不动手打我，让我的这把老骨头受疼痛我就已经烧高香了。"多杰嘉大叔说着话，脱掉上衣给丹巴看。

丹巴果真在他的身上见到了青一块紫一块的淤青。于是，丹巴好言相劝了好一阵后，让多杰嘉大叔消了气，还把他送到他的家里去了。

晚上，丹巴打电话把周本泰叫到了林场。在与周本泰谈话时，听到周本泰也有自己的一套说辞。

"那个老不死的一心只想着他自己，非要搬迁到县城去居住不可了。"周本泰有些激动地说。

"周本泰请注意你的措辞。"丹巴听了周本泰的开场白后，觉得有些不舒服，就提醒他说，"大叔再不好他也把你拉扯成人了。"

"我不愿意搬迁！"周本泰稍微放松了一下自己激动的情绪后，继续说道，"我们家现在是两个人，搬迁下去只能得到一套五十平方米的住房，我还得娶妻结婚，在那么小的房子里怎么生活啊？"

"你考虑得周全，可你目前还没有对象，依你家的情况来看，搬迁到县城居住比在石头村里更有前途。"丹巴劝说周本泰说，"一来这里海拔高，不宜老人居住；二来你一个人顾不上务农，常年得出去打工，两头跑也不是个办法。再说只上交五千元就能购买到一套楼房，这可是个天上掉馅饼的好事啊！这种事对你们来说可是个千载难逢的机会啊。"

"尊老助老是中华民族的优良传统。"周本泰临走时，丹巴劝解他说，"佛说，人之所以痛苦，在于追求错误的东西。放下你心里的仇恨吧！不宽恕众生，不原谅众生，是苦了你自己。何况他是你的继父啊！

他对也好错也罢，你们毕竟是有缘相聚的。认识自己，降服自己，改变自己，才能改变别人。”

丹巴给周本泰作了一番开导，可周本泰还是持着将信将疑的态度回到家里去了。好在，此后很长时间里丹巴再也没有听到他们父子闹矛盾的事情，但也久久不见他们父子上交易地搬迁的申请。

等石头村的贫困户易地搬迁项目快要接近尾声的时候，某一天，周本泰急匆匆来找丹巴了。

“丹巴书记，易地搬迁的项目还可以申请吗？”

丹巴见周本泰风风火火地来找他，猜想到他们父子最终意见一致了，于是就戏弄他说：“多心之人万事莫成。现在已经来不及了。”

“丹书记，求求你帮我一个忙吧。”周本泰忸怩了很久后，说，“我有了一门亲事，女方要求在县城有楼房就可以答应我的婚事了。”

“你来迟了，房子已经没有了。”丹巴故意挖苦他。

“丹书记，我的这门亲事能不能成就看你的一句话了。”周本泰带着恳求的语气说。

“是吗？”丹巴直视着周本泰的脸说，“你当初毁掉了我的婚姻，报应轮回，现在轮到我来毁你的婚姻了。”

“……”

周本泰红着脸沉默地站了很久后，叹息了一声，就转身离开了丹巴的房间，径直向门外走去。

“喂喂，周本泰，站住！”丹巴命令周本泰说。

周本泰收住脚步站立了片刻后，又径直向前走去。

“你不想结婚吗？”听到丹巴这么说，周本泰又收住了脚步站立不走了。

“你这小子，脾气还不小啊！”丹巴说，“过来我有话要问你。”

周本泰背对着丹巴在原地站立了片刻后，就又慢腾腾地转过身来，红着眼圈向丹巴走了过来。

“女方是哪里的人啊？”

“是隆钦县的。”

“是谁介绍给你的啊？”

“今年出去打工，认识了一个隆钦县的人，是他介绍给我的。”

“你见过那个女子了吗？”

“见过几面。”

“说说她。”

“她是个离了婚的女子，还带着一个女儿。”

“这么快，你就敢娶她吗？”

“在农村里人不都是这样结婚的吗？”

“隆钦县农村里骗婚的事层出不穷，你万一遇到的是一个来骗婚的骗子该怎么办呢？”

“……”

“但是，按照政策规定，你们家的条件只能享受到一套五十平方米的房子。”

“如果我把她们母女的户口迁移回来也不行吗？”

“政策规定户口在本村五年以上的村民才可以享受易地搬迁项目政策。”

“……”

“你本来就担心连你们父子都住不下这么小的一套房子，你结了婚全家四口人怎么在那么小的房子里居住呢？”

“丹书记，请你原谅我的过失吧。”周本泰含着满脸的愧疚感说，“那时候我小，不懂事，才做出了那个荒唐事。”

“哈哈哈……”丹巴笑了一声，说，“你太天真了。我的事根本不怪你。那里面掺杂着许多复杂的事情。再说，我也不是小肚鸡肠来挖苦你的。政策不允许，不然大房子也不是我的，是政府给你们的，我有什么放不过的呢。”

“这是那女子提出的要求吗？”丹巴见周本泰不说话，就又追问他道。

“是的。”

“既然这样，你们先申请小套房子，等你结完婚后我再到镇上或县上反映情况，尽量看能不能给你们家解决一套大房子吧。”丹巴给周本泰提供了他要上交的材料和费用，边对他说，“你也已经老大不小了，能娶上一个媳妇实属不容易。出了这村就不会有那个店的。抓紧时间去办理吧。”

随着石头村村民们的忧虑、吵闹和打骂声，易地搬迁项目规定搬迁的日期不知不觉间已经到了。已到搬迁的日期，韩国英带头拆掉了自己的堂屋，还把丹巴他们叫过去，让他们验收通过后，就从丹巴手里领走了楼房的钥匙。领到楼房钥匙的那天，他带着自己的老婆和儿女们，先到扎隆山顶的敖包上煨桑，祭祀了石头村的地方神，之后，就带着黄表纸、鸡鸭鱼肉、馒头和油香等祭祀品，来到自家的祖坟上给亡人们烧纸来了。他蹲在坟头上凝望了村庄四周的山山岭岭后，突然心生悲伤，痛哭了起来。他一哭，招惹得他的老婆和孩子们都放声大哭了起来。

“孩子们，上车，走了！”

一家人坐在坟头上哭泣了一阵后，韩国英一蹦跳起身来，向他的老婆和孩子们提醒了一声，就跳上车，狠了狠心，开车向村外疾驰而去。

韩国英一走，村里的其他贫困户也坐不住了。于是，其他贫困户也陆续拆起房子了。石头村的易地搬迁工作就正式开始了……

几天后，到了农历十月二十五。那天是藏语称“噶登阿曲节”的燃灯节，是黄教（格鲁派）的创始人宗喀巴大师的成道吉日（圆寂日），人们燃放酥油灯，祭奠宗喀巴圣者。这一天，石头村的藏族村民都封斋了。他们不但不做杀生等罪恶之事，还努力做起善事来。

早晨，村民们脱下平日里穿的艳丽的服装和金银首饰，换上了一套素淡的服饰，妇女们还在辫子上扎了一节白头绳。然后到庭院的煨桑塔里煨桑，往堂屋里供奉有宗喀巴圣像的佛龛里添置了供灯和供物，来纪念宗喀巴圣者。

当早晨的第一缕阳光照射在扎隆山顶时，村民们都带着香柏枝、酥油、糌粑，到玛尼康里煨桑、转经礼佛。然后，男女老少都在玛尼康里转玛尼轮，闭斋念经。一整天不大声喧哗，也不吃饭不喝水。

直到傍晚时分，村里的老人们依旧闭斋念经，年轻人们解斋去准备晚餐了。

石头村里的村民们格外珍惜这一年的燃灯节，因为是他们最后一次在生他们养他们的村子里过燃灯节，今年往后，他们再也不能在生活了几代人的村子里过燃灯节了。

那夜，村里的亲朋好友们商量，每家每户带着肉、米面和清油，到提前固定好的人家里做起晚餐。年轻的媳妇姑娘们开始煮肉、炒菜、捏包子，供摆糖果。年长一点的婶子阿姨们准备起酥油灯。

等夜幕笼罩了大地后，玛尼康里法号、法螺、金唢呐声响起，村民们在道路两侧、佛塔周围、殿堂屋顶、窗台、室内佛堂、佛龛、供桌等以及凡能点灯的台阶上，点上一盏盏酥油供灯，并在佛堂内供一碗净水，灯水相映，把佛塔、殿宇、佛堂、屋子照得灯火通明。特别是玛尼康屋顶围墙上那一圈圈闪闪烁烁、连成一片的酥油灯光，远远眺望，犹如繁星落地，把夜空照得通亮。此时，村民们齐声唱起经文，悼念宗喀巴大师，场面肃穆、庄重。

转经的人潮如滚滚波涛，涌流向前。老人们手里的经筒飞转，诵经声嗡嗡不绝。玛尼康的煨桑炉，白烟蒸腾，直升夜空。村民们将大把的柏枝投入炉中，并对着天空念道“拉——索罗！”（神，必胜！）。每当这高呼升起，气氛会变得格外热烈，人群中不分男女老幼，都会仰面向天，喊出这震撼人心的声音：“拉——索罗！”

午夜时分，村民们结束了祭祀活动，解斋回家，开始了欢庆。

等老人们回家后，年轻人们给他们倒茶端饭，伺候他们吃饱喝足之后，就开始唱歌跳舞，一起狂欢起来。因为，石头村里的贫困户们基本上沾亲带故，所以，那夜除了个别户之外，大多数都集聚在扎西家里。

他们起初喝酒唱歌，玩得很开心，等酒过三巡，话题不由自主地转移到离愁别绪上去了。

“扎隆山，石头村，阿妈龚琼，我扎西无能，我没有本事致富石头村，明天我就要离开你的怀抱去流浪了，请你们保佑我这个不肖的子孙吧！”扎西端着一碗酒，跌跌撞撞地走到院子中央，跪倒在地哭泣道。

“我怎么也没有想到，有一天会离开石头村，临走了，我才知道家乡扎在我的心底里有多深，我心里有千万个不舍……”

扎西的举动感染了大家的情绪，大家都拥抱在一起哭泣着，个个都哭得稀里哗啦的。直到天亮时分，宴会才结束，大家各回各的家里去了。

“石头村太偏僻了”，往日里，乡亲们都这么说。可真要搬离这里，大家又真的割舍不下它。石头村里到处弥漫着不舍的情绪……

几十年的老院，房前屋后的老树；院子中央的桑炉和猎猎作响的经幡旗杆；大门口那只大黄狗和炕头的老猫；村头的大喇叭和石头堆，还有山那边吹来的清爽的风……

石头村贫困户们在居住了几代人的老庄廓门前合影留念，然后在村民们的帮助下收拾东西开始拆房准备搬迁了。

老家是一壶陈年老酒，越品越香。老屋是一种倚门而立的思念，越来越想。老树是一段铭刻年轮的动人故事，越刻越深。这种感情，如同萦绕在我们心灵深处的无数条思绪的飘带，把丹巴也牵引到石头村的贫困户们因拆除老屋引起的悲伤情绪中去了。

航本泰大叔家的老院开始拆除了。他站在院子东侧的麦场上，看着自己用一砖一石建起来、居住了五十几年的老院子马上要拆除了，眼角流出了泪水。

杨玉芬（韩国胜的妻子）站在自家大门前哭号道："老头子啊，你丢下我走了，今天我们苦了一辈子盖起来的房子也要拆除了，你让我今后怎么过啊！"

易地搬迁贫困户们离开村庄的时刻到了。

得偿夙愿的贫困户们拎着大包小包来到村口等前来接他们的班车，他们走出村道和前来欢送他们的乡亲们一一握手道别。

"走好啊，以后时常来村里，来家里坐坐。"

"走了，如果有空就来龚堂啊！"

"保重！"

男人们带着哭腔，惜别邻家好友。

许多女人集聚在村口，跟她们的婶子或姨们互相拥着，村里一起生活了大半辈子的姐妹们三三两两聚在一起紧拉着彼此的手号啕大哭。

"树挪死人挪活，以后还会见面的，不哭了，好好地走。"

"乡亲们保重啊！我在这个村子里生活了六十多年，老了老了，要离开生我养我的土地了，我舍不得这里的一草一木啊！"航本泰大叔老泪纵横地跟乡亲们告别。

"大叔，你也别太伤心难过了，县城海拔低，气候好，你会多活几年的，到夏天来村里看看啊！”

空气里弥漫着离愁别绪。

这时候，政府派来的大巴车到了，异地搬迁户们带着沉重的心情上车了。车子在同村乡亲们的挥手道别中缓缓驶出了石头村。

基于政策而背井离乡、奔向新天地的人们望着车外熟悉的山梁和沟道，放声哭泣，车厢里凝聚着悲伤。

在这条大路的前方等待着他们的究竟是怎样的未来呢?

四十一

春节之后，丹巴放心不下搬迁到龚堂县的贫困户们，就专程探望他们去了。

到目前，他们集体搬迁下去已经过去三四个月了，丹巴很想知道那些贫困户在县城的生活状况。

夜里下了一场雪，大雪封山，丹巴安装了雪地轮胎开车去了县城。当他到龚堂县德吉家园时，看到龚守廷、华泽嘉、韩国英等在清扫德吉家园小区里的积雪。

他们一见到丹巴就像见到了久别重逢的亲人一般拥上来，抢着与丹巴握手问候。

“你们这是在干吗呢?”丹巴看着每人手里拿着一把用芨芨草扎的笤帚，好奇地问。

“一时找不到活干，社区给我们安排了清扫工，我们在扫雪呢?”华泽嘉说。

“也不错啊，出门就有事干，享受公务员一样的待遇啊！”丹巴开玩笑道。

“唉，没办法的办法啊！猛虎下山吃腐肉，野牛下山吃杂草。这样下去什么时候是个头啊？”他们惆怅道，“丹巴书记，你再给我们找个活干吧，想起去年去塔拉滩打工的事，到现在心里还喜滋滋的。”

“刚过完年，不好找工作。心急吃不了热豆腐。慢慢来，没有人一口吃成胖子的。”丹巴安慰他们说，“低保金、烤火费等都还照常发吧。”

“都还没停，照常发放。”

“那就好，等开春就会找到工作的，大家别着急啊！”

“丹巴书记，回家喝茶去。”韩国银他们邀请丹巴去家里喝茶。

“你们忙吧。我现在去看看村里的老人们。”丹巴推辞掉他们的热情邀请，到韩国瑜家里探望他们老两口去了。

见到丹巴，韩国瑜怀着激动的心情，一把抓住丹巴的手。

“国瑜叔，你和婶子过年好啊？”

“丹巴书记，你怎么这么久不来看我们啊？”

“我也回家过年去了，你们想没想家啊？”

“做梦都在想家啊！”一听到丹巴提起老家，韩国瑜哽咽道。

韩国瑜的妻子张金莲没说话，站在厨房门口抽泣了起来。

随着时光的流逝，他们对故乡的思念日益强烈了。

“丹巴书记，到沙发上坐。”韩国瑜大叔走进厨房，端来了馍馍和茶说。

“昨夜梦见了石头村。”过了一阵，张金莲的情绪稍微平静下来后，说，“梦到在老家里的宅基地上建起了漂亮的木头房子，旁边还有水塘。我就给我老头子说，咱们家怎么会有那么漂亮的房子，还有水塘。我就说不离开村子蛮好的，可他非要搬迁到县城里来。现在想回老家也回不去了，连住的地方都没了。”张金莲又抹起眼泪来，“村子里的房子都被拆光了，我们再也回不去了。”

跟韩国瑜夫妇聊了一阵，他们说出的话使得他的心里五味杂陈，胸口堵得慌。

华泽嘉还在想办法找到一份稳定的工作，丹巴就陪同他在县城里转悠着找工作去了。年关里，许多店面都关了门，只有几家餐饮开门营业，于是，丹巴陪同华泽嘉进了几家餐饮店打听需不需要人。结果都没成。他们都需要一些有劳动技能的员工，比如会串羊肉串、烧烤，或会炒菜做饭的面匠等。午后，华泽嘉他们只好失望而归了。

被抛入县城严酷的竞争社会中的华泽嘉，既无学历和经验，也没有一技之长，想找一份稳定的工作谈何容易。

搬迁到县城来居住后，给他们带来了前所未有的压力，天然气、物业、水电费样样昂贵，连吃一把大白菜都得花钱去购买，生活的紧迫感促使他们在家里待不住了。于是，都出门打工挣钱去了。可他们也像华泽嘉一样，既没有学历，也没有一技之长，找不到一份稳定的工作，就开始从事工地、清扫等计日短工。

清晨，天还没有大亮，彭吉、卓玛、杨增卓玛等媳妇们跟村里的龚守成、韩国银、仁增多杰等男子们搭伙，来街头上蹲大脚揽工。寒风凛冽，吹打在脸上，刺骨地疼。媳妇们穿着厚实的冬衣，用头巾裹住了脸和脖子，手里提着一次性食品袋，来到龚堂县大十字，双手筒在衣袖里，等待雇主来雇用他们。

丹巴陪着他们来到大十字，冒着寒风跟他们一直等到日上三竿，依旧不见有人来雇用他们。

“要是今天还没有工作，那可怎么办啊？”彭吉着急地说。

“只能听其自然了，这日子难过死了啊！”卓玛惆怅道。

“真是越搬越穷了！”杨增卓玛埋怨道。

等了几个钟头，仍然没有找到工作，他们就失望地开始打退堂鼓了。

“今天不会来了，回去了，等也白等。”

“走啊，还等什么呢？”彭吉走了一阵后，回过头来对依旧依依不舍地站在十字路口的杨增卓玛他们说。

丹巴也怀着满腹的失望跟着他们回到了德吉家园小区。

小区的公告栏前也聚了很多人。

原来，公示栏里公布了贫困户就业人员名单。对易地搬迁下来的贫困户来说，就业挣钱是重要的生活支柱。名落孙山的贫困户们拥入办公室，跟居委会的工作人员争辩起来。一时间，办公室里人头攒动，人声鼎沸起来。

“我们又没干过什么坏事，为什么没有我们的份呢？”

“又不是我把你落掉的，你朝我吼什么吼啊？”

“那为什么名单上没有我的名字呢？有这么多人就业，为什么我不能就业呢？”

“主任，这太过分了，这样没法教人接受！”

“谁能就业，谁不能就业，这里面的区分标准我也搞不清楚。上面发下来的就业名单就只有这些家庭。今后我会认真负责公布名单。”居委会主任拼命平息众人怒气，说：“以后一切秉持公开公平透明，好情况坏情况都告知大家。结果还是上头说了算。这名单大家同意了吧？”

丹巴理解他们就业心切。他们搬过来不久就已经入冬，天气寒冷，又找不到工作，加上这里燃气费特别贵，获得就业能补助家里的生活，所以大家都很焦急。

丹巴不知道如何帮助村民们渡过难关，思来想去，还是要去找政府为好。所以他带着华泽嘉和龚守成等人到政府，跟政府干部商量起村民们就业的事。

“你好，李科长，我是石头村的第一书记丹巴，来跟你商量一下有关贫困户劳动力就业的问题。”丹巴来到就业局，向就业局综合科科长自我介绍道。

“请坐，请坐，最近有许多搬迁下来的贫困户都来找我们，他们的困难我们知道。”李科长让丹巴坐下来后说，“工作倒是有，但离市区远，他们那边也有住的地方。一旦去那边打工得要签合同，如果干到半途不同意，人家连一分钱都不会付的。”

“我们愿意去。”华泽嘉他们马上同意了。

“他们也不容易啊！”丹巴心疼他们说。

“就是啊，他们长期在那边靠天吃饭，面对黄土背朝天，已经适应了那种早出晚归的生活。现在一下子来到城市里生活，首先要面临到生活成本提高的问题，所以他们自发性地找机会，找致富路子。当然政府也要起到帮助引领的作用，通过举办劳动技能培训，联系周边商家企业，举办大型招聘会等等方式给他们解决就业问题。就看搬迁下来的群众一时能不能适应新的生活节奏和方式了。”

几天后，仍然靠打零工为生的华泽嘉、龚守成和仁增多杰等，因觉得比清扫工资高，就开始去建筑工地工作。于是，丹巴开车送他们到龚堂县边区的工地去了。到达工地现场，才发现他们要干的活依旧是搬砖、背水泥等苦力活。

离开工地时，背了几趟水泥的华泽嘉他们来送行，见到他们浑身是水泥，丹巴心里一阵拧痛，差一点儿流出眼泪来。

“搬迁下来，你们后悔吗？”丹巴带着哭腔问他们。

“说句老实话，苦是苦点儿，但想到儿女们的前途，不感到怎么后悔。”华泽嘉他们也眼泪汪汪地说。

再次来到小区，丹巴听说了周本泰父子闹矛盾的事，于是，丹巴他们到周本泰家里去了。

过完春节，丹巴、陈斌和王英忠去入住到德吉家园小区的贫困户们的家里转了一圈。发现村里的贫困户们搬迁到县城，在楼房里过了一个年之后，连他们的精神面貌都比在石头村里时好多了。只有多杰嘉大叔的脸色比以前更难看了。脸上的五官生得本来就砢碜，再加上最近他的心情不好，整个脸皱褶成了包子。

“老头子，又怎么了啊？整天拉着个脸，难道在楼房里没过好年吗？”驻村工作队员陈斌嘴碎，见多杰嘉大叔阴沉着脸，就口无遮拦地说。

“过个啥年哩，差一点儿没让我气死哟。”多杰嘉大叔又开始发起牢骚来，“早知道养了这么一条白眼狼，还不如当初就不娶他阿妈进我家啊！”

“现在说这样的话，当初你还巴不得用八抬大轿抬她来呢。”陈斌强辩道，“喝完了茶你就嫌弃茶碗脏，吃完了炒面还嫌弃面袋空了啊！”

“我把他们母子娶进家，好吃好喝地供养了一辈子，到头来他阿妈给我连一个儿女都没生下，我还屎一把尿一把地把这个畜生拉扯成人，没想到他是一条野狗啊！”

“那是你自己的种子不行，还说人家的地是盐碱地哩。往自己的身上找找毛病吧。”陈斌跟多杰嘉大叔对骂上了。

“陈斌，你去检查一下贫困户口袋里的资料吧。”丹巴支开了口无遮拦的陈斌。

“我最见不得这种尖酸刻薄的老头。”陈斌临走时还嘀咕了一句。

“大叔，又怎么了啊？年前不是说好一家人要和和睦睦过日子的吗？”丹巴好言相劝道，“今年对你们家来说可是个双喜临门啊。房子虽然小了点儿，你们家也算住上楼房了，周本泰也娶到了媳妇，又给你带来了一个孙女，家里的人气突然旺了许多。难道你不觉得很温馨吗？”

“不气死我就算不错了啊！”多杰嘉大叔非常气愤地说，“一晚上不睡觉，往亮里看电视，也不关灯，哪来那么多交电费的钱啊？他还欠了别人一屁股债呢。”

“大叔，看来你过习惯了勤俭持家的生活，一度电用不了多少钱的。年轻人嘛，熬点夜没关系的。”丹巴耐心地劝多杰嘉大叔说，“冬天的夜这么漫长，就让他们多看看电视，消遣消遣，打发漫长的夜晚吧。”

“不关灯，我睡不着觉，他们又往亮里干那事，床的响声更让人无法入睡。”丹巴没想到多杰嘉大叔能说出这样恶心的话来。

哐当……

听到多杰嘉大叔说出的话，周本泰新娶来的妻子一把把对面卧室的门给关上了，弄得在一边耐心地听着他继父唠叨的周本泰也害羞得红着脸低下头去了。

“看来，一家四口人住这样的房子实在太小了啊！”丹巴听了多杰嘉大叔的话后，感慨道，“大叔，我们都年轻过，你这样做不地道。”

“周本泰，你们家石头村里的房子还没有拆完吧？”而后，丹巴对周本泰说，“开春后，镇政府要求你们拆掉村里的房子，宅基地也要复垦的。你不如带着妻子去村子里住一段时间吧。我们到扶贫局或住建局反映一下你家的情况，看能不能解决一套大一点儿的房子吧。”

“谢谢你了，丹书记。”周本泰感激道。

“这个糟老头，快入土的人了，还春心未泯啊！”走下楼后，王英忠说。

“还有这样的老子吗？”陈斌气愤得直吹气。

“看来，让他们一家人从村里搬迁下来是个错误的决定，那是我们的失误啊！”丹巴感叹道，“不去马上解决他们家的住房问题，恐怕要出大事的。”

四十二

从县城回到村里，丹巴的心情一直很沉重，他真的为搬迁下去的贫困户们如何渡过难关而着急。

没过多久，丹巴发现，周本泰果真说通了他的妻子，带着妻子和继女到石头村的已经拆迁了一部分房屋的老院里居住了。

初春的某个傍晚，丹巴和陈斌冒着初春的料峭，到石头村准备上扎隆山去采挖冬虫夏草的贫困户家里，催促他们尽快拆除享受易地搬迁项目拆迁而剩余的房屋时，自然也去了周本泰的家。

他们到周本泰家的时候，他们两口子吃了晚饭，他的妻子洗刷了锅碗瓢盆后，已经上炕跟她的女儿钻进被子里去了。

周本泰的妻子是个三十岁左右的妇女，体态微胖，留着长发，脸胖嘟嘟的，颇有几分姿色。

“哦，已经上炕准备睡觉了啊？小声点儿，不要弄得让邻居家的人也睡不好觉啊！”陈斌见周本泰新娶来的妻子已经上了炕，就又口无遮拦地向他们两口子开玩笑道。

在这种场合拿他们开玩笑取乐他们也不忌讳，还应和地说了几句玩笑话。等给周本泰说明了来意后，周本泰彻底为他们几个人以后的居住问题而担忧了起来。

“丹书记，我们家的情况你也看到了，我真不敢想拆了村里的房子之后，我们一家三口人怎么去生活了。”周本泰让丹巴和陈斌坐到他家的沙发上，给他们倒了一碗热茶之后，说出了他的担忧。

“那我们管不着。在没有实施易地搬迁项目之前，我们在大小会议上，甚至亲自到贫困户的家里把有关易地搬迁政策宣传得详详细细、明明白白的了。”陈斌听到周本泰说出的埋怨，就立刻搬出道理来讲政策说，“镇政府给你们宽限三个月的时间完成宅基地复垦，可我和丹巴书记于心不忍，把你们拆迁房屋复垦宅基地的时限延迟到半年。下个月开始，州县扶贫局和住建局的领导就要到村子里验收宅基地复垦的工作，为此，你们必须在这几天里拆除房屋并要完成宅基地复垦的任务。你们可不能再耽搁啊！如果你们自己不拆迁也没事的，我们手里有你们签订的协议，还有从你们那里收来的押金。到时候，我们就雇来挖掘机统一拆掉你们的房子和庄廓。至于费用，我们从你们的押金里扣除就是了。这样一来我们就不负责你们自己的损失了。”

“不是啊，我也没说不拆迁，就给你们说了一下我们家眼前的实际困难。”周本泰显然听不惯陈斌所说的话，但又不敢给他顶嘴，就说了这么一句没有底气的话。

“周本泰，你们家的困难我们都知道了。”丹巴望着可怜兮兮的周本泰说，“可之前有关你们家搬迁后的利弊关系我都给你讲过了。这事搁在别人家里还好处理，放在你们家就不好处理了。因为你和你继父之间存在仇恨，冰冻三尺非一日之寒，一时化解不了扎根在你们内心的仇恨啊。”

“想起他小时候对我的虐待，以及对我阿妈的欺辱，我恨不得杀了他呢。”周本泰咬牙切齿地说。

“世界这么大，哪片地方不养人啊！”丹巴听了周本泰的肺腑之言后，劝说道，“你可不能做出犯法的事啊！一旦触犯法律你的一生就完了。”

“请丹巴书记你放心，我会想得开的，不会给你惹麻烦。”

“困难都是暂时的，我们大家想办法，不久你们家就会渡过这些难关的。”丹巴喝了一口茶水，如梦初醒般地说，“哦，对了，你们结婚时你在外面究竟欠了多少债啊？”

“可多了。”周本泰骨碌碌转了一下眼眸，飞快地扫视了丹巴和陈斌一眼后说，“前几年一直给我阿妈看病抓药，我没有存下一点儿钱。就这两年攒了点钱，可远远不够娶媳妇的彩礼钱，基本上都是从庄员们手里借的。”

“究竟有多少债务啊？”

“加上村互助协会贷的产业发展贷款，大概有十八万的外债呢。”

“给村里的哪些人借了钱啊？”

“基本上村里的家家户户都给我借了钱，还有一部分人给我捐了钱呢。”

“借你钱最多的人是谁啊？”

“才龚嘉，他借给我了四万元，要求五年之内还清。”

“你打算怎么还这些钱呢？”

“努力打工挣钱还呗。”

“外债不少啊！”丹巴叹息道，“不过，现在你们已经是两个人了。两个人一年出去最少也能挣到五六万的，用其中的一部分钱还债，剩下的也够你们一家人的花销了。”

“他们家的生活开支仅用政府发的低保金和老头子的养老金基本能够用的。”这时候，陈斌插话说，“你马上把她们母女的户口迁过来，我们立刻申报到镇政府去，在镇政府贫困户属性调整时把她们母女加进去。这样一来你们家又多了一份收入。”

“今年你们打算到哪里去打工啊？”丹巴顺便问了周本泰一句。

“只有我一个人出去打工了，今年她打不成工。”周本泰低声低气地说。

“为什么呢？”丹巴不解地问。

“她怀孕了。”

“啊……”

“看来你们夜里没有白折腾啊！”嘴碎的陈斌暧昧地笑着说。

周本泰没有给丹巴他们什么为难，兑现承诺如期拆除了房屋，复垦了宅基地。还变卖掉了拆迁下来的木料，得到了近两万元的收入。

杨忠嘉打来电话的时候，丹巴他们忙着跑项目，为实现脱贫任务在努力奋斗。

“丹巴书记，你在哪里啊？”丹巴和他的工作队员们忙得不可开交，杨忠嘉偏偏就在这个时候给丹巴书记打来了电话。

“我忙着呢，你有什么事吗？”丹巴在电话里反问杨忠嘉道。

“周本泰打伤了我叔叔，你们来他家调解一下吧。”

“严重吗？如果伤势严重就送多杰嘉大叔去医院吧。”

“没那么严重，事情复杂，还是你们来他们家做个调解吧。”

“你们找村委会，让村民调解委员会的人去处理此事吧，我们现在很忙。”说完话丹巴就挂断了电话。

吃晚饭的时候，丹巴他们遇到了村支部书记噶杰嘉，问起白天他们去多杰嘉大叔家处理家庭纠纷的结果时，噶杰嘉对丹巴他们说起了周本泰最近的生活状况。

“唉，我觉得周本泰办错了两件事。他不该享受易地搬迁项目搬迁到县城里来，居住在村子里他最起码也有个落脚的地方。”噶杰嘉书记喝了一口水后，慢腾腾地说，“他还娶错媳妇了。这个女人不该是他娶的女人啊！只坐在家里享受，干脆不出门打工，也不让周本泰出去打工。现在他们家里连一百块钱都拿不出来，家里已经揭不开锅了。”

“他不是带着媳妇出去打工了吗？”丹巴不解地问。

“他最近上山采挖了几天虫草，可老头子见不得那媳妇，天天不给她好脸色看。没过几天，周本泰的媳妇带着孩子回娘家了。周本泰没办法只好下山去隆钦县把他的媳妇接回来，还在外面租了一间房子居住了。后来，周本泰出去打工，他媳妇就威胁他她要回娘家去，折磨得周本泰没办法打工了。这不，最近他们付不起租金，又搬回到德吉家园的楼房里去了。可他的继父又不让他们搬进楼里来，所以，他们爷儿俩又打起来了。”

“这事你们怎么解决的啊？”丹巴问噶杰嘉书记道。

“没法解决啊，如不解决他们家的住房问题，他们家的矛盾就会不断发生。”噶杰嘉书记说，“那老头我了解，是一头倔驴，铁公鸡一个，他手里倒是有点儿钱，估摸最少也有十几万，他一直存着防老，连一个子儿也不往外拿。”

“我专门为他家的住房问题往扶贫局和住建局里跑了几趟了。甚至我们局的局长也到州扶贫局反映情况，帮助他家解决一套大房子。可他家的情况特殊，不符合分得大房子的要求，一时办不下来啊。”丹巴有些懊恼地说，“周本泰的母亲去世后，镇政府要求立刻注销掉他母亲的户口，调整属性时他家的家庭人口填写成了两人户，享受易地搬迁项目政策时按两人户算的。每人二十五平方米，他和他的继父只能得到五十平方米的住房。他虽然娶了媳妇，可政府需要户口在本村五年以上的村民才能享受易地搬迁项目政策，他的媳妇和女儿享受不了易地搬迁项目政策啊。”

“当初就不应该让他们搬迁下来啊。”陈斌嘀咕道。

“没有楼房，这女子又不肯嫁给周本泰啊，老弟！”丹巴给陈斌解释说，“当初周本泰不愿意搬迁，可多杰嘉大叔非搬迁不可，父子俩意见不合又闹矛盾。后来，老汉不闹着要搬迁了，可周本泰又非要搬迁不可了。他也老大不小了，为了娶得这个媳妇他不怕付出任何代价啊。”

“这问题不解决，他家迟早要出大事的。”噶杰嘉书记叹息道。

“眼下顾不上这些事了。”丹巴焦头烂额地说，“先抓项目，年内要完成村里的高原美丽乡村建设，实施高原美丽乡村建设的同时，要完成乡村道路、人畜饮水管道、电网改造项目，以及完成村委会办公场所、村级卫生室、村级文化室、村幼儿园等基础设施，不然我们的任务就完不成了。”

就这样，他们又把解决多杰嘉家的家庭矛盾搁置了下来。

“丹巴书记，你们就管管周本泰吧。他又把我叔叔给打了。”过了几天后，杨忠嘉又给丹巴打来了电话。

“严重吗?”丹巴又问。

“反正我叔叔已经起不了床，你说严重不严重吧。”杨忠嘉说。

“那你们送他去医院啊。”

“我在山上，是我姑姑给我打电话来反映的情况，周本泰手里已经没钱了。”

“知道了。”丹巴不想听杨忠嘉的废话，就挂断了电话。

“他好像是我的祖宗似的。”丹巴埋怨道，“小王，去周本泰家吧。”

“交通局局长在等着我们呢。”王英忠开着车对丹巴说。

“离上班还有点时间，我们先去周本泰家看看吧。”丹巴要求王英忠说。

“哎哟，我不活了。我在这个畜生的手里活不下去了。”

丹巴他们一走进多杰嘉大叔家那间鸟笼大小的房子后，他就开始呻吟了起来。

五十多平方米的房子，屋里空间本来就小得可怜，再加上饭桌被周本泰踏折，桌面和桌子的四条腿散了架，占满了整个狭小的空间，使得人没地方下脚。

“周本泰，要英雄了啊？”陈斌一见到周本泰就挖苦他说，“也不收拾一下，难道在展示你的英雄事迹吗？”

“大叔，又怎么了吗？”丹巴侧着身钻进屋里，坐在他家的沙发上说，“家和万事兴。大家都利用短暂的夏季忙着挣钱，你们家却天天上演武打片，好不热闹啊！”

“你就问问这个好吃懒做的家伙吧，两口子整天窝在家里秀恩爱，饭也不做，整天买零食吃，家里有多少钱让他们挥霍啊！”多杰嘉大叔非常气愤地说，“欠了那么多外债，秋后人家来催债，我们拿什么还账啊？”

然后，丹巴他们轮流上阵，拿本村的致富能手做例子，劝说他们要家庭和睦，勤俭持家，走出贫困。最后，多杰嘉大叔答应帮他们看孩子，周本泰两口子出去打工挣钱。

“我不能出去打工。”丹巴他们临走时，周本泰的妻子对他们说。

“为什么呢？”丹巴他们不解地问。

“我有胆囊炎，不能出去打工。”周本泰的妻子说。

“好吧。你就和周本泰商量，我们还有事要去处理。”

于是，丹巴他们三个人就走出了多杰嘉大叔家。

“胆囊炎，还算病吗？矫情！”陈斌气愤地埋怨道。

雪梅打来的电话很及时。

石头村村民们刚结束播种，不知道为接下来干什么而发愁的时候，她就给丹巴打电话过来说，让他召集好村民，他们使派职业学校的老师来石头村开展农牧民劳动就业技能培训班。于是，丹巴他们又召集村民开会，在会议上安排了劳动就业技能培训班的事宜。

搬迁到县城里去，饱尝了找工作困难的村民们，一听到要在石头村里免费举办农牧民职业技能培训班，就抢着报名参加了培训班。

在劳动技能培训班的动员会上，丹巴鼓励前来参加培训班的村民们说："俗话说：家有黄金千两，不如一技在身。这次培训是我们扶贫工作队认真筹备后精心准备的。劳动保障所从课程的设置、师资的配备和教材的选择等方面进行了周密的安排。目的只有一个，就是要提高培训质量，让大家来有所学，学有所获。培训以实践为主、理论教学为辅的教学模式，创建安多藏区'农家乐'餐饮行业新特色、新亮点。进一步丰富'农家乐'美食菜谱，拓展'农家乐'消费群体；把安多的美食传播好、推介好；把安多的故事讲述好、演绎好，把新时代安多精神传承好、弘扬好。要走好特色路、实施品牌振兴工程，打响叫亮'安多味道'餐饮地方公共品牌，讲好品牌故事、弘扬品牌价值、塑造品牌形象。

"这次培训课程共计安排十二天，培训时间不长，但培训内容很丰富，具有很强的针对性和实用性。希望大家要严格遵守培训期间的组织纪律和各项规章制度，按时参加培训，做到认真听讲，多问多练，多记笔记。在实际操作时要切实掌握要领，以扎实的理论学习功底，刻苦努力的学习态度，使自己掌握一技之长，为今后就业打下坚实的基础。"

听说了参加劳动技能培训班还有补助后，村里的妇女们异口同声地回答丹巴说："我不但在这里免费学到了劳动技能，而且还会领到一千八百元的工资哩，培训学习、打工挣钱都不误。丹巴书记可是我们的贴心人啊！"

会议结束后，十字路口的那棵大树底下人声鼎沸，喧哗热闹，村民们都拥到王英忠身边去了。

第二天，由雪梅使派来的张国财等老师如期抵达了石头村，举办了劳动就业技能培训。

石头村十字路口杨增卓玛家的大麦场内外人头攒动，近五十名村民围在一张烹饪桌前，观看来自赛钦州枝叶学校的技师掌勺授课，授课的方式是实际操作加讲解，在老师带领下，大家像在家中一样轻松学习家常菜的做法。冷水浸泡、抛锅翻炒、均匀搅拌、拉油、摆盘……随着培训老师熟练而干脆利落的操作，清蒸茄子、炸炒茄子、茄子酿、金龙出海等四道茄子为主料的色香味俱全的家常菜，很快就做好摆到大家面前，数十名参加学习的村民看得赞不绝口。

“油炸蛋液得先下锅炸一下，捞起后等一分钟再下锅吸热，这样炸出的茄子酿才色泽金黄又不过火。”老师一边熟练进行一道道做菜的工序厨艺演示，一边就食材的选择、调料的合理搭配等做了详细的介绍。“辣椒酱汁是把烧好的汤汁倒入切好的生辣椒里，这样的辣椒酱汁才更鲜香。”前来参加培训学习的村民们边看边记，还不时地提一些烹饪中遇到的问题，相互讨论如何烹调，整个培训现场充满了浓厚的学习交流氛围。前来参加培训的村民学员开心地说：“以前我们想脱贫致富只能靠种地、凭体力，看天吃饭，现在我们通过这样的学习培训，学好后就可以出去到县城餐馆饭店或农家乐打工靠技术赚钱了，就是不出去务工赚钱，也可以在家为家人做上更加可口的饭菜。”

“老师，有没有藏式面点制作培训内容啊？”班吉听说要在村里举办餐饮培训班非常高兴，她喜欢做各种风味的面点食品，除了自己家人品尝外，还分享给亲戚朋友，但苦于没有专业老师的指导，技术得不到提高。“现在党的政策是越来越好，免费的培训班都送到家门口了。又省时间又省钱，还是高级面点师‘手把手’辅导，又让我学会巴差玛尔库（酥油浇面疙瘩）等许多藏式面点，等我手艺精通以后，考虑开个面点铺子。”

“灰缝不能太宽，放线要平……”实训现场，华泽嘉、龚守成、仁增多杰等建筑工学员正在老师的指导下认真地砌着砖墙，华泽嘉在其他几位学员稚嫩面孔的映衬下，显得格外突出。

“真没想到活了大半辈子还能重回教室学一门真正的手艺。”龚守成见到丹巴，高兴地说。

噶杰嘉书记家的院子里，许多妇女坐在刺绣支架前，州职校的老师以刺绣基本针法实际操作为主，给她们重点培训纱针彩绣和绕绣针法等内容。

原石头村村委会主任扎西的家里，村里的村民们坐在他们家台阶底下，认真聆听着职校老师的讲座。职校老师在教家政基本知识、母婴护理、家庭护理保健等技能。

白天除了专业的藏餐烹饪、面点制作、藏绣技法、建筑工等课程，还配以普通话、应用文写作、创业等全方位的指导，晚上通过电影展播，指点文明礼仪、文体活动等课程。

半个多月来，石头村里人头攒动，笑声朗朗，热闹非凡。

四十三

接到昂邱巴登的电话，丹巴意识到娘吉生命的终结。

他跑到医院时，娘吉已经处在弥留状态。

“阿爸，救救我阿妈！”

可怜的昂邱巴登受到莫大的惊吓，一见到丹巴就大哭起来。

“巴登，不要怕，阿爸来了。”丹巴抱住他安慰道。

“阿爸，我不要阿妈离开我，我要阿妈，你救救她。”昂邱巴登像抓住了最后一根稻草，紧紧抓住丹巴的手哀求道。

“孩子，我会努力的，你镇定下来，我这就去交钱，好吗？”丹巴抚摸着巴登的头说。

“丹巴书记，娘吉老师醒过来了，她叫你。”贤吉等村民听说了娘吉病危，也自发到医院看她来了。

“贤吉，你照看一下昂邱巴登，孩子吓坏了。”丹巴把昂邱巴登交给贤吉，缓缓向病床走去。

可娘吉用被子盖住自己不肯露出头和身体。

“娘吉，我来了，你让我看你一眼吧？”丹巴蹲下来，坐在娘吉的病床前。

一阵后，她慢慢从被子底下伸出一只手来。丹巴一眼看到戴在她无名指上的那枚银戒指，再也无法淡定了。他一把握住娘吉的手，眼泪像断了线的珍珠，一颗一颗从眼眶里滚落下来。

“丹巴，我辜负了你，但我没有辱没你。”被子底下传来娘吉游丝般柔弱的声音，“你给我的戒指我一直戴着，就像呵护自己的生命一样呵护着它。”

“你太傻了，你何苦呢？”丹巴泣不成声。

“我虽然不能选择出生的家庭，但我有权选择自我。”娘吉颤颤巍巍地说，“昂邱巴登是你和我的孩子。”

“对不起，是我不好，我害苦你了。”丹巴哭着说。

“我不后悔，感谢你给了我孩子。”娘吉哽咽着说，“我用孩子捍卫了属于我们的爱情。除了你还没有人占据过我的心。”

……

“卓雅很不错，你娶了她是你和我的福气，也是昂邱巴登的福气。”娘吉压着低低的声音说，“我要走了，把戒指还给你，也把儿子交给你了。”

“娘吉，请你千万不要放弃，我这就去交钱给你治病。”丹巴跳起来跑出病房。

“不……”娘吉喊道。

“大夫，救救她吧！”丹巴跑进大夫的办公室里，哀求大夫。

“放弃吧，坚持一天，病人就多受一天的痛苦。”大夫劝慰丹巴说。

“娘吉……”

“阿妈……”

突然，从病房里传来娘吉的阿妈和昂邱巴登的哭喊声。

“终于解脱了。”大夫长舒一口气，“她这样坚持活下去，都是为了她的孩子。”

原来，丹巴离开病房后，娘吉在被褥里摘掉了氧气罩。

哭声一声高过一声，就像一枚枚毒针扎在丹巴的心头。

一切都结束了，一切又要开始了。

丹巴不敢踏进病房里去，迈着沉重的步伐，眼中充满哀愁，魔怔一般慢慢走出医院的大门。

“阿妈……”

身后传来昂邱巴登的哭号声。

“丁零……”

传来了一声手机铃声。

请丹巴亲启！

是娘吉几分钟前发给他的一条微信。

丹巴找了一个角落，打开了微信。

丹巴，卓雅：

当你们看到这封信的时候，我已经不在人世，我们阴阳两隔，永世分离了。

丹巴，当年背叛你远嫁到玉树，并非我本意。没想到曾经在课本上见到的那些因父母之言媒妁之约的悲剧命运会降落到我的身上来。你说我懦弱，不敢跟父母反抗，做不了自己的主，我把驾驭命运的权利交给我的父母。其实不是那样的，我也反抗过，拿死亡来威胁过。俗话说，家家有一本难念的经。当我阿爸哭着告诉了我全家人都不知道的一个秘密之后，我崩溃了。在村子里。大家看着我们家的日子过得富足光鲜，其实不然。当年我阿爸出门做生意的途中遭遇土匪，抢掠光了商品。由玉树的商人噶登扎囊出手相助搭救了我阿爸一条命。瞬间，我阿爸变得一无所有，连回家的盘缠都没有了，是噶登扎囊鼎力相助把他送回了家，从而，我阿爸跟他做了结拜兄弟。他的结拜兄弟来我们家见到我后，一眼就看上了我，于是他暗地里跟我阿爸做了一个交易。他给了我阿爸一笔巨款，私下里跟我阿爸签订了协议，等我大学毕业后就要嫁给他的儿子，如果我阿爸毁约就得赔偿他双倍的巨款。当我阿爸把那份协议递给我看了之后，悲愤、伤心、可怜……复杂的情感一时在我心里翻腾。我一时没有了主张，也陷入无限的痛苦中去了。在选择你和一大家子人的生活而挣扎了好久后，顾大局舍小情，我只能背叛你我当初发下的爱情誓愿了。

嫁到玉树后，刚办完婚事，还没来得及跟他同房，我就查出自己有身孕了。你怎么也不会想到我当初的喜悦，我激动得想抱住那个大夫号啕大哭一场。我心里瞬间充满了勇气，暗暗发誓，一定要生下我们的孩子，就鼓足勇气向他袒露了真相。父债子还，我跟他们家签下了一份还账协议，答应用我的工资还我阿爸欠他们家的钱，就从他们家里搬了出来。虽然他们很气愤，可我顾不了那么多。之后，在玉树工作了几个月，放暑假后我怀着满心的喜悦回到老家，想告诉你这个天大的喜事。可天有不测风云，人有旦夕祸福，等我回到老家才知道你在老村长那里所受的遭遇。然后，我到赛乾州来找你，当我赶到赛乾州时，你正在和卓雅举行结婚的仪式。见到眼前的一幕，我的希望彻底破灭了。我本想大闹婚礼现场，阻止你们结婚。可一想到错误在我，就只好伤心欲绝地离开了。又一个人失魂落魄地回到玉树，租了一间便宜的民宅，把自己给安顿了下来，六个月后就生下了我们的孩子。之后，我一边上班还账，一边拉扯孩子，咬牙坚持了十年，才还清了债务。在月子里高原反应，长期缺氧，患了一身的病，差点儿命丧玉树草原了。等还完我阿爸欠的账我就向杨克求救，由他出手相救，才死里逃生回到了家乡。

这十多年里，我就像水上的浮萍，四处飘零；我就像断线的风筝，不知哪里是我落脚的根。

一直以来，孩子是我活下去的唯一理由。这些年我们母子生活得虽然很清贫，但我一见到我们的孩子，就有了生活的目标。

后来，我的病情变得越来越严重，因此我越来越担心起孩子来。是我把他带到世上来的，可眼看着我把他养不大了，我一旦死去，他可怎么办呢？我阿爸不待见昂邱巴登，他认为昂邱巴登葬送掉了我一生的幸福和荣华富贵，我实在痛苦极了。

自从他得知我怀了你的孩子而跟他的结拜兄弟的儿子离婚的事后，常骂我傻，说我贱，怨我蠢。于是我带着孩子从家里搬出来，住在学校里了。

我怎么也没想到命运出现轮回。当我听到你又一次进石头村里搞扶贫工作的事后，我又高兴又担忧，几天几夜没睡好觉。高兴我们的孩子将来会有阿爸了，担忧你从我手里抢走孩子。那些日子，我真的很矛盾，也很痛苦。

自从你进村后，我又病倒了，没办法照顾孩子，所以，我阿妈把我们母子又接回到家里去了。

那天你来我们家时，我正在客厅里打针，透过窗户玻璃我看到了你。你比之前发胖了，更有了男子汉的气概。从你的穿戴打扮，我看出了你和卓雅生活得很幸福。那天孩子也好像有了心理感应，变得异常兴奋，因胡乱走动招惹我生气，为此他平生第一次挨了我的一顿打。

那次病倒之后，我再也没有好起来，身体每况愈下，一天不如一天了。屋漏偏逢连夜雨，船迟又遇打头风。这时候，石头村学校里由于生源不足，马上就要跟龚堂县民族寄宿制学校合并。接下来，我和孩子的生活遇到了前所未有的危机感。就在节骨眼上，我阿爸决定把昂邱巴登送到寺院来去当和尚，我绝望极了。正当我垂死挣扎，极力想解决我和孩子的去留问题时，我的病情又一次恶化了。就在我走投无路的时候，你伸出了援助之手，把我们母子从深渊中搭救了下来。看到你接受了孩子后我就放心了，老实说我再也不想坚持下去了。这么多年来，为了我们的孩子，我一直用药维持着生命，那种痛苦我无法用语言来表达了。

卓雅：

非常感谢你，你既往不咎，抛弃我们之间的恩怨，在我病危之际一趟一趟地来看我。你第一次来看我，我感到非常地讨厌。我在你面前装作有精有神，那是我不愿让你觉得我是个弱者，从而施给一点同情。说真的，如果我有你那样的家庭，丹巴是我的，幸福不会轮到你手里去的。你慢慢用真心跟我交流，还动之以情晓之以理地劝我把孩子交给你们抚养，从你往昂邱巴登身上的用心我发现了你的善良，领悟到了你的仁慈和大度。你用一个慈母的情怀接受昂邱巴登，从你一次又一次地给他买来的衣服、鞋子和生活用品中，我发现你的细心和体贴，你真的像对待自己的航丹一样在善待着我的孩子。你自作主张，让航丹认昂邱巴登为哥哥，见他们相爱相亲，使得我非常地欣慰。我也要把航丹当做自己的孩子，虽然我不能给他什么，可我打心眼里喜欢航丹，愿他们俩兄弟一生携手同行，相亲相爱。

丹巴，卓雅：我真的活不起了，我每活一分钟都是在受罪，请你们原谅我的自私。有缘千里来相会，三笑徒然当一痴。这是我们今生今世的缘分，冥冥之中自有天意，我们谁也逃脱不了命运的安排。我打算要放弃了，接下来的重任就交给你们了，愿菩萨保佑你们幸福。永别了，我的爱人，我的挚友，我的孩子。

娘吉

××年××月××日

“卓雅……”等情绪平静下来后，丹巴第一个想到的是卓雅，就拨通了她的电话。

“怎么了，你情绪怎么这么低落呢？”

“娘吉……”

“娘吉怎么了？”

“她离开我们了。”

“什么时候？”

“一个小时前。”

“昂邱巴登呢？”

“在医院，他希望我救他阿妈，可我没有救活她。”

“可怜的孩子，你保护好他，我们马上就到。”

“她给我们写了一封信，临终时，用微信发给我了。”

“我也刚收到，还没来得及看呢。”

“你们给她办理后事吧，我要出一趟远门，不要担心我。”

“注意安全，我支持你。”

丹巴的眼泪滂沱而下。

丹巴没有参加娘吉的丧事，开着车去了藏区北方四大藏传寺院，用藏族传统习俗祭祀娘吉的亡魂。

四十四

最近几个月里，丹巴整天背着一个包，包里装着一个笔记本、饼干和矿泉水，在石头村周围转悠。

之前，他虽然对石头村有点儿了解，但了解得不够深。接下来他要在石头村里打脱贫攻坚持久战了，这一点儿表面上的了解离他的目标还有十万八千里呢。

近几个月的深入视察，他发现石头村的地理优势，也有了产业发展的思路。

“噶杰嘉书记，我们还是凭借石头村坐落在雅茂林脚下的有利条件开展乡村旅游吧。”丹巴带着陈斌和王英忠去噶杰嘉书记家里吃晚饭的时候，当着他们的面说出了自己思谋已久的想法。

“什么？”噶杰嘉书记感到万分惊愕，“我们的乡村旅游不是搞失败了吗，你还没受到教训啊？”

“这里除了雅茂林，还有什么呢？你就不要异想天开了吧。”陈斌也觉得丹巴想得有点儿离谱，就持反对态度说，“不要逞能了，上面来什么任务我们就完成什么任务，顺利完成扶贫工作的任务打道回府比什么都强。”

“接下来的任务就是搞扶贫产业发展，我们还得要过这一道坎的啊！”丹巴说，“既来之则安之。我们既然来到石头村开展精准扶贫，就要在石头村里干出一番事业来，否则，我们白白来了这里一趟。到时候，有什么颜面去见家人，见单位的领导啊？”

“每人只有六千四百元的产业扶持资金，我们村有三十户贫困户，一百零五名贫困人口，把所有的产业扶持资金加起来也只有六十七万。拿这么点儿钱能干什么呢？还要产生效益呢。可不敢胡来啊！”陈斌给他们算起账来，“依我看就给每家每户购置十几头乳牛或母羊，让他们在石头村周边的草山上放牧，等秋后产仔，就产生效益了。这样一来我们的任务不是完成了吗？”

“这不符合实际，石头村的大多数贫困户家里不养牲畜，你给每家买十几只绵羊让他们到山上放牧，他们会精心放牧吗？等你反应过来时，那些牛羊已经成为了他们过冬的冬肉了。这个实验其他单位在牧区或别的村子里做过，最终以失败告终。我们不是在做实验，而是要承担责任的啊。

“我们搞产业发展不仅仅要考虑这三十几户贫困户，还要考虑全村的村民，让他们都要过上好日子。”丹巴说。

“你越说越离谱，看来你还没有睡觉就已经说起胡话来了。”陈斌非常不屑地说，“想起来容易干起来难，老兄啊，有些事情想想可以，可不能认真的啊。快吃饭吧！”

“不，我说的产业发展要与贫困户的产业发展不相冲突。”丹巴边吃饭边说，“贫困户产业发展资金我们还是按照噶杰镇政府的要求办理，要么购置商铺，要么搞其他投资，要么购置农机械。唯独不能给贫困户们购买牛羊等牲畜，走平均分摊的路子。”

“只要不拿贫困户产业发展资金胡闹，我既不参与也不反对。你如打了鸡血，想法颇多，自己去大干就可以了。我只求完事大吉，既不创新也不落伍，顺利完成这五年精准扶贫工作的任务就可以了。”陈斌斩钉截铁地表明了他的立场。

王英忠自始至终没有说一句话，吃完饭之后，那些事与他无关一般拿着手机坐在噶杰嘉书记家的炉子旁边玩游戏。

丹巴依旧没有放弃自己的想法，还觉得他要实现那愿望的欲望变得比以前更强烈了起来。于是，他坐在电脑桌前沉思了起来。

石头村地处高寒的雅茂原始森林林区，特殊的气候造就了特殊的自然景观，这里的大山与龚堂县城周边丹霞地貌截然不同。山上植被繁茂葱茏，满目苍翠，尤其是巍峨雄伟的扎隆山常年云雾缭绕、积雪覆盖，非常神秘！石头村南面群山起伏，林海莽莽，松涛如海。尤其到了暑期，龚堂县城周边暑气蒸腾，热浪滚滚，唯独在雅茂林区绿树成荫，凉风习习，清凉舒爽。村庄南北两边的山上生长有冬虫夏草、党参、黄芪等高原名贵药材。蕨菜、马茵菜、萱麻等各种野菜随处可见！然而最让人惊艳的莫过于高原杜鹃花了。每当夏日来临，满山的杜鹃花盛开，石头村周边的整个山都变成一片花海。前来避暑的城里人，情侣相伴，徜徉在如火如荼的杜鹃花丛中，仿佛到了人间仙境，浪漫美丽。盛夏时节，满山遍野的野花开放，石头村周边的群山变成了花的海洋，馨香宜人。置身于美丽的森林公园，欣赏着满眼的绿意和鲜花，呼吸着清新的空气，嗅着山花的阵阵清香，令人心情舒畅，流连忘返。深秋季节，北山和南山森林丛中的灌木的叶子发黄泛红，红绿相宜，红黄相间，像着了山火。一片片沙棘树戴上了红冠，一串串圆溜溜、红彤彤的野沙棘，真像挂满树枝的小灯笼。进入冬季，一场大雪过后，周围的山川银装素裹，都成了粉妆玉砌的世界。森林也变得美不胜收起来，苍翠的松树此时变成了玉树琼枝。这里的美丽景色赛过天堂，是个难得的度假旅游的最佳胜地。

丹巴近两年的探查搜集，还整理出了与扎隆山有关的美丽爱情传说，同时还规划出了石头村旅游线路图。将来他将把从西宁等地出来旅游的游客从北路引进来，让他们欣赏雅茂林秀美的自然风光，聆听扎隆山美丽的爱情传说，徜徉在松涛滚滚的原始森林里，漫步在石头村种植藏药材和农作物的田野中，欣赏到石头村周边的绿树红花，感受到石头村的天然风光，居住在宜人的农家客舍，品尝到石头村本村的纯天然牛羊肉，感受到浓郁的乡愁情趣。

最近丹巴认真学习了中央和省州委八个一批脱贫攻坚行动计划等文件精神，中央和省州委在发展产业中提出的“依托‘四区两带一线’区域发展战略和‘三区一带’农牧业发展格局，坚持因人因地分类施策，立足贫困地区资源优势，宜农则农、宜牧则牧、宜林则林、宜商则商、宜游则游，支持贫困村和贫困人口发展特色产业，实现就地就近脱贫”

精神，他结合石头村的实际作了一番思考后，觉得石头村的资源优势在于可农可牧，可商也可以开展乡村旅游。但这一切都要靠发展乡村旅游业这个产业链来做支撑了。

一个多么远大的理想啊！

丹巴深知在石头村里开展工作的难度。因为，他曾在石头村村民的手里栽过跟头。

“要想在石头村里扎住脚，首先要稳住石头村的人心，红口白牙，对他们起不到任何作用的。俗话说，汉（汉族）靠制度藏（藏族）靠誓言。可他们不一样，在利益面前村民们都不择手段。明明晚上召开会议定下来的事，早晨他们从老婆的被窝里爬起来，听信了媳妇们的枕边话，根本不承认会议上答应下来的事情。”丹巴苦思冥想，“如果没有一个过硬的制度，就制服不了他们。怎么办呢？”丹巴手里拿着一支笔用手指拨转着在苦思，而后他在百度上敲打了“村级制度”几个字，漫无目的地浏览着。屏幕闪现出了“三会一课制度”等一系列制度。丹巴耐心地翻阅着，一阵后，他突然从那些密密麻麻的制度中见到了一行“某某某村村规民约”标题，于是他的眼前一亮，“哦，踏破铁鞋无觅处，得来全不费工夫。治理好一个村子不是有个村规民约就可以了吗？”于是，他往百度里敲打了“村规民约”几个字后，就出现了一连串的村规民约，一条一条慢慢翻阅了起来。

“石头村村规民约。”

丹巴最终在电脑的写字板上敲打上了村规民约的标题。然后他结合石头村的实际问题，从社会治安、消防安全、村风民俗、生态保护、民族教育、邻里关系、婚姻家庭等拟写出了石头村村规民约的框架。

等起草好村规民约，他拿着它进村入户，先找到村里有威望的老人们跟他们探讨。老人们看到丹巴撰写的村规民约后，都非常赞同，只在“村风民俗篇”里提出了几点要求，然后，他按照老人们提出的意见修改好了村规民约，就又进村入户，边给村民们宣传党的最新惠农惠民政策，边把他撰写好的村规民约读给他们听，还征求了他们的意见建议。等征得了全村百分之九十以上村民的同意后，他才召开了村民会议，会上宣读了《石头村村规民约》，并再次征求了全体村民的意见。

果然不出丹巴的意料，才郎他们借此机会又开始想节外生枝，别有用心地做起文章了。

“今晚召集大家开会，只有一件事，要在群众大会上过一遍《龚堂县噶杰镇石头村村规民约》。”等村里的村民们腰来腿不来地来到村十字路口的古树底下后，丹巴主持召开了村民群众大会，“村里的其他事就由噶杰嘉书记安排。”

“村规民约，是谁规定的啊？我们怎么不知道呢？”听到丹巴提到了村规民约后，才郎带头在会场里大惊小怪地嚷道，“这么重要的事，村里怎么不邀请个喇嘛来撰写啊！噶杰嘉书记你们也太目中无人了吧。”

“村委会的事都是由党支部来做决定的。”丹巴很了解才郎的为人，对他不严厉些他就会蹬鼻子上脸，会上房揭瓦的，于是他斩钉截铁地当着才郎等人的面说，“我现在是石头村的第一书记，村里的大小事情都由我说了算。国有国法，村有村规。这村规民约是我参考了许多地方优秀的村规民约，花了大量的精力写出来的。没有规矩不成方圆。今晚我在群众大会上宣读并征求大家的意见，得到大家的认可后，我们即刻要推广执行。”

“你也不要煞费苦心了，石头村的村民们不会同意的。”才郎自以为是地说大话道。

“我们要按照法律章程办事，少数服从多数，只要百分之六十的村民同意就可以了。你一个人不同意没有用的，你也代表不了石头村的全体村民。你只要不捣乱就行了。你如扰乱秩序我就对你不客气的，下场是什么你最清楚了。因为，你尝过那个滋味的。”才郎曾进过拘留所，所以丹巴警告才郎说。

这时候，会场里传来了村民们的各种议论声。

“安静！我们开始召开会议。”等会场里变得鸦雀无声之后，丹巴继续说，“首先我宣读《龚堂县噶杰镇石头村村规民约》，然后我们一项一项地举手表决。”说完话，丹巴就让陈斌给村民们宣读了村规民约。而后，他们按村民把村规民约里规定的事项一一举手表决通过了。果不其然，也有一部分村民跟着才郎等人投了反对票，可百分之八十的村民举手同意了村规民约里所涉及的内容。于是，丹巴拍板决定，从此在石头村里的每一件事情都要按照本村村规民约执行了。

十年前的某年春节，石头村的村民韩加旺骑着摩托车，捎着妻子和女儿到老岳父家给老岳父贺寿。在宴席上喝多了酒，骑摩托车回家的路上出了车祸。摩托车掉进悬崖后，当场摔死了他的妻子，摔断了女儿的胳膊和他自己的腿，还摔折了他身上的几根肋条。从而，给他的妻子办理丧事，花钱给他和他的女儿住院治疗。面对如此庞大的花销，他感到无能为力，他的兄弟姐妹们也不肯帮他的大忙，韩加旺感到绝望的时候，才龚嘉慷慨解囊，主动拿出了五万元帮了他一把。

这事是韩加旺亲口告诉丹巴的。

春节之后，丹巴到韩加旺家里看望他去了。韩加旺是个热心肠的人，爱喝酒，他们夫妻为人勤快，肯下苦，之前家里的条件还算殷实，加上两口子为人大方，去他家聚集凑热闹的人很多。丹巴担任包村干部时，也多次到韩加旺家里做过客。那时候他们家里宾客满盈，热闹非凡。

现如今丹巴再次推开大门走进他们家时，他家的院子里不见人影，房子里静悄悄、空荡荡地异常冷清。

“家里有人吗？”丹巴手里提着两瓶酒和一箱牛奶，站在他们家的院子里大声问。

“哦，是包村啊？”过了一阵后，韩加旺的光棍叔叔掀开门帘出来见到丹巴后，赶紧推开房门，迎上前来对丹巴说，“快进来，快进来。”

“家里只有你一个人吗？”

“都在家呢。”说着话，韩加旺的叔叔给丹巴推开了房屋的门。

于是，丹巴就跨过门槛走进韩加旺的堂屋里去了。

他家的堂屋里没有生火，冷冰冰地全然没有以前的那种热闹非凡的气息。韩加旺躺在土炕上睡觉，旁边堆放着他妻子生前盖过的被褥，现在只剩下他一个人孤零零躺在偌大的土炕上，看着就让人深感同情。

“加旺，包村来看你了。”韩加旺的叔叔叫醒了韩加旺。

“丹巴，你来了吗？”韩加旺看着丹巴说，“你快坐，快坐。”说着他挣扎着要坐起来，可他的伤口还没有痊愈，疼痛让他皱起眉头来。

“加旺，你躺着吧，我坐在沙发上就可以了。”丹巴忙劝住韩加旺说。

“叔叔，麻烦你快生炉子，给丹巴熬茶做饭吧。”韩加旺难为情地说。

听了韩加旺的话，他的叔叔就开始忙碌了起来。他进进出出了一阵后，炉子里生着了炉火。炉火在炉灶里嗡嗡地燃烧了好一阵后，屋子里才渐渐升起些许的温度来。

“丹巴，这次我彻底栽了，我混蛋啊！”过了一阵后，韩加旺捶胸顿足，万分痛苦地说，“是我杀死了我老婆，我是杀人犯啊！”

“加旺，请你节哀顺变吧。”

“我后悔啊，该死的人是我。可老天爷不长眼，他干吗不取走我的命，为什么要夺去了无辜人的性命啊？！”韩加旺懊悔地痛哭着。

“加旺啊，人的一生都由命注定，上坡路上有九十九道弯，人一生有九十九道难。你也不要太自责了，是嫂子的阳寿短，到了那个时刻都由不得啊。你可要想开点啊！你上有父亲和叔叔，下有儿女，还有你自己的同胞兄弟姐妹呢。”

“经历了这次事故，看清楚我那些兄弟姐妹们的心了。他们把钱看得比亲情重要啊。每当他们有困难时，我慷慨解囊，鼎力相助。这次我摊上了这么大事，可他们呢，都看我的笑话啊。”

“那么你这次的钱够花了吗？”丹巴小心翼翼地问。

“这次，多亏了人家才龚嘉啊！他见我潦倒到这个地步，慷慨解囊，主动借给了我五万元，让我渡过了难关啊！”

这次又是才龚嘉做了一件善事。

而后，丹巴耐心劝解韩加旺，使得他慢慢平静了下来，最终，丹巴在他们家里吃了晚饭才回去。

丹巴到石头村里任第一书记的第二年春末，村民们上山采挖虫草的时候，汪家老二的肝病恶化躺倒了。他是个光棍汉，家里也没有什么积蓄，他的母亲和哥哥想帮衬他，拿出家里的全部积蓄把他拉到县医院。等检查结果出来后，他的肝病恶化，转变成了肝硬化腹水，医院不接收他住院，劝他们转院到省城医院里去治疗。可大病面前他们家积攒的那点儿钱杯水车薪，连医院的门槛费都交不起，于是，他们就把汪成隆从县医院拉到家里来养病，充其量说就在家里等死了。有一天，才龚嘉出门出售掉他拉出去的药材回到家里后，见到村里有几个人提着牛奶等礼品去汪成隆家探望慰问，他向那些人一打听才得知了汪成隆病情恶化的事，于是，他也跟着那些村民到汪成隆家里探望来了。那天，丹巴也到汪成隆家里给汪成隆出主意，想办法把他拉到省城的大医院住院治疗。

可如此恶劣的病情面前，丹巴他们也一时想不出个两全的办法来。看到一筹莫展的汪成隆及家里人，才龚嘉就开口说话了。

“你们为什么不把他送到医院里去治疗呢？”

听到才龚嘉的话后，汪成隆的母亲放声哭了起来。

“唉！”汪成隆的哥哥汪成荣叹息了一声，说，“不瞒你说家里实在拿不出钱来啊！前年我们刚埋掉了阿爸。阿爸患病后我们拿出家里的所有钱给他治病，现在还没缓过气来，厄运又一次降临到了我们的头上来了，我们确实力不从心啊。刚才丹巴书记也说让我们去住院，只要拿着建档立卡贫困户本子和合作医疗卡押给医院，到时候出院时一结账就可以了。话虽这样说，可到医院后还需要花很多钱啊！”

“原来是这样啊。”才龚嘉深深地叹息了一声后，说，“你们还差多少钱啊？由我来帮助你们渡过这个难关吧。”

“那怎么能行啊？你也拉家带口要过日子哩。你们家里老小共有八九口人，都靠你一个人生活，谁都不容易啊！”汪成隆的阿妈哭着说。

“现在不是说这些话的时候了。山路有十八个弯，人生有十八个难。人活着谁还不遇到个困难啊？我这里有五万元，你们现在就动身去省城的大医院里看病去吧。”

不幸的是，他们把汪成隆拉到省医院一检查，发现他们耽搁了治病的最佳时期，他的病情已经恶化到晚期，治疗无效而去世了。

最让丹巴对才龚嘉这个人动心的并不是他对村里的村民们帮助过的那些琐碎的善事，而是在他的带领下石头村的村民们开始种植起中藏药材来，他觉得这才是闪现在才龚嘉身上的亮点和魅力。这个人具有能够带动全村人发家致富的本领。

唉！才龚嘉在丹巴的眼皮子底下生活了这么多年，他怎么就没有往他的身上动过心思呢？真是心不到眼不见啊！接下来他要尽力把他邀请到村子里来，竞选石头村的村长了。

丹巴深思熟虑了之后，准备要行动了。

“喂，是才龚嘉吗？”第二天，丹巴拨通了才龚嘉的电话。

“你是谁啊？”才龚嘉反问道。

“才龚嘉，我是丹巴啊，你还记得我吗？”丹巴解释说。

“哦，记得，记得，你还好吧？”才龚嘉说，“你现在在哪里高就啊？”

“才龚嘉，不瞒你说我现在又回到咱们石头村搞精准扶贫工作来了。”

“哦哦，欢迎你啊，辛苦你了。”才龚嘉在电话那头应付道，“你找我有事吗？”

“才龚嘉，你最近忙吗？不忙的话我们见个面吧。”

“丹巴，不好意思啊，我实在太忙了，等我有时间了再联系你啊。再见！”说完话他就挂断了电话。

之后，丹巴打电话他再也不接了。

深冬的某一天，丹巴带着陈斌和王英忠，到省城西宁邀请才龚嘉去了。谁知才龚嘉出门做生意了，他们只好扫兴而归。

丹巴回到石头村，打电话不断打听才龚嘉的动态。当打听到才龚嘉已经回到了家后，丹巴当即决定第二次开车去西宁邀请才龚嘉。这时，陈斌不以为然地说：“一个平民百姓，打个电话把他叫来就得了，犯不着让你一而再再而三地去请吧。”

“眼下在农村里像才龚嘉这样的人才不多了，尤其像石头村这样深度贫困村里更难找到像他这样的人了。他好比三国时代的诸葛亮，也是当代农村的大贤啊，怎么能随便打个电话通知他就可以了呢？你俩还是痛痛快快地跟我走吧。”丹巴说服了陈斌，叫上王英忠，三人开着车直奔省城西宁而去。

这一天，北风呼啸，大雪纷飞，小轿车在路上打滑，差点儿掉进公路边的悬崖里去。见轿车打滑得走不动，陈斌和王英忠只好下车推小轿车而行了。他俩刚一下车，寒风呼啸而过，冻得陈斌和王英忠倒吸了一口冷气，冷得实在叫人难以忍受。

于是，陈斌就对着丹巴大嚷："我们何苦找此罪受！不如等天晴再说。"丹巴却说："陈斌，你不要懊恼，咱们冒此大风雪，不怕山高路远，不顾路途湿滑，冒着生命危险去请才龚嘉，不正表明了我们的一片诚意吗？"三人继续往前赶路。不料，这一次丹巴他们又扑空了，还是没有见到才龚嘉。

"才龚嘉，你在家吗？我们来西宁了，准备到你们家造访。"这天丹巴好不容易又打通了才龚嘉的电话。

"丹巴，不好意思啊，我今天在拉布隆寺，大雪封路赶不回来了。"才龚嘉拒绝了丹巴他们。

没办法，丹巴只好写了短信给才龚嘉发了过去，说明来意，并表示择日再访。

春节前夕，丹巴叫来了陈斌和王英忠，开车决定第三次去拜访才龚嘉。陈斌和王英忠竭力劝阻。陈斌说："我们两次相请，都未见到他，一个做中藏药材生意的大老粗，值得像刘备邀请诸葛亮一样三顾茅庐吗？"王英忠更是带着轻蔑的口吻说："我们已仁至义尽了，一个小村庄里的村长选谁当不可以啊？想竞选村长的人选有的是啊！你没听说过才郎和冷智等人已经蠢蠢欲动，在村子里送礼拉票了吗？随便选个人充当石头村的村长就可以了。反正在石头村里担任个村长也起不了什么作用，只是拿那点儿俸禄装装样子，到镇政府开开会，又来到村里传达一下政府的会议精神而已。而后办自己的事，有了好处往自己家里揽，能起到多大的作用啊？"陈斌又开始唱起反调来。

丹巴连忙说道："这个才龚嘉不是扎西那样的人。我知道这个人，是个办大事的主。我担心的是他不愿意来村子里当这个区区的小村长。你不得无礼，没有诚意我们哪能请到像他这样的贤人呢？”

陈斌和王英忠无奈，只好上了丹巴的轿车。

丹巴他们驾车直奔省城西宁，来到才龚嘉家的小区。此时，才龚嘉正在忙着卸车。丹巴见状马上找了个车位停好车，急忙走过去帮才龚嘉卸起车里的货物来。

“才老板生意兴隆，三次拜访，今日如愿，实是平生之大幸！”才龚嘉说：“丹巴书记不弃，三顾寒舍，真叫我过意不去。我才龚嘉是个粗野的药材生意人，没有什么能耐，也对竞选村长不感兴趣，恐怕让丹巴书记失望了。”丹巴却诚恳地说：“我不度德量力，想振兴村庄。由于智术短浅，时至今日，尚未达到目的，望才老板多多指教。”丹巴谦虚的态度，诚恳的情意，使才龚嘉很受感动。他终于肯邀请丹巴他们进家里去了。

才龚嘉把丹巴他们请进家门，他的妻子立刻动手做起饭来了。等才龚嘉的阿爸得知了丹巴他们的来意后，根本不同意他的儿子进村竞选村长。

“好了，好了，你们的好意我们领了，可我不同意我的儿子再到石头村里去。”仁桑老头从他的卧室里走出来，边往客厅里走来，边开口对他们说，“你们坐，你们坐啊！”见到仁桑老汉丹巴他们站起身来恭敬地迎候他。

“大爷，您老人家过来先坐，然后我们就安心地坐下来聊天了。”丹巴主动走过去搀扶着仁桑老汉到沙发上坐稳后，说，“老书记您的身体还好吧？”

“好着呢，都托我这个小儿子的福，我们一家生活过得还算不错啊。”仁桑老汉的腿脚有点儿不灵便，可他的听力还好，“我都听到你们刚才说的话了，我不同意我儿子去石头村里竞选村长。我们一家五口人都靠他生活，他再去石头村里做清水衙门里的官员，断了一家人的经济来源，你叫我们一家人去喝西北风啊。”

“老书记，您也不要急着做出决断。”丹巴对仁桑大爷说，“您也为了石头村辛苦了一辈子，如今石头村的发展一直停留在您当初取得成绩的层面上。时间过去这么多年了，可石头村里没有任何的变化啊！”

说到这里，丹巴拿出笔记本电脑打开他拍下的石头村照片，在电脑的屏幕上一张一张地翻着给他看了一遍。等他看完照片后，吃惊得张大了嘴巴。

“我卸任到目前，最起码也换了两三届村干部了吧？”仁桑大爷惊奇地问，“那么，这几届村干部干了些什么呢？”

“你们把自己的青春年华投注到石头村的事业上了，耄耋之年仍然心系家乡，让我深受感动。当年，你们发愤图强、埋头苦干，创造了令全龚堂县人民自豪的非凡成就，彰显了老一辈干部自强不息的伟大精神。你们老一代村干部的功勋已经牢牢铭刻在石头村的史册上了。您老人家也为石头村今后的命运考虑考虑吧。”

“唉，不应该啊，不管时代如何发展，不管村民的生活条件如何变化，可是作为一名村干部自力更生、艰苦奋斗的志气不能丢啊！这些年他们究竟干了些什么呢？不应该啊！他们只拿俸禄，不为石头村的村民们办实事，我听说他们还瓜分了石头村贫困户的名额。”老书记仁桑激动不已了起来，“这样一想我也不把自己的思想强加到我儿子的身上去了，就由他自己拿主意吧。”

这时候，才龚嘉的妻子煮好了肉端上来了。于是大家都停止了谈话，开始吃起饭来。

“要是非要我进村参加村长竞选，我也可以答应你们，但是我也有个条件，你们必须得答应，否则，我还是按部就班，去做生意当个体户，不参与竞选村长事宜。”等大家吃好饭后，才龚嘉对丹巴书记说。

“请你说出你的条件来，只要在我们的能力范围之内，我们一定会满足你的要求。”丹巴对才龚嘉说。

“若要我进村竞选村长，你们必须要争取到高原美丽乡村建设项目。”才龚嘉说出他的要求后，就用坚定的目光盯着丹巴他们看。

丹巴听了才龚嘉提出的条件后，心中暗自高兴了起来，于是，他马上对才龚嘉说：“没问题，这事包在我的身上，只要你肯进村参与村长竞选，我发誓在今年或明年一定给石头村跑来高原美丽乡村建设项目。并且，我在石头村里担任第一书记，由我来顶大事，绝对不会影响你做生意。”

“说话算话？”才龚嘉问。

“一言为定！”丹巴承诺道。

四十五

换届选举就要开始了。在这个时候，村民开始高度关注起村里的换届工作来了。到底谁会是石头村新一届的村长？这可是涉及村民们自己切身利益的问题。

仁增嘉的商店里，一群村民正在讨论这个话题。

“扎西退下来，谁当村长我都不服。在石头村里我就服两个人。”才科高谈阔论道。

“你服的人还有谁？我闭着眼睛都猜得出来。”一个青年喝着啤酒说。

才科不相信地摇摇头，说：“你真能猜得出来？你猜准了，这顿啤酒我请了。”

那青年道：“这可是你说的，不许赖账啊。不行，你得把这两个人的名字写在纸上，然后我猜，咱们再赌。大家都作个见证。”

“行。”才科找来张纸背转身把那两个人的名字写了下来，折叠好装进上衣口袋里。

那青年脱口而出，说：“第一个，肯定是才郎。他一直是我们村的积极分子，也有干劲，除此之外再也没有其他人选了。这次我也准备选他。”

才科点点头说：“这个一猜就准，第二个你就猜不出来了。”

那青年沉默了一下，说：“第二个，我猜是冷智。挺能干的，又有冲劲，跟仁增嘉大哥年轻的时候有点像。如果没有才郎，我会选他。”

“不对。”才科摇摇头。

那青年皱起眉头，看了一眼仁增嘉的老婆格措吉，试探着说：“你平时最怕格措吉嫂子。不会是她吧？”

“他会选我？”格措吉笑着说，“要我说，他宁可选他老婆都不会选我。”

“错。”才科哈哈一笑。把口袋里的纸放到桌上，说：“你就乖乖付账吧。”

那青年把纸打开，看了一眼两个名字，“扑”的一声大笑了起来，说：“才科，你诈人啊。你这两个名字，一个是才郎，一个居然是你自己。”

“难道我不好吗？”才科眼睛一横，脸马上拉了起来。

“好。”铺子里众青年都笑着说，充满了讥讽的味道，“才科就是好。”

“不过，大家都听说了没有啊？阿吾才龚嘉同意进村竞选村委会主任了。”其中一个信息比较灵通的青年说。

“哦，真有此事？那可太好了，我们就有了一个真正的主心骨了。”大家异口同声地说道。

仁增嘉商店里发生的一幕，同样发生在石头村的角角落落。最近，大家都在猜测着谁会是新一任的村长。但最后猜测的结果，村委会主任的人选都集中到了才龚嘉的身上。

看来，才龚嘉是众望所归了。

元旦的前一周，选举正式开始。年满十八岁的村民们按时到村部报到，凡是签了字的就可以领到选票和二十元的生活补助。

这次选举，不仅要选出新的村长，还要选出村四职干部，即村委会成员。隔几年才会选一次，选出来的村干部必须要代表他们的利益。因此，村民们特别珍惜这次选举机会。

年底了，在外地务工的村民听说了要开选举会，向工地请假，急匆匆赶回村里来了。

石头村的第一书记丹巴和镇上来的包村干部负责组织这一次选举。他让各个村民小组的小组长把人数清点了，除了一部分村民外出务工无法参加选举以外，到会的村民达到了百分之八十，完全符合开会要求。到了事先通知的开会时间，丹巴他们走上主席台，打开村部的喇叭，开始宣读选举注意事项。一字一句地说了两遍，确定村民们都听明白了，才宣布选举开始。

村民们拿出自己带来的笔，在自己中意的候选人后面画上一个圆圈。选完了，挨着轮子把选票放入投票箱里。放了之后，又回到自己的座位上，等待选举结果。

投票结束，经村民们一致同意推举出来的计票人员，便开始了紧张的计票工作。

“才龚嘉一票。”

“才龚嘉一票。”

“才龚嘉一票。”

……

一个个名字和“正”字在十字路口平时办板报用的黑板上记了下来。

在记录村长选举结果的那个黑板上，从头到尾只出现了才龚嘉一人的名字，票唱完了，才龚嘉全票通过。

选举结果出来以后，接下来就是村长就职演讲。

才龚嘉走上台，说：“非常感谢石头村的乡亲们，这份恩情，我一辈子都不会忘记。大家选我，是我的荣耀，同时也是我的责任，我一定不会有负乡亲们的重托。在我的任内，要让大家的生活过得更富足，一定把石头村的路修起来。”

“啪啪”，掌声一片。

才龚嘉看了看台下正微笑着鼓掌的才郎，说：“在这里，我要特别感谢一个人，那就是我们村的县人大代表才郎，记得我还在穿开裆裤的时候，就坐在阿吾才郎的脖子上，没少往他背心里撒尿。”

“哈哈。”全场一片笑声，有乡亲夸奖道：“才龚嘉这孩子啊，就是记着恩情，实在。”

才龚嘉继续说道：“今天，老村长把担子交给了我，请大家相信我，我一定会勇敢地把担子挑起来，全心全意为乡亲们服好务，请阿吾才郎作证，请石头村的乡亲们作证。如果我有负我的承诺，请乡亲们吐口水把我淹死。”

“好！”再次掌声一片。

俗话说，“新官上任三把火”。才龚嘉上任石头村的村委会主任后，把第一把火就烧在了种植中藏药材上。不离其宗，他带领全体村民要开垦北盖台的撂荒地，准备大面积种植中藏药材了。因为他是个做中藏药材生意的人，之前就采集石头村黑土的样本找专家做了化验，鉴定出本地的土质适合种植大黄、龙柏和木香等中藏药材。而后他立马付诸实践，从甘肃等地学来了种植中藏药材的技术，在北盖台自己家的那几亩旱地里种植了大黄等中藏药材并获得了丰收，三年后他稳打稳挣到了一百多万。于是，他对种植中藏药材有十足的把握。所以，他有了一个大胆的想法。他要开垦北盖台三社的村民们的撂荒地。石头村三社的村民们十多年前整体搬迁出去后，舍弃了北盖台的耕地。作为石头村老书记的儿子，才龚嘉非常清楚这些撂荒地的来龙去脉，以后无论发生什么事他都有获胜的把握，所以他执意要带领全村村民开垦北盖台千余亩耕地。

“丹巴书记，我有一个大胆的想法，我要开垦北盖台的撂荒地。可是村里没有集体经济，你们想办法要帮助我们解决一下机械雇用费啊。”才龚嘉上任了石头村村委会主任的第二天，就来找丹巴说出了他的第一个想法。

“这事能行吗？”丹巴犹豫了一阵后，说，“《中华人民共和国土地法》明确规定农民的耕地归农民自己所有，所有权五十年不变的啊！虽然石头村三社的村民们搬迁了，可他们没有向镇政府或村委会办理上交土地的手续。我们没有经过他们的同意擅自做主开垦那些撂荒地是犯法的。”

“你别管那么多，我有办法对付他们。”才龚嘉胸有成竹地说，“这么多年了，他们不管理耕地，这些耕地一直荒着，确实太可惜了。与其让那些耕地白白荒芜，不如我们先利用，等他们找上门来再想办法去应对他们。再说，这也是我们石头村的土地，他们从来不管理这些耕地，我觉得我们有权利从他们手里征集这些撂荒地的。”

“看来你对那片撂荒地蓄谋已久了吧。”丹巴对才龚嘉开玩笑说。

“对我来说这片撂荒地可是一片风水宝地啊！”才龚嘉说出了真心话，“当年我也没有把这些撂荒地当一回事儿，自从我廉价承包了部分村民的撂荒地，种植大黄等中藏药材，获得了丰硕的利润之后，我才紧盯上了这片撂荒地。我暗自做决定，一定要征集这些撂荒地归石头村村委会所有了。所以，我多方打听征集村里撂荒地的相关政策，终于打听到了一些有利于我们的政策。”

“有关村委会能不能征集撂荒的土地，我们可以咨询一下法律顾问的。”丹巴还是有所顾虑地说，“我觉得你还是找到这些村民们，坐下来好好商量一下为好。不然，我们出钱出力开垦了这些撂荒地，他们来找我们的麻烦怎么办啊？”

“到哪里去找他们啊？”才龚嘉笑着说，“他们当初集体搬迁到噶杰镇北山去了，而后有的村民又搬迁到西宁等地方了。我先要把村里的所有撂荒地都征集起来，当做村级集体周转地，等这些撂荒地的主人前来认领，我们再丁是丁卯是卯地跟他们理论，非要跟他们争个高低不可。”

“那么，翻耕这些撂荒地的费用最少也要数十万，到时候谁来负责这些费用呢？”丹巴给才龚嘉算起经济账来。

“雨来云挡水来土掩。这一切都由我来承担。”才龚嘉拍着胸脯说，“只要你们帮着给我们村争取来翻耕犁地的资金，之后的事情都交给我了。”

“我佩服你的胆识和谋略，可这不是闹着玩的啊！我们不但要花钱而且还要担风险呢。”丹巴依旧有所顾虑地说，“这钱我可以去争取，但是你还是听听我的意见，先去找一下法律顾问谈谈有关征集村子撂荒地的事。万一不行你也用石头村村委会的名义贴个告示，这样做比你去强占移民的耕地好。”

“这个主意不错，那么请你给我们写个告示，我先到北山村贴告示去。等告示期限一满，我们就开始动工，开垦北盖台的所有撂荒地。”才龚嘉听了丹巴的这个主意后感到非常满意。

接下来，丹巴肩上的任务变得艰巨而又沉重了。

丹巴给新上任的村委会主任才龚嘉写了告示，等把他送走了之后，就忙他的事情去了。

这时候，村里的互助产业发展的资金也到位了，噶杰镇政府正催着各村拿出互助产业发展实施方案，按照实施方案即刻在各个村子里开展有特色的产业发展项目。丹巴学透了文件精神，召集村民开产业发展专题会议后，石头村的贫困户中间又产生了各种不同的意见。有的贫困户呼吁要用互助资金购置手扶拖拉机，要开着手扶拖拉机到龚堂县城打工，增加家庭收入。有的要拿互助资金购买牛羊，要在石头村里放牧，产出羔羊发展家庭产业。有的要拿互助资金投资到华联超市做股份，不用自己辛苦劳作就能获得分红，旱涝保收，不用担什么风险，何乐而不为呢。石头村里的贫困户们众说纷纭，根本统一不了意见。

丹巴赞成购买牛羊，但不赞同以户为单位去购置牛羊，他想走合作社道路。因为，石头村里有放牧的草山，村庄后面的扎隆山就是个天然牧场，留着这么一座肥沃的草山，不愁发展不起畜牧业生产。可是，石头村里的贫困户们基本上都搬迁到县城居住，再也不愿意到山上去受那份苦。而且，一年下来还要给贫困户们分红，所以谁也不愿意去承包合作社，怕吃苦怕担风险。购买手扶拖拉机会变成私人物品，根本不符合政策规定，显然是不可行的。至于把产业发展资金投资到商场，自然是好事，如果这个目标能实现，的确能了却丹巴的许多辛劳。可是噶杰镇的所有贫困村都义无反顾地把贫困户的产业发展资金投资到了龚堂县的华联超市里去了，租赁商铺获取利润来实现贫困户的分红任务。丹巴也亲自到龚堂县城对华联超市进行了实地考察，跟龚堂县华联超市的负责人做了一番面谈，并用石头村仅有的产业发展资金估量了一下石头村贫困户们能摊得的租赁商铺面积后，就怀疑起这个增收渠道。因为龚堂县常住人口总共不到十几万，仅仅在龚堂县城已经有四五家大型超市，产生效益的空间不大。为此，他最终还是放弃了把贫困户的产业发展资金投资到了华联超市租赁商铺获取利润来实现贫困户分红的事。

过了半个月后，噶杰镇的十二个贫困村中，有十一个村完成了落实贫困户产业发展资金投资的事宜。十一个贫困村中有八个贫困村把产业发展资金投资到了华联超市商铺租赁中了，三个贫困村购买了牛羊牲畜，搞村级合作社提高产业发展。唯独石头村还没有落实产业发展资金投资任务，所以，噶杰镇政府的领导们开始批评起丹巴书记来了。为此，丹巴书记也开始着急了起来。

某星期一早晨，丹巴到噶杰镇政府参加了晨会，又听到噶杰镇政府领导的指责。从而郁闷地开着车爬上扎隆山，翻过扎隆山垭口就停下车，站在路边俯瞰着山脚下那一大片撂荒地，仔细琢磨起用贫困户们的产业发展资金投资购置农机械的事宜。据他了解，整个龚堂县没有几辆收割机或播种机，一到春季或秋季就有甘肃或陕西等外省的大量收割机或播种机开进龚堂县来，先到低海拔的农业乡镇开播或收割农作物、翻犁耕地，然后，再到高海拔的牧区乡镇开播或收割农作物、翻犁耕地，从龚堂县及周边村庄的农牧民手里挣走大量钱财。于是，丹巴觉得他当初用石头村贫困户们的产业发展资金投资购置农机械的想法并没有错。他坐在扎隆山垭口，思谋了一个上午后，就决定利用石头村贫困户们的产业发展资金投资购置农机械了。而后，他兴奋地开着车一溜烟疾驰到石头村，走进林场的办公室里，把他的决定说给正在忙碌地整理扶贫工作各种资料的陈斌和王英忠。

"陈斌，王英忠，今天去开晨会，董镇长（负责管理噶杰镇扶贫工作的副镇长）又批评了我们石头村。"

"能想象得到。"陈斌边从电脑里打印资料边对丹巴说，"秃子头上的虱子明摆着。还需要说吗?”

“毛主席说，失败总会挨打啊！”王英忠添油加醋地说。

“好了啊。”丹巴边往茶杯里倒水，边反驳陈斌和王英忠说，“你们两个人不用合起伙来打击我了，我现在也有目标了，我的眼前也出现了黎明前的曙光。”

“向前进，向前进，工作组的责任重，贫困户的冤仇深。古有花木兰，替父去从军；今有工作组，扛枪为贫困户……”陈斌和王英忠诡异地彼此看了一眼后，齐声唱道。

“哈哈哈，你们这两个坏蛋，就知道挖苦我。看着我今晚就宣布我的决定。”丹巴咕嘟咕嘟地喝了几口水说，“你俩不要高兴得太早啊。”

“你可不要吓着我们啊！”陈斌和王英忠继续挖苦丹巴说。

“王英忠，快往贫困户群里喊一下，通知石头村的‘两委’班子和贫困户们今晚八点到村十字路口开会。一律不准请假。”丹巴命令王英忠说。

“遵命！”王英忠立刻回应道。

那晚，在召开的石头村贫困户大会上，当丹巴向大家宣布了他要用贫困户们的产业发展资金投资购置农机械的消息后，以才科为首的贫困户就开始闹腾了起来。他们都不赞成用产业发展资金投资购置农机械，理由是农机械有折旧率，使用几年之后它的使用价值会大大降低，除去修理成本产生不了明显的效益。从而也推翻了产业发展资金分给各家各户自行购置手扶拖拉机的意见，以及投资到商场租赁商铺的建议。

那夜，石头村的贫困户们集思广益，紧紧围绕石头村贫困户们的产业发展资金投资问题激烈研讨一宿，最后以才科为主的分发产业发展资金主义者和以扎西与才洛为主的整合产业发展资金集体办理产业发展项目主义者之间意见产生分歧，几乎要动手打起架来，都在丹巴的呵斥下才没有将矛盾进一步激化。直到清晨雄鸡报晓时分，他们还是没有统一思想，就只好回家休息了。

唉，丹巴精心策划的计划又一次泡汤了！

四十六

“丹巴书记，是不是又为产业发展而发愁呢？”

第二天午后，丹巴又一次登上扎隆山垭口，坐在一块大石头上俯瞰着坐落在扎隆山脚下的石头村发呆时，石头村的老村医索嘉来到他的身边说。

“哦，阿布（爷爷）索嘉您什么时候来这里的啊？”听到说话声，把丹巴从沉思中拉了回来。

“在石头村里办一件事情很困难啊。”索嘉大爷坐在丹巴的身边，掏出烟火点燃了一根烟边吸边对丹巴说，“群众工作不好做啊，我这几年在石头村里当村医，也跟村民发生过各种摩擦。现在我摸透了石头村每一个村民的心思和秉性。你要是真为石头村的村民们办一件事情要有自己的主见，一拿定主意就得独裁专断地执行下去。征求他们的意见建议，你这一辈子也甭想干成一件事情来。”

“石头村村民的这个特性我已经很早就领教过了，目前我苦恼的不是这件事，而是我的确不知道用这么点儿资金给贫困户干点儿什么事为好了。”

“这事怪不得你啊。”索嘉大爷叹息了一声后说，“噶杰嘉书记只是个老好人，但他确实没有办事的魄力。扎西村长目光短浅，私心太重，不是做村长的料。现在好了，为了争抢着做石头村的贫困户，连村长的职务都辞掉了。他选择了一条好路，只能当贫困户，不是做村委会主任的材料。嗨嗨嗨，人各有天命啊！这次你们选对了村委会主任，只有才龚嘉才能在石头村里执行起你草拟的那份村规民约。放在别人手里那村规民约只是一张废纸。可是啊，他刚上任村委会主任，至于怎么治理石头村还没有一条好的思路。”

“就是啊，正因为是这样，这一切的重任都落在我一个人的肩头上。我也不大确定在石头村里搞什么产业发展项目为好、真愁死我了啊！”

“参加了你召开的几次会议，我听出来了，你确实没有把准石头村的命脉。”索嘉大爷捋了捋胡须，目光却凝视着扎隆山脚下那一片平坦的田野和山川说，“你可要明白石头村的地理优势，我们村可是个半农半牧的村庄啊。这里有农田也有广阔的草山，至于农田可是垴山，种植旱作农作物，走种植业路子并不宽敞。如果要走纯牧业经济路可没有像纯牧区那样广阔的草场，也是行不通的，只有走半农半牧的路子，这个村子才能活起来。”

“我觉得村里的人们都追求新的潮流，我们反过来继续走传统道路能行得通吗？”丹巴思谋了一阵后说，“村民们都争着搬迁到城市里生活，石头村的贫困户中二十四户贫困户都已经享受了易地搬迁扶贫政策，争前恐后地搬迁到县城里生活了。难道都不是飞蛾扑火一般向着新时代、新目标去的吗？他们愿意再回到石头村里继续过耕地放牧的原始生活吗？”

“无论走到哪里他们都是农民，要吃饭过日子，他们既没文化也没有手艺，往后依然靠这片土地生活。对他们来说，走得再远，石头村也是他们的归宿，扎隆山脚下的黑土地养活了他们，最后还要埋葬他们。”然后，他又转过头来看了丹巴一眼，说，“丹巴书记，你好好看看你脚下的这片土地吧，多么地肥沃啊！再看看身后的扎隆山吧，它有多么地巍峨啊！这片田野、这座神山永远是石头村群众的摇篮，也是我们赖以生存的铁饭碗啊。”

……

“我把话就说到这里了，何去何从还是得由你自己琢磨去吧。”说完话索嘉大爷起身准备离开了。

“与君一席话，胜读十年书。索嘉大爷，我听明白了。我会好好考虑的。”丹巴站起身来目送着索嘉大爷说。

“这土地和草山就是养活石头村村民的两大法宝啊！”说着话，索嘉大爷念诵着六字真言顺着山路下山去了。

丹巴看着山脚下肥沃的耕地和巍峨的草山，突然眼前一亮，他的思路变得开阔了起来。

这一次，丹巴王八吃秤砣——铁了心要办牲畜养殖合作社。为此，他再次召集石头村的贫困户召开产业发展相关会议时，就没有给村里的贫困户讨论的机会，只给他们传达了要建立牲畜养殖业合作社，再也不探讨其他问题，想直接选举产生合作社法定人选。可才科等人又跳起来反对丹巴利用产业发展资金搞养殖业，眼看着举办养殖业合作社的事再一次要搁浅了。这时候，索嘉大爷又出面跟大家谈了。

“无笼头的野马难驾驭，无鼻圈的野牛难驯服。我主张我们石头村的产业发展就搞养殖业合作社。丹巴书记的思路是正确的。毛主席说过，不做调研就没有发言权。你们只图眼前的利益，考虑过石头村的长远发展吗？不懂装懂者可恶可憎，懂而不露也不是好人。在你们的嘴皮子底下，给我们石头村里办件好事咋就这么难呢？轻重用秤称，长短用尺量。难道你们不知道自己有几斤几两吗？吹起来天花乱坠，做起来鼻涕邋遢。处处作对，事事反对。如果你们有能把石头村扶起来、让全村的村民脱贫致富的人选，就站出来，把石头村的一切权力交给你。”

……

见到索嘉大爷发起火来，大家都静悄悄地没人敢言语了。

“佛说，认识自己，降伏自己，才能改变自己。业障深重的人，一天到晚看别人的过失与缺点。你不要一直不满人家，你应该一直检讨自己才对。不满人家是苦了你自己啊！可怜的孩子们，不要身在福中不知福、骑马还嫌屁股疼了。

“无论走到哪里我们都是农民，要吃饭过日子，我们既没文化也没有手艺，往后依然靠这片土地生活。对我们来说，走得再远，石头村也是我们的归宿，扎隆山脚下的黑土地养活了我们，最后它还要埋葬我们。这里就是我们的根啊！我们放着这么广阔的天地，放着这么得天独厚的条件，干吗要去搞什么乱七八糟的事呢？现在我们在驻村工作队的带领下，正要迈着三条路发展了，种植藏药材，发展牲畜养殖业，搞活乡村旅游业，目前就是我们石头村的三大法宝。除此之外，谁还能想到第四条路呢？孩子们啊，目前村子里只剩下我一个老汉了，我不能看着你们走歪路啊！扶贫攻坚战我们只能打一次，过了这个村就没了那个店，我们不抓住这次机会能行吗？众人拾柴火焰高。孩子们，我们要珍惜这次机会，大家心往一处想，劲往一处使，我们要在党和政府的带领下，齐心协力摘掉我们头上这顶压了我们几百年的贫穷的帽子吧。否则，我死不瞑目啊！”

“我支持！”增官嘉第一个举起手来。

“我也支持。”

“我也支持。”

大家都纷纷表起态来。

可在石头村牲畜养殖业合作社法定人选上让丹巴吃尽了苦头。贫困户们谁都不愿意留在村里经营牲畜养殖业合作社，所有搬迁到龚堂县城居住的贫困户们都打算各扫门前雪，过自已想过的安逸日子，不想承包石头村里新建立的牲畜养殖业合作社。丹巴几乎走遍了在石头村里稍有点办事能力的贫困户家，可还是没有找出一个合适管理石头村牲畜养殖业合作社的人选来。他起初的最佳人选是扎西和才洛，他们当初是石头村的干部，具有一定的组织能力，可他们都回绝了丹巴。

箭在弦上不得不发。因为丹巴与噶杰镇政府沟通，已经做好了石头村牲畜养殖业合作社的相关资料，他无论如何也不能推翻这个项目。那怎么办呢？石头村的贫困户把产业发展项目资金投资给了村委会，他们不管你丹巴能不能把这一项目实施下去，等到年终只要给他们分红就可以了。

“怎么办呢?”陈斌和王英忠也着急了。陈斌又埋怨起丹巴来：“不听老人言，吃亏在眼前。我当初就说过，把有关产业发展资金按人口发放到贫困户们的手里，我们就没有任何责任了。现在好了，责任重于泰山。这件事情成了压在我们身上的五指山。”

“皇上不急太监急。我没有害怕你倒担心起来了。”丹巴听着陈斌的埋怨有些不舒服了，于是就对陈斌说，“天塌下来都由我顶着，你怕什么啊？”

“哼，你说得倒轻巧。”陈斌梗着脖颈说，“之前你还说我们都是拴在一条绳上的蚂蚱呢。到时候，你头上要挨三大板子的话，我的头上也会挨一大板吧。刚愎自用，不面对事实，才摊上了这么大的事，无缘无故地让人承担责任和压力。讨厌死了！”

“请少安勿躁！”丹巴安慰陈斌和王英忠说，“你和王英忠只要做好上交扶贫工作的相关资料和报表就可以了，至于项目实施都由我承担，就算犯了错误也由我来担，责任不会落在你们肩上去的。”

“丹巴书记，接下来打算怎么办啊？”王英忠也着急，可他不像陈斌那样抱怨丹巴，却开始跟丹巴商量起这事来，“万一不行的话，我们把眼光放远些，既然石头村里没有人愿意承包经营合作社，那么我们就把牲畜养殖业合作社承包给别人，只要产生效益就可以了啊。”

“哦，远水解不了近渴啊！”丹巴也叹息了一声，说，“如果石头村贫困户里有人能承包经营合作社我才比较放心啊。到头来即便经营合作社烂包了，也好处理啊。可是贫困户中没人愿意承包合作社，真是一群上不了台面的东西。在石头村里办件事怎么就这么难啊？”

“丹巴书记，我们转变一下观念，不要把目光只盯在男人们的身上，石头村里的女人可不是一般的人啊。”王英忠提醒丹巴说，“据说石头村的妇女们有阿妈龚琼山神护佑，她们在家的地位个个比男人强，许多家庭都由女人当家啊。”

王英忠的这句话使得丹巴眼前一亮。他坐在办公桌前把王英忠的话在他的脑子里复又过了几遍后，觉得王英忠说的话确实有道理。

突然，他的脑子里闪现出了一个妇女形象来。

她身材高挑，五官端庄，肤色黝黑，穿着朴素，留着两股粗壮的麻花辫子，穿着一身半长风衣和一条藏蓝色的直筒裤子，脚穿一双丝纹布鞋，说起话来有板有眼，办起事来干练利索。她就是前任二社社长才洛的妻子——彭吉。

才洛性格耿直，理家办事办法不多，只会操持家里的几十亩耕地，农闲时出去打点儿工，挣几个小钱，乐意过老婆孩子热炕头的安稳日子。可他的妻子却不一样，她有理想，有想法，有魄力，干事创业带有一股子闯劲。由于她的丈夫才洛不争气，之前家里的日子只过得马马虎虎，还供着两个孩子上学，赡养公公婆婆，家里的经济一直搞不上去。

十年前，丹巴担任石头村里的包村干部时，彭吉刚刚嫁到石头村五六年的光景，膝下有一双儿女，公公患病，常年吃药，家里的开销太大。可他的丈夫才洛也挣不来钱，无奈之下，彭吉大胆地承包了当时石头村里的养羊大户华太佳家的羊群。她跟华太佳签了合同。签合同时，华太佳不但提前支付了她全年的工资（由于当时他们家要给她的公公看病急需用钱），还让彭吉要保证育活他们家当年百分之五十的羔羊，承诺如果育活更多的羔羊就当奖金奖励给彭吉。

那一年，彭吉把孩子和老人丢给她的丈夫才洛，她一个人上山住在华太佳家的羊圈里，专心放牧起华太佳家的羊群来。她从华太佳手里接过羊群的那年春季，村里的养羊户们从彭吉给绵羊灌药、给牲畜盖畜棚、储存饲料防备寒潮、观察气象推迟剪羊毛等熟练程度上，看出了她放牧的娴熟技能。

等她和华太佳之间签订的合同到期时，她超标完成了合同上签订的目标，还多育活了五十多只半大的羊羔。华太佳也守诚信兑现当初他给彭吉留下的承诺，多育活的羊羔都给了她。从而，彭吉捞到了平生以来的第一桶金，从此，她慢慢发展起自己家的羊群，直到前年她公公患病住院，她的一双儿女上大学，家里拮据，不得已才出售了她好不容易发展到将近二百多只的绵羊，给老公公治病，让两个孩子上了大学。可不幸的是她花了钱又没有治好公公的病。等老公公去世后，婆婆又忧伤过度住进了医院，所以她买羊赚来的钱都花光了。最终，他们家又蜕变成石头村里的一家贫困户了。

她于心何甘？！

一年前，才洛夫妇也享受了易地扶贫搬迁政策，搬迁到龚堂县城居住了。丹巴他们不久前入户走访时，曾听到过彭吉真切的心声。她在龚堂县城里找不到个合适的工作，正在怎么在县城里生活下去而惆怅着。

“小王，找彭吉来承担此重任怎么样啊？”丹巴问王英忠说。

“我说的就是她啊。”王英忠得知丹巴书记猜出了他的心思，就坦然对丹巴说，“我觉得我们很有必要去找她谈一谈了。”

“不，我们不能去找她谈。”丹巴给王英忠卖关子说，“才洛不愿意受这份苦，他不会承包牲畜养殖业合作社。如果这时候我们去找他的妻子彭吉谈话，会引起误会来。”

“前怕狼后怕虎，瞻前顾后的真讨厌！”陈斌听完丹巴的话又开始埋怨道，“还讲究战略战术，矫情！”

“关键时刻要讲究一些战略战术了。”丹巴不在乎陈斌唠叨，继续说，“才洛想承包农机械，可大家反对用贫困户的互助资金购买农机械，为此他感到很失落的。回到家他会给他的妻子抱怨的，他们两口子还会交流有关石头村贫困户产业发展资金的去向的，这样一来彭吉自然会得知石头村里要办理牲畜养殖业合作社的事，从而，会激起彭吉的兴趣来的。我冥冥之中有个感觉，过不了多久，她主动会来找我们的。”

“但愿吧！”陈斌和王英忠异口同声地说。

等到第十天，还不见彭吉来找他们，所以，丹巴就彻底灰心了。

当他准备再找招标公司征集招聘出租牲畜养殖业合作社管理人员的时候，彭吉给丹巴书记打来了电话。

“喂，是丹巴书记吗？”

“是啊，你是哪位啊？”

“哦，我是彭吉啊。”

“哦哦哦，是彭吉啊，你找我有事吗？”

“丹巴书记，是这样的，我听说咱们村办了一个牲畜养殖业合作社是吗？”

“是啊？”

“听说你们在找承包人，你们把合作社承包出去了吗？”

“还没有呢？石头村里没有人敢承包经营，我们正打算找招标公司承包给别人经营呢。怎么？难道你有合适的人选吗？”

“丹巴书记，那么我就直说了，你可甭笑话我啊。”

“你说哪里话啊？我还求之不得呢，干吗要笑话你呢。”

“丹巴书记，我可以承包合作社吗？”

“可以啊，只要你愿意，我们就会鼎力支持你的。”

“我承包了合作社，一年向村委会上交多少租金呢？”

“彭吉，是这样的，这是由石头村全体贫困户的产业发展资金投资购置牲畜，修建牲畜养殖场，建立的牲畜养殖业合作社。这合作社经人承包经营产生出效益，按比例要给全村的贫困户分红。”丹巴详细给彭吉介绍办理合作社的资金来源和产生效益等事宜。

“丹巴书记啊，你给我讲这些道理我自然不会懂的，我是个没有文化也没有其他劳动技能的农村妇女，除了会放羊我什么都不会做。”彭吉坦诚给丹巴说出了自己的想法，“像我这样的人不好在县城里找工作，靠政府给予的补助金不够全家人的生活开支啊。可承包合作社又不知道怎么经营，往后还得靠你帮助我啊。”

“只要你肯承包合作社去经营，往后我们会和你一起渡过所有难关的。一回生两回熟，你马上就会学会的。”丹巴对彭吉说，“你还是雅茂片区有名的放牧能手呢。这牲畜养殖业合作社除了你承包给别人经营我还不放心啊。”

“那就好，就凭你这句话我也豁出去了。”彭吉给丹巴说，“除了放羊我真不知道干些什么的好，赋闲在家，心里没着没落的，活得很没有滋味啊。”

“那就好，我们办理牲畜养殖业合作社，真发愁没有人承包经营呢，你又找不到一个使你满意的工作。这也算是个天意啊，那么我们就这样定下来吧。”

“可你们还没有养殖场，也没有购置牲畜，我什么时候才能经营合作社啊？”彭吉比丹巴书记还着急呢。

“彭吉，是这样的，贫困户产业发展资金已经到位了，只要你承包经营合作社，我们首先购置牲畜，你暂且搭建帐篷放牧，我们立刻着手修建厂房。你觉得怎么样啊？”丹巴把自己的想法和打算说给彭吉听了。

“我相信你，只要你在石头村，我的心里就有主心骨了。我一个妇道人家，才洛也不大支持我去承包合作社，我是顶着各方面压力要出来闯了。我答应你了。”

第二天开始，丹巴就忙着准备办理牲畜养殖业合作社的事宜了。

四十七

一波未平一波又起。

丹巴书记还没有摆平建立产业发展合作社的事，石头村的药材种植业合作社（参康合作社）又出事了。

村委会主任才龚嘉贴出了征集石头村撂荒地的告示，始终没有人出来闹事。

告示日期刚过，才龚嘉急着来催促丹巴书记马上给他们落实五万元资金，他马上要开垦北盖台的撂荒地，要带领石头村的村民栽种大黄等中藏药的苗子。

种植农作物要追赶季节的，过了季节就耽误了那一年的收成。才龚嘉着急准备种植中藏药材是没有错，可丹巴书记他不知道到哪里去争取这一笔钱。不出则已，一出门他就想把争取中藏药材种植补助金和争取高原美丽乡村建设项目一起落实一下。于是，他带着石头村党支部书记噶杰嘉和村委会主任才龚嘉到龚堂县城跑项目去了。

丹巴不知道到哪个部门去谈项目。他苦思冥想了好一阵子后，还是觉得先到噶杰镇政府，找一下镇政府负责项目的副镇长咨询一下，然后到县城寻找相应的部门领导，就不用到处瞎跑了。于是，他们来到了噶杰镇政府，经一打听种植中藏药材是由农牧科管理，他知道镇政府里负责管理农牧业事务的副镇长是杨副镇长，就到杨副镇长的办公室找她去了。

来到杨副镇长的办公室里，丹巴说出了他们的来意后，杨副镇长非常地支持丹巴他们，并且立即往县农牧局里打了个电话，说明了石头村种植中藏药材的事宜。农牧局局长得知了这个消息，也支持贫困村搞特色产业走脱贫致富路，所以他立刻答应了解决相关项目扶持资金。

丹巴的第一个项目没有什么波折就顺利争取到手了。觉得最近他的运气不错，想什么就来什么，所以，他信心十足地到噶杰镇负责建设项目的崔副镇长办公室里，找崔副镇长洽谈高原美丽乡村建设项目去了。当丹巴向崔副镇长提出了年内想要在石头村里搞高原美丽乡村建设的事宜后，崔副镇长哧哧地笑了一下，说：“在石头村里搞高原美丽乡村建设？你们是在做梦吧？噶杰镇有那么多先进村还没有轮到搞高原美丽乡村建设项目，你们石头村作为全县的落伍村，还会轮到高原美丽乡村建设项目吗？对于这事，你们连梦都别做了啊！”

听了崔副镇长的那句话，丹巴他们的心仿佛掉进了冰窟窿里去了。丹巴不服气，还带着村党支部书记和村委会主任去找噶杰镇党委书记海文华，海文华书记也把他们给打发了出来。

他们带着满心的失落来到一家餐厅里吃中午饭的时候，村委会主任才龚嘉失望得不说一句话。丹巴也发愁地接连吸了几根烟后，对村委会主任才龚嘉说，“才龚嘉，你不要失望啊。今年不行我们明年再争取，高原美丽乡村建设项目总有一天会轮到我们石头村的。”

“唉，看来没希望了啊！”才龚嘉郁郁寡欢地吃着碗里的饭，叹息了一声后，说，“好事不出门，坏事传千里啊！只因我们村当年发生的草山纠纷、进京上访、拖延换届选举等事搞臭了村庄的名声，我们就比别的村落后上整整十年啊。”

“你们进村去吧。”丹巴思谋了很久后，说，“我不想这样轻易放弃。听海文华书记的话今年还没有确定在哪些村实施高原美丽乡村建设项目，我想再去争取一下。”

“我们大家再努力一下吧，只要争取到高原美丽乡村建设项目，我们村就与噶杰镇其他村之间的距离最少也缩短到四五年。这些年，石头村背着软弱涣散党支部的名声，什么项目也没有实施，比上其他先进村，我们石头村还处在原始状态中啊。”才龚嘉慨叹道。

“我今天给你们也分个工，施加一下压力啊。”丹巴看着噶杰嘉书记和才龚嘉主任说，“才龚嘉主任带领村民们搞生产。第一步要搞好参康合作社的中藏药材种植业和年丰牲畜养殖业合作社的藏系羊养殖业。第二步准备利用雅茂林区独特的天然风光带领石头村的村民们搞乡村旅游业。第三步就要着手实施高原美丽乡村建设。你的任务非常艰巨。当然也不要放弃你自己的生意，因为我当初信誓旦旦地答应过你阿爸。”

“既来之则安之。我已经做好了吃苦的思想准备。”才龚嘉主任拿出坚决打赢脱贫战的决心说。

“噶杰嘉书记，你一心一意抓好石头村党支部的党建工作，争取年终考核工作中取得优秀的成绩。当然，我知道做到那一步很难，但是我们要克服困难，把我们石头村党支部落伍的帽子要摘掉。否则，我们永远翻不了身啊。”

“没问题，我会全力以赴做好党支部的每一件事。”丹巴书记的这番话给了噶杰嘉书记很大的激励，一向蔫不拉唧的他眼光中闪烁出了光芒。

“两位平日里放机灵点儿，村里所有琐碎的事情就让各社的社长们去处理。让村里的妇联主席和团支部书记，以及会计认清自己的责任，办好日常工作。”丹巴说到这里，突然想起了一件事情，就对着他们说，“石头村里已经有了符合本村实际的村规民约，国有国法，村有村规，没有规矩不成方圆。接下来我们事事就用村规民约来约束石头村的村民。”

丹巴借此机会开了一个简单的口头会议，把相关石头村事宜给村里的两个大领导交代清楚后，就开着车回了一趟单位。

几天后，丹巴还是带着失望回到了石头村。

丹巴一进村，避而不谈有关高原美丽乡村建设项目的事，却带着彭吉夫妇紧锣密鼓地购置绵羊，张罗起石头村年丰牲畜养殖业合作社事宜来。

这时候，又有一件麻烦事找到他们头上来了。

一场春雪过后，村委会主任才龚嘉已经从外面雇来机械，开始犁北盖台的撂荒地了。

就在这时候，十多年前从石头村里搬迁出去的三社村民打着“顾亲念怀，还我耕地”的旗号，到石头村找党支部讨要他们自己的耕地来了。

他们来到石头村先找丹巴书记理论来了。丹巴不大了解村里的这一情况，就叫来村党支部书记噶杰嘉给他们做解释。噶杰嘉书记可能知道这中间的来龙去脉，可嘴笨，面对那个带头人如同机关枪扫射一般说出来的话，他支支吾吾地说不出个所以然来。情急之下，丹巴拨通了村委会主任才龚嘉的电话。

此时此刻，才龚嘉把北盖台耕种中藏药材的事托付给各社社长，自己开车到甘肃购买中藏药材的种子去了。

拨通电话，才龚嘉得知了北盖台的村民们集体来到石头村闹事后，马上开车从甘肃回到石头村里处理这事来了。

丹巴给他们说明了情况，把他们安顿到石头村里的亲戚或朋友家里休息去。可他们不给丹巴和噶杰嘉面子，开车直接到北盖台的地边安营驻扎了下来。他们来石头村这么一闹，原本在北盖台的撂荒地里热火朝天地劳作的村民们也不敢冒犯，都停下手头的活回到家里休息去了。

等才龚嘉回到村里，来不及喝一口水就开车来到北盖台，找带领三社村民滋事的头目，开始和他争辩了起来。

“你们从村里搬迁出去十多年了，这是多年白白荒芜了北盖台的耕地，按照国家土地法，石头村村委会有权力征收这些撂荒地。”

原北盖台的那个头戴一顶旧礼帽、穿一身藏蓝色中山服、上面披一件黑色呢子、脖子上套着一串象牙念珠、肤色黝黑、双眼布满血丝的中老年人说：“你们鸠占鹊巢，乘人之危，私自占有了我们的耕地。我们现在要行使主人翁的权利，从你们手里争取我们自己的耕地使用权，要把我们的耕地租赁出去，收取租赁费。”

“你们已经不是石头村的人了，政府把你们确权到了北山村，给你们解决了耕地。你们没有一人占有多地的权利，再说你们当初从石头村里搬迁出去时与石头村村委会签订了一份联名协议书。协议书上写明，等你们搬迁出去三年之后，你们的所有土地归石头村所有。我们也看在情同手足的分上睁一只眼闭一只眼，从来没有跟你们追加过责任，现在你们也不能失言，违背自己的良心。”

可那个带头滋事的人一口咬定那只是个才龚嘉想象出来的假设，没有什么根据，不见黄河不死心，不见证据他们绝对不承认。

正当才龚嘉与北盖台的那些前来闹事的人争辩不休的时候，石头村里的男人们都聚集起来，合伙来到了北盖台，准备与北盖台的社员们摊牌。

陈斌看到这一阵势被吓破了胆，没跟丹巴商量，悄悄从人群中溜出去，偷偷给噶杰镇政府打电话报警了。

没过多久，突然传来一阵警车的警报声。当大家向警报声传来的方向望去时，发现从扎隆山垭口驶来了几辆警车，正向他们疾驰而来。

“谁报的警啊？”才龚嘉见到警车后，询问道。

“我！”陈斌勇敢地站出来回答说。

“唉，你啊你，成事不足败事有余。”丹巴看着陈斌，恨铁不成钢地说。

警察把警车开到人们身边，大概了解了一下情况，驱散了聚集在此地的群众，拉着才龚嘉和前来闹事的带头人，复又拉着悠长的警报，走了。于是，丹巴也开着车跟随警车疾驰而去。

傍晚时分，丹巴又回来了，可才龚嘉没有跟他一起回来。村民们以为警察拘留了才龚嘉，就走上前来向丹巴询问起才龚嘉的情况来。丹巴说才龚嘉回西宁的家里寻找证据去了，村民们也放心地回家了。

过了几天后，才龚嘉也回来了。回到村里，他对大家说北盖台的撂荒地的问题解决了，那些撂荒地的使用权归石头村所有，于是，两个社的社长又带着石头村的村民们开始在北盖台的撂荒地里耕作了起来。

后来丹巴才知道，当初北盖台的社民们从石头村里搬迁出去时，才龚嘉的父亲仁桑担任石头村的党支部书记。北盖台的村民们当初为了从石头村里搬迁出去跟当初的村委会签了一个联名协议书，承诺他们从石头村里搬迁出去，三年之后北盖台的所有耕地归石头村村委会所有。本来北盖台的村民们也彻底放弃了这一切，可是，石头村的“滚刀肉”才郎由于换届选举中落选后，就把新上任的村委会主任怀恨在心。后来，他见到村委会贴出去征集北盖台撂荒地的告示，就找到北盖台的社员们，挑拨离间，煽动北盖台的社员们来争取北盖台撂荒地的租赁费。噶杰镇派出所警察把他们带到镇派出所，详细了解了情况，要求才龚嘉递交那份协议做证据。才龚嘉回家从他父亲那里找到了那份协议，交到派出所所长手里之后，派出所叫来当时的证人作证，还调解处理了双方的矛盾纠纷问题，才放才龚嘉回村了。

了却了那一桩事后，丹巴再接着跟彭吉夫妇购置牲畜养殖业合作社用的绵羊时，又一桩事在等待着丹巴去处理了。

原来丹巴跟石头村里的贫困户们说好要收购他们搬迁时没来得及出售的绵羊。当丹巴带着彭吉夫妇到那些贫困户家里去收购绵羊的时候，发现他们都变卦了。他们说有一个行内人士说秋后绵羊的价格要上涨了，他们既然这么长时间都等过来了，不着急再等个把月，不愿意把绵羊出售给他们。丹巴之前预计好的生意又被黄了。没办法，就只好到海北州祁连县去购买绵羊了。可彭吉她有她自己的想法。她说从别的地方买来的绵羊，在扎隆山上放牧，绵羊们会由于水土不服而死去的，这样一来受损太大，她担负不起这个责任。那么他们只能到石头村周边的村庄里购买绵羊了。丹巴思来想去，详细做了一个八九不离十的价格标准后，就把收购绵羊的任务都交给彭吉夫妇了。彭吉也果断地接受了这个艰巨的任务。几天后，当彭吉出门去她的娘家的村庄里购买牲畜的时候，索嘉大叔拦住了她，不但没让她到她的娘家村里去购买牲畜，还让丹巴拉着他来到龚堂县德吉小区，召集村里搬迁下来的村民们开了一个座谈会。

“乡亲们，今天我又提着这张老脸找你们来了。”等搬迁到德吉小区的贫困户家的家长们都到齐后，索嘉大爷开口说道，“可能你们都猜到今天我来这里的目的。没错，我就是为了给我们村年丰养殖业合作社的事而来的。俗话说‘马用鞭催，人用言劝’。我来这里劝你们来的。也不知道你们给我赏不赏脸，但是我拉着这张老脸来了。现在村里的老人们一个个都离我们而去了，目前只留下我和格桑大哥了。格桑大哥听到这个消息后，也对你们的行为感到很心寒。马和马成群，人和人活人。乡亲们啊，我们可是在同一个山神的护佑下，喝着同一条河里的水成长起来的啊。你们听信了一些人的谗言，本答应好要把家里的绵羊卖给年丰养殖业合作社的事给反悔了。我知道你们的心思，你们那样做也没错，大家都想多赚到点儿钱。众人之中有圣人，沙土之中有金银。你们这样做，外村的人会笑话死我们的啊！群雀不怕鹞。曾经我们石头村的村民们为我们村的集体利益着想，团结起来跟外村的人做过斗争，虽然触犯了国家法规，可我们都是同心协力为我们石头村的利益而做的奋斗，那时候我们何等地团结啊？犯了法，大家都痛心过，但大家都自豪啊！可现在倒好，在国家的大力扶持下，驻村工作队的带领下，我们石头村的状况日渐好起来了。但我们的信念却坍塌了啊！在主人座下磕响头的人，没有一个不是利欲熏心的。大家盯着蝇头小利，开始过起了‘自点自的火，各冒各的烟’的生活。这些事，万一被其他村的村民们知道后，他们会怎么看我们石头村的人呢？我们怎么在他们面前树立威信呢？往后任由他们宰割吗？合群的牛，虎不吃。乡亲们，我们离脱贫致富只有几步了，我们可不能在这个节骨眼上走错路啊！你们把自己家里的财产看得比命重，可你们想过没有啊？投资到产业发展的资金都是我们自己的钱啊？如果我们村的产业发展项目失败了，那么，你们现在的做法岂不是捡芝麻掉西瓜吗？万一由彭吉从外地买来绵羊，因水土不服死去的话，那么这个损失有多大啊？彭吉去她娘家村，一旦告知了我们的丑事，那我们还活不活啊？男子汉肚量要大，烈马的缰绳要长。我们要有长远的眼光去看我们的石头村，去看我们每家每户往后的生活吧。马可以狂烈疾驰，人不能刚愎自用。为了我们石头村的集体利益，我们大家都忍痛割爱，贡献出自己的一点力量吧。等我们村的集体经济壮大起来后，一切的困难都会迎刃而解的。”

大家听了索嘉大爷的那段演讲般的谈话后，都激动了起来。于是，大家都同意把家里的绵羊以目前的市场价卖给了彭吉，还热情高涨地关注起石头村的年丰养殖业合作社的发展来。

四十八

石头村里每一天都在悄无声息地发生着变化。丹巴从噶杰嘉书记的身上也发现了潜移默化的变化。

俗话说：“人过留名，雁过留声。”自从在新一届换届选举工作中，石头村的村民们再一次投票选举噶杰嘉做了石头村的村党支部书记后，噶杰嘉书记也彻底作了一番思考：一届班子总要做些事情，留些痕迹，才对得起百姓，对得起社会。我在石头村担任了两届的村支部书记，再也不能像以前那样浑浑噩噩地打发日子了。我始终要把村官作为职业来对待，作为事业来追求。无论条件好坏，我每年都要给村里办几件群众看得见、摸得着的硬事、实事，使群众能享受到改革发展的实惠，才对得起百姓对我的信任。

后来，他从自己的能力着手，踏踏实实为石头村干起了实事来。

年初由丹巴他们带领群众在石头村的周边栽种了杏树之后，他到噶杰镇争取来了几千米网围栏，动员村民出义务工搭建了网围栏，保护了杏树，而且每天派村里的管护员轮流给杏树浇水、除草，使得杏树日渐茁壮起来。而且，每月召集村民出义务工，不断地维护起石头村那条通往外界的公路，使得村民外出道路通畅。还给村里的管护员安排值日，清扫村主干道、清理水源、清淤护坡等等人们不注意的日常工作，做到了党员齐上阵，公路无尘土，渠道水畅通，绿化四季青。同时，狠抓民主管理，把村里的重大基建工程、大额经费支出都坚持做到“四议两公开”，保障党员、群众的知情权、参与权、决策权和监督权。逐渐地党员、群众没有说三道四，村支委成员之间没有扯皮猜疑。丹巴他们还从党员、群众那里听到“钱用到点子上，这样的班子我们信得过”的赞扬声。

丹巴逐渐对噶杰嘉书记刮目相看了。

当丹巴他们再次去噶杰嘉书记家吃饭时，发现他打牢了支部党建工作的基础。虽然没有村委会，可在他们家的一间房子里摆满着《村干部坐班制度》《村干部工作量化管理的暂行规定》《农村党员分类管理办法》《村级财务管理制度》《“三会一课”制度》《党费收缴、扶助金募集台账》《入党积极分子、后备干部培养教育台账》等各种制度和台账。

“哎哟，制度都整齐全了，就可惜差了个像样的活动室。”丹巴赞扬噶杰嘉书记说。

“再不着急了，不久这一切都会实现的。”噶杰嘉书记给丹巴他们倒了茶说。

“看到这些，我打心眼里高兴了，希望你充分履行村支部书记的职责，按照党建工作的总体要求、目标任务和措施办法，围绕‘五好班子’建设，进一步落实责任，完善制度，创新机制，强化党员管理，为石头村发展再做新贡献啊。”丹巴强调。

“我尽力吧。”噶杰嘉书记说。

一口气完成了石头村产业发展中的两大项目后，丹巴又开始谋划起重新在石头村搞乡村旅游业的事情来。他在全村村民中物色带头干乡村旅游业的人选，最后把发展乡村旅游业的人选锁定在老校长的小儿子才旦加的身上。

快到三十岁的才旦加家和村里其他人一样，很早之前，家里的生活全靠那十几亩地。对于这个地处瑙山地区的村子来说，土地就和村民的钱袋子一样干瘪。一年下来，收入勉强糊口。为了多挣点钱，才旦加在家搞起了养殖业。十几年下来，他们家牲畜的规模渐渐扩大，成了石头村里的养殖大户。每年，靠着畜棚里那二百多只羊，才旦加能有三万多元的收入，母子俩日子过得还算不错。

第一书记丹巴找才旦加谈话了。丹巴来到才旦加家里开诚布公地说道："才旦加啊，为了发展乡村旅游，村委会打算购置六顶帐篷。我们商量商量，你能不能先带个头?"丹巴书记一问，原本滔滔不绝地跟丹巴说话的才旦加哽住不说话。毕竟，对于这个曾经穷得在县上都"挂上名"的小村子来说，旅游似乎是个遥不可及的梦想。"要不你试试?"

"干不了、干不了。丹巴书记你之前带村民们搞旅游业，都以失败告终了。我是不可能担起这个重任的。"他的头摇得像个拨浪鼓。

"那时候，我们办乡村旅游业的条件还没有成熟。可现在不一样了，我们的条件就要好起来了。你是村上的致富带头人，原来也在果洛州办过农家院，办乡村旅游有经验，要是你都不愿意，这事我们石头村是办不成了!"第二回上门动员，丹巴开始分析村里的实际情况，才旦加有点动摇。

的确，在内行人眼里，这个地处偏远、交通不便的小村子在发展乡村旅游上有着得天独厚的优势。雪山、林场、草原，以及遍地的野花，夏季的石头村是个美不胜收的好地方。

“要不我先试试。成不成再说！”就这样才旦加和村委会签了协议书，成了村上第一个“吃螃蟹”的人。

紧接着，拿着村委会的一万元扶持资金，他又凑了些钱购置了“装备”。

岳父打来电话的时候，丹巴他们还在为石头村易地搬迁的后续工作而忙碌着。

“丹巴，我已经跟州委书记提起了你们石头村，书记对你们村的印象很深刻。最近州委要开展一次以州委领导调研‘后进村’整转的调研工作，到龚堂县调研时一定会进你们石头村开展调研的，你即刻进村展开工作，最近几日你就会得到县委的通知。一定要把握好这次机会啊！为父只能帮你这么多了，接下来就看你的了。”

“多谢阿爸体恤，我一定抓住这次机会，旗开得胜，给您老人家上交一份满意的答卷。”丹巴在电话里说。

“我相信你，不多说了，你快去做准备吧。”

挂了电话，丹巴有些不敢相信地呆立了片刻后，打了个激灵，马上拨通了陈斌和王英忠的电话。

“陈斌，马上叫上王英忠，我们现在就要进村。”

“什么事啊？刚回家连屁股都没坐热，又要催我们进村了。”陈斌很不情愿地说。

“州委书记要到我们石头村里来调研了，我们进村要做准备工作啊。”丹巴着急地说。

“来就来呗，村里连个村委会都没有，我们还做什么准备啊？”陈斌依旧慢条斯理地说。

“废话少说，我今天命令你要跟我进村。”说完话，丹巴挂了电话。

王英忠接了丹巴的电话后，没过多久就赶来了。

“陈斌呢？”丹巴见到王英忠后问道。

“他说我们先走，他自己要开车进村。”王英忠把行李放进后备厢里，走过来帮助丹巴往车里装起东西来，“丹巴书记，消息可靠吗？”王英忠不敢相信地问。

“你以为我在打诳语啊？”丹巴边往车里装东西边对王英忠说。

“不是啊，我觉得有些不真实。自从那年为了整顿石头村里的民风来过县级领导，之后，这几年连镇长也没到过我们石头村啊，你今天突然说州委书记要来石头村调研工作，我真的有点儿怀疑。”。

“所以啊，这一次对我们石头村来说是一次千载难逢的机会啊。”丹巴边往车里装东西边对王英忠说，“石头村的成败就看这一次了。”

“那么，州委书记来我们石头村调研工作，我们让他们看些什么呢？”王英忠问道。

“你还想让州委书记在石头村里看什么啊？村子里连个村委会都没有，我们让他们看些什么呢？”丹巴反问王英忠说，“我们去组织群众搞好村里的卫生，布置好会场，制造一下村子里迎接领导的气氛呗。”

“丹巴书记，那才郎他们趁机会向州委书记告我们的状怎么办啊？他们还巴不得这次机会呢。”

“为人不做亏心事，半夜敲门心不惊。我们按照相关政策办事，没做出什么亏心事，何惧之有啊？让他们尽管去告吧。”

“我觉得这次州委书记来我们村开展调研工作，对我们利弊共存啊。”

“我觉得利大于弊，没有什么可担心的。”丹巴装好东西上了车，边系安全带边对王英忠说，“我们尽所能搞好了易地搬迁、产业发展等项目，我们的牲畜养殖业合作社和中藏药材种植业搞得风生水起，我认为不会挨批评的。至于村里的基础设施建设落后，不能怪罪到我们头上来的，我们找县里有关牵扯到扶贫攻坚的十大项目单位，好多次找书记和镇长反映过问题，他们藐视石头村，不给我们项目，我们不可能空口白牙搞好石头村的基础设施建设来的啊。该紧张的不是我们，而是县上和镇上的领导们了。”

“你说的也挺有道理的。”王英忠上了车，边系安全带边对丹巴说，“听你这么说，我的心里又踏实多了。”

“走吧，是祸躲不过。”丹巴边开车边对王英忠说，“但愿这次州委书记之行不是一场空欢喜！”

“一定会有希望的，只要投资修好石头村的各项基础设施，我们的脱贫攻坚战就好打多了。”王英忠说。

“先进村吧，其余的就靠天命。”

当村支书噶杰嘉听说了州委书记来石头村里调研“后进村”整转工作后，突然想起来了那年县四大班子的领导进石头村开展整顿教育的事，他的腿就不寒而栗了起来，开始埋怨道：“州委书记怎么偏偏到我们石头村来呢？噶杰镇下属有二十几个村，为何不到其他村里去，干吗要到我们石头村来啊？”

“庆幸都来不及呢，你还埋怨个没完。最近才龚嘉村长在村里吗？”丹巴责备了一句噶杰嘉书记后，询问村委会主任的在岗情况。

“出门做生意去了，出去已经快一礼拜了，仅做生意，一点儿不关心村里的事。”噶杰嘉书记又发起牢骚来。

丹巴不理他，立马拨通了村委会主任才龚嘉的电话。

“喂，村长，你现在在哪里啊？

“在甘肃夏河啊。

“州委书记来我们村开展调研工作了，你马上要回到村里来。

“最好连夜赶到村里，有许多工作要我们去开展。

“那就再好不过了，我们等着你。”

丹巴挂了电话，又对噶杰嘉书记说：“明天等村长到村后，你们组织村民把整个村里打扫一番。召集村里的治安人员搞好村子里的秩序，管制住像才郎、龚守财这些村民。”

而后，他看着王英忠说：“立马去村医家检查一下货架上的药品，搜查一下有没有过期药品。然后，去找彭吉做好年丰养殖场的卫生，让央吉卓玛他们去做好参康中藏药材种植场卫生，摆齐全成品半成品中藏药材。”

“噶杰嘉书记，等陈斌到村后，你们把村里的有关党建和扶贫攻坚的相关材料整理齐全，才龚嘉村长到村后，让他带领各社的社长，组织村民对整个村子的每一个巷道都要打扫干净，我现在就去准备汇报材料。”

他分完工时，噶杰嘉书记的妻子也做好了晚饭，他们大家就在书记家里吃过饭，就各做各的事去了。

丹巴回到林场的宿舍里，伏案写起汇报材料来。

等丹巴他们做好了所有的准备工作后，镇长和书记才陆续给他们打来电话，通知他们有关州委书记来石头村开展调研工作的事宜，还派来镇上的组织书记和一位副镇长协助他们开展会前准备工作。

夜里，不知什么时候下起了雪。早晨丹巴他们起床后，才发现整个石头村被厚雪覆盖得白茫茫一片。

等才龚嘉村长带领村民铲扫掉了村道里的雪，在村十字路口的那棵古树底下摆好了桌子，拉好横幅，耐心等待着州委书记一行领导的到来。

上午十一点左右，一辆辆公务车开到了石头村口，由于积雪太厚，车子打滑得开不进村里来，州委书记一行只好走下车来，踩踏着积雪徒步向村子里走去。

在丹巴等村干部的带领下，州委书记一行踩着积雪在村子里转了一圈回来后，已经有些受凉，冷得身体打颤，牙床磕碰。本想着马上进会议室里召开座谈会，与乡村干部、专职网格员一起座谈交流，了解石头村发展情况和组团联村工作情况。可一见到石头村的干部们把会场布置在十字路口，准备召开露天会议后，徐林生书记就开始质问起县镇两级领导们来。

“吴部长啊，难道石头村里连个村委会都没有吗？”

……

“石头村的第一书记是哪位啊？”见大家不开口说话，徐林生书记就找起石头村的第一书记来。

丹巴走上前去，恭恭敬敬回答州委书记徐林生说：“尊敬的书记，我是石头村的第一书记丹巴，实不相瞒，石头村由于受当年草山纠纷、进京上访、延缓换届工作等影响而落下的坏名声，十多年来县镇政府往我们村里没有安排过任何项目。巧妇难为无米之炊。我们只好这样布置会场了，在村子里实在找不出个能容纳这么多人的场地来。请书记责罚。”

“难道你们没去找龚堂县各大部门反映过问题吗？”徐林生书记询问道。

“几乎每年都去，可是……”丹巴欲言又止。

“可是什么，无妨，你大胆地说出真实的情况吧。”徐林生书记鼓励丹巴说。

“石头村是个远近闻名的后进村，没人愿意往我们石头村里投资。”

“噶杰镇海书记，第一书记丹巴的诉说是否属实啊？”

这时候，州委书记徐林生找来噶杰镇书记盘问。

“回书记，丹巴书记所说句句属实，他每年拿着申请材料到各个部门奔跑，都以其他村里还没有实施好项目为由推辞，我们也无能为力，只好听之任之。”噶杰镇海书记如实回答州委书记。

“龚堂县县委书记、县长，还有各大部门的局长们，你们怎么解释啊？”徐林生书记穿上了由司机拿过来的军大衣，坐在古树底下的办公桌前，看着龚堂县各大部门的局长们问。

龚堂县各大部门的局长们亏欠得低着头不说一句话。

“这是由你们的失职造成的，你们打算怎么完成石头村的脱贫攻坚任务啊？我责令你们，不管想出什么办法，年内一定要完成石头村的所有基础设施建设任务。等到今年十一月份，我再来石头村视察工作一次。到那时候，我再追究你们的责任。”

“遵命！”

“丹巴书记，你简单介绍一下，你们进村后所做的工作吧。”州委书记徐林生压制了一下内心的愤怒，要求丹巴汇报工作了。

于是，丹巴从抓党建促脱贫，基层组织能力不断提升；着力培育发展产业，切实巩固脱贫攻坚成果；引导特色产业发展，夯实脱贫攻坚基础；联点帮扶多措并举，思想扶贫成效显著等方面出发，详细向州委书记汇报了这几年来他们在石头村里开展的扶贫攻坚工作。

“自从扶贫工作队进村来，还开展了不少工作嘛，能看得出丹巴书记是个负责任的书记，希望你们再接再厉，圆满完成石头村的脱贫攻坚任务。”听完了丹巴的汇报，州委书记徐林生表扬丹巴他们说。

紧接着，他给大家讲起话来：“今天，我们来到噶杰镇石头村，专题调研‘后进村’整转工作。要深入贯彻州委七届六次全会和州委八届六次全会精神，推动‘党建治理美丽村’建设在村级落细落实。要坚持党建统领。乡村的振兴、村庄的发展、农民的幸福主要依靠村级组织的坚强领导和廉洁干事，要做实‘组团联村、两委联格、党员联户’工作，凝聚党员干部合力，夯实基层基础。村党支部要真正发挥战斗堡垒作用，团结带领村‘两委’和广大村民勤奋努力、脚踏实地，推动村庄发展、富民增收、事业兴旺。党员要发挥先锋模范作用，以坐不住的紧迫感、等不起的责任感、慢不得的危机感，积极为村庄发展思考、寻方、献策。村干部要以饱满的精神状态、主动作为的担当作风，坚定整转信心，从薄弱环节入手，做实整转工作，争取由‘后进村’变成‘示范村’。农村经济发展，要突出强村与富民。强村，主要是强村集体经济，依靠村集体坚守多年、接续发展的中藏药材种植基地，管好年丰养殖场，结实名药果，赚到绵羊钱。富民，主要是增加村民收入，依托雅茂林场基础的乡村旅游业和打工经济，通过‘亲帮亲、邻帮邻’多种途径增加群众收入；发动村民发展投入少、见效快的‘多肉’经济，引领群众创业增收。坚持解决当前和着眼长远相结合，排出急需解决的问题、急需上马的项目，把事情干好，把项目办实，让项目支持单位放心、群众得实惠、村庄变美丽。”

来去匆匆，开完座谈会，州委书记一行准备要离开石头村了。

“我们有冤情！”

就在这时候，才郎带领着航坚、彭措等村民，高举着一张上面写有“我们冤枉！”的牌子来到了十字路口的古树底下。

“你们有何冤情，如实道来！”徐林生书记看到喊冤的村民们，说。

“石头村当初确认贫困户不精准，没有认定许多生活条件确实不好的户为贫困户。当初第一书记丹巴违规违纪，吃了村干部们的回扣，村干部们平均瓜分了石头村贫困户的名额，促使许多贫困线底下的村民们仍然过着贫穷困难的生活。请书记明察，还我们公道。”

“嗯，丹巴书记可有此事？”州委书记徐林生听了才郎的诉苦后，逼问丹巴说。

"回书记话，不曾有违规违纪之事，这些前来上访的村民家庭条件都不错。他们达不到确认贫困户的条件，能超额达到'三不愁两保障'标准。只因为当初没有认定他们几家为村里的贫困户，他们无理取闹，多次到县镇政府上访，县纪委前后派来巡察组，三番五次巡察过我们的工作，我们严格按照要求确认下来贫困户。我们如履薄冰地开展扶贫的每一项工作，所有认定石头村贫困户的资料在此，请书记明断。"

"龚堂县纪委刘大伟书记，你可知晓此事？"州委书记徐林生听了丹巴书记的解释后，向龚堂县纪委刘大伟书记询问道。

龚堂县纪委书记刘大伟走上前来，回答州委书记一行说："回书记话，丹巴书记所说句句属实，石头村村民才郎带头，多次扰乱村里纪律，妨碍驻村工作队工作，至今不肯罢休，延缓工作组的工作进度。请书记处置。"

"才郎，我还记得你啊。"州委书记徐林生听了龚堂县纪委书记刘大伟的回话后，看着石头村的村民才郎说，"我对你们村那年发生的草山纠纷至今还记忆犹新啊！你简直就是个钻空大树心的大蛀虫啊。"

而后，州委书记徐林生指着噶杰镇党委书记海文华说："对这种破坏村里治安，扰乱村里公务的蛀虫要严惩不贷，交给扫黑除恶办处理，扫清驻村工作队的工作障碍，顺利完成脱贫攻坚任务。"

"遵命！"

噶杰镇党委书记海文华听了州委书记徐林生的命令，立刻唤来镇派出所的干警，劝退了前来捣乱的才郎等村民。

然后，州委书记一行领导视察了一圈石头村的基础设施建设等情况，再三向龚堂县各大部门的局长交代了石头村下一步的工作任务，就开车离开了石头村。

四十九

州委书记莅临石头村开展调研工作好比是一场及时雨。

之后，龚堂县交通、水利、住建、电力等局的局长们一改常态，络绎不绝地来石头村找丹巴协商工作，洽谈项目。但石头村的基础设施实在过于薄弱，他们一时不知道从哪里抓起。可他们的意见又不一致，水利局的要立马给石头村拉自来水管道，交通局的要修建村里的道路，电力局的栽电杆通电，环保局的要修污水处理管道，都要抢着在石头村里搞项目，想提前完成属于自己归口的任务。可这一切项目都是相互交叉，如交通局的要修建村里的道路，可拉自来水管道和污水处理管道时，又要挖掉道路去实施项目，这样一来不但浪费了财力和物力，而且延长了工期。

当他们像热锅上的蚂蚁急得团团转的时候，县政府召集县各大局和噶杰镇委、镇政府以及石头村的驻村工作队开了一次建设石头村的专题会议。

会前，丹巴整整花了几天几夜的工夫制作了一个有关石头村建设的课件，图文并茂地勾勒出了石头村未来的蓝图。

会上，龚堂县的县委书记和县长让各局的局长汇报他们的计划。各个局的局长们只从他们的角度出发汇报，根本打不到点上去。

最后，龚堂县的领导让石头村的第一书记丹巴汇报村级基础设施建设，于是，丹巴打开了投影仪，开始说起他的想法来。

“各位领导，石头村等来今天确实很不容易啊。虽然迟，但也不迟。胸怀千秋伟业，恰是百年风华。脱贫攻坚快要胜利收官了，我们要有‘攀过一山再登一峰，跨过一沟再越一壑’的魄力，来个一箭双雕岂不是更好吗？我想借此机会，顺便结合乡村振兴战略，全面打造生态宜居、产业兴旺、乡风文明、生活富裕的美丽乡村新征程。”

“挺有想法，你说说看。”县委书记听了丹巴的这句话说，产生了兴趣。

“大家先看看石头村目前的状况吧。”丹巴一一翻着课件里的基础设施情况。

“上面是目前石头村的现状，道路崎岖，人居环境恶劣，饮水管道失修，人畜饮水困难，电力设施薄弱，学校房屋摇摇欲坠，村干部在十字路口办公。”

“这些我们已经知道了，你就干脆说出你的想法。”县委书记打住了丹巴诉苦，要求他单刀直入，直奔主题。

“好的，我打算做好‘三个抓手’大力实施石头村的乡村振兴，想要以乡村振兴工作作为基本功落实扶贫攻坚工作，发扬踏实肯干、担当作为的精神，把乡村振兴工作真正落实到石头村的田间地头。

“乡村振兴，规划先行。我们要充分发挥基层党组织战斗堡垒作用，牵好‘牛鼻子’，集思广益，凝聚群众集体智慧，让乡村发展政策措施在基层落地生根。”

丹巴打开自己设计的石头村未来规划图，一一介绍说：“要生存先要解决饮水问题。这是石头村后面扎隆沟里的一条溪流。这条清澈的河流流到石头村口，变成地下水流淌到石头村下端的沟道，只能望梅止渴，石头村的村民们利用不到它，希望水利部门利用先进技术，把这条清澈的河流引到石头村，既解决村民的饮水问题，也能解决村里的灌溉问题。

“这是石头村未来的乡村道路建设图。解决石头村村民出行问题，有两条路可走，一条是通过干沟出行，一条是通过扎隆山垭口出行。其中村民们惯于行走扎隆山垭口的乡村道路，可这条路建设难度大，不便于修建。”

紧接着，丹巴打开村容村貌规划图，一一给在座的领导们展示，介绍说：“‘生态环境保护是功在当代、利在千秋的事业。’绿色，孕育着生机、昭示着希望，是生命的颜色，也是新发展的底色，能够推动生态环境持续向好。我们要切实提高政治站位，把绿色发展理念作为全方位推动乡村振兴发展的重要抓手，牢固树立和践行‘绿水青山就是金山银山’的理念。要以只争朝夕的干劲和久久为功的韧劲，守住好山好水好生态，以‘物联网＋智能回收’‘大数据＋智能管护’等方式解决好垃圾处理、污水处理、农村改厕等问题，补齐石头村人居环境短板。希望大家在做决策、找路子、育产业时，真正找到可持续生态发展的‘金钥匙’。”

最后，丹巴打开游客接待中心、农家院、滑雪场、杜鹃花海、徒步旅游等等景点规划图介绍道：“乡愁是对一方水土的依恋、对至亲的思念、对文化的感怀。我们借此机会全面推进乡村振兴，要大力保护村落中的建筑文化、宗族文化、耕读文化、民俗文化、饮食文化等。要深入挖掘村落历史文脉，寻味乡愁记忆，品味乡土风情，构建村民精神家园。要将村民喜闻乐见的文化形式和村庄建设规划相结合，讲好乡村故事；要保存好乡村的影像、图片、文物、史料，传承文化基因，打造出兼容并包、雅俗共赏、乡风文明，经得起历史和人民检验的新时代美丽乡村。”

等丹巴介绍完后，县长和书记都拍手称赞起来。

龚堂县委、县政府和噶杰镇人民政府把石头村的“美丽乡村建设”活动作为建设社会主义新农村，强化广大党员干部密切党群、干群关系的重要举措给予高度重视，及时成立了由县委书记任组长，县长任副组长，各大局的主要负责人为成员的石头村“高原美丽乡村”建设活动领导小组，并下设办公室，抽调了两名干部专职开展工作。同时，要求龚堂县各部门将共建工作作为党的群众路线教育活动的一项具体措施来抓，全力配合、齐抓共管、抓出成效，形成“主要领导亲自抓、分管领导具体抓、相关单位配合抓、全镇干部共同参与”的工作机制，做到了组织领导到位、部署到位、责任到位。

丹巴看到龚堂县的这个阵势窃喜起来，因为他知道在龚堂县的历史上，从来没有哪个村享受过这种待遇。这倒不是石头村有多了不起，而是州委书记给他们施加了压力，需要在六七个月里竣工，到年底，在石头村里召开全州扶贫攻坚交流会议。时间紧，任务重，压力大，所以，龚堂县委、县政府才采取这种重大举措。

“美丽乡村建设”活动初期，龚堂县主要领导和噶杰镇党委书记及镇长每星期带领各部门的负责人前往石头村，开展前期摸底调研工作。通过走村串户、与扶贫工作队和村里的干部座谈、倾听村民呼声，在掌握共建村基本情况和村民群众意愿、建议的基础上，对共建工作提出了具体要求。同时，按照州委书记提出的“留住乡愁，群众宜居”要求，抓紧时间进一步做好村庄规划的编制和完善工作，厘清工作思路，细化建设内容，特别注重发挥基层党组织战斗堡垒作用，建立良好的联动工作机制，强化与共建单位的协调和沟通。并按照“依靠县、镇党委和政府，调动村民群众积极性，发挥民政职能优势，组织广大干部职工参与，齐心协力开展共建活动”的思路，本着“着眼长远、明确分工、各司其职、尽力而为、量力而行”的原则，扎实开展此项工作。在开展广泛深入调研的基础上，根据省“高原美丽乡村”建设活动领导小组和龚堂县委、县政府“高原美丽乡村”建设活动实施方案，及时研究制定了石头村“高原美丽乡村”建设活动实施方案，从组织领导、建设目标、建设内容、采取的形式到资金来源、实施步骤和保障措施等方面做了详细的规定。实施方案本着“明确分工、落实责任、各负其责、各司其职”的原则，对石头村所需建设的内容和项目进行分工。其中，县和镇政府负责整合相关专项资金和建设项目，开展农户住房建设、村容村貌整治、村级道路硬化和环境综合治理；对特困群众建房的帮扶和村庄公共设施项目的建设。

将建立维护共建成果的长效机制作为一项重点工作来抓，及时召开村民大会，研究修订村规民约，制定石头村公共设施维护办法。同时，通过与所有农户签订共建成果维护协议书，把共建成果的维护工作落实到户，做到家喻户晓，并使之成为人人遵循的自觉行为。

这时候，州农牧局作为石头村的联点帮扶单位，也开始行动了。把结对共建工作作为一项政治任务来抓，组织动员干部职工共同参与是州农牧局党组从一开始就提出的明确要求。针对共建工作中出现的八户特困户建房缺少资金的问题，由农牧局党组发动广大干部职工和下属单位以“扶贫济困献爱心”的形式开展募捐活动。在州农牧系统内举办的募捐活动中，局领导带头募捐、广大干部职工踊跃参与，捐款数额达到了十六万元，准备全部用于资助八户特困户建房。

村子里，噶杰嘉书记他们也没闲着。

石头村村民们的春耕生产还没有搞完，高原美丽乡村建设项目已经下来了，噶杰镇政府搞完了招标工作，获得招标项目的人已经进入石头村做起规划来。

丹巴叫来噶杰嘉书记和才龚嘉主任商量好了石头村搞高原美丽乡村建设项目的具体方案后，召开了村民大会。在村民大会上，宣布了就要在石头村搞高原美丽乡村建设项目的消息，并且提醒大家在搞高原美丽乡村建设项目时村民们要注意的事项，以及要参与工程而需各家各户完成的任务。

“不行，村里要搞这么大的项目，你们没有通过我们的意见就擅自做出规划，我们不同意你们这样做。”才龚嘉还没有说完话，石头村的“滚刀肉”才郎跳起来像往常一样要起横来，“要在石头村里搞高原美丽乡村建设，这里面我们要考虑的问题很多，就你们几个人一碰头决定石头村的命运，我绝对不答应。”

“嗯，看来这个人渣今天又故意来向我找茬了呗。”看着主席台底下耍狠的才郎，才龚嘉主任心中暗忖道，“我今天借机不给他个下马威，他会越来越不像话，会骑在我的头上拉屎了。”

“才郎，凡由村委会决定的事是我们提前做过深思熟虑的，我们站在全村村民的角度思考问题，做了全面的规划才召开会议，向大家公布消息的。想征求村民的意见整改提升的。难道村委会研究村里的事情都要请你来做参谋吗？你作为一名普通百姓有什么资格参与村委会的事情啊？”

“反正我不同意你们这样做。”

“除非你做石头村的村委会主任。”才龚嘉主任直接撕破他的嘴脸，当着大伙儿的面对他说，“你明处不做人事，暗里仅做鬼事。简直就是个活阎王。口里念着玛尼，心里暗藏鬼胎。你分明就是那个坏了一锅粥的死老鼠。你老了老了不做善事，尽做些挑拨离间的勾当，活脱脱是一个大祸害。”

“你……”

“我怎么了啊？你今天非要跟我争个高低，那好啊，你我今天就当着全村人的面评个公道。”才龚嘉不给才郎说话的余地。

……

“你可以从这里给我滚出去！”最后，才龚嘉当着全村人的面给他下起了逐客令。

“你等着瞧吧！”才郎气狠狠地走出了会场。

“全体村民听着，我们石头村现在已经有了约束自己村民的制度。”才郎走出会场之后，才龚嘉稍稍压了压内心的愤怒，对大家说，“我们石头村的村规民约是由丹巴书记三番五次地征求过你们的意见，而且在村民大会上举手表决通过后形成的明文规定，已经下发给大家了。从此以后，石头村村委会照章办事，如果触犯了规矩，我们就按照村规民约进行处置。”

彭措、航坚等人见才龚嘉主任发怒了，安静地坐在会场里听才龚嘉讲话，连一句多余的话都不敢说了。

石头村的村民们刚复垦了北盖台的撂荒地，播种完中藏药材，又开始在石头村周边栽起树来。这是石头村村民们从父辈们那里遗留下来的一贯作风，每年春天村委会组织村民就在村子周边栽树。父辈们当初在石头村周围栽了杨树，除了石头村南山上大片的松树林、村北面扎隆山上的灌木丛之外，偌大的雅茂滩上到处生长着葱葱绿绿的杨树，把石头村都掩映在茂密的树林里，甚是秀美。今年，丹巴打算率领村民在石头村的石滩沟道里栽种一片杏树，想在绿荫丛中点缀点儿鲜花。于是，他们就从周边的邻村买来了杏树苗，召集包括搬迁到龚堂县城的贫困户们在内的村民，开始在村周围的石头滩和沟道里栽种起杏树来。

时令已经到了夏季，石头村里的一切项目都一并开工了。冷清了近十年的石头村突然变得热闹非凡起来。

施工队们先实施了村里的污水管网项目，与此同时，高原美丽乡村建设项目如火如荼进行。污水管网项目还没实施完成，村河西湾里开始动土修建起了村委会办公场所和村级文化活动室，以及村级幼儿园等办公场所。一向冷清的石头村突然来了那么多人，包工头、工人，还有周边村里来石头村打工的村民。这期间，小小的石头村里整天机器轰鸣，人头攒动，热闹非凡。

丹巴、噶杰嘉和才龚嘉轮流值班，认真监督目前石头村里开展的每一个项目。他们头戴安全帽，每天带领着石头村监督委员会的成员，穿梭在村委会办公场所、村级文化活动室、村级幼儿园，以及高原美丽乡村建设的项目点，坚决不放过每一个步骤，并且让石头村监督委员会的成员承包一个项目点的安全生产、质量监督和工程进度。村里的所有项目点不直接与村里的群众产生利害关系，只要监督好质量和进度就可以了。所有实施的项目中，难度最大的就在高原美丽乡村建设的项目点，因为高原美丽乡村建设项目牵扯到村民的切身利益，关系到农户的墙体、墙帽、墙裙、大门和门前的巷道，所以，时时刻刻都有施工队与村民之间发生冲突的可能性。说句实在话，石头村里的大多数村民是通情达理的，遇到问题经丹巴和才龚嘉出面一调解就能化干戈为玉帛，得到妥善解决。可有一部分人紧盯着自己眼前的利益不放，对他们讲道理就如牛皮上撒豆子——根本行不通，非要费上很多口舌不可。

丹巴几乎每天都能收到群众的上诉。墙体建设的水泥比例达不到标准、墙裙的厚度不够、石头摆放不整齐、墙帽的层次不够高等等鸡毛蒜皮的事，弄得他焦头烂额。可群众利益无小事。无论再小的事情，丹巴还是要跑到现场处理解决。所以，石头村的高原美丽乡村建设项目实施得很顺利。天下没有一条道路是笔直的。石头村里的高原美丽乡村建设项目推进到下村的才郎家的巷道里就相继出现了问题。

航坚、彭措和旦正等人再也不敢跟着才郎瞎折腾，他们都改邪归正，开始跟着才龚嘉主任走正路了。在高原美丽乡村建设中他们态度端正，思想积极，带头拆除自己家房前屋后的残垣断壁，拆除巷道口多余围墙，让地拓宽村道，主动出力参加村里的各种义务劳动，努力为石头村的高原美丽乡村建设付出一份力量。

才郎依然不死心，撺掇起他的邻居旺宝来搞破坏。

这次旺宝趁村里搞高原美丽乡村建设的机会来到石头村里，嫌弃这里挑剔那里的，某种程度上阻碍了项目的进度。

旺宝本想借此机会，撺掇起航坚、彭措和旦正等人好好为难一下丹巴他们来着。变成失群之马的才郎来找他，两个臭味相投的人一拍即合，合伙跟丹巴和才龚嘉作对了。

才郎和旺宝是邻居。他们两家的大门口有一条村民们必经的巷道，村委会决定拆掉他们两家门前树园的院墙，拓宽巷道，畅通村子内部的道路。等高原美丽乡村建设的工程推行到他们两家门前的巷道后，他们漫天要价，寸土不让。为了避开前嫌，不让才龚嘉跟才郎直面发生冲突，就由丹巴出面跟他们两家协调了。丹巴几次三番登门拜访，费尽口舌，他们始终不答应。之后，只好由才龚嘉亲自出面找他们协商谈判了。可是才龚嘉每次去找他们时，才郎都不出来跟他见面，总是由旺宝出面与才龚嘉周旋。

“旺宝啊，我们都是光着屁股在这个村子里一起长大的伙伴，你就顾念一下我们之间从小培养的这份纯真的友谊，看在石头村父老乡亲的脸面上，就不要为难大家，拆掉门前的围墙吧。”

“你们搞的这个项目是啥玩意啊？都什么年代了还用石头做建筑材料，你们的思想也太老土了！”旺宝不屑地说。

“旺宝，你也知道我们石头村地处垴山，下雨量大，一到冬天风雪连天，用红砖围墙裙容易腐蚀。只有用石头砌围墙既能避免墙根侵蚀又能彰显出民族特色，还能给老百姓剩下些钱来。我们再用那些钱还能在村子里搞个其他的项目，岂不是更好吗？”才龚嘉娓娓道来，循序渐进地劝解旺宝说，“这是我们和镇政府的领导经过详细协商做出的决定，还请来专业设计师做了设计搞定的项目，而不是我才龚嘉擅自做的主张啊。”

“我也不是村里的大领导，管不了村子里那么多的事。我只顾自家门前事，不去招惹其他的是非。你只要运来红砖绿瓦给我们两家围墙裙，做墙角，戴墙帽，我就让你们在我家门前实施工程，否则，免谈！”

听了这句话，才龚嘉感到非常地生气，于是暗暗克制着内心的怒火，对旺宝说，“旺宝啊，该说的话我都给你说了，何去何从你自己去掂量。搞这次高原美丽乡村建设项目完全按照上级政府的规定，统一规格在搞工程，你有权放弃，村委会也不会强迫你的。”才龚嘉看了一眼傲慢无礼的旺宝，说，“村委会之前召开会议制定了制度，确定有谁妨碍这次工程的进度要放弃给谁家实施项目。那好吧，既然你们两家不同意按照上级政府规定的设计方案搞高原美丽乡村建设项目，那么以后你们自己花钱去实施项目吧。”说完话，才龚嘉起身一拍屁股就走人了。

从旺宝家出来，才龚嘉径直来到高原美丽乡村建设项目部，找到工头，交代他们放弃给旺宝和才郎两家的建设，还稍微修改了一下之前的方案，避开旺宝和才郎两家从下一个巷道绕道修通一条道路。

这时候，噶杰嘉书记阻拦住才龚嘉主任说：“请你不要操之过急，我来试试吧，给我三天的时间。三天后我们再另做打算吧。”

当噶杰嘉书记去才郎家的时候，才郎也为白天的事而感到非常地不愉快，一个人待在家里生闷气。

“才郎，听说你今天能耐得很哩。”

“噶杰嘉书记，你也不要说阴阳怪气的话了，为了自己过得幸福我也要跟他争个高低了。”

“幸福是什么？幸福是粗布衣衫穿出个范儿，粗茶淡饭吃出肉的味儿。看来，你在外面闯荡了这么多年，还没弄明白自己拼命所追求的幸福来。你以为你很了不起，可我看来你小心眼。小心眼也好，可你在微妙中找利益。”

“心里都是觉得他们太强大，没给自己一点希望。”

“大家给予的都是观念和精神上的力量，一切靠自己。明白的是道理，知道的是常识。”

“我的产权，我的权利，我有权支配。”

“你的房屋产权里包括那几堵土墙吗？我们拆迁的不是房子，是那几堵土墙，也是你的权利和尊严。邪恶心中没有善良，不要期望它会仁慈。”

“这社会没点个性不好混，过于忍让谦和，你就是强盗的提款机。”才郎强辩道。

“你在强辩，为自己的良心找借口。”噶杰嘉书记继续说，“没人替你勇敢，要靠自己。你弄懂了，一点而过；不懂，一个术语解释半天自然灭失，权利也就灭失。证据才是利剑，才是王道。你能拿出证据，那几堵土墙不属于村支部，而属于你自己吗？死磕要有度，别鸡飞蛋打了。你再这样下去，你就会失去很多。今后，村里的伙伴们都不把你当兄弟看了。为了你自己的一点儿虚荣心，你失掉这么多从小一起长大的伙伴和兄弟，值得吗？”

……

“没尺度的强硬容易折断。其实，大家都知道你有一颗善良的心，坏就坏在你这张得理不饶人的嘴上了。”见才郎不言语，噶杰嘉书记继续说，“佛说，福报不够的人，就会常常听到是非；福报够的人，从来就没听到过是非。你自己摸着良心去悟一悟这个道理。”

“你在威胁我。”才郎最后说。

“孩子，我是跟着你阿爸长大的，看着你失足，走歪路，痛惜你才说这些发自肺腑的话的啊。你今天的执着，会造成明天的后悔。不宽恕众生，不原谅众生，是苦了你自己。”

噶杰嘉书记几句话说得才郎无言以对了。

“孩子，何去何从，你自己去掂量吧。大叔是心疼你，才来找你谈心的。如果说重了话，你原谅大叔吧。我走了。”

“大叔，我知道错了。我向你道歉。”当噶杰嘉书记走到才郎家房门口时，突然听到才郎说。

“孩子，你永远要宽恕众生，不论他们有多坏，甚至他们伤害过你，你一定要放下，才能得到真正的快乐。”

“记住了。谢谢大叔教导！”

噶杰嘉书记走出才郎家的大门，突然对自己说出的话感到好笑，这些话原本是当初丹巴书记说给他听的，没想到他都记到心里去了。

五十

那年农历五月底，才旦加带着老婆回到石头村，在村里办起了农家乐。但和别处不同，他提供的只有桌椅板凳以及水电柴火和灶具，游客来了完全自助，每个帐篷只收取一百元的费用。今天有人来吗？接下来的那一个月，才旦加每天都在思考同一个问题。可令他喜出望外的是，这坛藏在巷子深处的佳酿，终于吸引了游客。凭着大家的口口相传，短短一个月，石头村居然迎来了一千多人。打铁趁热。为了开阔大家的视野，在帮扶单位的安排下，才旦加和村里的贫困户、党员代表一起去西宁市湟中县拦隆口镇卡阳村和大通回族藏族自治县朔北藏族乡边麻沟村“取经”。这堂“扶志课”上完，大家伙感慨颇多，特别是才旦加，一下子有了继续发展的信心。回到村，才旦加又买了两顶帐篷不说，还养了一些土鸡。当他把一切准备妥当的时候，夏天到了，游客络绎不绝，要是没有预订，周末根本没有位置。

人来得多了，石头村渐渐有了些名气，才旦加挣钱的频率也加快了。变化不仅发生在他身上，乡村旅游就像是丢进平静湖面里的一枚石子儿，激起的圈儿一层层地向外荡。

贫困户周吉是才旦加的邻居。一年下来，她做的酸奶和馍馍已经成了农家乐的一大特色，游客一多，常常供不应求。村上的养殖户，也因为乡村旅游的发展，找到了新的销售渠道，相比卖给羊贩子，每只羊平均增收一百元。挣钱的同时，才旦加也没有忘记“转型”的初衷。游客离开后及时清理卫生，淡季种草种花，到了年底一算账，两个月收入两万多元。按照协议，他还为全村人缴纳了水费。“新鲜的野菜、豆面搅团、青稞面……”才旦加扳着手指算起了今年农家乐要推出的“新菜单”，“今年来了三千多人，明年估计人会更多。这些事都要提前和大家商量准备起来，还得问问他们有没有新想法。”

到了秋末，才龚嘉在五年前带领石头村的十几家村民们种植的大黄成熟了。他们雇来农机械挖出来长在地里的大黄等药材，才龚嘉就打电话叫来了之前签了合同的药材老板，用高价收购走了大黄等中藏药材，使得那些跟才龚嘉入伙种植了大黄等中藏药材的村民们赚了二三十万。由丹巴他们执笔写了一篇消息，发表到《青海日报》之后，石头村的名声一夜之间就传遍了大江南北。全国各地做药材生意的老板纷纷来到石头村与村委会签订合同。村里那些之前还持怀疑态度的村民们都抢着加入了石头村参康中藏药材合作社，并拿出自己家的所有耕地入了股，准备第二年开始种植中藏药材发家致富了。

等到了初冬时节，石头村里的所有项目都竣工了。石头村发生了翻天覆地的变化。

阳历十月，石头村周边的树木被寒霜肃杀，经过秋风修剪后的疏柳枯杨，倏然间变得粉雕玉琢，仪态可人。山坡灌木林葱绿的叶子泛黄变红，漫山遍野由艺术家用笔墨润过色一般，五彩缤纷，美妙绝伦。扎隆山上云雾缭绕，峰顶的皑皑白雪熠熠生辉，像一块矗立半空中晶莹剔透的羊脂玉，映衬在湛蓝的天空，显得格外地洁净明亮。江拉林场宛如一块巨大的翡翠，镶嵌在琼吉山南麓，又如一位恬静美丽的少女，满含深情地依偎在琼吉山的怀抱之中，构成融林、云、山自然景观的淳朴的民俗风情。坐落在山脚的石头村依山而建、错落有致。

秋色宜人，别有一番风韵。

这个季节并不太冷，只有在早晨气温稍稍低了一些，但冷得挺有精神，新鲜空气吸进肺里，清清凉凉的，如冰水般沁人心脾。

州委决定的全州扶贫日脱贫攻坚总结表彰大会就在龚堂县噶杰镇石头村召开了。由于州委的安排，州县两级政府派来了文化部门的工作人员，来到石头村搭建舞台，布置会场，忙得不可开交。这样一来倒为丹巴他们省了许多心。他们只提供场地，就什么都不用管了，村里的卫生都由派来的许多环卫工人打扫得干干净净，一尘不染。

等舞台搭建起来不久，全州五个县文化馆的演员们进了石头村。从此，搭建在阿妈龚琼山脚下的舞台上高音喇叭震响，演员们伴随着或优美或高亢的旋律在舞台上试演。

阳历十月十六日下午开始，石头村里开来了许多车辆，载来了许多人。他们来到石头村脚下的采青点上搭建了一顶顶大小不一的帐篷。有许多工作人员用花花绿绿的彩带，把舞台装点得五彩缤纷，鲜艳夺目。在舞台上摆起了会议桌，拉上了一条写有“赛钦州‘10·17’扶贫日脱贫攻坚总结表彰大会”大字的横幅。

草滩上燃起的牛粪堆如星星一样繁多。帐篷、帷幕、伞盖、滩席、简易饭店、小摊点鳞次栉比，连成一片。从各个帐篷和摊点开亮了电灯，点点滴滴，闪闪烁烁，草滩一下子变成了帐篷城。

十月十七日早晨的第一缕阳光还没有照射到扎隆山顶上，有许多轿车驶进了石头村。从车里下来了许多州县两级的领导，走进石头村旅游接待中心或各个县的接待帐篷里去了。

等石头村年丰养殖合作社的羊群赶到操场上之后，会议隆重召开了。

州县两级领导出席会议并为受表彰单位、先进工作者等颁奖。各乡镇（区、街道）、县直各单位负责人等参加会议。

会议对二十八个二〇二〇年度脱贫攻坚先进集体和三十位先进工作者、二十一位优秀帮扶责任人、五个县“我所经历的脱贫攻坚故事”优秀作品、五家二〇二〇年度省扶贫龙头企业进行了表彰。

州委书记徐林生讲话：

同志们：

十月十七日是全国第七个扶贫日，也是全州广大扶贫干部共同的节日。五年来，我们紧紧围绕中央和省州关于精准扶贫、精准脱贫工作的一系列决策部署，坚持把脱贫攻坚作为最大的政治任务和第一民生工程，大力动员各行各业，强力调动各方资源，倾全州之力开展脱贫攻坚，取得了重大成效。二〇一八年我州贫困发生率降到了百分之零点三以下，二〇一九年我州贫困人口提前一年实现了全部脱贫。二〇二〇年，州委、州政府围绕抗疫扶贫、复工复产科学研判，精准施策，探索了一系列的新举措和新路径，全州累计发放防贫险一百三十三万元、防返贫救助金十五万一千万元，有效夯实了“两不愁三保障”基础，真正实现了贫困人口的增收创收。目前，全州建档立卡贫困人口年人均收入达到了五千元以上，稳定超过了全国的脱贫线标准。二〇二〇年的考核是脱贫攻坚期内的最后一次“年度考”，是完成脱贫攻坚目标任务“必答题”和克服疫情影响“加试题”的“两题联考”，希望各级各部门再接再厉、自我加压，以饱满的激情、昂扬的斗志、拼搏的精神，全力投身脱贫攻坚工作，确保二〇二〇年国家和省脱贫攻坚成效考核取得好的等次，向全州贫困家庭、父老乡亲交上一份满意的答卷。

会上，州长贡巴太宣读了《赛钦州扶贫开发和脱贫工作领导小组关于表彰二〇二〇年度脱贫攻坚先进集体和先进个人的决定》，受表彰的脱贫攻坚先进集体、脱贫攻坚先进工作者代表作了典型发言，优秀帮扶人代表宣讲了帮扶故事。

石头村也被评为先进村，丹巴被评为优秀第一书记，还邀请丹巴上台讲起了“我所经历的扶贫故事”。

丹巴站在讲台上，对准话筒讲起石头村扶贫故事：

各位领导，各位同仁：

大家早上好！

我是石头村的第一书记丹巴，我给大家讲一下石头村的脱贫故事。

石头村当年因草山纠纷与周边村发生矛盾，之后，又越级到北京上访，以及村民们捣乱搞不了换届选举等一系列恶作剧轰动了省委。从而，石头村一夜间在全省出了名。

……

在州县委和政府的正确领导下，噶杰镇政府的大力支持下，我们扶贫工作组的帮扶下，带领石头村的村民们拔穷根、摘穷帽，利用扶持资金、开展扶贫项目，认亲帮扶，加快石头村的经济发展，加强石头村社会安定团结，加速社会主义新农村建设，正确处理民族关系，发扬革命传统等，打赢了一场扶贫攻坚战……

主席台下响起了雷鸣般的掌声。

傍晚时分，青海频道上播放起石头村的新闻报道来。

“各位观众，大家晚上好，现在播出《美丽乡村》栏目，今天给大家报道龚堂县噶杰镇石头村。

“隆冬时节，记者走进了龚堂县噶杰镇石头村。村口漂亮大气，具有浓郁民族特色的村门让我们眼前一亮；顺着笔直宽阔的村道向前，红墙白瓦的四合院错落有致、别具风格，新建成的广场上健身器材一应俱全；漫步村中，仿佛置身于一组民族博物馆建筑群中，让人忘记了这是青藏高原上的一个藏族小村庄……”

电视屏幕上闪现出石头村的全貌。

“而这个美丽的村庄，早在十多年前可是个全省有名的后进村。

“二〇一八年年初，石头村紧抓政策机遇，龚堂县紧紧围绕‘田园美、村庄美、生活美’的美丽乡村建设目标，大力实施村庄规划编制、农村住房建设、村庄建设、环境整治、土地整治、产业富民、社会管理创新七大工程。

“石头村紧偎雅茂林，村庄错落有致，村容整洁、村貌亮丽、富裕和谐，这里不仅是藏系羊养殖基地，更是一个生态宜居的美丽乡村。

“近年来，石头村立足村情，紧紧围绕‘创业增收生活美、村容整洁环境美、乡风文明和谐美’的总体思路，扎实推进美丽乡村建设，如今石头村的村民不仅收入翻了番，村容村貌也有了巨大的变化，农村文明新风貌也已形成。

“龚堂县坚持‘一村一规划、一村一风格、一村一特色’的原则，充分考虑石头村自然资源、人文资源、民风民族，突出村庄特色、乡土特色、民族特色，编制完成了石头村高原美丽乡村规划。

“按照‘农村奖励性住房、危旧房改造，要优先满足高原美丽乡村建设村庄’的要求，改善了石头村群众居住条件；实施村道硬化、人畜饮水、村庄亮化、村级文化广场、综合办公服务中心、信息网络、文化体育等工程，切实改善了群众生活条件。

“随着基础设施建设力度的不断增大，乡村生活环境也在不断优化。在石头村大力实施了以清理垃圾、淤泥、路障，改造水、路、厨、厕、圈，治理柴草乱垛、棚圈乱搭、污水乱泼、粪土乱堆、垃圾乱倒和畜禽乱跑的‘三清、五改、治六乱’村庄环境整治工作。

“生活条件好了，农民的精神气儿也足了。以村‘两委’换届选举为契机，进一步健全村民会议和村民代表会议、村务公开、村民议事、村级财务管理等自治制度，保障农民在美丽乡村建设中的知情权、参与权、管理权和监督权。同时以乡镇为主体，深入开展文明村庄、文明巷道、文明家庭以及美丽小庭院等评选活动，引导农民破除陈规陋习，培育科学、健康、文明的生活方式。

“记者时刻感受到藏家儿女对家园的热爱，他们依靠党的富民政策，依靠自己的聪明才智和勤劳双手，追逐着建设美丽富裕家乡的希望！”

洛叶村，才旦加对象家里，周措吉（才旦加的对象）的父母在看电视。

在地方频道里看完了播放石头村的专题报道后，俩人一脸的茫然。

“老头子，这丫头死心塌地要跟石头村的才旦加了。她也是那样地倔强和执着，她看不上我们给她安排的结婚对象，跟我们僵持到现在了。她也快到三十岁了，看来她要跟定这个小子了。现在这石头村也有了翻天覆地的变化，成为人人夸赞的先进村了。你就成全了他们吧。”周措吉的阿妈劝她老公说。

“难道我们还有别的法子吗？我就是不好开这个口啊！”周措吉的阿爸感叹道。

“那就由我来出面吧。还是让石头村的第一书记来做媒，觉得那小子办事妥当。”

“就按你的意思去办理吧。”

尾声

曾经像天障一般难以跨越的通往外界的那条山路宛如一条巨龙，蜿蜒曲折地盘绕着扎隆山，穿过石头村伸向远方。石头村主干道两旁树木葱茏，繁花锦簇。每家每户庄廓的墙体红砖绿瓦砌成，用黑青的石头加固着墙角和墙裙。村里原有的许多庄廓被拆迁，村庄没有像以前那样拥挤和零乱。被拆出的庄廓夷为平地，变成了一畦畦耕地，生长着大黄、黄芪等藏药材。村道笔直通幽，干净利落。

石头村里的杏花开了。白中透红，粉中泛白，像小姑娘脸上搽过胭脂一样漂亮，一簇一簇地粘在枝条上。远远望去，满地都是一片粉色的世界，在阳光下显得更加地生机勃勃，洋溢着生命的气息。

才旦加和周措吉结婚的那天是个非常特别的日子。那天早晨骄阳升起一竿高的时候，在扎隆山的山顶上突然闪现出了两道美丽的彩虹。那天天气非常晴朗，天空中却出现了内外两道美丽的彩虹，居住在石头村里的村民们迄今为止还没有见到过这一奇特的景象。

迎亲这天，才旦加找到丹巴，让他带队去迎接新娘。可丹巴由于娘吉的事而一直耿耿于怀，就婉言谢绝了。

可他们按时到石头村游客接待中心参加了他们的婚礼。由于游客们提出的要求，才旦加和周措吉的婚礼就在石头村的游客接待中心举行了。

丹巴他们刚到达接待中心不久，在才郎的带领下，男方家的亲戚们就装扮起了大门，还专为新娘下马准备垫子。垫子是装着青稞、麦子的口袋，铺上五彩锦缎，面上用麦粒画成“卍”符号。家人手捧“切玛”和青稞酒在门口迎候。新娘到达家门前，先喝三口酥油茶再下马，她把脚踩在撒有青稞和茶叶的地上。才旦加的母亲提着一桶牛奶欢迎新娘。新娘用左手中指浸奶水，向天弹洒几点，表示感谢神灵后，在才郎的指挥下才旦加手捧着一条洁白的哈达，脸上绽放出灿烂的微笑走上前去给新娘献上哈达，而后，由几个打扮一新的媳妇迎上前去把新娘迎进了家门。

传统婚礼的进门仪式十分繁琐，从下马、进门、上楼到大厅，每次都得唱一首颂歌、献一条哈达。新娘进门后，在才郎的指导下，由才旦加搀扶着新娘首先向他们家家族护法神祈拜。而后新娘要坐在新郎身旁和双方亲属围坐一起会餐、互送礼物。参加婚礼的亲友们也走上前来给一对新人献哈达、送礼品，以表示祝福。然后一对新人上房屋顶层，由喇嘛诵经，祈求家神庇护新娘。当屋顶竖立起一杆经幡时，那个新娘家的代表庄严地宣布，从此，新娘同新郎家族的其他成员一样享有平等的权利。

在游客接待中心里也摆设了丰盛的宴席，让村里的年轻人们唱歌跳舞来欢庆了一上午，丹巴他们边享用丰盛的美食边欣赏了一上午的歌舞。

前来观看藏族传统婚礼仪式的游客们更是欢天喜地，他们既惊奇又高兴，不但欣赏到了秀丽的景色，还亲身体验到了藏族婚俗文化，显得很满足。

石头村里的庄稼人靠乡村旅游、种植中藏药材和畜牧业发展，他们的手里终于有了大把的钱，他们推倒了住了几辈子的泥屋土房，盖起了藏式小别墅，城里还购买了楼房，真正过上了石头村是夏窝子、县城的楼房里过冬的舒适日子。

才郎彻底放弃了确认贫困户的事，主动向村委会申请，在家里搞起了农家乐，生意红火，游客络绎不绝，他忙得团团转。

更吉慢慢跟村民们处好了关系，不再跟左邻右舍的庄员们斤斤计较、吵架斗殴，并听从了村委会的安排，在通往石头村雪山旅游主线上承包了一家店面，出售蕨菜、荨麻茶、大黄、黄芪等当地特产，顺便帮村民们代销村里生产的菜籽油、青稞面和洋芋粉条，以及焜锅馍馍和油炸馍馍等食品。游客们拥挤在她的商铺前购买特产和食品，她不停地给她的丈夫扎西打电话，催促他从家里送货。扎西脚不沾地地忙碌着，日子过得虽有些辛苦却充实而又幸福。

一到饭点，才旦加经营的游客接待中心里，人头攒动，声浪鼎沸。

吃饭住宿的游客们排成长队，听从扎西、丹琼、才科等人的指挥，有条不紊地登记，领取牌子。拿到村子农家乐牌号的游客们跟着农家乐主人去住宿吃饭。

卓玛、龚琼等搬迁到县城里居住的主妇们都被安排到游客接待中心里工作，她们有的当服务员，有的当导游，有的在伙房里掌勺做大厨，又说又笑，朗朗的笑声中充满着满足和幸福。

华泽嘉等年轻人带着游客在徒步旅游。他们顺着西南边的山沟进山，攀爬上阿妈龚琼山，边欣赏丛林里苍翠的松树、桦木、柏树等苍天大树，边汗流浃背地向山顶攀登。当华泽嘉把游客们带到被龙卷风吹倒的枯木区后，对游客们介绍起枯木区的来历来："各位尊贵的游客，这里原来也是一片松木林，不幸的事就发生在二○○九年农历九月的某天，那天从西面的山坡上升起了一股气势强大的龙卷风，一路吹来，风声响彻了整个山谷，狂风大作，风浪震得石头村里农户家的门窗乱响，险些掀开了村民家的房顶。瞬间，从山林中传来折断树木的声音。就持续了那么十几分钟，等风声平息后，当村民们走出大门，顺着山顶望去时，发现龙卷风所到之处一片狼藉，吹倒了这一大片的松树。"

几个大学毕业回村的小青年手里拿着一杆旗子，带领着一团游客，登上西边杜鹃花怒放的山岭，给游客们讲解"杜鹃岭"："各位女士、各位先生：人间四月芳菲尽，扎隆山杜鹃始盛开。今天我们游览石头村的杜鹃花海。这里海拔两千九百多米。这是一片上百公顷的野生杜鹃花海，一片清一色的天然生长的杜鹃花树，从那面的扎隆山顶到对面的阿妈龚琼山，几块山岭相连，几里路长，平日里，它是一片似让人修剪了的绿篱，而每年的六月初前后，这里便是一片花的海洋，那红色的、紫色的、白色的杜鹃花儿，一朵朵、一丛丛、一团团，漫山遍岭，映红了天，照红了地，蜂儿在花丛中欢歌，蝴蝶在花丛中翩翩起舞，小鸟儿在花丛中吟唱……”

另一处，有一位漂亮的女大学生，正给游客们讲解“神山传奇”：

“各位女士、各位先生：扎隆山和阿妈龚琼山是一对生死相恋的情侣。某年，东方恶魔泛滥，搅得此地百姓民不聊生，于是扎隆山远去东方降魔后，觊觎了阿妈龚琼美貌很久的宫保智纳猛力进攻，追求起阿妈龚琼来，搞得阿妈龚琼苦不堪言。当扎隆山神降魔归来后，阿妈龚琼向扎隆山哭诉，诉说了宫保智纳骚扰带来的苦恼。扎隆山得知了此事后，再三警告宫保智纳停止对他们的骚扰。可宫保智纳不肯收敛，依然不罢休，就惹怒了扎隆山。忍无可忍的扎隆山决定要跟宫保智纳山做决斗了。他想用弓箭射死宫保智纳，可他们中间矗立着宗格吉日，他如直接射箭会伤及宗格吉日。于是，扎隆山神就要求宗格吉日躲闪一下，从而，宗格吉日弓腰低了一下头后，扎隆山神就拉满弓向宫保智纳射了一箭。那支箭飞出去后不偏不倚端端射在了宫保智纳的心窝里，把宫保智纳给射死了。之后，扎隆山使派了三个媒人去向阿妈龚琼说媒，最后，扎隆山和阿妈龚琼喜结连理，过上了幸福的生活。”

游客们听了神山之间的美丽传说，发出惊叹声来。

当丹巴开车来到石头村村委会门口时，航巴大叔带着昂邱巴登来到村委会门口等着他。

“阿爸！”

昂邱巴登一见到丹巴就急忙向他跑了过来。

“东西都收拾好了吗？”丹巴见到昂邱巴登后，疼爱地看着他询问道。

“收拾好了。”昂邱巴登说着话转过身对着航巴大叔指了指。

丹巴顺着昂邱巴登指的地方望去时，看到航巴大叔不安地盯着他在看。他的身边放着一个皮箱和几个大小不一的背包。

“大叔，感谢你和婶子这么多年对他的养育，今天我就把他带走了，你们放心吧，我会好好对待他的。”丹巴走上前去，对航巴大叔说。

“你怎么对他，我不管，反正他是你的孩子。”航巴大叔嘴上虽这样说，可说话时明显听到他的声腔里带着的颤音。

“等学校放学后，我送他回来跟你们住一段时间。”丹巴边拎昂邱巴登的行李边对航巴说。

“就这样吧，你赶快带他离开吧，不然他的姥姥见到他又要伤心了。”说完话，航巴大叔转头走了。

“姥爷……”

见航巴大叔离开后，昂邱巴登猛地喊了他一声。

航巴大叔听到昂邱巴登的喊声，在原地杵了一下，然后头也不转地走开了。

看着航巴大叔孤独的背影，丹巴心里也难受了好一阵。

由于丹巴的职务有了升迁，组织安排他回岗位上班了，所以他现在趁陈斌和王英忠去县城办事的机会，要离开石头村了。

他原本打算悄无声息地离开让他打了四五年扶贫攻坚战的石头村，可没想到听到消息的村民们纷纷赶到村委会，来给他送行了。

“丹巴书记，你怎么能这样啊？”

在各个岗位上工作的村民听说了丹巴书记就要离开石头村的消息后，都丢下自己手头的活儿，争前恐后地赶到了村委会，把丹巴围了个水泄不通。

“乡亲们，由于组织决定，我今天要赶到州上去上任新的工作岗位，就不得不跟乡亲们告别了。我已经把石头村当成了自己的家，虽然我今天离开了石头村，但我会时常回家来看望大家的，所以我本想悄悄离开石头村，不打算麻烦大家的。”丹巴看着围在自己身边的村民们说。

“你为我们石头村辛苦了五年，你这样悄无声息地离开我们，我们情何以堪啊？不行，我们今天一定要举行一个送别仪式。”扎西等村民们强烈要求丹巴书记说，“村委会马上准备一下，我们先举行一次升国旗仪式，用神圣而庄严的仪式欢送丹巴书记，然后在游客接待中心大摆宴席，热情地招待一番丹巴书记，让他美美地喝一顿青稞酒，由村干部送他回单位。”

“不不不，我接受大家的好意，今天就在村委会举行升国旗仪式，但不提倡铺张浪费，至于吃饭喝酒，以后我们会有机会的。等乡亲们家里举行喜事时，邀请我参加，我们那时候再来个一醉方休，岂不是更好啊！”

这时候，天空中也下起了毛毛细雨。

村委会大院里热闹非凡，虽然天空下着雨，却挡不住村民们内心的感动，因为今天全体村民将与他们的第一书记丹巴举行最后一次升国旗仪式，大家都格外珍惜。

在鲜艳的五星红旗下，石头村的第一书记丹巴向村民们讲解中央工作座谈会给各族群众在教育、医疗、住房、生产生活等方面带来的便利与实惠，引导各族群众感党恩、听党话、跟党走的信心和决心。

宣讲结束后，村民们上前送上锦旗，分别写着“用真情做实事　用爱心暖民心”和“感谢党的好干部　扶贫帮困暖人心”，并与丹巴相互拥抱，依依惜别，纷纷表达着对第一书记的感激与不舍之情。

石头村第一书记丹巴语气沉重地说：“二〇一六年我来到深度贫困村石头村任第一书记，给自己定了一个目标，就是跟老百姓打成一片，五年的工作当中，我努力做好，踏实工作，我的目标也实现了，现在我们老百姓的生活越来越好，精神面貌非常好，在就业、产业这方面我们石头村的变化非常大，今天我确实难过，五年我在村里跟老百姓一起生活，一起工作，我真的舍不得。”

索嘉大爷拿着一面锦旗递到丹巴手上，握着他的手说：“谢谢书记，保重！”话音未落老人已是泪流满面，迟迟不愿松手，“为了让我们过上好日子，丹巴书记辛苦工作，我们特别感激你，现在我们都脱贫了，生活富裕了。”

不大的院子、满满的村民、一条条哈达、一双双饱含热泪的眼睛，大家都希望此刻时间能过得慢一点，心中都万分不舍。村民叶喜措的眼睛不好，在丹巴书记的帮助下成功做了手术，离别时刻，她拥抱着丹巴大哭起来，再也抑制不住不舍的心情。叶喜措大婶哭着说：“丹巴书记帮我找了好医院，我眼睛做手术了，我看得更明亮。现在丹巴书记要走了，他在跟我们告别，我们很不舍，我们舍不得他回去，我们会去看望他。”

石头村第一书记丹巴哽咽地说：“我必须站好最后一班岗，今天我向广大的村民宣讲中央工作座谈会精神，这也是我对村民的一个祝福，我希望我们石头村的村民日子过得越来越好。”

“丹巴书记，你走得匆忙，我们没来得及准备什么礼物，我们就送你一只绵羊，聊表我们石头村全体村民的一片心意。”

这时候，彭吉拉着一只犄角上戴了红的肥羊走进了村委会，泪流满面地说。

“乡亲们，你们的心意我领了，但我不能收你们的任何礼物，我不能带走群众的一针一线，否则，我就失职了，组织会处分我的。希望大家理解我的处境为盼！”

村民们无话可说，只传来抽抽噎噎的哭泣声。

等升旗仪式一结束，丹巴决定要动身了。

“丹巴书记，首先恭贺你高升，我代表石头村的全体村民，用一条哈达来感谢你这几年来对我们石头村所做出的贡献。”石头村“两委”班子的成员们都出来给他送行来了。才龚嘉主任手里捧着一条洁白的哈达，说着离别的话，把哈达献给了他。

“祝你在新的岗位上一帆风顺，吉祥如意，扎西德勒！”噶杰嘉书记他们挥手与他道别。

“不论什么时候，这里都是你的家，我们欢迎你回家。”全体村民齐声说。

丹巴听了这话，顿时百感交集。扶贫的这些日子，心里日夜想的都是这些贫困户，开始是工作要求，是职责所需，而渐渐地是发自内心把他们当成亲人，是在思想上要自觉践行一个共产党员的全心全意为人民服务的初心和使命。人民是江山，江山是人民。只有人民富了，人民强了，一个都不少，一个民族都不落下，我们的国家才能实现民族复兴的中国梦。

丹巴哽咽着说：“谢谢大家，石头村就是我的家。以后我还会回来看你们的。再见！”

丹巴说完钻进车子里，在泪眼蒙眬中发动了车子。